우리 어문학 연구

이복규

■ 이복규李福揆

　　　국제대학(현 서경대학교) 국어국문학과 졸업
　　　경희대학교 대학원 국어국문학과 수료(문학박사)
　　　한국학대학원 어문학과 박사과정 1년 수학
　　　국사편찬위원회 초서연수과정 수료
　　　밥존스신학교 재학중
　현　서경대학교 교수
　현　온지학회 회장
　현　한민족어문학회 편집위원
　현　택민국학연구원 편집위원
　　　국어국문학회 전공이사 겸 편집위원 역임
　　　국제어문학회 회장 역임
　　　저서: 『설공찬전 연구』(박이정), 『부여·고구려 건국신화 연구』(집문당), 『국어국문학
　　　　　의 경계 넘나들기』(박문사), 『중앙아시아 고려인의 생애담 연구』(지식과교양), 이
　　　　　야기시집 『내 탓』(지식과교양) 등 단독 저서 30여 종.
　　　까페: 이복규 교수의 교회용어·설교예화 까페(http://cafe.naver.com/bokforyou)

우리 어문학 연구

초판인쇄　2016년 4월 01일
초판발행　2016년 4월 11일

지 은 이　이복규
발 행 인　윤석현
발 행 처　박문사
책임편집　이신
등록번호　제2009-11호

주소　서울시 도봉구 우이천로 353 성주빌딩 3F
전화　(02) 992-3253 (대)
전송　(02) 991-1285
전자우편　bakmunsa@daum.net
홈페이지　http://www.jncbms.co.kr

ⓒ 이복규, 2016. Printed in KOREA.

ISBN 978-89-98468-91-0 93810　　　　　　　정가 20,000원

우리 어문학 연구

이복규

박문사

머리말

　『국어국문학의 경계 넘나들기』를 출판하고 나서, 남은 글들이 더 있다는 것을 알았다. 학부 재학생 신분으로 쓴 논문을 비롯하여 몇 편은 아무래도 부끄러워 골라내고, 최근에 쓴 것을 보태니, 모두 13편이었다. 구비문학, 고전문학, 국어학·기타로 구분해 한 책으로 묶는다.

　원래는 환갑이던 작년(2015년)에 내려 했지만, 한글파일이 없어진 게 많아 늦어졌다. 여러 편의 논문을 다시 입력하는 게 엄두가 나지 않아 밀쳐 두었던 것을, 제자 정재윤 군이 도와주어, 좀 늦었지만 낼 수 있어 다행이다.

　이제야말로 그간의 연구에 한 종지부를 찍고 새 출발이다. 새 걸음을 내디디면서 가지는 첫 소망은 이제부터는 대중이 읽을 수 있는 책을 쓰고 싶다는 것이다. 그간 국어국문학 또는 우리 인문학을 공부하면서 실컷 기웃거린 경험을 바탕으로 대중에게 우리 인문학의 가치와 재미를 발견하고 느끼게 하는 저술을 하고 싶다. 또 하나는 기독교 교회 장로이기도 한 내 정체성을 살려 '교회용어'와 '설교예화'와 '기독교 글쓰기'로 목회자와 신자들에게 이바지하고 싶다.

　마음먹는 것으로 그치지 않고, 이를 실천하려 신학교에 입학해 다니고 있으며, '이복규교수의 교회용어·설교예화' 카페를 만들어 운영하고 있다. 내가 낸 책들은 20년째 1,000부도 소화되지 않는데, 카페는 1일 조회수가 최고 무려 4천에도 이른 날이 있으니, 세상이 바뀐 게 사실이다. 재미와 자신감을 가지고 더욱 부지런히 글을 써서 올리는 중이다. 지역 주민을 위한 인문학 강좌, 글쓰기 특강도 즐거운 마음으로 주관하고 있다.

정년까지 앞으로 딱 6년 반이 남았다. 이순耳順에 이르도록 내 걸음을 인도한 분은

하나님이시다. 끝없이 피어오르는 호기심과 아이디어, 글쓰기를 도와주는 이들의 손길 … 특히나 친구 잘못 둔 탓에 그간 발표한 120여 편 논문 대부분의 영문요약을 대신 만들어 준 박길수 박사 … 어느 것 하나 은총과 복 아닌 게 없다.

은퇴하는 날까지 계속 그 은총과 복을 누리고 싶다. 그 안에서 내 소망도 이루어지리라 믿는다. 도대체 또 어떤 복과 은총 들이 내 앞길에서 기다리고 있을지 궁금하기만 하다.

2016년 8월 진갑을 맞으며
이복규

차례

4

제1부
구비문학

제1장
건국신화 연구사
● ● ●

1. 여는 말

건국신화 연구사를 서술하기 위해서는 건국신화의 범위부터 확정해야 한다. 필자는 나경수 교수의 주장[1]에 동조해 고조선, 부여, 고구려, 신라, 가락의 건국주에 대한 설화만을 한국의 건국신화로 인정하고자 한다. 다만 부여건국신화의 경우는 그 독립성을 인정해야 하는데도 아직 개별적으로 연구한 사례가 거의 없으므로, 고구려건국신화를 다루면서 관련된 문제를 서술하겠다.

그 동안의 연구 성과를 검토해 보면 이들 건국신화만을 총체적으로 연구한 경우는 찾아보기 어렵다.[2] 사정이 이러하므로, 편의상 개별작품에 대한 연구성과를 따로따로 소개하는 방식을 취하기로 한다. 그리고 나서 결론 부분에서 공통적으로 지적할 수 있는 문제점들에 대하여 기술

---

1 나경수, 『한국의 신화연구』, 교문사, 1993, p.13.
2 나경수, 「한국의 건국신화 연구」, 『한국의 신화연구』, 교문사, 1993. 지병규, 「고대 건국신화의 계통적 연구」, 충남대박사논문, 1993. 한재룡, 「한국의 고대건국신화 연구」, 대구대 박사논문, 1996. 정도가 있을 뿐이다. 한편 한국 신화 일반에 대한 기존의 연구 성과는 황패강, 「한국신화의 연구」, 『한국민속연구사』, 지식산업사, 1994. pp.113-128에서 정리한 바 있어 도움이 된다.

하기로 하겠다.

현재 학계에서는 고조선건국신화는 〈단군신화〉, 고구려건국신화는 〈주몽신화〉, 신라건국신화는 〈혁거세신화〉, 가락건국신화는 〈수로신화〉 등으로 통칭하고 있다(실제로는 논지에 따라 더 다양하게들 명명하고 있다). 하지만 이 글에서는 '고조선건국신화' 식으로 통일해서 지칭하고자 한다.

2. 고조선건국신화

2.1. 역사적 연구

고조선건국신화에 대한 역사적 연구의 출발은 개화기에 이루어졌다. 이 시기의 역사학은 개혁기의 역사학으로 규정되고 있는바, 이때의 국사교과서를 중심으로 한 역사 저술에는 단군을 한국사의 시초에 두고, 건국 및 민족시조로 서술하였다.[3] 예컨대 최초의 국사교과서인 『조선역사』(1893)와 그 뒤를 이은 현채의 『보통교과 동국역사』(1899)의 경우 「단군기」, 「단군조선기」를 각각 그 첫머리에 두고 있다. 특히 최경환·정교의 『대동역사』(1905)는 고조선 관련 사료를 다양하게 섭렵한 기반 위에서, 단군조선이 부여·고구려로 연결되었다고 주장하는 한편 단군의 아들 부루가 하우에게 간 것은 제후로서 천자에게 조회한 것이 아니라 대등한 입장에서 한 것이라고 강조함으로써 민족주의적인 색채를 강하게 비쳤다.[4] 따라서 이 시기의 연구는 학문적인 엄정성을 추구하기보다는 고조선건국신화를 애국계몽운동을 전개하는 정신적인 구심점으로 삼기 위한 것이었다고 할 수 있다.

---

3 정창렬, 「한말의 역사인식」, 『한국사학사의 연구』, 을유문화사, 1985, p.215.
4 이만렬, 「19세기말 일본의 한국사 연구」, 『청일전쟁과 한일관계』, 일조각. 1985, p.269.

식민지 사학에서의 연구는 어떠했던가. 일제관학자들이 근대적 합리성을 내세워 단군신화 부정론을 연속적으로 제기하였다. 한국의 상고사를 신화·전설시대로 취급하여 그 역사적 실재성을 부인하는 대원칙하에 단군신화를 전하는 사료에 대해 근본적으로 불신하거나 단군신화가 고려중기의 승려들에 의해 조작되었다는 논문들이 여러 학자에 의해 지속적으로 발표되었다.[5]

한편 민족주의 사학의 계열인 신채호, 정인보, 안재홍 등은 고조선건국신화를 역사적 사실로 인정하거나 새로운 각도에서 연구함으로써 식민지 사학에 의해 훼손된 우리 고대사를 주체적으로 재구성하려는 의욕을 보여주었다. 한편 신채호는 단군이 만주를 중심 무대로 하여 정복활동을 벌였으며, 그 세계가 종래의 단군 - 기자 - 위만으로 연결되거나 단군-마한-신라로 이어지는 것이 아니라, 단군 - 부여 - 고구려로 이어진다고 하여 새로운 인식체계를 제시하였다. 신채호의 단군이해에서 주목되는 점은 단군을 추장으로, 단군시대를 추장정치가 극도로 성했던 시대라고 하여 단군을 추장과 관련시켰다는 점이다. 이는 종전에 단군을 조선민족의 시조로서의 신인으로 여기던 수준에서 진일보한 것이라 평가할 수 있다.[6] 위당 정인보가 고조선건국신화를 긍정적으로 보아, 단군을 조선 국가와 민족을 창시한 실존 인물로 여기고 조선의 문화도 단군으로부터 열렸다고 주장한 것[7]도 신채호의 사학에 자극받은 것으로

---

5 대표적인 논문들은 다음과 같다.
　那珂通世, 「조선고사고」, 『사학잡지』 5-4, 1894.
　白鳥庫吉, 「단군고」, 『학습원보인학회잡지』 28(白鳥庫吉전집 3, 1970에 재수록).
　_____, 조선의 고전설고, 『사학잡지』 5-12, 1894.
　今西龍, 「단군고」, 『청구학총』 1, 1929.
6 신용하, 『신채호의 사회사상연구』, 한길사, 1984.
7 정인보, 『조선사연구』 상, p.41.

알려지고 있다.

백남운으로 대표되는 사회경제사학에서도 고조선건국신화에 대해 관심을 기울였다. 백남운은 종전의 연구가 고조선건국신화를 몰역사적인 관점에서 이루어졌다고 싸잡아 비판하였다. 백남운은 단군신화를 실재화하거나 신비화하는 태도를 반대하고 다만 이 신화에서 우리 민족의 원시사회 상태를 조금이나마 엿볼 수 있다는 점에서 중요하다고 보았다. 요컨대 단군은 농업공산사회의 붕괴기에 있어서 원시귀족인 남계 추장이라고 주장하였다.[8]

손진태가 제창한 신민족주의 사학에서의 고조선건국신화를 전설의 차원에서 이해하면서 그 역사성 여부보다는 민족사상상의 가치에 더 주목하였다. 다시 말하여 고조선건국신화를 통하여 원시시대나 고조선의 역사를 재구성하기보다는 오랜 역사를 통하여 이 신화가 머금고 있는 사상적인 특징이 우리의 사상적인 토대를 이룬 측면을 중시하였다.[9]

광복 이후의 고조선건국신화 연구는 이전의 성과를 기반으로 하여 다양한 방법론을 적용하여 전개되었다. 이 시기 연구에서 가장 이채로운 것은 환웅과 웅녀의 결합을 신석기 문화와 청동기 문화의 융합으로 파악한 점이다. 이병도는 환웅과 웅녀의 결합을 천신족과 지신족의 결합으로 보았다.[10] 김정학이, 태양신화와 토테미즘 신화가 혼재된 것으로 보아, 신화를 달리하는 두 부족이 통합되는 사실을 상징하는 것으로 이 신화를 해석한 것[11]도 마찬가지 관점이다. 김정배는 이같은 연구성과에다 고고

---

8 백남운, 『조선사회경제사』, 1933.
9 손진태, 『조선민족사개론』 상, 을유문화사, 1948, pp.21-27.
10 이병도, 「단군설화의 해석과 아사달 문제」, 『한국고대사연구』, 박영사, 1976.
11 김정학, 「단군설화와 토테미즘」, 『역사학보』 7, 1954.

학적인 성과까지 보태어 고조선건국신화의 핵심을 곰이 여인으로 변신한 뒤 단군을 낳는 모티브라고 보았고, 이는 시베리아 신석기시대에 고시베리아족이 지녔던 곰 숭배사상과 연관된다고 주장하였다.[12] 천관우나 정경희는 김정배의 주장을 더욱 보강하고 정밀화하였다.[13]

한편 이 신화가 고구려 건국신화를 모체로 하여 형성되었다든가,[14] 고려시대에 고려인의 일체감과 단결을 강조하기 위해 조작된 것[15]이라고 보는 논문도 나왔고, 고려 사회에서 그런 조작이 용납될 수 있었겠는지 납득할 수 없다[16]는 반론이 제기되기도 하였다. 이 신화의 13세기 조작설을 잠재우는 데 결정적으로 기여한 성과는 아무래도 김재원의 저술[17]이다. 김재원은 중국 한나라 때의 무씨 사당 석식벽화의 내용과 이 신화의 내용과를 비교해 그 유사성을 논증함으로써 고조선건국신화가 존재할 수 있는 개연성을 보여주었다. 단군신화의 기초사료에 대한 문헌적인 고찰[18]들도 이 신화의 역사성을 드러내는 데 기여한 성과들이다.[19]

12 김정배, 「고조선의 주민구성과 문화적 복합」, 『한국민족문화의 기원』, 고려대 출판부, 1973.

13 천관우, 「단군」, 『인물로 본 한국사』, 정음문화사, 1982.
정경희, 「단군사회와 청동기문화」, 『한국고대사회문화연구』, 일지사, 1990.

14 이홍직, 「단군시화와 민족의 이념」, 『한국고대사의 연구』, 신구문화사, 1971.

15 문경현, 「단군신화의 신고찰」, 『교남사학』 1, 1985. ; 井上秀雄, 「조선의 건국신화」, 『신라사기초연구』, 1974.

16 서영대, 『단군숭배의 역사』, 『정신문화연구』 32, 한국정신문화연구원, 1987.

17 김재원, 『단군신화의 신연구』, 탐구당, 1947.

18 김정배, 「단군기사와 관련된 고기의 성격」, 『한국상고사의 제문제』. 한국정신문화연구원, 1987. 정중환, 「삼국유사 기이편 고조선조에 인용된 위서에 대하여」, 『대구사학』 12 · 13, 1987. 유승국, 「단군조선의 연대고증에 관한 연구」, 『계간경향』 1987여름호. 이기동, 「고조선 문제의 일고찰-제왕운기 소재 고조선 기년에 대한 존의」, 『대구사학』 12 · 13, 1987.

19 이상 역사적 연구 성과에 대한 서술은 이필영, 「단군 연구사」, 『단군 그 이해와 자료』, 서울대 출판부, 1994, pp.82-138. 이재원, 『단군신화연구』(세종대박사논문, 1991.)에서 크게 힘입었음.

2.2. 문학적 연구

고조선건국신화를 순수하게 문학적으로 연구한 사례는 많지 않다. 신화 자체가 문학이자 역사라고 하는 복합성을 지니고 있기 때문이라 하겠다. 그 중에서도 몇몇 문학적인 연구는 이 신화가 지닌 문학적인 구조와 문학사적인 위상을 드러내는 데 기여하여 주목된다.

황패강은 이 신화를 우리 고대인의 생활과 우주 인식에 대한 민족서사시로 평가하면서, 환웅은 천상계의 낙원을 떠나 인간 구원을 성취한 문화영웅으로 논술하고 한국 서사문학의 원형으로서 금기모티프, 재생·탈피모티프를 담고 있는 점을 거론하였다.[20] 조동일과 김열규는 고조선건국신화가 '할아버지(환인) - 아버지(환웅) - 아들(단군)'로 이어지는 한 가족의 3대에 걸친 이야기라는 데 주목해 이를 삼대기 구조라 명명하고 그 문학사적 위상을 밝혔다. 즉 이 삼대기담이야말로 후대의 서사문학, 즉 조선조의 삼대기 소설 혹은 가족사 소설인 〈유씨삼대록〉·〈윤하정삼문취록〉, 근현대의 삼대기 소설인 〈삼대〉·〈태평천하〉·〈달궁〉 등으로 이어짐으로써, 그 원형적인 역할을 수행하는 점을 확인하게 해주었다.[21]

이광풍은 노드럽 프라이의 신화비평 이론을 적용하여, 고조선건국신화가 지닌 제의구조 및 순환구조의 양상을 드러내었다.[22] 송효섭은 기호학 이론을 적용하여 이 신화가 정치 사회적·생물 물질적 의미층위가 주도적인 의미층위를 이루며, 여기에서 '천상적 지배(환인, 환웅)'가 '비지상적 비피지배(단군)'의 중재를 통해 '지상적 피지배(백성)'을 가능하게 하는

---

20 황패강, 「단군신화의 한 연구」, 『백산학보』 3, 1967.
21 조동일, 『한국소설의 이론』, 지식산업사, 1977. 김열규, 『한국문학사』, 탐구당, 1983.
22 이광풍, 「단군신화의 구조적 분석-한국서사문학의 원형구조 파악을 위하여」, 『김형규박사고희기념논총』, 동 간행위원회, pp.303-319.

구조를 갖추고 있다고 하였다. 외국 이론을 적용한 이같은 시도들은 방법론상의 새로움은 물론 이 신화가 지닌 세계적인 보편성의 일단은 확인시키는 데 기여하였다고 할 수 있다.[23]

2.3. 민속 및 철학 · 사상 · 종교적 연구

고조선건국신화에 대해 민속학적인 관점에서 최초로 연구한 사람은 최남선이다. 최남선은 일련의 민속학적인 논문[24]에서 다음과 같은 사실들을 주장하였다. "단군신화는 누가 지은 것이 아니라 저절로 생긴 것", "우리 민족의 신앙의 핵심은 태양숭배", "단군은 제정일치기의 무군", "신성왕(천왕) · 주술 · 금기 · 토테미즘 등의 종교현상을 살필 수 있음" 등의 주장이 그것이다.

최남선의 뒤를 이어 장승두는 최남선과 일본인 학자의 연구성과에다 다른 문헌들까지 동원해 단군의 어원과 정체, 거기 나타난 혼인습속의 양상 등에 대한 자신의 입론을 구체화하였다.[25] 장승두의 논문을 비롯해 그 이후의 민속학적인 연구[26]는 대부분 최남선이 주장한 것을 인접 학문의 새로운 성과를 반영해 확대해서 강조하는 것들이라고 할 수 있다.

23 문학적 연구 성과에 대한 이상의 서술은 이재원, 앞의 논문 및 성현경, 「단군신화의 문학적 연구」, 『단군 그 이해와 자료』(앞의 책)에서 도움을 받았음.
24 최남선, 「단군급기연구(1928)」, 「민속학상으로 보는 단군왕검(1928)」, 「단군고기전석」(1954)이중에서 맨앞의 것은 이기백, 『단군신화논집』(새문사, 1990)에, 뒤의 두 가지는 이은봉, 『단군신화연구』(온누리, 1986)에 재수록되어 있음.
25 장승두의 연구 성과(1938년에 『조선』 283호에 실린 논문)는 그동안 전혀 알려지지 않았던 것인데 최근에 필자의 번역으로 수개되었다. 장승두(이복규 옮김), 「단군전설의 민속학적 고찰」, 『구비문학연구』 3, 한국구비문학회, 1996, pp.635-642 참조.
26 김지용, 「단군신화의 민속학적 고찰」, 『청주대 10주년 기념논문집』, 1957. 성순택, 「단군신화의 민속학적 고찰」, 『공산성』 4, 공주교대, 1968. 김태곤, 「무속상으로 본 단군신화」, 『사학연구』 20, 1968. 임동권, 「단군신화의 민속학적 고찰」, 『한국민속학논고』, 집문당, 1971. 장주근, 「단군신화의 민속학적 연구」, 『한국신화의 민속학적 연구』, 집문당, 1995. 등이 이 방면의 대표적인 연구 성과이다.

그만큼 최남선의 연구는 최초의 것이면서도 종합적인 고찰이었음을 인정할 수 있다. 그 중에서도 김태곤의 경우는 현존무가를 통하여 고조선건국신화의 형성과정을 추정하는 새로운 시도를 보여주었다. 고조선건국신화와 성주무가의 내용상 구성요소가 동일한 점에 착안하여, 성주무가가 일반에 유출되면서 고조선건국신화로 개편되었다는 주장이 그것이다.

고조선건국신화에 대한 철학·사상적인 연구를 처음 시도한 것은 유명종의 논문[27]이다. 그 뒤를 이어 송석구가 윤리학적인 측면에서 조명하였다.[28] 이남영은 이 신화에 나타난 우리 민족의 원초적인 사유의 성격을 살피었다.[29] 우희문은 이 신화에 나타난 최초 한국인의 인간 이해를 찾아내어 이를 바탕으로 본래적인 한국인상을 정립하려 하였다.[30] 그 외에 김형효는 후기 현상학의 관점에서 이 신화에 대한 철학적 분석을 시도하기도 하였다.[31] 하지만 이들 철학·사상적 연구들은 신화의 상징성 등을 간과한 채 이루어진 것이 대부분이라 신화에 나타난 사상을 액면 그대로 이해하는 문제점이 엿보인다.

고조선건국신화에 대한 종교적 연구는 신채호와 이능화에 의해서 처음 시도[32]된 이래, 각 종교별로 진행되어 왔다. 도교적인 견지에서 접근한 사례로는 송항룡의 경우[33]가 있는데, 고조선건국신화로부터 중국의

---

27 유명종, 「단군신화」, 『철학연구』 13, 1971.
28 송석구, 「건국신화를 통해서 본 한국 고대인의 가치의식」, 『논문집』 7, 국민대.
29 이남영, 「단군신화와 한국인의 사유」, 『단군신화논집』(앞의 책).
30 우희문, 「단군신화의 철학적 고찰」, 『논문집』 7, 충남대 대학원, 1976.
31 김형효, 「고대사상의 철학적 접근」, 『한국철학연구』 상, 동명사, 1977.
32 신채호, 『조선상고사』, 1948. 이능화, 『조선도교사』, 1959.
33 송항룡, 「한국고대의 도교사상」, 『철학사상의 제문제』 Ⅱ, 한국정신문화연구원, 1984.

신선사상이 태동하였다는 도교의 자생설을 주장하였다.

유교의 관점에서 다룬 최초의 사례는 이병헌에서 볼 수 있다.[34] 이병헌은 이 신화를 근거로 유교의 자생설을 내놓아 유교개혁운동을 벌이려 하였으나 유림의 격렬한 반대에 부딪치고 말았다. 최근에 나온 유교적인 논문으로 최근덕, 금장태, 유남상의 것[35]이 있어, 비록 양적으로는 적으나 유교측에서도 이 신화에 대해 지속적인 관심을 가지고 있음을 엿볼 수 있다.

고조선건국신화에 대한 불교쪽에서의 연구 성과로서 이용범과 안창범 등의 경우[36]를 들 수 있다. 이용범은 일연의 뒤를 이어 이 신화에 나타나 있는 불교적 색채를 지적하였다. 예컨대 아사달과 신단수에서 라마교의 흔적을 찾을 수 있다는 주장이 그것이다. 안창범은 석가가 우리와 같은 단군족이며, 수도한 산도 백두산이었다는 이색적인 주장을 펴서 주목을 끌었다.

기독교측에서는 김인서가 가장 먼저 이 신화에 대해 해석하였다.[37] 단군은 하나님의 아들이며 그 하나님은 천지를 창조한 지존신이라고 하여 다분히 기독교 신앙의 차원에서 해석하였다. 장병일은 신학적인 검토의 필요성을 제기하면서, 기독교가 유대교에서 출발했으면서도 헬레니즘의 의상을 입고 있듯이, 우리도 이 신화를 통하여 복음을 정착시키는

---

34 금장태, 「한국 근대유학의 공자교운동」, 『한국근대종교사상사』, 원광대 출판국, 1984 참조.
35 최근덕, 「한민족의 천사상」, 『백두산-제천 · 자연 · 사람』, 미진사, 1991. 금장태, 「제천의례의 역사적 고찰」, 앞의 책. 유남상, 「고려의 연등신앙과 단군사상」, 『하기락박사회갑기념논문집』, 형설출판사 1972.
36 이용범, 『한만교류사연구』, 동화출판공사, 1989. 안창범, 「석가불교의 기원과 고조선의 신선도」, 『논문집』 32, 제주대, 1991.
37 김인서, 「단군론」, 『신앙생활』 11-3, 1952.

방법을 강구해야 한다고 주장하였다. 윤성범은 이 신화가 4세기경 기독교의 삼위일체 교리의 영향 아래 생겼을 가능성을 지적함으로써 신학계의 논쟁을 불러일으켰는데,[38] 이를 계기로 이른바 기독교의 토착화 문제가 정식으로 제기되기에 이른다. 문화신학의 견지에서 나온 김경재의 논문[39]이나 해석학적인 측면에서 접근한 김광식의 논문[40]도 기독교측의 연구 성과이다.[41]

3. 고구려건국신화

필자는 이미 고구려건국신화의 연구성과에 대해 정리해 발표한 적이 있다.[42] 따라서 이 글에서는 그 논문을 요약해서 소개하기로 한다. 그동안의 연구 성과를 유형화하면 첫째 자료의 전승양상 및 부여건국신화[동명신화]와의 관계를 다룬 경우, 둘째, 구조를 분석한 경우, 셋째, 민속과의 관계를 다룬 경우, 넷째, 기타 문제를 다룬 경우 이렇게 네 가지로 구분된다.

---

38 윤성범, 「환인·환웅·환검은 곧 '하나님'이다」, 『사상계』, 1963. 5. 박봉랑, 「기독교토착화와 단군신화」, 『사상계』, 1963. 7. 전경연, 「소위 전이해와 단군신화」, 『기독교사상』, 1963. 8·9월 합병호. 윤성범, 「하나님 관념의 세계사적 성격」, 『사상계』, 1963. 9. 박봉랑, 「성서는 기독교 계시의 유일한 소스」, 『사상계』, 1963. 10. 윤성범, 「단군신화는 vetigium trinitates이다」, 『기독교사상』, 1963. 10.

39 김경재, 「한국문화신학 서설(2)-단군신화에 나타난 근원적 의식 구조-」, 『세계와 선교』 31, 1973.

40 김광식, 『선교와 토착화』, 한국신학연구소, 1975.

41 이 항목에 대해서는 강돈구, 「단군신화의 민속학 및 철학·사상 분야의 연구」, 『단군 그 이해와 자료』(앞의 책)에서 도움을 받았음.

42 이복규, 「고구려건국신화 연구성과 검토」, 『고구려연구』 1, 학연문화사, 1995.

3.1. 문헌적 연구

(1) 자료의 전승 양상

자료의 전승 양상에 대한 본격적이고 종합적인 검토는 홍기문에 의해서 시도되었다. 홍기문은 한국의 건국신화 전체를 다루는 자리에서 부여의 건국신화 자료를 소개한 데 이어 국내외의 고구려건국신화 자료를 번역문과 원문을 아울러 제시하였다. 국내 자료로서 〈광개토대왕묘비〉, 〈염모묘지〉[43], 〈삼국사기〉, 〈삼국유사〉, 〈동명왕편〉의 주석 부분, 〈제왕운기〉, 〈세종실록지리지〉를 중국 자료로서 〈양서〉, 〈위서〉, 〈주서〉, 〈수서〉, 〈북사〉, 〈통전〉 등을 소개하였다. 홍기문은 이들 자료를 단순히 소개하는 데서 머물지 않고, 이들 기록간의 관계를 추적해 들어갔다.

김연호는 고구려건국신화가 어떻게 형성되었으며 시대에 따라 어떻게 변용되었는가를 집중적으로 살폈다. 이를 위하여 논자는 거의 거의 모든 자료를 망라해 통시적인 변화의 양상과 의미를 추적하였다.[44]

북한의 김석형은 고구려건국신화가 어떻게 꾸며졌으며, 그것이 다른 나라에 어떻게 옮겨졌는가 하는 문제에 대해서 관심을 가졌다. 그리하여 각종 기록물을 검토한 결과, 고구려건국신화의 핵심은 알에서 태어났다는 난생설화라는 점을 강조하였다. 고구려건국신화와 관련이 깊은 부여 건국신화도 이 점에서는 동일하다고 하였다.[45]

박일용은 〈동명왕편〉의 형상화 방식과 그 서사문학사적 위상을 검토하는 자리에서, 여타의 고구려건국신화 자료들이 향유집단의 세계관에

---

43 홍기문은 이 무덤의 임자는 염모요, 모두루는 묘지의 작자라고 주장하면서 따라서 〈모두루묘지〉가 아니고 〈염모묘지〉라고 해야 옳다고 하였다.
44 김연호, 「주몽이야기의 사적 전개와 그 의미」, 고려대석사논문, 1983.
45 김석형, 「고구려시조 동명왕 주몽의 출생설화에 대하여」, 『력사과학』 1984-1, 과학백과사전출판사, 1984.

따라 그 구성내용이 달라지는 양상을 살폈다.[46]

조희웅은 『논형』에서 〈제왕운기〉까지에 이르는 21종의 고구려건국 신화 자료를 통시적으로 검토한 후에 그 전승 계보를 작성해서 제시하는 노력을 보였다.[47]

이지영은 한국 건국신화의 전승체계와 신격 문제를 다루는 자리에서, 고구려건국신화 기록들을 전반적으로 검토한 다음 이에 대한 해석을 시도하였다.[48]

(2) 부여건국신화와의 관계

1) 동일한 신화라는 견해

부여건국신화와 고구려건국신화와의 관계는 연구사 초기에서부터 주요한 관심사였다는 것을 알 수 있다.[49] 두 신화를 동일한 것으로 인식한 국내의 사례 가운데 그 태도가 분명하게 드러나 있는 것은 일연의 『삼국유사』이다.[50] 그 이후 조선시대에 들어와서도 이같은 동일시 견해는 이어져서 실학자들이 이에 반론을 제기할 때까지, 아니 반론을 제기한 후에도 계속해서 양 신화를 동일한 신화로 판단하는 견해가 지배적이었다.[51]

---

46 박일용, 「동명왕설화의 연변양상과 〈동명왕편〉의 형상화 방식」, 『고소설사의 제문제』, 집문당, 1993.
47 조희웅, 「주몽설화의 전승」, 『이야기문학 모꼬지』, 박이정, 1995.
48 이지영, 『한국신화의 신격 유래에 관한 연구』, 태학사, 1995.
49 이복규, 「동명신화와 주몽신화의 관계에 대한 연구성과 검토」(『국제어문』 12 · 13, 국제어문학연구회, 1991.), 「부여 건국 신화의 시대별 인식 양상」(『국어교육』 87 · 88, 한국국어교육연구회, 1995.)에서 근대 이전과 근 · 현대 시기까지의 연구 성과를 정리한 바 있다.
50 『삼국유사』, 권1 「고구려」조.
51 이에 대한 자세한 논의는 이복규, 「부여 건국 신화의 시대별 인식 양상」, 앞의 책 참조.

근대에 들어서 이 문제에 대해 학문적으로 처음 거론한 이는 那珂通世이다. 那珂通世는『논형』,『위략』등에 실려있는 부여 건국 시조 기록의 원문을 소개한 후에,『논형』에 기록된 부여 시조 동명에 관한 이야기는 고구려 시조 주몽이야기가 잘못 적힌 것이라고 단정지었다.[52] 那珂通世의 이같은 동일시 견해는 이병도에게 그대로 이어진다.[53] 이같은 논리는 나한통세의 견해를 확대발전시킨 것으로서 다음시기 연구자들에게 커다란 영향력을 행사하게 된다. 하지만 이른 시기에 제기된 那珂通世와 이병도의 이러한 동일시 견해에는 문헌기록 자체에 대한 원천적인 불신이라든가, 논리적인 비약이 심하여 그 문제점을 지적하면서 두 신화를 구별해야 한다는 논의가 지속적으로 제기된다.[54]

2) 별개의 신화라는 견해

부여건국신화와 고구려건국신화를 별개의 신화로 보아야 한다는 주장은 조선후기의 실학파 학자들을 중심으로 제기되었다. 한백겸, 신경준, 정약용, 한치윤, 한진서 등의 계속된 주장이 그것이다.[55]

근대에 들어서 일인 학자 池內宏은 고구려건국신화와 역사적인 사실과의 관계를 규명하는 자리에서, 고구려건국신화와 부여건국신화와의 관계 문제를 다루었다.[56]

---

52 那珂通世,「조선고사고 제4장 고구려고」(『사학잡지』5-9, 동경제국대 사학회, 1894.『국어교육』87 88, 한국국어교육연구회, 1995, pp. 359-360에 그 주요 내용이 이복규 번역으로 소개되었음.).

53 『한국어 고대편』, 을유문화사, 1959.

54 이 견해의 문제점에 대한 자세한 논의는 이복규,「주몽신화의 문헌기록 검토」,『국제어문』1, 국제대 국어국문학과, 1979 참조.

55 근대 이전 학자들의 논의는 이복규,「부여 건국 신화의 시대별 인식 양상」(『국어교육』87 · 88, 한국국어교육연구회, 1995.)를 참조할 것.

56 池內宏,「高句麗の建國傳說と史上の事實」,『동양학보』28-2, 동양학술협회, 1931.

白鳥庫吉은 池內宏과 마찬가지로 부여건국신화와 고구려건국신화를 별개의 신화로 보아야 한다고 주장하였다. 白鳥庫吉은 那珂通世가 부여건국신화로 전하는 동명신화가 고구려건국신화인 주몽신화를 잘못 기록한 것이라고 한 데 대해 비판하였다. 역사적인 배경과 지명에 대한 어학적인 분석과 비교 등 다면적인 고찰을 통하여, 부여건국신화가 엄연히 먼저 존재하였고, 고구려건국신화는 고구려 집단이 일정한 목적의식 아래 이것을 차용해 개작한 것이라고 주장하였다. 어디까지나 동명신화가 본래적인 것이고 주몽신화는 후래적인 것이라는 설명이다.[57]

이홍직은 부여와 고구려는 북에서 남으로 이동하여 건국하였다는 비슷한 역사를 가지고 있고, 시조에 대한 신성관도 일치하고 있어, 얼마든지 양국의 건국신화가 대동소이할 수도 있는 법인데, 닮았다는 이유만으로 어느 하나의 독자성을 무시해서는 안된다는 생각을 구체적인 진술을 통해서 보여주었다. 논자는 동일시 견해를 내놓은 이병도의 학설을 조목조목 비판해 나갔다.[58]

북한의 홍기문은 부여에서 고구려가 나오고, 다시 고구려에서 나왔다는 사실을 상기시킨 다음, 중국에 옛 문헌에서 고구려건국신화보다 부여건국신화가 훨씬 먼저 소개되고 있는 점에 주목하고, 두 나라의 선후관계로 본다면 이것이 당연한 현상일 수 있다고 보았다. 홍기문은 '탁리국'의 존재를 의심한 나머지 『대동운부군옥』의 해석을 따라 '탁리'는 '고리'의 와전이며 '고리'는 고구려라고 추정하는 등 무리한 해석을 취하는 한

『만선사연구 상세』 1, 길천홍문관(동경), 1951에 재수록됨.).

57 白鳥庫吉, 「夫餘國の始祖東明王の傳說に就いて」, 『복부선생고희축하기념논문집』, 1936. (『白鳥庫吉전집』 5, 민족문화, 1985에 재수록됨.)(『국제어문』 17, 국제어문학연구회, 1996에 이복규 번역으로 그 전문이 소개되었음.)

58 이홍직, 「고구려의 홍기(1)」, 『국사상의 제문제』 4, 동국문화사, 1959.

편, 그 내용상의 유사성에 주목하여 부여·고구려·백제의 건국신화가 같은 계열에 속한다는 점을 지적하는 선에서 논의를 마쳤다.[59] 하지만 문헌기록상 부여건국신화와 고구려건국신화는 분명히 독자적으로 존재한다는 것을 명료하게 밝혔다는 점에서, 홍기문의 견해는 중요한 의의를 지닌다고 할 수 있다.

이 밖에도 두 신화를 동일시하는 견해에 대한 회의적인 태도는 김철준[60], 노명호[61], 정경희[62]의 논문에서도 이어졌다. 이런 가운데 이복규는 종래 〈주몽신화〉의 기록으로 알려진 제문헌기록이 주인공의 이름 면에서 동명계와 주몽계로 대별되는 사실에 주목하였다. 이렇게 나뉜 양 기록은 내용상 주인공의 출생지, 잉태경위, 건국국명, 남주의 동기 등에서도 뚜렷한 차이를 보여, 양 기록은 별개의 시조신화 기록임을 알 수 있다고 하였다. 아울러 주몽계 기록에 나타나는 동명이란 호칭은 기록에서의 명으로서의 동명과는 구별해야 마땅하다고 주장하기에 이르렀다.[63] 논자의 이같은 주장은 일련의 다른 글에서도 자료를 확대하거나 체계를 달리하면서 지속적으로 되풀이되었다.[64] 주승택[65], 나경수[66], 이지영[67] 등도 이 견해를 지지하였다.

---

59 홍기문,『조선신화연구』, 사회과학원출판사, 1964.(지양사, 1989 재출간, pp.22-23.)
60 김철준,『한국고대사회연구』지식산업사, 1975.
61 노명호,「백제의 동명신화와 동명묘-동명신화의 재생성 현상과 관련하여-」,『역사학연구』X, 전남대 사학회, 1981.
62 정경희,「동명형설화와 고대사회」,『역사학보』98, 역사학회, 1983.
63 이복규,「주몽신화의 문헌기록 검토」,『국제어문』1, 국제대 국어국문학과, 1979.
64 이복규,「부여건국시조신화고-동명은 부여시조라는 한 관견-」,『인문과학연구』1, 국제대 인문과학연구소, 1982. ; 이복규,「동명신화와 주몽신화의 개별성」,『어문연구』68, 일조각, 1990.
65 주승택,「고구려 건국신화의 재검토」,『민속연구』4, 안동대 민속학연구소, 1994.
66 나경수,「한국 건국신화 연구」, 앞의 책.
67 이지영, 앞의 논문

3.2. 구조와 의미

고구려건국신화의 문학적인 구조를 해명하는 작업은 김열규가 처음 시도하였다. 김열규는 서구 전승 일반 서사구조를 H-R-L-C 공통유형으로 정리한 다음 이를 우리의 경우에 적용하는 방법을 적용하였다.[68]

조동일은 한국의 서사문학 중 영웅 이야기로 분류될 수 있는 모든 유형을 대상으로 그 통시적인 전개 양상을 검토하는 자리에서, 고구려건국신화인 〈주몽신화〉의 구조를 분석하였다. 논자에 따르면 고구려건국신화는 전형적인 영웅의 일생 구조로 이루어져 있으며, 후대 영웅 이야기와 문학사적 관련을 가진다.[69] 논자의 구조 분석 결과는 김연호[70] 등 후속 연구자들에게 그대로 수용된다. 나경수와 김승현도 이 신화의 구조에 대해 분석하였다.[71]

3.3. 민속과의 관계

고구려건국신화와 민속과의 관계에 대하여 가장 먼저 집중적으로 거론한 학자는 장승두이다. 논자는 고구려건국신화를 이루고 있는 주요 화소마다가 지니고 있는 민속적인 배경을 추적하였다.[72]

이재수는 三品彰英의 연구 성과를 토대로 하여 다른 자료를 추가로 제시하면서 이 신화가 지닌 민속적인 국면들을 논하였다.[73]

---

68 김열규, 「민담의 전기적 유형」, 『한국민속과 문학연구』, 일조각, 1971.
69 조동일, 「영웅의 일생, 그 문학사적 전개」, 『동아문화』 10, 서울대 동아문화연구소, 1971.
70 김연호, 「주몽이야기의 사적 전개와 그 의미」, 고려대석사논문, 1983.
71 나경수, 앞의 논문. 김승현, 「주몽신화의 구조와 의미 및 교육적 활용에 관한 연구」, 한국교원대석사논문, 1993.
72 장승두, 「朱蒙傳說の民俗學的考察」, 『조선』 286, 조선총독부, 1939.(『한국민속학보』 7, 한국민속학회, 1996에 이복규 번역으로 그 전문이 소개되었음.).
73 이재수, 「주몽전설(동명왕편)논고」, 『논문집』 8, 경북대, 1964.

이옥은 고구려건국신화에 나타난 화소들이 샤머니즘과 어떤 관계를 갖는가 하는 점을 살폈다. 종교적인 관점에서 이 신화를 연구한 첫 사례의 관련을 따로 조명한 점에서 의의가 인정된다. 하지만 부여건국신화와 고구려건국신화를 구별하지 않고 있는 문제점을 안고 있다.[74]

이정일은 〈동명왕편〉에 나오는 고구려건국신화를 대상으로 그 민속적인 배경을 고찰하였는데 박수포와 이재수 등 이전에 이루어진 연구 성과를 충실히 종합하는 선에서 작업을 진행하여 진전된 논의는 펼치지 않았다.[75]

장주근은 고구려건국신화의 형성과 전승의 원동력이고 기반이었던 주몽신앙의 변천사를 시기별로 검토하여 이 신화의 배경을 이해하는 데 기여하였다.[76]

한편 일인 학자 三田村泰助는 비교신화학적인 관점에서, 고구려건국신화와 청나라건국신화와의 관계에 대하여 언급하였다. 그 연구 성과에 따르면, 고구려건국신화는 감생제설화 형식으로 되어있는바, 이는 청나라건국신화인 주과감생설화와 함께 부여건국신화로 대표되는 부여계설화에 속한다는 것이다.[77] 이렇게 논증해 감으로써 三田村泰助는 고구려건국신화가 지닌 퉁구스계 민족 전체 판도 안에서의 보편성 내지 전형성을 드러내었다.

그 밖에도 몇몇 학자에 의해서 새로운 방법론을 적용한 연구가 이루

---

74 이옥, 「주몽연구, 『한국사연구』 7, 한국사연구회, 1972.
75 이정일, 「동명왕설화의 연구」, 공주사대석사논문, 1986.
76 장주근, 「고주몽신화의 민속학적 연구」, 『민속학연구 창간호』, 국립민속박물관, 1994.(장주근, 『한국 신화의 민속학적 연구』, 집문당, 1995에 재수록됨.)
77 三田村泰助, 「朱蒙傳說とツングース文化の性格」, 『청조전사의 연구』, 경도대 동양사연구회, 1965, p.445.

어졌다. 이은창은 매우 이색적인 연구를 진행하였는데, 『삼국유사』의 고구려건국신화를 대상으로 그 고고학적인 요소에 대해 자세히 거론하였다.[78] 최진원은 고구려건국신화 자료 중 『삼국유사』에 전하는 것을 대상으로 고증과 평석을 가하였다. 중요 항목마다에 신화해석방법을 동원하여 고증하고 그 결과를 평석의 형식으로 정리해 놓았다. 그렇게 함으로써 논자는 기존의 주석이나 견해에 대한 검토는 물론 이 신화가 지닌 개별적인 성격 및 거시적 측면에서의 유사ㆍ차이점을 밝혔다.[79]

김승현은 고구려건국신화가 교재화하여 교과서에 수록된 상황을 검토하고 이어서 교과서와 교사용 지도서의 개선방안을 모색하였다. 아울러 학생들에 대한 효율적인 지도방안을 탐색하여 이 신화에 대한 기존의 연구 성과를 교육 현장에 접목할 수 있는 길을 열어놓았다.[80]

이 신화에 대한 정신분석학적 연구도 시도되었다. 이유섭에 의한 연구가 그 사례이다. 논자는 프로이드의 기본명제인 "신화란 억압된 욕망의 실현화"를 수용하면서, 고구려건국신화의 심층내용을 프로이드와 라깡의 정신분석학 이론을 원용하여 분석하였다.[81]

---

78 이은창, 「고구려신화의 고고학적 연구-삼국유사의 주몽신화를 중심으로-」, 『한국전통문화연구』 1, 효성여대 한국전통문화연구소, 1985.
79 최진원, 「한국신화고석(1)-주몽신화-」, 『대동문화연구』 23, 대동문화연구원, 1989.
80 김승현, 앞의 논문.
81 이유섭, 「주몽신화의 정신분석학적 접근」, 『전농어문연구』 8, 서울시립대 국어국문학과, 1996.

4. 신라건국신화

신라건국신화에 대한 연구성과는 고조선이나 고구려건국신화에 비해 아주 적다. 따라서 분야별로 나눌 수도 없어 발표도니 순서대로 소개하기로 한다. 신라건국신화는 다원적인 양상을 띠고 있는바, 박혁거세신화, 석탈해신화, 김알지신화 등이 포함되어 있어 이들 모두를 신라건국신화로 보기도 한다. 하지만 여기에서는 신라의 건국을 기준으로 하여 박혁거세신화만을 지칭하는 개념으로 사용하기로 한다.

김철준은 이 신화의 역사적인 성격을 규명하는 데 관심을 기울였다. 그 결과 박혁거세가 천신족이며, 그 출생에 말이 관련됨을 보면 북방의 기마족이 아니었던가 추정하였다.[82] 정중환은 박혁거세가 서나벌의 왕으로 즉위하기 전에 6부를 이루고 살았던 조선인의 정체를 연대면이나 역사적 제반 사정으로 보아 위만조선으로 파악하였다.[83]

김화경은 신라건국신화는 다른나라의 것보다 고형을 유지하고 있다는 견해를 폈다. 하지만 나경수는 그와는 다른 견해를 내놓았다.[84] 즉 6촌의 시조신화가 서로 만나고 조합되면서 그중 가장 우위를 점하는 박혁거세가신화가 대표적 시조신화가 됨으로써, 고조선이나 고구려건국신화보다 후대적이고 인위적인 것이 되었다고 보았다.

한편 지병규는 신라건국신화의 구조를 신맞이 굿의 구조로 파악하였다. 이는 신내림 굿의 구조로 되어 있는 고조선이나 고구려건국신화와 구별되는 면모로서 여러 가지 특징을 수반하는 요인이 되고 있다고 하였

---

82 김철준, 『한국고대사회연구』, 지식산업사, 1975.
83 정중환, 「신라건국 설화 소고」, 『경주사학』 3, 동국대(경주) 국사학회, 1984.
84 김화경, 「신라 건국설화의 연구」, 『민족문화논총』 6, 영남대 민족문화연구소, 1984.

다.[85] 극적인 양식을 지닌다든가 화자가 인간으로 되어 있다든가 하는 특징이 그것이라는 것이다.

5. 가락건국신화

가락건국신화에 대한 연구는 역사적인 관심에서 출발하였다. 이병도, 三品彰英, 이종기, 문정창, 서경숙 등은 고대의 문화사를 정리하거나 가야사를 재구하는 데 이 신화 기록을 원용하였다. 이 신화를 담고 있는 『삼국유사』가 역사서이기도 하기에 이 신화를 국사학의 자료로 활용하는 것은 일단 수긍할 수는 있다. 하지만 신화는 역사와는 구별되는 고도의 상징·은유 체계를 지니고 있어 역사적인 관점만으로 다 해명할 수는 없다. 역사적인 연구의 한계를 의식하면서 나온 것이 신화학적인 연구라고 할 수 있다.

가락건국신화에 대한 신화학적 연구는 구조주의적인 접근과 제의학파적인 접근 이렇게 양측면에서 이루어졌다. 조헌국이 가락건국신화의 신화적·제의적 구조를 분석하여 그 특수성과 보편성을 아울러 밝히려 한 것은 구조주의적 접근의 사례이다.[86] 제의학파적 시각에 의한 연구는 이 신화의 전승문제와 관련하여 진행되었다. 가락국의 본고장인 김해 지방의 현지 답사 자료와 문헌 자료를 중심으로 이 신화의 제의신화적 실상을 밝힌 김기탁의 논문,[87] 이 신화가 즉위의례의 구전상관물이라는 사실을 규명한 김화경의 논문[88] 등이 그것이다. 특히 조규익은 이 신화

---

85 지병규, 앞의 논문, p.118.
86 조헌국, 「가락국기의 제의구조연구」, 경남대석사논문, 1983.
87 김기탁, 「가락국기연구-특히 제의신화의 분석을 중심으로-」, 영남대석사논문, 1970.

의 현실적 기능에 초점을 맞추어 고찰한 결과, 이 신화가 수로족의 왕권 계승을 정당화시켜 주고 국민적 자부심과 단결을 고취하는 기능을 발휘하였으리라고 보았다.[89]

연극학적인 접근도 이루어졌다. 최남선이 우리 연극의 출발을 언급하면서 이 신화 기록을 단순히 이야기로 구전된 것이 아니라 건국신극으로 실제로 연행되던 것이 어느 시기에 이르러 기록화한 것이라고 하였다.[90] 김열규도 수로왕의 후손들과 가락국 사람들은 시조신을 사모하는 놀이로서 물놀이 제전을 벌였다고 보고, 원시연극의 형태와 연관지어 연구하였다.[91] 이두현이 가락국기에는 영신과 조묘제의에 대한 구체적인 기록이 보이는데, 문자기록의 수단을 갖지 못해 춤과 노래의 제전연희를 통하여 저들의 역사를 되풀이하여 제전의 행위로 전승하였다고 파악한 것도 같은 선상에서 나온 견해이다.[92]

김선향은 이 신화의 문학적인 성격을 종합적으로 연구하였다.[93] 이 논문에서는 특히 가락건국신화가 재연된 연극의 대본이라는 점을 집중적으로 조명하였다. 이 신화 기록이야말로 우리나라 고대문학사에 존재하는 원시희곡 또는 무의식의 희곡 이상의 면모를 지니고 있음을 밝혀냄으로써 우리 희곡문학사 연구에 일조하였다.

이 밖에도 〈구지가〉에 대한 연구 성과가 상당수 있으나 이는 가락건

---

88 김화경, 「수로왕 신화의 연구」, 진단학보 67, 진단학회, 1989.
89 조규익, 「구지가의 현실적 성격 고찰-배경산문·노래·명의 의미망을 중심으로-」, 『가라문화』 5, 경남대 가라문화연구소, 1987.
90 최남선, 『조선상식문답』(속편), 동명사, 1947.
91 김열규, 「가락국기고-원시연극의 형태에 관련하여-」, 『국어국문학지』 3, 부산대, 1961.
92 이두현, 『한국연극사』, 학연사, 1987.
93 김선향, 『가락국기의 문학적 연구』, 충남대석사논문, 1991.

국신화의 한 부분에 대한 조명이므로 여기에서는 배제하기로 한다.[94]

6. 맺는말

이상 소략하나마 한국 건국신화에 대한 기존의 연구성과를 정리해 보았다. 앞에서도 말한 것처럼 건국신화 전체를 대상으로 한 경우가 매우 드물어 개별 건국신화에 대한 연구 성과를 제시하는 것으로 대신하였다. 그 결과 공통적으로 지적할 수 있는 문제점과 앞으로의 과제를 기술하면 다음과 같다.

첫째, 연구의 편향성을 지적할 수 있다. 고조선건국신화와 고구려건국신화에만 치중하고 신라나 가락의 건국신화에 대해서는 상대적으로 아주 소홀하였음을 확인할 수 있기 때문이다. 앞으로는 신라나 가락의 건국신화에 대해서도 활발한 논의가 이루어져야 할 것이다. 특히 건국신화 전체를 대상으로 한 연구가 많이 이루어져야 한다. 그러기 위해서라도 개별 건국신화에 대한 연구가 균형있게 진행되어야 할 것이다.

둘째, 개별 건국신화의 명칭에 대해서 학자간에 의견 통일이 이루어져야 한다. 현재 통용되는 명칭들은 아주 혼란스러울 정도로 각양각색이다. 고조선건국신화의 경우 〈단군전설〉·〈단군신화〉·〈단군사화〉·〈고조선건국신화〉. 고구려건국신화의 경우 〈고주몽신화〉·〈고구려건국신화〉·〈고주몽설화〉·〈고주몽전설(설화전설)〉·〈주몽신화〉·〈주몽설화〉·〈주몽전설〉·〈주몽사화〉·〈주몽이야기〉·〈동명왕설화〉, 신라건국신화의 경우 〈박혁거세신화〉·〈혁거세신화〉·〈신라건국신화〉·〈신

---

94 가락건국신화의 기존 연구성과에 대한 서술은 김선향, 위의 논문에서 도움을 받았음.

라건국설화). 가락건국신화의 경우 〈수로신화〉·〈김수로왕신화〉·〈수로왕신화〉·〈가락국기설화〉 등 다양하게 불리고 있다. 우리 남한의 학풍이 북한의 일물일명주의와는 달리 일물다명주의를 그 특색과 장점으로 삼고 있다고는 하지만, 특별한 경우가 아니라면 표기를 통일하는 것이 좋다고 생각한다.

셋째, 이들 건국신화에 대한 문학적인 연구 성과가 상대적으로 미미하다. 역사학이나 민속학 방면의 연구가 아주 우세한 형편이다. 국문학 쪽에서 이들 신화의 구조 분석을 치밀하게 진행할 때 여타 분야의 연구 성과와 종합되어 이들 신화의 의미를 온당하게 해명하는 데 도움이 되리라고 생각한다.

이 글을 마무리 지으면서 필자로서는 자괴감을 금할 수 없다. 가장 마음에 걸리는 것은 항목간의 균형을 갖추지 못한 점이다. 연구 현황이 그같은 불균형상을 안고 있는 데다, 필자의 관심이 고구려건국신화에 쏠려 있어서 그렇다고 변명 아닌 변명을 해보지만, 책임을 통감한다. 앞에서 제언한 사항들이 충족되어, 다음 단계에는 명실상부한 건국신화 연구사가 정리되었으면 하는 마음 간절하다.

제2장
오구라 신페小倉進平의 글
〈제주도의 민요와 전설済州島の俚謡と傳説〉*

● ● ● ●

■ 자료해설

　이 글은 오구라 신페小倉進平의 "〈제주도의 민요와 전설済州島の俚謡と傳説〉"(『와카타케(わか竹)』6권 2-4호(大日本歌道獎勵會), 1913)을 우리말로 번역한 것이다. 오구라 신페의 이 글은 한국 최초의 제주도 민간전승 보고서라는 연구사적 의의를 지닌 글인바, 아직까지 한국어로는 소개된 바가 없으며 거론된 일도 없다. 오구라 신페는 국어학계에서 주목하는 인물이기 때문에 국어학적인 연구 성과에 대해서는 많은 관심이 기울여져 왔으나, 이 보고서에 대해서는 눈길을 준 일이 없다고 보인다.

　이 보고서의 민요 텍스트를 자세히 살펴보면, 1912년 조선총독부에 의해서 이루어진 『俚諺俚謠及通俗的讀物調査報告書』의 내용과 긴밀히 연관되고 있어 흥미롭다. 조선총독부의 1912년 자료는 임동권 박사가 소장하다 현재는 국립민속박물관에 있어, 필자와 일어 전공인 김기서 박사가 번역하고 있는바, 이 보고서 전라남도편에 수록된 제주 민요의 편수와 제목과 내용 면에서, 한 사람이 조사한 자료라는 생각이 들 정도로 흡사하다. 총독부 보고서에는 4편용저가, 제초가, 타곡가, 토역가가 실려 있는데, 오구라 보고서에은 3편용저가, 제초가, 타곡가만 실려 있으며, 각 작품의 절 수 면에서도 총독부 보고서에서는 〈용저가〉가 모두 13개 절로 되어 있으나 오구라 보고서에서는 아홉 개의 절만 싣고 있는 등의 차이점이 있다. 총독부 보고서는 국문과 일문이 함께 나오지만 오구라 보고서는 일문으로만 되어 있다는 점도 다르다. 하지만 공통적으로 들어가 있는 절의 텍스트를 비교해

　* 이 글은 김광식 선생과 공동으로 집필해 발표한 것임.

보면, 같은 각편임을 금세 알아차릴 수 있을 정도로 일치도가 높다. 오구라 신페가 1912년의 조사에 관여했을 가능성에 대해서는 그간 임경화[1]와 김광식[2]에 의해 각각 제기된 바 있으나, 여러 정황을 통한 추정이었을 뿐 구체적인 증거 제시는 못하였다. 1912년 보고서의 텍스트를 볼 수 없는 한계 때문이었는데, 이제 그 텍스트를 직접 보아, 오구라 신페의 참여 가능성을 더욱 구체적으로 입증할 수 있게 되었으니 다행이다. 이로써 우리는 오구라 신페가 1924년의 『南部朝鮮の方言』, 1929년의 『郷歌及び吏讀の研究』 등 당시 조선인도 해내기 쉽지 않은 우리말 방언 연구와 향가 해독 분야에서 선편을 잡을 수 있었는지, 그 배경의 일단을 해명할 수 있게 되었다 하겠다.

추가해서 밝힐 것이 하나 있다. 오구라가 제주도 민요를 일본어로 소개하면서 왜 1912년 조사자료의 전체가 아니라 일부만 발췌하여 소개했는가 하는 점이다. 번역자가 면밀히 살펴본 결과, 노랫말 가운데에서 무슨 의미인지 모호할 경우, 번역할 수 없으므로 생략한 것으로 여겨진다. 예컨대 〈용저가〉의 4절을 오구라는 생략했는데, 그 대목에 "내 心心이 얼마만하면"이라는 표현이 나오는데, 우리나라 사람들로서는 '인심'이라는 말을 금세 알지만, 이 말을 일본어로 옮기는 게 만만치 않다고 판단한 듯하다. 다른 대목도 모두 그런 사정 때문인 것으로 여겨진다. "석상에서 하여온 나무 옥경玉鏡에 시머뷔던니", "삼베 赤衫 깃 가자쓰면", "구진구진 내어멈 시면" 등의 난해한 표현 때문에 번역을 포기한 것으로 보인다. 〈토역가土役歌〉를 통째로 생략한 것도 같은 이유 때문이라 생각한다. 다른 노래와는 달리 거의 모두가 의미를 알 수 없는 말로 이루어져 있는 게 〈토역가〉인바, 이를 일본어로 의역할 수도 없으려니와, 발음 그대로 적는다 해도 독자들이 의미 파악을 못할 것이라 판단해 생략하지 않았을까 여겨진다. 그 가사를 보면 "에……야아……호……옹. 에기두리더러미에……에……홍……에……로……다아…… . 에……야아……호오……옹. 바름불고 비올줄 알면 엇던 기집이 쌀늬질 가리요오…… 오……에……홍에……로……야아…… . 에……야아……호오……옹"으로 되어 있는바, "바름불고 비올줄 알면 엇던 기집이 쌀늬질 가리요오"만 뜻을 알 수 있을 뿐 나머지는 허사의 연속이다.

민요만 두 조사보고서가 같은 텍스트를 바탕으로 각각 작성된 것이고, 제주도 전설은

1 임경화, 「민족의 소리에서 제국의 소리로-민요 수집으로 본 근대 일본의 민요 개념사」, 『일본연구』 44, 한국외국어대학교 일본연구소, 2010.6, pp.19~20.
2 김광식, 「제국일본과 식민지조선의 20세기 초 민간조사 자료와 그 활용-1905년, 1910년대 '童話傳說俗謠等調査'를 중심으로」, 『제3회 2013년도 숭실대학교 동아시아언어문화연구소 학술심포지움』자료집, 2013.2.18.

오구라 신페의 보고서에만 실려 있는 독자적인 자료이다. 1910년에 출판된 다카하시 도루高橋亨의 『朝鮮の物語集 附俚諺』에 실린 자료와 비교해 보아도 모두 독자적임을 알 수 있다. 이 자료와 그 이후에 나온 '조선어독본'의 텍스트 및 제주 민요와 전설 자료집의 텍스트와의 비교 연구를 통한 연관 관계 규명, 연구사적 가치 부여 등에 기여하기를 희망한다. 특히 민요의 경우, 1912년 조선총독부의 조사보고서에 들어있는 제주도 민요를 처음으로 소개한 임동권의 『한국민요집』 VI 수록 텍스트와의 대비 작업도 필수적이다. 일별해 보건대, 양자가 완전히 일치하지는 않는 부분이 더러 보이는바 현재까지 발견한 차이 몇 가지를 각주 부분에서 밝히기로 하겠다.

이 보고서에 소개된 전설의 구체적인 양상은 이렇다. 본도개벽설, 뱀 또는 용에 관한 전설, 폭풍우에 관한 전설, 류큐와의 관계를 전하는 전설, 기타 전설 등 5가지 유형으로 구분되어 있는데, 모두 21편이다. 그 중 2편은 각각 3편과 2편의 각편各篇을 거느리고 있으니, 이들까지 합하면 24편인 셈이다. 그 목록은 다음과 같다.

1. 본도개벽설
2. 뱀 또는 용에 관한 전설
   (1) 김녕굴의 구렁이 : 각편 a, b. c   (4) 용담
   (2) 한라산 위의 뱀이 노인을 삼킨 일 (5) 광정당의 이무기
   (3) 토산의 뱀
3. 폭풍우에 관한 전설
   (1) 이목사가 폭풍우를 만난 일 : 각편 a, b
   (2) 폭풍이 송나라 군사를 쳐부수다
   (3) 대풍혈을 묻어 버림
4. 류큐와의 관계를 전하는 전설
   (1) 류큐 태자가 옴   (2) 김병방의 표류
5. 기타 전설
   (1) 정방폭포   (6) 백포 및 협재의 해일
   (2) 서귀포의 망성대   (7) 분화 전설
   (3) 이좌수의 안력   (8) 감산천의 역류
   (4) 매장의 기원   (9) 모슬포 부근의 인정
   (5) 고성리의 성터   (10) 대정성 안의 우물

앞으로 비교적 이른 시기의 제주도 전설 자료를 담고 있는 임석재전집 9『한국구전설화』전라남도 편·제주도 편(평민사, 1992)를 비롯해 다른 제주도 전설자료집들과의 비교 작업이 이어져야 할 것이다. 끝으로, 이 번역문의 각주는 한문의 번역문을 포함하여 모두 번역자가 추가한 것임을 밝혀둔다.

● ● ●

제주도의 이요와 전설

문학사 오구라 신페小倉進平

나는 작년[1] 11월부터 12월에 걸쳐 방언조사 목적으로, 전라남도의 제주도에 가서, 그곳에 머물길 정확히 반개월간, 대체로 그 해안을 일주하고 돌아왔다. 그리고 주요 목적 외에, 가능한 한, 손길을 뻗쳐 동도同島의 인정, 풍속, 종교, 전설, 이요 등을 조사했다. 본래 제주도는 멀리 떨어진 바다에 있고, 모든 면에서 조선반도의 여러 지방과는 정취가 다르다. 그래서 이러한 점들을 모두 소개하고 싶지만, 시간과 지면이 이를 허락하지 않는다. 본고에서는 제주도의 이요와 전설만을 기술하고, 그에 앞서 간단하게 동도同島의 현황 개요를 언급하고자 한다.

1. 제주도 약설略說

제주도는 전라남도 앞바다에 있고, 주위 6백리 정도로, 옛날에는 탐라

---

1 1912년.

국으로서 하나의 독립국이었지만, 고후高厚라는 왕 때에, 비로소 신라에 부속되었다고 한다.

본도의 땅은 화산암으로 되어 있고, 곳곳이 돌이며, 섬 중앙에 6천 여척尺의 한라산이 솟아올라 있다. 산기슭에는 밭 또는 목장이 있지만, 논은 극히 적고, 도민은 일반적으로 조와 보리를 주식으로 한다.

해안은 굴곡이 적어, 항구라 할 만한 것은 하나도 없다. 더불어, 풍파는 항상 거세어 항해가 매우 위험하다. 오늘날에는 백 톤 남짓의 작은 증기선 2척이 부산, 제주도, 목포 간을 왕복하고 있는데, 조금이라도 날씨가 궂으면, 곧 교통이 두절된다. 실로 불편한 토지다. 고래부터 조선에서는 이 땅을 유배지로 삼은 것은 응당한 것이겠다.

본도는 현재, 3군으로 나뉘어 있는데, 중앙 이북은 제주군, 중앙 이남의 동쪽은 정의군旌義郡, 그 서쪽은 대정군大靜郡이다. 인구 16만 여, 내지인은 6,7백 명 정도 이주해 있다.

섬나라가 인정풍습에서 본토와 다른 것은 어디나 마찬가지다. 제주도 또한 그 예외가 아니며, 매우 재미있는 것이 많다. 그 중, 관혼상제의 예禮 등은 조선 내지와 그다지 다르지 않지만, 도민은 일반적으로 근면하고 활발하다. 〈동국여지승람〉에는 본도 사람들은 장수자가 많고 또 여자가 남자보다 많다고 적고 있는데, 이번에 실제로 조사해 본 바에 따르면, 진정 사실인 듯하다. 또한 벼농사가 적기 때문에, 인가人家는 대개 억새로 지붕을 잇고, 온난하기 때문에 온돌도 적고 여자는 전혀 두루마기를 안 쓰며, 물건을 옮길 때도 조선 본토 부인처럼 머리에 올리지 않고, 등에 짊어지며, 지게가 적다는 것이 다른 점이겠다.

종교는 유교, 도교 모두 성행하지 않는다. 불교는 고려조에는 매우 성행했지만, 이조 초에 남김없이 불타, 지금은 전도에 단 3개의 절이 있고, 비구나나 세속적 중이 여기에 있을 뿐이다. 야소교耶蘇敎는 천주교가 가장 먼저 제주도에 들어왔지만, 한 때 도민의 반감을 사서, 명치 34년² 대살육 사건이 있어, 이 또한 성행하지 않고, 현재로서는 전토에 교회 둘, 학교 하나를 경영함에 불과하다. 요컨대 동도同島는 현재 무종교라 하겠다.

제주도 말은 조선어이지만, 음운과 어휘와 어법에 있어 조선 본토 말과는 크게 정취가 다르며, 완전히 순수한 제주도 방언으로는 본토 사람에게 통하지 않을 정도다. 이에 대해서는 재미있는 현상이 많은데, 다소의 생각을 가지고 있지만, 본고에서는 생략하고자 한다.

2. 이요

노래라고 하면 조선 독특의 시조라도 칭해지는 것도 그 안에 포함할수 있는데, 시조는 매우 진지한 것으로, 이를테면 시음(시긴, 詩吟)³과 같은 것인데, 이요로 다루는 것은 조금 무리가 있다고 생각된다. 따라서 여기에서는 본도에 일반적으로 행해지는 용저가, 재초가, 타곡가 중에서 일부를 국어(일본어)로 번역해 소개하고자 한다. 그리고 이들 이요를 보면, 해당 지역이 섬나라인 만큼 바다에 관한 것이 비교적 많고, 조선의 일반적 풍습으로 부모에게 효양을 다하는 것을 재료로 하는 것이 상당히 많은 듯하다. 다음에 이것을 순서 없이 나열해 보고자 한다.

---

2 1901년.
3 한시나 와카(和歌) 등을 독특하게 읊은 일본 전통예능.

(a) 용저가春杵歌[4]

이 노래는 반드시 모두冒頭에 〈이여도 하라, 이여도 하라〉라는 구절을 두고, 결말에도 반드시 〈이여-도〉라는 구절을 부가하는데, 다음에 수록한 가사에는 이를 생략해 수록했다. 이 〈이여도 하라, 이여도 하라〉와 〈이-여도〉는 이 노래의 구호인데, 도민 중 어떤 이는 "옛날 본도 사람들이 배를 타고 지나支那[5] 방면으로 나갔는데, 폭풍 때문에 돌아올 수 없었던 이 들이 있어, 집에 남겨진 처자들이 멀리 해상에 있다는 이여도島를 바라보며 죽은 아비를 추모했다는 이야기로부터 기원한다."고 하지만, 이는 적절하지 않다. 그러나 어쨌든 우미優美하며 비애 조를 띠고 있다.

1. 썩은 나무의 표고버섯은 어디가 예뻐 진상하나,[6] 맛이 있어 진상하지.
2. 저 바다에 사는 해송海松, 볕이 난들 이슬이 마르랴.
3. 6월은 덥다 해도 더위가 아니고, 7월이야말로 진짜 더위지. 이 더운 날에 아버지 여행 가면 나는 구름 되어 앞의 순풍이 되리.
4. 견주絹紬와 닮은 바다에 실처럼 바람 불어라. 우리 부모 배를 타고 오도록.
5. 칠산해七山海의 족어나 동래, 울산의 입 넓은 미역, 단 간장으로 잘 다린 후에, 병든 부모를 공양하리.
6. 남의 첩과 솔 나무 바람은 소리는 좋지만 소용없지.
7. 초승달은 반달이지만, 팔만국八萬國을 모두 비추네.
8. 닭이 울어 날은 밝았네. 나는 울어도 날이 밝지 않네.
9. 산에 과일은 많이 있지만, 오미자 이상의 것은 없지.

---

4 방아찧기노래
5 해방 전 중국에 대한 일본의 멸칭(蔑稱).
6 멋이 고와 진상이든고(1912), 멋이 고와 진상이구려(임동권)

(b) 제초가除草歌[7]

이 노래 모두冒頭에는 〈에-기-요-, 랑사대- 로- 구나〉라는 구절을
붙는다. 다음 노래는 모두 이 구절을 생략했다.

  1. 옥창玉窓[8] 앵두 붉은 거 보고, 원정 나온 양인良人과 이별하네.

  2. 옥동玉洞 桃花 반발한 봄이니, 모든 가지 또한 봄빛 나네.

  3. 인간 別離 만사 중, 독수공방이 가장 슬프네.

  4. 노세 노세 젊어서 노세, 늙어지면 못 노나니.

(c) 타곡가打穀歌[9]

  1. 하- 야- 도- 오-, 호- 옹 거기를 때리고 여기를 때려 보세. 에야-
    도-, 호- 옹

  2. 에에- 호오- 옹. 수만 석의 무게도 모여서 들면 가볍구려. 에- 야-도
    호- 옹.

  3. 양끝을 잡아 맞춘 듯하네. 에- 야- 도-, 호- 옹.

  4. 요것도 生穀이다. 쳐 보세. 에- 야- 도-, 호- 옹. (계속)

3. 전설

    전설 연구는 민족의 기원·역사를 묻는 데 가장 유력한 보조학과補助
學科임은 두말 할 필요도 없다. 그래서 방언 채집을 겸해 곳곳에서 노인
에게 각지의 전설을 청취했다. 그 결과 채집한 것이 모두 30~40종에 달

---

    7 김매기노래
    8 여자의 성기.
    9 타작노래

했는데, 그 중 겹치는 것이 십 수종, 다른 것이 2, 3십 종 정도다. 다음에서는 아직 충분히 정리되지 않았지만, 그 중에는 조선 내지의 전설과 완전히 정취를 달리하는 것도 있고, 또한 내지의 전설과 비슷한 것도 있다. 여기에서 이를 종류별로 분류해 보면, 이 섬의 개벽설, 뱀 또는 용에 관한 전설, 폭풍에 관한 전설, 표류에 관한 전설 등이 그 주요한 것이다. 그리고 이들 전설은 모두 이 땅의 지세를 암묵적으로 말해 주는데, 매우 흥미 있는 것임과 동시에, 더욱 그 내용을 정밀하게 연구하는 일은 이 섬의 역사를 조사하는 데, 중요한 참고가 될 것이라 생각한다. 다음에는 이 전설 중, 주요한 것을 언급하고자 한다.

3.1. 본도 개벽설本島開闢說

옛날 이 섬에 인류가 없었을 때에 3인의 신인神人이 있어, 땅으로부터 용출했다. 그 장長을 양을나良乙那, 중仲을 고을나高乙那, 계季를 부을나夫乙那라 했다[다른 설로는 고을나가 장, 양을나가 중, 부을나가 계라고 한다].

어느 날, 3인이 동해 해변에 나갔는데, 자주색 진흙으로 봉해진 나무 함이 떠내려 왔다. 이를 취해 열어보니, 안에는 돌함이 있었고, 붉은 띠와 자주색 옷을 입은 한 사신도 따라 나왔다. 그리하여, 그 돌함을 열어보니, 그 안에는 푸른 옷을 입은 처녀 3인과 구독駒犢(망아지와 송아지 등의 가축)과 오곡五穀의 종자가 들어 있었다. 그리고 그 사신이 이르길 "나는 일본국日本國의 사신이다. 우리 왕이 이 세 딸을 낳았는데, 서해西海의 중악中岳에 신자神子 3인이 있어, 나라를 열고자 하나 배필이 없어 곤란하다는 말을 듣고, 이 세 여자를 보내, 나를 함께 보내신 것이다. 부디 배필로 삼아 대업을 이루시오."라고 말한 후, 사신은 구름을 타고 가버렸다.

세 사람이 나이 순서에 따라 이 세 여자를 취해, 좋은 땅을 점쳐 거주할 곳을 정해, 처음으로 오곡을 뿌리고 가축을 길러, 이리하여 이 섬의 선조가 되어, 점점 부유해졌다.

이상은 〈동국여지승람〉 권38에 나오는 기사인데, 다른 문헌에도 전해지는데 조금 다른 점도 있다. 그리고 용출한 곳은 지금도 제주성 남문 外數町외수정[10]에 있는데, 이를 삼성혈[삼성이 용출한 구덩이로, 작고 깊지 않은 것이 3개 삼각형으로 늘어서 있다.] 또는 모흥毛興[삼을나三乙那가 흥한 곳이라는 뜻, 한자 毛모자는 三삼과 乙을을 포함한다.]이라 한다. 이 곳에는 노송림老松林이 우거져 자못 귀한 곳처럼 느껴진다. 근처에는 '삼성혈'[청나라 崇禎년 때 세워짐]이라고 새겨진 비석과 '도내徒內·왕자王子(성주고씨) 星主高氏 삼곤제三昆弟 매안소'[같은 해 10년 때 세워짐]라고 새겨진 비석 등이 서 있고, 오늘날에도 봄가을에 제사가 성대히 행해지며, 본도 유일의 영역靈域이다. 또 세 여자가 상륙한 동해안은 어디인가 하면, 정의군 동해안에 있는 온평溫坪[餘乙溫여을온이라고도 한다.]이라고 전해진대[온평은 이전에는 '정혼廷婚'이라 했고, 廷정은 迎영의 뜻이고, 婚혼은 혼인의 뜻이다. 즉, 일본국에서 세 여자를 받아들인 곳이 된다. 그래서 이런 이름이 기인한 것이다].

또 이 전설에 관련해, 제주성 동쪽 10리에 삼사석三射石이라는 것이 있다. 이것은 고을나, 양을나, 부을나 3인이 군신君臣을 두고 다툴 때, 비석에 화살을 쏘아 가장 성적이 좋은 자가 임금이 되고, 두 번째가 신하가 되고, 세 번째가 백성이 될 것을 약속했다. 성적은 고을나, 양을나,

10 현재의 제주시 이도동.

부을나 순이었으므로 고가 임금이 되고, 양(나중에 梁으로 개칭)은 신하가 되고, 부는 백성이 되었다. 비석에는 지금도 화살 자국이 남아 있다고 하는데 실제인지는 믿을 수 없다. 이는 『동국여지승람』에도 "三射石, 在州東十二里 古老傳云 三姓卜地時所射, 至今射跡猶在"[11]라고 쓰여 있다.

3.2. 뱀 또는 용에 관한 전설

(1) 김녕굴金寧窟의 구렁이

나는 이번에 갈 수는 없었지만, 제주성 동쪽 50리에 김녕(금녕이라고도 함-역자 쥐)이라는 곳이 있다. 이 해안에 지금도 매우 크고 깊은 굴이 있다고 한다. 그 속에 구렁이가 있었다는 이야기인데, 이에 대해서는 2, 3의 이설異說이 있다. 그 내용은 다음과 같다.

> (a) 김녕에 큰 굴이 있다. 옛날, 그 속에 큰 이무기가 있어, 토인土人은 매년 초에 주식酒食을 공양하고 처녀를 희생물로 제사를 지냈다. 만일 처녀를 바치지 않으면, 곧바로 폭풍우가 일어 언제까지나 그치지 않았다. 그런데 마침 그 때에 서련徐憐이라는 젊은 담력 있는 판관(지금의 군수에 해당)이 있어, 무고한 백성이 이무기 때문에 살해되는 것을 매우 안타깝게 여겼다. 그래서 하루는 부하 수십 명을 거느리고, 모두에게 창과 칼을 건네 이를 퇴치하려 하였다. 그 준비가 되어, 예년처럼 제사를 지내 큰 이무기 과연 나타나 처녀를 잡아먹으려 했다. 이를 지켜보던 서련은 창으로 그 이무기를 찌르고, 부하들은 이무기를 난타하여 굴 밖으로 꺼내 불속에 던져 태웠는데, 그 비린내가 진동하여 도저히 다가갈 수가 없었다. 서련은 급히 말을 타고 성안으로 도주했

11 삼사석은 제주의 동쪽 12리에 있다. 고로(古老)들이 전하기를, "세 성씨가 땅을 점칠 때 활을 쏜 곳"이라고 한다. 지금까지도 활 쏜 자취가 그대로 있다.

는데, 그 배후에서 푸른 기운이 쫓아와, 서련이 관청에 도달했을 때, 결국 그 푸른 기운에 사로잡혀 죽고 말았다. 그러나 그 후 이무기의 재앙은 완전히 없어졌다고 한다.

(b) 김녕굴에 뱀이 있었다. 해마다 한 처녀를 희생물로 제공해 제사를 드려야만 했기 때문에, 군수가 이를 안타깝게 여겨 그 뱀을 죽였다. 그런데 그 후 군수는 뱀의 원한으로 인해 병에 걸려 거동할 수가 없었다. 그래서 군수는 "내가 죽으면 많은 뱀이 와서 나를 물어 죽일 것이니, 내 시체 주위에 크게 불을 피워, 뱀이 와도 내게 다가올 수 없도록 해 달라."고 유언했다. 군수는 얼마 후 죽었는데, 그 유언대로 식을 거행하자, 많은 뱀이 모여들어도 결국 그 시체에 다가갈 수가 없었다.

(c) 김녕굴에 뱀이 있었다. 해마다 한 소녀를 희생물로 삼아 제사를 드려야만 했기 때문에, 군수가 이를 가엽게 여겨 그 뱀을 죽이려 했다. 그 때 군수가 "내가 뱀을 죽이게 되면, 반드시 많은 뱀이 공격해 와서 나를 물어 죽일 것이다. 그래서 나는 항아리 안에 들어가 뱀들이 습격 못하도록 할 생각이다."고 말해, 그 뱀을 죽이고, 자신은 항아리 속에 들어갔는데, 많은 뱀들이 오기 전에 그 항아리 안에서 죽고 말았다.

(2) 한라산 위의 뱀이 노인을 삼킨 일

옛날, 이 섬사람이 60살이 되면 누구나 그 집사람의 인도로 한라산에 올라 그 정상에 있는 평평한 돌 위에 앉도록 해, 장차 신선이 되도록 먹을 것을 제공하여 제를 올렸다고 한다. 그렇게 제를 올린 후, 집사람은 노인을 그대로 산 정상에 방치하고 집으로 돌아왔는데, 다음 날 다시 올라가보면, 노인의 모습이 보이지 않았다고 한다.

한편, 어느 곳에 한 관리가 있었다. 관리의 부친도 그 해 마침 60살이 되어 한라산에 데려가야 했다. 어느 날 관리는 군수 집에 문안 인사 드렸다. 군수는 관리에게 옷과 함께 석웅황石雄黃[12]과 풀을 섞은 약을 주었다. 그것을 받은 관리는 그 후 한라산에 가서 제사를 지냈는데, 갑자기 구름이 일어 부친이 구름에 휩싸여 안 보이게 되었다. 그래서 관리는 집에 돌아와, 군수 집에 들러 그 사실을 고하자, 군수는 관리에게 "내일 산 위에 올라보게, 진귀한 일이 있을 걸세."하고 말하기에, 관리는 다음날 아침 산에 올랐는데, 놀랍게도 제단에 큰 뱀이 하나 죽어 있었다. 관리는 자신의 부친이 보이지 않게 된 것은 이 뱀에게 잡혀 먹힌 것이 틀림없다고 생각해, 그 뱀 꼬리를 잘라 보았는데, 과연 그 부친이 시체 속에 들어 있었다. 그리고 그 후 뱀의 재앙이 완전히 없어지고, 그 관리도 정성껏 장례를 치렀다. 그 장례가 이 섬 장례식의 기원이라고 전해진다.

(3) 토산兎山의 뱀

이형상李衡祥[13]이 본도 목사牧使였을 때, 지금까지 도민이 숭상하고 있던 절 5백 개를 모두 불태우려 했다. 그 방법으로 크고 무거운 깃발을 만들어 각 사당 앞에 가로로 두어, 만약 사당에 귀신이 있다면 깃발은 스스로 직립할 것이나, 귀신이 없다면 깃발은 그대로 일 것이다. 직립한 사당은 불태우지 않을 것이라고 하며 사방을 불태우고 다녔다. 깃발이 스스로 설 이유가 없는데, 제주군의 〈네솟堂〉, 대정군 광정당廣靜堂에서는 깃발이 반 정도 서고, 정의군에서는 토산당이 반 정도 탄 후에 깃발이 섰다. 그래서 이상 3곳의 사당만 불타지 않고 남았다. 토산의 뱀 꼬리가 지금도 조금 꼬인 것은 사당의 반이 불탔기 때문이라고 한다.

12 붉은 갈색 빛깔의 장식용 돌로 뱀이 싫어한다 함.
13 1653~1733. 조선 후기의 문신.

(4) 용담龍潭

옛날 한 목사가 있었다. 어느 날 망경루望京樓[지금의 제주성내 군청 쪽에 있다]에 산책을 나갔는데, 제주성 남문 밖에서 불기둥이 상하로 올라 있는 것을 보았다. 이상하게 여겨 수행자를 데리고 성 밖으로 나가 보았는데, 남문 외수정外數町[14]에 묘가 있고, 그 밑에 용이 숨어 있었다.

목사는 용을 죽이려고 검을 빼어들자, 용은 날아올라 도주하려고 했다. 그 때 용의 비늘이 돌에 닿아서 지금도 인근 돌에는 여러 개의 파문상波紋狀의 선이 남아 있다.

한편, 그 용은 작은 굴을 빠져 나가 해안의 못으로 들어갔다. 그 못이 바로 지금의 제주 서문 밖의 칠팔정七八町[15]에 있는 용담이라고 한다.

이 외에, 〈동국여지승람〉 제주군 우도牛島조에 "周百里濟州東, ……島之西南有竇可容一小船, 稍進則可藏船五六艘, 其上大石如屋, 若有日光浮耀星芒粲列、氣甚寒凉, 毛髮竦然, 俗號神龍在處七八月間漁舟可往, 往則大風雷雨拔木損……"[16]이라 하여, 동서同書 대정군 성황사城隍祠조 등 龍蛇에 관한 전설이 매우 많다.

(5) 광정당廣靜堂의 이무기

대정군 산방산山房山 서남쪽에 광정당이라는 음사淫祀[17]가 있었다. 그

14 현재의 제주시 이도동.
15 현재의 제주시 용담동.
16 "둘레는 100리이며 제주 동쪽에 있다.……섬의 서남쪽에 구멍이 있는데 작은 배 한 척이 들어갈 만하다. 조금 더 들어가면 배 5~6척을 수용할 만한데, 그 위에 집채만 한 큰 돌이 있다. 햇빛이 떠서 비추이고 별이 아득히 빛나며 늘어서 있는 것만 같은데, 그 기운이 매우 차가워 머리카락이 쭈뼛해진다. 민간에서 이르기를, "신룡(神龍)이 그곳에 있어서, 7~8월간에 고기잡이 나갈 수 있는데, 고기잡이를 나갔다 하면 큰바람과 번개와 비가 일어나 나무가 뽑혀 버리고……"(번역자 역)
17 사신(邪神)을 제사 지냄. 또는 그 신앙.

앞을 지나는 자가 하마下馬하지 않으면 말이 곧장 쓰러졌다. 목사 이형상이 일찍이 그 앞을 지날 때 하인이 말에서 내리길 권유받았지만, 목사는 듣지 않자 말이 쓰러져 버렸다. 그래서 목사는 무당에게 명해 그 말을 제사 지내고 그 신요神妖를 밝히려 했다. 그 때, 한 마리 이무기가 나타나 독기를 내뿜었다. 그래서 바로 이무기를 참수하고, 그 사당을 불태워 버렸다.

3.3. 폭풍우에 관한 전설
(1) 이 목사가 폭풍우를 만난 일
이 전설에는 한두 개의 이설異說이 있다. 이를 다음에서 다루고자 한다.

(a) 이형상이 제주도 목사였을 때, 섬 안에 있는 5백 개의 고찰古刹과 5백 개의 신당神堂을 불태우고, 이를 대신하여 지금까지 황폐해진 옛 무덤 천개를 보수했다. 그런데 목사가 임기를 마치고 귀국할 때, 사당寺堂 천개의 신령이 저주하여 해상에 풍파를 일으켜 목사의 배를 침몰시키려 했다. 그러자 은혜를 입은 옛 무덤 천개의 신령이 나타나 예전의 은혜를 갚기 위해 목사를 도우려 했다. 그리하여 결국 양자 사이에 싸움이 일어났는데, 후자가 승리하여 목사는 무사하게 본토로 돌아갔다고 한다.

(b) 이형상이 퇴임하여 집으로 돌아가려고 하여, 제주군 화북포禾北浦에서 배를 타려고 했는데, 바람 때문에 3개월이 지나도록 출항할 수 없었다. 어느 날 목사가 낮잠을 자고 있었는데, 꿈에 많은 사람들이 나타나 "빨리 떠나시오. 빨리 떠나지 않으면 결국 북쪽 바다를 건너지 못하고 중도에서 죽을 것이오."하고 충고했다. 목사는 "너희들은 대체

누구냐."하고 묻자, 그 중 하나가 "우리는 이전에 은혜를 입은 옛 무덤의 신령이오."하고 답하였다. 목사는 다시금 "왜 지금 떠나야 하는가?"하고 묻자, 그 신령이 말하길 "절 5백, 신당 5백의 신령이 목사의 시정에 원한을 품고, 승선한 배를 침몰시켜 죽이려 하오. 지금은 다행히 그 신령들이 하늘에 올라 부재중이니, 이 기회를 놓치지 않고 도주하면 무사할 것이오."하였다. 목사는 일어나 이 일을 신기하게 생각해 바로 출항하기로 했는데, 좀처럼 파도가 거세 갈 수 없었다. 그러나 이대로 있으면 신변이 위험하다고 생각해, 요금을 많이 지불하여 무리하게 출발시켰다. 바다 위에서는 별다른 일 없이 가까스로 이진梨津이라는 곳에 닿으려 했을 때, 뒤에서 사당寺堂의 많은 신령이 뒤쫓아 왔다. 그러나 목사는 육지에 닿았기에, 여기까지 쫓아온 사당 신령들은 허무하게 돌아갔다.

(2) 폭풍이 송나라 군사를 쳐부수다.

한라산 산신이 사망 후, 신이 되었다. 고려 시대에 송나라 호종胡宗 때, 섬을 어지럽히고 배를 타고 본국으로 돌아가려 했다. 그런데 그 신이 매가 되어, 돛대에 날아올랐다. 그러자 바로 강한 북풍이 불어, 송나라 군사는 모두 수몰돼 버렸다.

(3) 대풍혈大風穴을 묻어 버림

정의군 대사포大沙浦에 커다란 웅덩이가 있었다. 여기에 추락해 죽은 사람들이 해마다 매우 많았다. 주민들은 모두 이를 걱정했는데, 어느 날 밤 큰 폭풍우가 일어 그 웅덩이 위에 큰 나무가 쓰러져서 자연스럽게 큰 다리가 생겼다. 그 후 웅덩이에 빠져 죽는 일도 없게 되었다.

기타, 당나라 시체가 제주군 어등포魚登浦, 애월涯月, 명월明月 등에 표착했다는 기사가 〈탐라사실耽羅事實〉 등에 보이는데, 이를 통해 폭풍후로 인해 익사한 사람의 시체였을 것으로 여겨진다.

3.4. 류큐琉球[18]와의 관계를 전하는 전설

(1) 류큐 태자가 옴

이조 광해李朝 光海 신해년辛亥年[19] 류큐의 태자가 제주도에 표착해[혹은 류큐왕이 꿈에 바다 속 섬을 보고 한 왕자를 낳았다. 그 왕자가 성장해 그 섬을 발견하기 위해 고심한 결과, 결국 제주도임을 알고 그곳에 왔다]. 죽서루竹西樓[지금의 산지포山地浦에서 제주성으로 들어가는 곳에 개천이 있고 돌다리가 놓여 있다. 죽서루는 그 부근에 있었다고 전해진다.]에 상륙했다[혹은 제주성 동쪽에 있는 사라악紗羅岳 아래 상륙했다고도 한다]. 그런데 당시의 사신 이현李琄[혹은 목사라고도 한다]이 태자가 가져온 보배가 탐나, 결국 태자를 죽서루에서 죽이려 했다. 이 때 태자는 스스로 자신의 손가락을 깨물어, 죽서루의 판자를 취해, 피로 다음의 시를 적었다.

堯語難明傑服身　臨刑何暇訴蒼旻
三良八穴人誰贖　二子乘船賊不仁
骨暴砂場纏有草　魂歸故國弔無親
竹西樓下滔滔水　長帶餘怨咽萬春[20]

18 지금의 오키나와.
19 1611년.
20 걸복 입은 몸은 태자임을 밝히지 못하니, 형장에 임해 푸른 하늘에 호소할 시간 없네.
세 사람이 묻혀 죽어도 속죄 받은 사람 없고, 두 태자 배를 탔지만 도적은 어질지 않구나.

앞의 혈서판이 바다로 떠내려가 결국 류큐에 표착했다. 류큐인이 이를 보고 매우 놀라, 죽서루라는 장소를 찾았는데, 결국 제주도임을 알아내었다. 이후, 류큐 사람의 제주 사람에 대한 증오심이 매우 심해져, 항상 적처럼 여겼다. 제주 사람도 이를 조심해, 이후 류큐 사람을 만나면, 자신은 강진 또는 김해 사람이라고 말해, 이를 피했다고 한다.

(2) 김병방金兵房의 표류

김병방(김은 성이고, 병방은 관직 이름)이라는 자가 배를 타고 항해를 나갔는데, 폭풍을 만나 일본 무인도에 표착했다. 그런데 다행히 일본 어선을 만나 구조되었다. 그 후 또다시 대풍大風을 만나 안남국安南國[21]에 표착했다. 그런데 마침 류큐의 임춘향林春香이라는 여인이 안남에 와서, 김병방과 같은 숙소에 머물고 있었다. 점차 서로 사모하는 사이가 되어 결국 부친의 허가를 받아 결혼해, 이윽고 일본에 초빙되어 고관이 되었다.

한편, 류큐의 사신 중에 임춘영林春榮이라는 이가 있어 그는 일본에 가 있었는데, 춘영은 춘향의 오라버니가 됨을 알게 되었다. 그래서 모두와 함께 류큐에 가보기로 해, 귀국하였다. 그리고 예정대로, 다음해 일본에 돌아오는데, 그 때 제주도 바다를 지나게 되었다. 그 때 김병방이 멀리 솟아 오른 한라산을 보고 갑자기 고향이 그리워져 어떻게든 상륙하고자 하였다. 그래서 한 생각을 떠올려, 배 안에 준비해 둔 물병을 몰래 깨고, 사람들이 물을 찾자, 물을 긷는다는 명목으로 바다를 대정군 대포大浦에 닿게 했다. 상륙하자마자, 김병방은 동료들을 배반하고 자기 집에

뼈는 백사장에서 풀에 덮힐 것이고, 혼은 고국에 돌아가도 누가 조문할 것인가. 죽서루 앞의 물은 도도한데, 남긴 한은 만년을 울어도 모자라겠네(번역자 역).
21 지금의 베트남 중부.

달려갔는데, 마침 그날은 자신이 행방불명이 된 명일이었기에, 가족들은 제사를 지내고 있었다. 김병방은 지금까지의 내력을 말하고, 자신이 가짜가 아님을 말했지만, 가족들은 좀처럼 믿지 못했다. 그래서 김병방은 자세히 족보를 말하고, 처는 병방을 어루만져 겨우 진짜임을 알게 되어 매우 기뻐했다. 그러나 배안에 남겨진 류큐 사람들은 김병방의 집에 와서 병방을 내놓으라고 했지만, 집사람들은 이에 응하지 않고, 도리어 죽은 죄인에게 병방의 옷을 입혀 내주었다. 류큐 사람들은 어쩔 수 없이 일본으로 돌아왔는데, 과연 김병방 또한 처를 잊지 못하고, 때때로 해안 언덕에 올라, 일본 쪽을 바라보며 처를 사모했다고 한다.

3.5. 기타 전설

(1) 정방폭포

진나라 서복徐福이 동남동녀童男童女 5백인을 데리고 봉래, 방장, 영주 삼산三山에서 불로초를 구하러 간 것은 매우 유명한데, 섬의 전설에는 서복이 대정군 서귀포 측에 있는 정방폭포에 와서 〈서씨과소徐氏過所〉 넉 자를 돌에 새겨 남해에 버린 것으로 되어 있다. 그러나 이는 믿을 수 없고, 그 비명碑銘 또한 일찍이 본 사람이 없다. 이런 전설이 발생한 이유는 한라산의 갈래 중에서 영주산이라는 것이 있고, 여기에서 제주도가 동영주東瀛州라 칭해진 것이라고 생각된다.

(2) 서귀포의 망성대望星臺

옛날 서귀포 진내鎭內에 망성대가 있었다. 은현 춘추 출몰 병자隱見春秋 出沒丙子라 하여 음력 9월부터 10월에 걸쳐 오전 12시부터 3시경까지 남쪽 하늘에 노인성老人星이 보인다. 그리고 그 성을 본 자는 반드시 장수한다고 한다.

(3) 이좌수李座首의 안력眼力

지금부터 백년 이전에 대정군 문중리에 이좌수라는 매우 강한 안력을 지닌 이가 있었다. 한번 눈에 힘을 주면 어떠한 영웅이든, 어떠한 맹수든 모두 기가 꺾일 힘을 가지고 있었다. 어느 날, 이좌수가 바둑을 두고 있었는데, 자꾸 사신死神이 재촉했다. 자신은 죽어도 상관없지만, 아직 무모님이 생존해 계시니 주저하고 있었는데, 어차피 죽는다면 눈만이라도 30년간 떠 있으면 부모님도 안심하실 거라고 말하며 죽었다. 30년 후 그 묘를 이장했지만 아직도 눈을 크게 뜨고 있었다.

(4) 매장의 기원

원래 토장하는 예를 몰라 시신을 그냥 버렸다. 그러나 기건奇虔(?~1460, 조선 전기의 문신)이 목사로 부임하면서 사람들에게 관을 만들어 매장하는 법을 가르쳤다. 그런데 하루는 꿈에 3백인의 죽은 자가 나타나, 기건의 덕분에 자신들의 시체가 들에 방치됨을 면했으니, 정중히 예를 올리고 집안에 현손賢孫을 낳게 하고, 가문을 번성하게 할 것이라고 말하고 사라졌다. 공은 3자식이 있었는데, 누구도 자녀가 없었으나, 신기하게도 그 해부터 공의 3자식 모두 자녀를 두고, 크게 명문 가족으로 이름을 떨쳤다.

(5) 고성리古城里의 성터

지나인支那人 김통정金通精이라는 자가 이 섬에 들러, 국왕이 되려고 하여, 제주군 고성리에 성을 쌓았다. 그 때 한사람 당, 석회 3升과 빗자루箒 하나를 세금으로 징수했다. 김통정은 석회로 성을 쌓고, 말 꼬리에 빗자루를 묶고, 인부를 뽑아 석회를 성 안팎으로 뿌렸다. 그렇게 한 이유는 멀리서 이곳을 보면 마치 안개가 낀 듯이 사람이 살지 않은 곳으로 생각하게 하기 위함이었다. 그 후, 김정통은 최형崔瀅에게 패해, 섬 안은 다시 평화를 되찾았다. 지금은 이곳에 성터가 남아 있고, 때때로 인골이나 거울 등이 나오며, 김정통의 족적으로 칭해지는 곳에서 물이 나온다고 한다.

(6) 백포白浦 및 협재挾才의 해일

제주도 백포 부근에 최근 사발과 같은 접시와 인골이 나왔다고 한다. 사람들은 이것을 해일로 생긴 것으로 보거나, 노인을 생매장한 곳이라고도 한다. 같은 군에 있는 현재에도 옛날에 많은 인가가 있었는데, 비양도飛揚島 분출 결과, 해일이 일어나 하룻밤 사이에 떠내려갔다고 한다.

(7) 분화 전설

제주도 비양도飛揚島는 한라산 분출 때 날아와서 생긴 것이라고 하고, 또는 이전에는 비양도飛羊島라 썼는데, 지나支那에서 양과 함께 날아온 것이라고 한다. 또한 대정군 산방산 또한 한라산 분출 때 날아온 것이라고 한다.

(8) 감산천甘山川의 역류

대정군 감산천의 물은 민란民亂이 있었을 때, 역류한다고 전해진다.

(9) 모슬포摹瑟浦 부근의 인정

대정군 서남단에 모슬포라는 곳이 있다. 그 지명의 내력을 들어보면, 그 인근 모슬봉에 옥녀玉女가 있어, 그 맞은편의 금산琴山을 거문고로 하여, 이를 타는 모습과 닮았기 때문이라고 한다. 대정군 사람들은 예부터 질투가 심한 것은 이 산이 있기 때문이라고 한다.

(10) 대정성大靜城 안의 우물

노인의 말에 따르면, 대정성은 오백년 전에 새워져, 이백년 전에 우물을 판 적이 있다고 한다. 어느 날, 뿔이 있는 동물이 와서 그 물을 먹어, 불길하다고 여겨 우물을 덮어 버렸다. 그 후 우물이 없다고 한다. 원래 제주도는 수질이 매우 좋지 않아, 우물은 매우 적다.

기타 사슴에 관한 전설도 두세 개 있지만, 이것은 생략하고자 한다.

해방 전후 시기 최상수 편
『조선전설집』의 변용 양상 고찰*

●　●　●　●

1. 서론

학계에서는 민속학자 석천 최상수(1918~1995)의 『조선민간 전설집』(을유문화사, 1947)과 『조선지명 전설집』(硏學社, 1947)을 한국 최초의 본격적인 전설집으로 평가하고 있다. 실제로 최상수는 1947년 두 권의 전설집을 상재한 후에 1949년에는 『조선구비 전설지』(조선과학문화사)를 간행하고, 1958년에는 이들 단행본을 종합하여 증보판 『한국민간 전설집』(통문관)으로 집대성했다. 『한국민간 전설집』은 각 지역을 대표하는 전설 317편을 한데 모았을 뿐더러, 민속학적인 방법을 통해 채집자를 명기한 '전국규모의 사실상 최초이자 최대전설집'으로 높이 평가되어 왔다.[1] 그러나 선행연구들 가운데에서, 최상수 자체에 대한 연구라든지, 최상수의 전설집이 어떠한 과정을 통해 완성되었는지에 대해 고찰한 경우는 아직 없다.[2]

---

* 이 글은 김광식 선생과 공동으로 집필해 발표한 것임.
1 소재영, 「전설」(고대민족문화연구소편, 『한국민속대관』제6권 구비전승·기타, 고대민족문화연구소 출판부, 1982), p.79; 한국정신문화연구원, 『한국민족문화대백과사전』(한국정신문화연구원, 2001) 등 참고.

해방 전에 간행된 30여종의 재담집, 야담집이 최근에 발굴 정리되었는데, 거기에서도 '전설'이라는 타이틀이 붙은 설화집은 보이지 않는다.[3] 하지만 우리가 조사해 본 결과, 해방 전에 한국어로 간행된 설화집 중, '전설'이라는 타이틀이 붙은 설화집으로 박관수朴寬洙의 『新羅古都 慶州附近의 傳說』(경성淸進書館, 1933)과 김송金松의 『전설야사집』(야담사, 1943), 이홍기李弘基의 『조선전설집』(조선출판사, 1944) 등 3종이 있다. 박관수는 경주 신라전설을, 김송은 야담을 중심으로 다루었으며, 이홍기는 조선어로 된 최초의 조선전설집을 내놓아 그 가치가 높다 하겠다.[4]

한편, '식민지시기에 일본어로 간행된 조선설화집'(이하, '일본어 조선설화집'으로 약칭)은 다음과 같이 아주 많다.[5]

① 미와 다마키三輪環, 『傳說의 朝鮮』(博文館, 1919)
② 山崎日城山崎源太郞, 『朝鮮의 奇談과 傳說』(ウツボヤ書籍店, 1920)
③ 朝鮮山林會慶北支部編, 『朝鮮에 於ける山林과 傳說』(1926)
④ 大阪六村大坂六村, 『慶州의 傳說』, 芦田書店, 1927(1932년 田中東洋軒版, 1942년 桑名文星堂 증보판)

2 최상수에 대한 구체적인 언급은 송석하와의 관련 및 영향관계를 논한 전경수의 고찰을 제외하고는 거의 찾아볼 수 없다. 전경수, 『한국인류학 백년』(일지사, 1999), pp.104-110 참고.
3 정명기, 「일제치하 재담집에 대한 재검토」, 『국어국문학』 149(국어국문학회, 2008); 김준형, 「근대전환기 야담의 전대야담 수용 형태」, 『한국한문학연구』 41(한국한문학회, 2008).
4 이홍기에 대해서는 이복규, 「이홍기 편 『조선전설집』(1944)에 대하여」, 『온지논총』 30(온지학회, 2012); 이복규, 『이홍기의 『조선전설집』연구』(학고방, 2012) 참고.
5 식민지시기에 간행된 일본어 조선설화집에 대한 문제제기와 새로운 목록 작성은 아래 논문을 참고.
李市埈・金廣植, 「日帝强占期における日本語朝鮮説話集の刊行とその書誌」, 『일본언어문화』 21輯(한국일본언어문화학회, 2012); 金廣植, 李市埈, 「植民地期日本語朝鮮説話採集に関する基礎的考察」, 『일어일문학연구』 81輯(한국일어일문학회, 2012).

⑤ 中村亮平他編,『支那・朝鮮・台湾神話傳說集』, 近代社, 1929(1934년 誠文堂, 1935년 大京堂, 1938년 大洋社版)

⑥ 近藤時司,『史話傳說 朝鮮名勝紀行』(博文館, 1929)

⑦ 永井勝三,『咸北府郡誌遺跡及傳說集』(會寧印刷所出版部, 1929)

⑧ 八田己之助,『樂浪と傳說の平壤』(平壤研究會, 1934)

⑨ 細谷清,『滿蒙傳說集』(滿蒙社, 1936)

⑩ 滿洲事情案内所谷山つる枝編,『滿洲の傳說と民謠』, 滿洲事情案内所, 1936(1838년 東京松山房版『滿洲の習俗と傳說・民謠』)

⑪ 朴寬洙,『新羅古都 慶州の史蹟と傳說』(博信堂書店, 1937)

⑫ 八田蒼明己之助,『傳說の平壤』(平壤名勝舊蹟保存會, 1937)

⑬ 三品彰英,『日鮮神話傳說の研究』(柳原書店, 1943)

⑭ 八田蒼明,『傳說の平壤』(平壤商工會議所, 1943)

⑮ 申来鉉,『朝鮮の神話と傳說』(一杉書店, 1943)

⑯ 森川清人編,『朝鮮 野談・随筆・傳說』(京城ローカル社, 1944)

⑰ 豊野實崔常壽,『朝鮮の傳說』(大東印書舘, 1944)

위와 같이 해방 전에 '전설'이라는 제목을 달고 간행된 한국어 전설집이 3종에 불과한 데 비해, 일본어 조선설화집은 1919년 미와 다마키三輪環의『전설의 조선傳說の朝鮮』(博文館)[6]을 시작으로 17종이나 출판되었음을 확인할 수 있다.

이들 일본어 조선전설집 각각의 자료집에 대한 검증이 필요하지만, ⑪ 박관수의『신라고도 경주의 사적과 전설新羅古都 慶州の史蹟と傳說』(1933년『신라고도 경주부근의 전설』의 증보 일본어판), ⑮ 신래현申来鉉의『조선의 신화

---

6 미와 다마키와 그의 전설집의 내용과 성격에 대해서는 다음을 참고. 이시준・김광식,「미와 다마키(三輪環)와 조선설화집『전설의 조선』考」,『일본언어문화』21輯 (한국일본언어문화학회, 2012).

와 전설朝鮮の神話と傳說』(一杉書店, 1943), ⑰ 최상수崔常壽(豊野實)의 『조선의
전설朝鮮の傳說』(大東印書舘, 1944) 등은 우선적으로 주목해야 한다. 조선인
에 의해 출간된 자료집이기 때문이다.

　박관수와 신래현의 자료집도 중요하지만, 본고에서는 우선 기존에 전
혀 알려지지 않은 최상수의 일본어 전설집을 소개하고자 한다. 1944년
에 '풍야실豊野實'이라는 '일본명'으로 간행한 『조선의 전설』이 그것이다.

2. 풍야실豊野實과 조선설화집

　최상수는 식민지 동래 보통학교 재학시절 담임선생님 김용우의 경주
전설봉덕사의 종, 계림에 영향을 받아 설화에 관심을 갖게 되었다고 회고한
바 있다.[7] 실제로 1947년에는 『경주의 고적전설』(洋洋社)을, 1952년에는
수보개판修補改版 『경주의 고적과 전설』(아세아사)을, 1954년에는 3판『경
주의 고적과 전설』(大哉閣)을 발행하였다. 3판 권말에는 '석천 최상수 저
서' 13권을 아래와 같이 나열하였다. 편의를 위해 발행 연도를 필자가
새롭게 추가하여 제시하면 다음과 같다.

> 1947년 『조선민간 전설집』(乙西文化社)
> 1949년 『조선구비 전설지』(朝鮮科學文化社)
> 1949년 『조선 수수께끼 사전』(조선과학문화사)
> 미간행 『朝鮮民族說話誌』(조선과학문화사)
> 미간행 『조선 속담 사전』(大哉閣)

---

7 최상수, 『조선구비 전설지』(조선과학문화사, 1947), 머리말 p.1; 최상수, 『한국민간
　전설집』(통문관, 1958), 머리말 p.1. 실제로 『한국민간 전설집』에는 경주 신라전설
　이 다수 포함되었고, '김용우 선생 談'으로 〈계림〉이 수록되었다(p.281).

1953년 『국문학사전』(동성문화사)

불　명 『李朝 歌辭 新釋』(동성문화사)

불　명 『龍飛御天歌 신석』(박문출판사)

불　명 『月印千江之曲 신석』(박문출판사)

1948년 『朝鮮民謠集成』(김사엽, 방종현과 공편, 정음사)

1952년 『慶州의 古蹟과 傳說』(아세아사)

1955년 『扶餘의 古蹟과 傳說』(대재각)

1951년 Choi, Sang Soo, "LEGENDS OF KOREA"(정음사)

이들 13종 가운데에서 2종은 미간행되었고, 3종은 판본을 확인할 수 없었다. 1947년의 『조선민간 전설집』은 『조선민간 전설지』로 잘못 표기되어 있어 필자가 수정하였다. 1949년에 조선과학문화사에서 발간된 『조선구비 전설지』와 『조선 수수께끼 사전』은 조선민속학총서8권 시리즈 예정 각각 1권과 6권으로 간행되었다. 2권 『조선민족 설화집』과 7권 『조선 속담 사전』은 3권 손진태 편저 『조선신가유편』, 4권 송석하 편 『조선민속극집』 등과 함께 결국 간행되지 못했다.[8]

이외에도 최상수는 『학생과학』(조선敎文社, 1946)과 『조선지명 전설집』(研學社, 1947)을 간행했으므로,[9] 해방과 한국전쟁을 둘러싼 불안정한 시기에 해마다 1종 이상의 저서를 간행했음을 확인할 수 있다. 해방정국의 왕성한 활동은 식민지 시기의 축적이 있었기 때문에 가능했을 것으로 볼 수 있겠다. 계속해서 지금까지 알려지지 않은 해방 전 저서를 살펴보도록 하자.

지금까지 확인된 판본에 따르면, 최상수는 1944년에 3권의 일본어 단

8　〈조선민속학 총서〉간행에 대해서는 전경수, 앞의 책, pp.104-106 참고.
9　오영식, 『해방기 간행도서 총목록 1945-1950』(소명출판, 2009), p.407.

행본과 1권의 조선어 편저를 간행하였다. 먼저 7월에는 『과학소화科學小話』(朝鮮語研究會[10])를, 8월에는 조선어 편저 『현대동요ㆍ민요選』(대동인서관)을, 9월에는 서간집 『여학교女の學校』(조선어연구회)를, 10월에는 『조선의 전설朝鮮の傳說』(大東印書舘)을 간행하였다. 『과학소화』과 『현대동요ㆍ민요選』의 저자는 최상수로 되어 있으나, 9월 이후에 출판된 나머지 두 권은 풍야실로 되어 있다. 『여학교女の學校』의 권말에는 '저자약력著者略歷' 소개가 있는데 다음과 같다.

> 豊野實(구명 최상수(崔常壽))
>
> 부산부 명륜정釜山府 明倫町(현재의 부산시 동래구 명륜동-인용자 주) 출생. 잡지기자, 신문기자, 여학교 영어교원 등을 거쳐 현재 조선어연구회 이사장, 민간전설 연구에 전념.
>
> 『조선신화전설집朝鮮神話傳說集』, 『조선의 전설朝鮮の傳說』, 『조선민속기朝鮮民俗記』, 『현대동요ㆍ민요선』, 『과학소화科學小話』 등의 저서 있음.[11]

더불어 권말의 '신간 안내'에는 최상수 저 『과학소화』와 더불어, 근간으로 3권의 책을 들고 있다.

> 豊野實, 『조선신화전설집朝鮮神話傳說集』
>
> 豊野實, 『조선고적과 전설朝鮮古蹟と傳說』
>
> 豊野實, 『조선의 민속朝鮮の民俗』[12]

---

10 최상수(豊野實)을 포함한 조선어연구회 회원에 대해서는 우에다(植田晃次)의 朝鮮語研究會(「李完応會長ㆍ伊藤韓堂主幹)の活動と民間団体としての性格」, 『言語文化研究』36 (大阪大學大學院, 2010)을 참고. 필자의 조사에 따르면 '풍야실(豊野實)'이 최상수임을 처음으로 밝힌 논문은 위의 우에다 논문이다.

11 豊野實, 『女の學校』(朝鮮語研究會, 1944)의 권말 저자약력 참고.

12 豊野實, 『女の學校』(朝鮮語研究會, 1944)의 권말 신간안내 참고.

이상의 '저자약력'과 '신간 안내'를 살펴보면, 1944년 9월 이후 최상수는 풍야실이라는 일본명으로 『조선신화전설집』, 『조선고적과 전설』, 『조선의 민속』, 『조선민속기』도 간행할 예정이었으나 간행되지 못한 것으로 보이지만, 계속적인 판본 조사가 요구된다. 아무튼 우리는 위의 기록을 통해 최상수의 일본명이 풍야실이었음을 확인할 수 있다. 해방 전에 최상수가 간행한 민속학 관련 저서 중, 현재까지 판본을 확인한 전설집으로는 『조선의 전설』이 유일하다. 이 책은 해방 후에 간행된 전설집에 앞서 최상수가 처음으로 간행한 전설집이라는 점에서, 후대 전설집과의 비교 검토가 요청된다. 다음 장에서는 그 내용과 성격을 살펴보고자 한다.

3. 풍야실의 『조선의 전설朝鮮の傳說』

풍야실의 『조선의 전설』은 서문이나 발문이 없어 그 간행 배경은 확인할 수 없다. 전술한 일본어 조선설화집 중, ⑯ 모리카와森川淸人 편 『조선 야담・수필・전설朝鮮 野談・隨筆・傳說』(경성로컬사(京城ローカル社), 1944)에는 풍야실의 전설 3편이 수록되어 있다. 〈2. 신부인과 홀어미성申夫人のホルオミ城〉, 〈4. 차천과 배처녀車泉と裵処女〉, 〈5. 논산 미륵불의 내력論山弥勒佛の来歴〉 이 바로 그것인데, 원형 그대로 수록하였다. 〈2. 신부인과 홀어미성〉에는 저자 소개가 없지만, 나머지 2편에는 '풍야실'을 '전설연구자'라고 끝부분에 소개하고 있다.[13] 모리카와 편 『조선 야담・수필・전설』의 서문에 따르면, "본서에 수록된 것은 잡지 경성로컬京城ローカル(나중에

---

13 森川淸人編, 『朝鮮 野談・随筆・伝説』(京城ローカル社, 1944), p.63, p.278.

경성으로 개제)에 게재된 것 중 일부"를 편집한 것이라고 적혀 있다.[14] 아쉽게도, 경설로컬사에서 발행된 『경성로컬京城ロ一カル』이라는 잡지가 희귀본이라서 현재까지 판본을 확인한 것은 제9집 뿐이다. 1940년 춘계호春季號인 제9집에는 총 4편의 야담이 수록되었고, 그 중 2편이 1944년판에 재수록되었다.[15]

흥미로운 사실은 1944년판에 수록된 〈17. 조선인삼의 유래朝鮮人蔘の由來〉는 이마무라 도모에今村鞆(1870-1943)가 『조선 야담·수필·전설』에 〈인삼유래기人蔘由來記〉라는 제목으로 수록한 글과 동일하다는 점이다.[16] '조선문화의 개척자'[17]로까지 평가받는 민속학자 이마무라는 수많은 인삼 관련 연구를 남겼는데, 인삼전설에도 관심을 보였다. 〈인삼유래기〉의 줄거리는 신비한 약초를 팔아 부자가 된 사람이 있었는데, 엿보기 좋아하는 젊은이가 그 신비한 약초가 궁금해 제조 과정을 염탐해 보니, 약초장수 집의 큰 상자 안에 갓난아기가 가득했다. 이를 신고하자, 약초장수는 군수의 문초에도 불구하고 사실을 밝히면 같은 범행자가 발생하므로 그 비밀을 밝히지 않은 채 처형당한다. 군수는 신고한 젊은이에게 식물을 상으로 주었고, 이를 5년간 정성껏 키우자 꽃이 피고 열매가 맺어 비로소 인삼 재배가 퍼졌다는 내용이다.

최상수는 무슨 이유인지 확인할 수 없지만, 적어도 이마무라의 글을 그대로 전재했다는 것만은 확실하다. 이마무라는 1943년 사망했기 때문

---

14 森川清人編, 위의 책, p.2.
15 제9집에는 필자 불명의 야담 〈純情膚れの人妻〉, 〈秘境に豫言を知る〉, 〈雷親爺と棘女房〉, 〈王様と儒者の話〉 4편이 실렸고, 1944년 단행본에는 그 중 〈雷親爺と棘女房〉, 〈王様と儒者の話〉 2편이 재수록되었다. 본문은 소명출판 편, 『아단문고 미공개 자료 총서』4 (소명출판, 2011)를 참고.
16 森川清人編, 위의 책, pp.11~14.
17 가와무라 미나토, 유재순 역, 『말하는 꽃 기생』(소담, 2002), p.76.

에, 문제가 되지 않을 것으로 판단했을 가능성이 있고, 이마무라의 허가 없이 무단으로 사용한 것으로 보인다. 이에 대한 문제를 인식했는지, 1958년판에는 수록되지 않았다.

전술한 바와 같이, 최상수는 해방 후에 간행한 수종의 전설집을 한데 모아 1958년에 증보판 『한국민간 전설집』(통문관)으로 집대성했는데, 1958년판은 지역별로 전설을 정리하였다. 이를 바탕으로 양자를 대조하면 〈표1〉과 같다.

〈표1〉 1944년판과 1958년판의 지역별 전설수

	1958판	1944판	전설 작품 번호
경기	59	5	1, 43, 44, 48, 49
충북	6	1	31
충남	36	2	5, 58
전북	6	2	2, 50
전남	4	1	4
제주	4	0	
경남	17	1	20
경북	63	14	23, 27, 28, 35, 37, 38, 47, 52, 53, 54, 55, 56, 57, 59
황해	48	2	30, 34
평남	22	7	22, 24, 29, 32, 36, 40, 41
평북	4	5	3, 6, 21, 26, 51
강원	24	11	7, 8, 9, 10, 11, 12, 13, 14, 15, 16, 45
함남	14	0	
함북	10	0	
기타민담		5	17, 42, 46, 60, 61
야담 등		4	18, 25, 33, 39
불명		1	19

1958년판에 수록된 설화수는 총 317편 중 경북(63편), 경기(59편), 황해
(48편), 충남(36편) 순인데, 1944년판은 경북(14편), 강원(11편), 평남(7편), 경기
(5편) 순이다. 전술한 바와 같이 보통학교 시절 담임선생님 김용우의 영향
으로 경주 설화에 관심을 갖고 경북을 중심으로 설화를 수록하였음을
알 수 있다. 경북전설 중에는 신라설화가 다수 수록되었다.

최상수의 1944년판뿐만 아니라, 일본어 조선설화집에는 신라설화가
압도적으로 많이 수록되었는데, 1910년대 중반 이후, 조선총독부가 본격
적으로 실시한 조선 고적조사 사업을 통해 경주가 새롭게 고도古都로서
정비되면서 경주의 관광지화가 함께 신라 설화가 각광을 받았기 때문이
다. 최상수의 1944년판에도 61편 중 13편의 신라 설화가 수록되었다.[18]
식민지시기에 일본인에 의해 간행된 일본어 조선설화집에도 신라설화
가 다수 수록되었고, 신라설화를 수록한 설화집은 〈석탈해 설화〉와 〈연
오랑 세오녀 설화〉를 주로 수록하였다.[19] 식민지시기에 수많은 일본인
논자에 의해 신라 4대 탈해왕은 일본인으로 해석되어, 〈석탈해 설화〉와
〈연오랑 세오녀 설화〉는 '일선동조론'에 이용되었는데, 최상수는 해방
후의 1958년에는 이들 설화를 수록했지만, 1944년판에는 수록하지 않고,
당대의 '일선동조론'과 거리를 두었다는 점에서 평가된다. 최상수는 〈석
탈해 설화〉보다는 〈박혁거세 및 알영설화〉에 관심을 보였고, 중복해서

18 이하의 13편이 수록되었다. 〈9. 내금강의 흑사굴(內金剛の黑蛇窟)〉, 〈14. 단발령의
유래(斷髮嶺の由來)〉, 〈20. 통도사의 개기(通度寺の開基)〉〈27. 신라의 시조, 박혁
거세(新羅の始祖, 朴赫居世)〉, 〈28. 신라의 시조는 용의 자손(新羅の始祖は龍の孫)〉,
〈47. 최치원의 부친 금돼지(崔致遠の父金猪)〉, 〈52. 포석정의 애화(鮑石亭の哀話)〉,
〈53. 김대성(金大城)〉, 〈54. 무영탑과 영지(無影塔と影池)〉, 〈55. 효불효교(孝不孝橋)〉,
〈56. 금척릉(金尺陵)〉, 〈57. 천관사 연기(天官寺緣起)〉, 〈59. 알영정(閼英井)〉.
19 식민지 시기의 신라담론과 신라설화에 대해서는 다음 논문을 참고. 김광식, 「근대
일본의 신라 담론과 일본어 조선설화집에 실린 경주 신화·전설 고찰」, 『연민학지』
16집(연민학회, 2011).

〈27. 신라의 시조, 박혁거세新羅の始祖, 朴赫居世〉, 〈28. 신라의 시조는 용의 자손新羅の始祖は龍の孫〉, 〈59. 알영정閼英井〉 신라설화를 3편 수록하여, 당시 일본인이 간행한 일본어 조선설화집과는 커다란 변별성을 지닌다.

4. 판본 대비

먼저 1944년판과 해방 후의 1947년판 및 1958년에 수록된 설화의 관련성을 표기한 것이 〈표2〉이다.

〈표2〉 1944년판, 1947년판, 1958년판의 유사설화 대응표

豊野實『朝鮮の傳說』 (大東印書館, 1944)	崔常壽『朝鮮民間傳說集』 (乙酉文化社, 1947)	崔常壽『韓國民間傳說集』 (通文館, 1958)
1仙女の座つてゐた「ソンバ쿠」〈경기〉	11홀어미 城〈緣起傳說〉	8선바위
2申夫人のホルオミ城〈전북〉	69車泉의 오이〈異物交媾傳說〉	103홀어미城
3道僧とアキバ쿠〈평북 강계군〉		애기 바위〈平北,목차뿐〉
4車泉と妻裏館〈전남〉		109車泉의 오이
5論山彌勒佛の來歷〈충남〉	13天祭峰의 벼락바위〈岩石傳說〉	90大鳥寺의 彌勒大像
6車輦館の天祭峰〈평북〉	110天女의 깃옷〈其他傳說〉	266天祭峯의 벼락 바위
7天女と羽衣〈강원〉		287仙女의 깃옷
8五十三佛の傳說〈강원〉	7內金剛의 黑蛇窟〈緣起傳說〉	291楡帖寺와 五十三佛
9內金剛の黑蛇窟〈강원〉		273內金剛의 黑蛇窟
10鳴淵潭の哀話〈강원〉	6普德窟의 觀音菩薩〈緣起傳說〉	279鳴淵潭
11普德窟と觀音菩薩〈강원〉		284普德窟의 觀音菩薩
12京城奠都と金剛山の名僧〈강원〉		305本宮과 李太祖〈유사설화〉
13名僧術試合〈강원〉	39斷髮嶺〈地名傳說〉	275泗溟堂과 西山大師
14斷髮嶺の由來〈강원〉		280斷髮嶺
15外金剛の少年沼〈강원〉		少年沼〈분포표〉
16獅子岩〈강원 회양군〉		獅子岩〈분포표〉
17朝鮮人蔘の由來〈민담풍〉	8慈裝律師와 通度寺〈緣起傳說〉	136義狗塚〈경북〉〈유사설화〉,土城의 義狗塚〈平南, 목차뿐〉
18朝鮮綿の始祖〈문익점〉		126慈藏律師와 通度寺
19義狗塚〈불명〉		孝子 禹山堂〈平北, 목차뿐〉
20通度寺の開基〈경남〉		
21孝行者の禹山堂〈평북〉		181龍馬淵
22七佛寺〈평남 안주군〉		260白鷺里
23白將軍と龍馬〈경북 대구〉	58李太祖와 義州점장이〈王業傳說〉	
24白鷺の報恩〈평남〉		268李太祖와 義州 점장이
25漢陽定都の傳說〈불명, 야담류〉	64朴氏의始祖〈始祖傳說〉	195蘿井

* 순번과 팔호안은 필자가 추가
** 밑줄은 1944년판에만 있는 설화

4.1. 1944년판에만 존재하는 설화

1944년판에는 61편의 설화가 수록되었고, 1958년판에는 317편의 전설이 수록되었다. 〈표2〉와 같이 1944년판의 전설 대부분이 약간의 변형을 거쳐 1947년판과 1958년판에 수록되었음을 확인할 수 있다.

먼저, 1944년판에만 실린 설화를 검토하고자 한다. 1946년 10월에 집필된 손진태의 서문에 최상수는 '지난 십 삼년간 남모르게 꾸준한 노력으로 이미 일천 수백편의 조선전설과 설화를 수집하였'다고 증언하였다.[20] 실제로 1959년판 〈일러두기〉에서 최상수는 다음처럼 적기하였다.

> 이 책은 해방 직후인 서기 1946년(정확하게는 1947년임·인용자주)에 발간된 나의 "조선민간 전설집", "조선지명 전설집"과 그 뒤 1947년(정확하게는 1949년임 -인용자주)에 발간된 "조선구비 전설지"를 이번에 일성당(최종적으로 출판은 통문관에서 나옴·인용자주)에서 다시 간행하게 되었으므로 이 셋을 합치고 또 아직 발표하지 않은 6백 수십 편의 나의 전설 광우리 속에서 수십 편만을 꺼내 보태어 된 것이다.[21]

손진태도 최상수도 1944년에 최상수가 일본어로 전설집을 발간한 사실은 지적하지 않는 등 사실 관계에 의도적 '착오'가 존재한다. 어쨌거나 최상수는 1930년대부터 13년간 조선설화를 일천 수백편 수집하였고, 해방 후 이를 정력적으로 잡지와 단행본으로 발표하였다. 그리고 최종적으로 1958년판 작성 시기에 공개하지 않은 600편의 이야기를 '광주리 속'에 남겨두었음을 알 수 있다. 결국 미공개된 채로 남겨진 600편의 설화의 전모를 찾아내는 작업이 요청되지만, 우선 본고에서는 1944년판을 통해

---

20 최상수, 『조선민간 전설집』(을유문화사, 1947)의 손진태 서문 p.2 참고.
21 최상수, 『한국민간전설집』(통문관, 1958), p.12.

그 일부를 확인하고자 한다.

〈12 경성 정도와 금강산 명승京城奠都と金剛山の名僧〉은 1958년판 〈305. 本宮과 李太祖〉와, 〈19. 의구총義狗塚〉은 1958년판 〈136. 義狗塚〉과, 〈32. 의원과 호랑이お醫者さんと虎〉는 1958년판 〈307. 兪氏 墓地〉와, 〈40. 아이 낳게 해주는 불상子授け佛〉은 1958년판 〈30. 龍尾里의 石佛立像〉과 유사한 모티브를 지니고 있어 1958년판에는 재수록되지 않았을 가능성이 존재한다.

1958년판 목차에는 수록된 전설과 더불어, 각 도마다 수록되지 않은 전설의 타이틀을 포함되었는데, 지면 관계상 일부 전설만이 수록되어 있어 그 전모를 현재로서는 파악할 수 없다. 1944년판의 〈3. 도승과 아기바위道僧とアキバ가〉과 〈21. 효행자의 우산당孝行者の禹山堂〉은 평안북도의 전설인데, 이 전설이 수록되어 있어, 지금은 채록 곤란한 이북 설화를 2편 복원할 수 있다. 또한 목차에는 존재하지 않지만, 부록의 〈분포표〉를 통해 그 출처를 확인 가능한 전설로는 〈15. 외금강의 소년소外金剛の少年沼〉와 〈16. 사자암獅子岩〉을 확인할 수 있다.

1958년판의 목차와 부록의 〈분포표〉에도 적기되지 않은 설화는 아래와 같다.

17. 조선인삼의 유래朝鮮人蔘の由來　〈민담풍, 이마무라의 글을 게재〉
18. 조선면의 시조朝鮮綿の始祖　　〈문익점〉
22. 칠불사七佛寺　　　　　　　　〈평남 안주군〉
25. 한양정도의 전설漢陽定都の傳說　〈야담류〉
29. 뱀의 보은蛇の恩返し　　　　　〈평남〉
33. 호랑이 퇴치虎の立ち退き　　　〈야담류〉

37. 지맥에 놓은 뜸地脈に据ゑたお灸 〈경북〉

39. 비늘 황녀鱗の皇女　　　　　　 〈고려, 야담류〉

42. 까마귀가 된 처녀烏となつた娘 〈민담풍, 까마귀 기원〉

46. 봉선화鳳仙花　　　　　　　　 〈민담풍〉

51. 양신봉과 운림지兩臣峰と雲林池 〈평북 자성군〉

60. 청개구리의 한탄雨蛙の歎き　 〈민담풍, 청개구리 불효〉

61. 해님과 달님お日樣とお月さま 〈민담풍, 해와 달이 된 오누이〉

위처럼 1944년판에 수록된 61편 중에는 야담류와 민담이 수편 수록되어 있다. 후술하듯이 1958년판에서 최상수는 야담류와 민담을 제외하고 전설만을 모아서 보다 학술적인 전설집으로 발전시켰다고 할 수 있다.

4.2. 1958년판에 재수록된 전설의 개편양상

계속해서 1958년판에 재수록된 전설의 개편양상을 고찰하고자 한다. 우선 결론적으로 말하면, 1944년판과 1958년판에 공통으로 실린 전설의 내용은 기본적으로 같으나 세부적으로 살펴보면 일부가 달라져 있다. 1930년대에 동일 채록자가 동일 제보자에게서 채록한 동일 설화를, 1944년판에는 일본어로, 1958편에는 한국어로 수록하다 보니 내용이 같은 것은 당연한 이치일 수 있겠다. 하지만 여러 면에서 괄목할 만한 변화가 이루어졌다.

첫째, 1944년판과는 달리 구체적인 지역명, 채집자, 채집 시기가 비로소 밝혀져 있어 학술적인 가치를 높이고 있다.

둘째, 제목도 다듬어져 있다.

셋째, 서술 순서의 변화, 표현상의 미묘한 차이, '평서형(である)'과 '정중형(ます)' 문체의 혼용에서 평서형으로의 통일, 도입부와 결말부분의 차이 등이 확인된다. 그 양상을 자세히 적시하면서 그 의미를 해석해 보고자 한다. 이 가운데에서 제목의 변화는 특별한 경우만 거론하기로 한다.

우선 최소한의 수정에 그친 작품 중 〈2. 신부인의 홀어미성〉과 〈30. 신기한 풍이라는 글자〉를 살피고, 임진왜란 시기를 배경으로 한 〈36. 천도래〉를 살피고자 한다. 이어서 다소 수정을 가한 작품 〈7. 선녀와 깃옷〉, 〈23. 백장군과 용마〉, 〈44. 대정천과 온혜룽〉, 〈50. 군산 용당포의 내력〉을 중심으로, 해방 전후 텍스트의 차이를 적시하고 그 의미를 살펴보기로 한다.

신부인의 홀어夫人のホルオミ城

2. 申夫人のホルオミ城 신부인의 홀어미성[22]	103. 홀어미城
전라북도 순창읍에서 담양으로 가는 큰 길을 약 <u>10분간</u> 정도 가면, 『홀어미 성』이라고 하는 묘하게 생긴 성이 바로 옆으로 보이는데, 여기에는 눈물겨운 전설이 담겨 있다.(주, 홀어미는 조선어의 미망인의 뜻) 옛날, 순창읍에는…… (이하 동일, 단지 설씨, 박씨의 차이 뿐) 같은 동네에 <u>설薛씨</u>라고 하는 …… 죽은 남편의 뒤를 따라 죽고 말았다고 한다. 부인의 죽음을 한없이 안타까워하고, 슬퍼한 사람들은 부인이 쌓은 성을 그런 일이 있은 뒤 사람들은 그 과부의 쌓은 그 성을 『홀어미 성』이라고 부르며 오늘에 전해진다는 것이다.	전라북도 순창군에서 담양으로 가는 큰 길로 약 <u>2리</u> 가량 가면 바로 길 옆에 "홀어미 성"이라고 하는 묘하게 생긴 성이 있다. 옛날, 순창읍에는…… 그런데 같은 동네에 <u>박씨</u>라고 하는…… …… 죽은 남편의 뒤를 따라 죽고 말았다고 한다. 그런 일이 있은 뒤 사람들은 그 과부의 쌓은 그 성을 "홀어미 성"이라 부르고, 그 이름이 지금까지 전해 내려오고 있다. 1934년 1월 담양군 읍내, 이치우씨 담.

첫째, 제목을 '신부인의 홀어미성'에서 '홀어미성'으로 바꾸었다. 여자 주인공의 성이 신 씨임에는 틀림없지만, 현지에서 그 부인과 관련한 성을 '홀어미성'이라 부르는 것으로 전설에 나오므로, 그 이름 그대로 제목을 삼는 게 좋다고 판단해 그렇게 다듬은 것으로 여겨진다.

둘째, 1944년판에서는 '10분간'이라 하고 1958년판에서는 '2리'라고 하였다. 제보자는 우리말로 里로 말한 것인데, 일본어로는 번역이 어려워 10분으로 의역해 적었다가, 우리말로 낼 때는 원형대로 표기했던 것이 아닌가 한다. 한국어의 2리는 일본어의 0.2리에 해당된다. 일본어로 0.2리라고 소수점으로 표기하는 것을 회피한 것이다.

셋째, 1944년판에서는 신부인의 남편을 설薛씨라고 했는데 1958년판에서는 박씨라고 하였다. 순창 설씨도 있고 순창 박씨도 있기 때문에 어느 것으로 해도 개연성은 있다. 다만 1934년 1월에 채록할 당시에 설씨로 조사된 게 분명하므로 1958년판에도 설씨라고 하는 게 맞을 텐데 왜 박씨로 바꾸었는지 궁금하다. 1944년판을 본 그 지역 독자가 박씨가 맞다고 강하게 주장했을 수도 있다. 전설은 흥미 위주의 민담과 달리 사실과 증거물을 중시하는 갈래이므로, 구연자와 청중 간에 사실과 해석을 두고 종종 논쟁이 벌어지는 경우가 많다는 점에서 그럴 가능성이 있기 때문이다. 아니면 설씨라고 된 것과 박씨라고 된 것, 두 개의 각편이 있었는데, 1944년판에서는 전자를, 1958년판에서는 후자를 텍스트로 삼다 보니 이런 차이가 생겼을 수도 있겠다.

넷째, 결말부에서 1944년판에는 '부인의 죽음을 한없이 안타까워하고 슬퍼한 사람들은 부인이 쌓은 성을'이라는 내용이 더 들어있는데, 1958

22 이하 1944년판 전설 제목의 괄호 안 국역 및 내용 번역은 필자에 의한 것임.

년판에서는 이 부분을 삭제하였다. 비교해 보면 그 부분은 사실상 뒷문장과 유기적으로 잘 연결되지 않아 삭제하는 것이 더 자연스럽다. '홀어미 성'이라고 부른 것과 '부인의 죽음을 한없이 안타까워하고 슬퍼한' 것 사이에 긴밀한 인과관계가 있다고 보기 어렵기 때문이다. 아마도 1958년판에서는 이 점을 인식해 이 대목을 제거함으로써 좀 더 단순하면서도 여운은 더 남는 효과를 가지게 한 것으로 보인다.

신기한 풍이라는 글자不思議な風といふ字

30. 不思議な風といふ字 신기한 풍이라는 글자	219. 백세청풍
황해도 해주에는 백이숙제의 묘소가 **있습니다**. 거기에 높이 3丈이 넘는 큰 비석이 세워져 거기에 「백세청풍」 4자가 새겨져 있습니다. 이 새겨진 글자에 쌀을 넣으면 5말斗정도는 가볍게 들어간다고 말해집니다. 이를 보아도 얼마나 큰 글자인지 상상이 됩니다. 　옛날 이 비를 세울 때에 대소동이 일어났던 모양입니다. 글자는 주희가 쓴 것이고 그 「백세청풍」의 4자를 배에 실어 멀리 황해를 건너 지나에서 가져온 것입니다. 그런데 무사히 가져 왔으면 좋았을 텐데, 도중 큰 시련에 봉착했습니다. 매우 파도가 높고, 바람이 강해서 배가 나아가지 못하고 어찌할 바를 몰랐습니다. 그때 승선한 한 사람이 재빨리 풍자를 버려야 한다. 이 네 글자 중 풍자가 가장 훌륭하게 적혀 있어 그것이 노여움을 사서 낭풍浪風이 일어난게 틀림없다. 빨리 이 풍자를 바다 속에 버리시오. 그러면 파도는 그칠 것이라고 말했습니다. 그가 그렇게 말하고 믿었으므로 다른 사람들도 전후 생각 없이 그저 찬성해 버렸습니다. 그리고 바로 그 글자를 바다에 버리자, 참으로 신기하게도 곧 해상이 고요해져, 마치 거울처럼 돼 버렸습니다. 　이윽고 배가 해주에 도착하자 곧장 그 석비를 수양산 아래에 세우도록 준비했습니다. 그러나 생각해 보니 풍이라는 글자가 부족하므로 이를 어떻게 해야 할지 몰라 난처해졌습니다.	황해도 해주, 수양산 남쪽 기슭에 있는 청풍동 청성묘 앞에 "백세청풍"이라는 비석이 서 있으니 이조 숙종 24년에 해주 감사 이언경이 송나라 주희가 썼다고 하는 "백세청풍"의 넉자를 비석에 새겨서 사당 앞에 세운 것인데, 비석의 높이는 10척3촌이나 된다. 　지금으로부터 2백30여 년 전, 청나라에서 이 넉자를 배에 …… 　1936년1월 해주 김영진씨 담

그러자 어디에서 왔는지 홀연히 한 동자가 나타나 「나는 수양산인이라 하는데 심히 무학이지만 그 풍자를 내게 쓰도록 해주시오」하고 말하면서 곧바로 큰 글자를 써 버렸습니다. 그것이 또한 손색없이 훌륭한 문자였으므로 모두 그저 혀를 내두르며 감탄했습니다.

어쨌거나 매우 좋았기 때문에 그것을 새겨 보충할 수 있게 되었습니다.

신기한 것은 이 동자입니다. 풍자를 쓰고 나서 불과 몇 시간 후 갑자기 심히 괴로워하는가 싶더니, 피를 토하고 죽어 버렸습니다.

첫째, 서두가 약간 다르다. 1944년판의 서두에서는 "황해도 해주에는 백이숙제의 묘소가 있습니다. 거기에 높이 3丈이 넘는 큰 비석이 세워져 거기에 「백세청풍」 4자가 새겨져 있습니다. 이 새겨진 글자에 쌀을 넣으면 5말¼정도는 가볍게 들어간다고 말해집니다. 이를 보아도 얼마나 큰 글자인지 상상이 됩니다."라고 하여, 비석에 새겨진 네 글자가 크고 깊다는 것을 강조하였는데, 1958년판에서는 "비석의 높이는 10척 3촌"이라고 하여 비석의 높이만 밝혔을 뿐 글자의 크기나 깊이는 강조하지 않고 있다. 아마도 1944년판에서처럼 서술하게 되면 자칫 이 전설의 초점이 이 글자의 크기나 깊이에 있는 것으로 오인할 수도 있고, 자칫 민담적인 과장이나 허구성이 두드러져 이 전설의 사실성에 영향을 미칠 수도 있어 이렇게 다듬은 것으로 여겨진다. 그 뒤의 내용이 글자의 크기나 깊이와 유기적인 관련을 갖고 전개되지는 않는다. 글자가 크기만 해서 다른 이가 못 쓴 게 아니라 그 글자가 유독 훌륭해 채울 수 없었던 것인데, 신비한 동자가 나타나 혼신을 다해 그 글자를 채워 넣음으로써 문제 해결에 이르렀다는 데 초점이 맞추어져 있으므로, 텍스트에 충실하게 수정한 것이라 하겠다.

36. 千度來천도래	244. 천도래
옛날 선조왕 때의 일입니다. 왕은 당시의 전란을 피해 평양에서 더욱 의주 쪽으로 피해 갔습니다. 그 도중, 얼마동안 강서에 머무르게 되었습니다. (중략) 그 후, 임금님이 하사하신 토지를 「천도래」라고 해서 오랫동안 기념되고 있습니다.	임진왜란 때, 선조왕께서는 병란을 피하여 의주로 파천해 가시는 길에 평안남도 강서란 곳에서 얼마동안 머무르시게 되었다. (중략) 그 때, 그 농부가 상감께 드리고자 벼 익은 것을 보기 위하여 내왕 천번을 하였다고 해서 하사하신 토지를 "천도래"라 하였다고 한다. 1937년8월 강서군 성대면 한세광 씨 담

〈36. 천도래千度來〉는 61화 중 임진왜란을 시대배경으로 하는 유일한 전설이다. 1958년판의 부록의 '한국전설 분류 색인'에 의하면, 최상수는 〈효자전설〉, 〈불상전설〉, 〈열녀전설〉, 〈지명전설〉 등과 함께 〈임진왜란에 관한 전설〉[23]을 따로 나누고 있어, 임진왜란에 관한 전설에 관심을 지녔음을 알 수 있는데, 1944년에 수록된 관련 설화는 이 〈천도래〉 1편 뿐이다. 1944년판과 1958년판에 실린 〈천도래〉의 내용은 유사하지만, 서술에는 다소 차이가 있다. 1944년판에는 식민 당국의 검열을 의식했는지 선조가 '당시의 전란을 피해' 의주에 피신한 것으로 기술되었으나, 1958년판에서는 '임진왜란 때, 선조왕께서는 병란을 피하여 의주로 파천'했다고 기술하였다. 또한 1944년판에는 '천도래'라는 지명의 유래를 명확히 제시하지 않았지만, 1958년판에는 천번을 내왕하여 천도래라 하였다는 사실을 명기하여 지명전설로서의 성격을 분명히 하였다.

계속해서 서술상의 변화 등 다소 수정을 가한 작품 중, 중요하다고

---

23 최상수, 『한국민간전설집』(통문관, 1958), p.578.

판단되는 작품을 살피고자 한다.

선녀와 깃옷天女と羽衣

7. 天女と羽衣선녀와 깃옷	287. 선녀의 깃옷
옛날, 온정리에 퍽 가난한 초부가 살고 있었는데, 매일 같이 금강산 속으로 들어가 일을 하고 있었**습니다**. 어떤 날 사슴 한 마리가… **정중체(습니다체)** 〈이하 동일하나, 도중 순서 바뀜, 내용은 동일〉……안심한 것이 잘못이었습니다. 깃옷을 본 선녀는 그것을 손에 받기가 바쁘게 두 아들을 양 편 팔에 끼고 훨훨 하늘로 올라가 버렸다고 합니다. 아무리 사람의 자식이지만 …	옛날, 강원도 금강산 온정리에 퍽 가난한 초부가 살고 있었는데, 매일 같이 금강산 속으로 들어가 일을 하고 있었다. 어떤 날 사슴 한 마리가… 〈이하 동일하나, 순서 바뀜〉 그런데 하루는… 보여주었다. 깃옷을 본 선녀는 그것을 손에 받기가 바쁘게 두 아들을 양 편 팔에 끼고 훨훨 하늘로 올라가 버렸다고 한다. 여기서 그는 후회하게 되었으니…… 1933년 8월, 회양면 이세룡씨 담

첫째, 구어체에서 문어체로 개편하였다. 구어체로 할 경우 구술한 그대로 적은 듯해서 구비전승으로서의 현장감을 느끼게 하는 효과를 발휘할 수 있어 일단 긍정적이라 하겠다. 하지만 모든 자료가 구어체로 되어 있다면 모르지만, 1944년판을 보면 어떤 것은 문어체이고 어떤 것은 구어체로서 일관성이 없다. 그래서 1958년판에서는 차라리 다소 딱딱할 수는 있지만 문어체로 다듬어 통일시킨 것으로 보인다. 이와 같은 사례는 〈14. 단발령의 유래斷髮嶺の由來〉, 〈23. 백장군과 용마白將軍と龍馬〉, 〈30. 신기한 풍이라는 글자不思議な風といふ字〉, 〈36. 천도래千度來〉 등에서도 확인된다.

둘째, 서술 순서가 달라졌다. 설화에서 서술 순서는 때로 의미상의 변화를 초래할 수 있다. 1944년판에서는 "①그런데 어느 날 거듭 처가 부탁하는 대로 깃옷을 천녀인 처에게 보이고 말았습니다. ②여기서 그는 후회하지 않으면 안됩니다. 그것은 노루가 "세 아이를 낳을 때까지 깃옷을 돌려주지마라"고 말한 것을 파기해 버린 것입니다. 이제 둘째까지 생겼기에 하고 안심한 것이 잘못이었습니다. ③깃옷을 본 선녀는 그 것을 손에 받기가 바쁘게 두 아들을 양 편 팔에 끼고 훨훨 하늘로 올라가 버렸다고 합니다. ④아무리 사람의 자식이지만"으로 되어 있으나, 1958년판에서는 "①그런데 하루는 아내가 전부터 졸라 오던 대로 깃옷을 아내인 선녀에게 보여 주었다. ③깃옷을 본 선녀는 그것을 손에 받기가 바쁘게 두 아들을 양 편 팔에 끼고 훨훨 하늘로 올라가 버렸다고 한다. ②여기서 그는 후회하게 되었으니 그것은 사슴이 '아들 셋을 낳을 때까지는 깃옷을 내어 주지 마시오.' 한 약속을 어기었던 것이다. 아들을 둘이나 낳았으니까 하고 안심한 것이 잘못이었다. ④아무리 사람의 자식이지만"으로 되어 있다. 내용은 같은데 단락의 배열 순서가 다르다. 1944년판은 ①②③④의 순서인데, 1958년판에서는 ①③②④로 바뀌었다. 왜 바꾸었을까? 1944년판의 순서대로 하면, 아내에게 깃옷을 보여주자마자 후회한 셈이 되어 서술이 부자연스럽다. 그 앞에서, 이미 보여주어도 괜찮다고 나름대로 판단해서 보여준 것인데, 보여주자마자 후회했다고 하는 것은 어색하기 때문이다.

1958년판에서는 이 문제를 해소하는 방향으로 서술을 다듬었다고 보인다. 깃옷을 본 선녀가 두 아들을 데리고 승천해 버리는 충격적인 사태가 벌어졌고, 이 일이 자신의 실수 때문에 빚어졌다는 것을 깨달았기에 후회하기에 이르렀다고 서술함으로써 아주 매끄러워졌다. 이를 보면, 최상수의 채록 작업은, 오늘날처럼 녹음한 다음에 이를 그대로 전사해 보고하는 것과는 달리, 제보자가 발화한 것의 줄거리만 적되 최대한 자세하게 속기하였다가 나중에 다시 완전한 문장으로 다듬어서 자료집을 출간했던 것이 아닌가 여겨진다. 제보한 그대로를 전사해 자료집으로 낸 것이라면, 위에서 보이는 것과 같은 차이가 생기기는 어려울 것이다. 본인 스스로가, 1944년판이 완전하지 않을 수 있다고 의식하였기에 1958년판을 만들 때에는 좀 더 자연스러운 서술로 다듬는 데 주저하지 않았던 것이리라. 더욱이 전문연구자를 위한 학술자료집이라기보다는 일반 대중에게 우리 전설의 존재를 알리려는 목적이 더 컸기에 이런 다듬기가 이루어진 것으로 해석된다.

백장군과 용마白將軍と龍馬

23. 白將軍と龍馬백장군과 용마	181. 용마연
대구 남쪽에 비파산이라는 산이 **있습니다**. 그 산을 따라 대구 동쪽 교외를 흘러 금호강과 만나는 천을 대구내대구천라 합니다. 이 대구천은 옛날에는 대구 서쪽을 흘렀습니다. 그러므로 홍수가 날때마다 항상 범람하여 많은 주민이 곤란하였습니다. 　그 당시 이숙李淑이라는 사람이 있었습니다. 「이것을 남쪽에서 동쪽으로 흐르게 하면 좋겠지」하고 말하며 새롭게 천을 정비해 수역을 동쪽으로 끌었습니다. 그리고 튼튼한 제방을 쌓아 무슨 일이 있어도 수해를 맞는 일은 없어졌습니다. 　그 후의 일입니다. 이 대구천 못에 용마가 살고 있다는 소문이 자자하였습니다.……. 　……그만 붙잡히고 말았습니다. 　대단히 고심하여 잡은 이 용마를 소중히 먹여 두었는데, 그 후 백 장군은 이 용마를 타고 하늘 높이 올라가 버렸다는 것입니다.	옛날, 경상북도 대구 봉덕동 대구내 못에 용마가 살고 있다는 소문이 자자하였다…… 그만 붙잡히고 말았다. 　그 뒤 백 장군은 대단히 고심하여 잡은 이 용마를 소중히 먹여 용마와 같이 하늘 높이 올라갔다고 하는데, 이리 하여 그 못을 "용마연"이라 부른다고 한다. 　1936년 9월 대구부 조영제씨 담

　첫째, 서두가 달라졌다. 1944년판의 서두에는 "대구 남쪽에 비파산이라는 산이 있습니다. 그 산을 따라 대구 동쪽 교외를 흘러 금호강과 만나

는 천을 대구내(대구천)라 합니다. 이 대구천은 옛날에는 대구 서쪽을 흘렀습니다. 그러므로 홍수가 날때마다 항상 범람하여 많은 주민이 곤란하였습니다. / 그 당시 이숙李淑이라는 사람이 있었습니다. 「이것을 남쪽에서 동쪽으로 흐르게 하면 좋겠지」하고 말하며 새롭게 천을 정비해 수역을 동쪽으로 끌었습니다. 그리고 튼튼한 제방을 쌓아 무슨 일이 있어도 수해를 맞는 일은 없어졌습니다. / 그 후의 일입니다."라고 하는 대목이 들어 있었는데, 1958년판에서는 생략하였다. "옛날, 경상북도 대구 봉덕동 대구내 못에 용마가 살고 있다는 소문이 자자하였다."로 시작하고 있다. 왜 그 부분을 제거하였을까? 이 전설의 초점을 백장군과 용마, 또는 용마연으로 집약하기 위해 그랬던 것으로 보인다. 1944년판대로 하면, 마치 이 전설이 비파산 아니면 대구내(대구천) 또는 이숙이라는 인물의 이야기가 아닐까 하는 기대를 가지게 할 만하다. 특히 이숙의 등장과 그가 대구천의 제방을 정비해 수해를 없애주었다는 대목은 이 전설을 인물전설로 여기기에 충분하다. 하지만 이 전설의 전체 내용을 보면 분명히 백장군과 용마 또는 용마연에 대한 전설이다. 이런 까닭에, 1958년판에서는 과감하게 1944년판의 서두 부분을 할애한 것으로 보인다. 이런 점에서, 최상수는 채록한 그대로 제시하기보다는 여러 가지를 고려하여 텍스트의 일부를 가다듬는 편집자적인 개입을 했던 것으로 여겨진다.

둘째, 제목을 바꾸면서 결말부에서 지명에 대한 언급이 들어갔다. 이 전설이 인물전설이 아니라 지명전설로서의 성격이 두드러진다는 점에서, 제목의 변화는 적절할 것이며, 이에 따라 지명 전설다운 결말로 다듬은 것도 자연스럽게 보인다.

44. 大井泉と溫鞋陵 대정천과 온혜릉	17. 온혜릉
①고려의 구도 개성은 찬란한 역사와 명승고적이 많은 곳일뿐 아니라 지금도 인구에 회자되고 있다. 많은 전설 중에서 숨겨진 채 널리 알려지지 않은 이야기를 살펴보도록 하자. ②개성 시가지에서 약 30리나 떨어진 서면西面이라는 곳에 「대정동」이라는 작은 마을이 있다. 일전에는 멀리 예성강 맑은 물을 시작으로, 오봉산과 송악산의 수려한 산수로 둘러싸인 곳에 작은 못이 있었는데, 못 부근에 용궁당이라는 사당이 서 있다. 이 못 중앙에는 기묘한 암석이 흡사, 바다위에 떠 있는 섬처럼 존재한다. 이 암석에는 큰 구멍이 분수구처럼 열려 있고, 맑은 물이 용솟음쳐 나온다. 이것이 소위 「대정大井」이라는 것이다. ③이 샘은 안에서 멀리 서해를 빠져 나가며, 또 옛날 용녀의 출입하는 용궁당으로 연결되는 용궁문이었다고도 전해진다. 샘 밖에는 물고기들이 유유히 움직이고 있는데, 누구 하나 그것을 잡으려고 하지 않았다. 그 이유는 만약에 한마리라도 잡으면 신의 노여움을 사게 되며, 그는 이미 이 세상 사람으로 살 수 없다는 무서운 전설이 전해진다. 왜냐하면 그들은 바위 속에 있는 용왕을 지키는 물고기라고 믿어지기 때문이다. 따라서 이 못에 있는 물고기는 수백년이 지난 오늘날에 이르기까지 누구도 손을 대는 이는 없던 것이다. 사람들은 못 앞에 용궁당이라는 당묘를 세우고, 지금도 부인들 중에는 그들의 명복을 기원하고 있다. ④그럼 우리는 이 못에 숨겨진 「대정大井」의 슬픈 이야기를 살펴**봅시다.** 그 옛날 태조의 조부되시는……〈동일〉 ⑤지금도 온혜릉은 송악산 자락에 외롭고 슬픈 옛 이야기를 생각케 한다. 그녀가 몸을 던진 이 대정천 그분 촌락에는 괴기한 것이 나타난다고 하여, 초봄의 맑은 날에 방문하면 부인들이 이 적적한 사당 앞에 모여 그 안	②개풍군 서면 개성리 대정동에 넓이 30평 가량, 깊이 3,4척 가량 되는 못이 있고, 이 못 가운데 구멍이 뚫린 바위가 있어, 맑은 물이 그 곳에서 곤곤히 솟아오르고 있으니, 이것이 못 가운데에 있는 대정이라는 우물이다. ④옛날 고려 태조의 조부되시는…… ③이 우물이 있는 못에는 지금 많은 고기들이 있으나 사람들은 이것을 잡지 않으며, 또 먹으면 죽는다고 전해 오고 있다. 그리고 이 우물 북쪽에는 용궁당이 있어, ⑤4, 5월 경에는 그 근방의 부녀자들이 참례하여 용녀의 명복을 빈다고 한다. 1934년 윤세중씨 담

　첫째, 어투의 불일치를 수정하였다. 1944년판에서는 '-이다'나 '-한다'
란 종결어미로 서술하다가 '살펴봅시다'처럼 경어체를 쓰기도 하여 혼
란스러운데, 1958년판에서는 '-이다'나 '-한다'라는 일관된 서술로 통일
하였다.

　둘째, 서술의 순서가 달라져 있다. 1944년판에서는 ①고려 구도 개성
의 소개 ②대정동의 대정 소개 ③증거물1 : 전승되고 있는 금기의 소개
④대정에 얽힌 전설 ⑤증거물2: 대정의 사당에서 부인들이 명복을 비는
전승, 이런 순서로 되어 있으나, 1958년판에서는 ②④③⑤로 되어 있
다. ①이 생략되었고, 나머지 항목의 배열순서가 달라졌다. 왜 ①을 생
략했을까? 개성의 전설 모두의 서론으로는 어울리지만, '대정' 전설 한
편을 주제화하여 다루는 이야기에서 상위 개념인 개성을 소개하는 것이
반드시 필요한 것은 아니고, 더욱이 한국인은 이미 다 아는 내용이므로
생략한 것으로 보인다. 즉 1944년판에는 일본인 독자를 상정하여 개성
에 대한 소개를 삽입한 것으로 보인다. 그럼 그 뒷부분의 순서 조정은
왜 이루어진 것일까? ③과 ⑤는 전설마다 지니는 '증거물 제시' 부분이
라고 할 수 있다. 이 부분은 통상 전설의 본 이야기가 다 서술된 다음에
제시되며, 그렇게 하는 것이 자연스럽다. 그런데 1944년판에서는 증거
물 제시 항목의 일부인 ③이 먼저 나와 있어 부자연스럽다. 그래서 1958
년판에서는 증거물 제시 부분인 ③과 ⑤를 맨 나중에 오도록 재배치함

으로써, 전설의 일반적인 문법도 따르고, 독자로 하여금 전설의 본 이야기에 집중할 수 있도록 하였다고 보인다.

군산 용당포의 내력群山龍塘浦의 來歷

50. 群山龍塘浦의 來歷군산 용당포의 내력	104. 용당포
유유히 흐르는 용당포! 이것은 그 원류를 지리산 추풍령 산맥을 비롯해, 충청남도 계룡산계系를 발원하여, 여러 산을 돌아 청주평야를 지나 6백리의 긴 금강 계곡에 흘러들어, 군산에 다다르는 것이 바로 용당포이다. 그런데 이 용당포에는 대체 어떤 전설이 숨어 있는 것일까? 이 용당포는 그 옛날 작은 계곡류가 항상 흐르고 있었다. 지금 육모정이 서 있는 군산공원 산록 맞은편에 용당포 산록과 연결되어, 당시 사람들이 충분히 걸어서 왕래할 수 있었다고 한다. 그런데, 이 계곡에는 한 농부가……〈이하 동일〉	금강 하류인 용당포는 옛날에는 작은 시내였다고 한다. 옛날 이 강 언덕에는 한 농부가….〈이하 동일〉 1934년1월 군산부 김재곤씨 담

서두만 달라졌다. 1944년판의 서두는 2개의 단락에 모두 5개의 문장으로 이루어져 있다. "유유히 흐르는 용당포! 이것은 그 원류를 지리산 추풍령 산맥을 비롯해, 충청남도 계룡산계系를 발원하여, 여러 산을 돌아 청주평야를 지나 6백리의 긴 금강 계곡에 흘러들어, 군산에 다다르는 것이 바로 용당포이다. 그런데 이 용당포에는 대체 어떤 전설이 숨어 있는 것일까? / 이 용당포는 그 옛날 작은 계곡류가 항상 흐르고 있었다. 지금 육모정이 서 있는 군산공원 산록 맞은편에 용당포 산록과 연결되어, 당시 사람들이 충분히 걸어서 왕래할 수 있었다고 한다." 하지만 1958년판에서는 "금강 하류인 용당포는 옛날에는 작은 시내였다고 한다."라고 하여, 1단락 1문장으로 압축해 서술하고 있다. 1944년판의 서두는 전설 그대로라기보다는 채록자 또는 편집자가 개입했다는 느낌이

강하다. "유유히 흐르는 용당포!"부터가 그렇다. 그 뒤에 이어지는 용당
포의 원류인 지리산 추풍령 산맥과 계룡산계와 금강 계곡에 대한 서술도
꼭 필요한 것은 아니다. 이 전설의 초점은 용당포, 특히 작은 시내였던
용당포가 왜 지금에는 다른 모습으로 바뀌어 있는지 설명하는 데 있으므
로, 꼭 필요한 요소만 남겨두는 게 좋다. 그런 면에서 1958년판에서는
과감하게 위의 1문장으로 줄임으로써, 독자들에게 용당포가 금강 하류
에 있다는 사실만 알게 한 다음, 작은 시내였던 그곳이 어떻게 지금의
모습으로 바뀌었는가 하는 의문을 가지게 하여 이야기에 집중하게 하였
다고 보인다.

5. 결론: 『조선의 전설』의 의의

최상수가 해방 후에 간행한 일련의 조선전설집은 '전국규모의 사실상
최초이자 최대전설집'으로 높이 평가되면서도 정작 선행연구들 가운데
에서, 최상수 및 그의 전설집에 대한 구체적인 검토는 없었다. 이에 본고
에서는 우선 해방 전에 행해진 최상수의 저작을 발굴하고, 그 내용을
검토하였다. 최상수는 1944년 7월에 『과학소화』를, 8월에 편저 『현대동
요 · 민요선』를, 9월에 서간집 『여학교女の學校』를, 10월에 『조선의 전설
朝鮮の傳說』(大東印書舘)을 간행하였다. 이들 저서 중 『현대동요 · 민요선』을
제외하면 모두 일본어로 간행되었고, 9월 이후에 출판된 두 권은 일본명
'풍야실豊野實'로 되어 있음을 확인하였다.

본론에서는 1944년판 『조선의 전설』과 1958년판 『한국민간 전설집』
을 판본대비하여 그 차이 및 개편 과정을 명확히 하였다. 그 결론을 정리

하면 다음과 같다.

우선 이번에 처음으로 그 실상이 구체적으로 밝혀진 1944년판은 처음으로 최상수가 펴낸 조선전설집으로 그 가치가 높다. 1944년판에는 전설 및 민담 등을 포함한 조선설화 61편이 수록되었고, 1958년판에는 317편의 전설만이 수록되었다. 일본어로 작성되었지만, 1944년판에만 수록된 유일 설화가 존재하며, 1958년판에도 공통으로 수록된 개별 설화는 그 개편 과정을 살피는 데 중요한 자료이다.

둘째로 1944년에만 수록된 새로운 자료가 있어 그 자체만으로 중요한 자료집이다. 최상수와 손진태의 기록에 따르면, 최상수는 1930년대부터 13년간 조선설화 천 수백편을 수집하였고, 그 중 6백편의 설화가 미공개된 상태다. 이 자료에 대한 발굴이 요청되지만, 그 일단을 알 수 있는 민담풍의 자료가 수록되어 중요하다.

셋째로 본문에서 상세히 검토한 바와 같이, 1944년판과 1958년판을 비교하면, 개별 설화 내용에 주목할 만한 개편 작업이 이루어져 있어 중요하다. 1944년판에 수록된 61편 중에는 야담류와 민담이 함께 수록되었다. 그러나 1958년판에서 최상수는 이를 제외하고 전설만을 모아서 보다 학술적인 전설집으로 발전시켰음을 확인하였다. 1958년판은 1944년판과는 달리 구체적인 지역명, 채집자, 채집 시기가 비로소 밝혀져 있어 학술적인 가치를 높였고, 제목을 다듬고, 서술의 명확화, 평서형으로 문체 통일, 도입부와 결말부분의 개편 등 발전 방향 등을 명확히 하였다. 이러한 변화는 전설집에 특화시킨 서술상의 발전으로, 그 개편양상을 구체적으로 확인할 수 있다는 점에서 매우 시사적이다.

넷째로 1944년판은 신라설화를 많이 수록했지만, 당시 '일선동조론'에 이용된 설화를 수록하지 않아, '일선동조론'과 거리를 두었다는 점에서 평가된다. 식민지 시기 당시 '일선동조론'에 이용된 일본에서 도래한 것으로 해석된 〈석탈해 설화〉와 〈연오랑 세오녀 설화〉가 수록되지 않았고, 이를 대신해 〈박혁거세 및 알영설화〉를 3편 수록하여 당시 일본인이 간행한 일본어 조선설화집과는 변별성을 지닌다.

한편 1944년판은 다음과 같은 한계가 있다. 첫째로 수록된 61편 중, 민담(5편)과 야담(4편)도 존재하며 완전한 전설집은 아니다. 해방후에 민담을 제외하여 순수한 전설집을 간행하게 된다. 둘째로 수록된 설화 중, 〈17. 조선인삼의 유래〉는 『조선 야담・수필・전설』에 수록된 이마무라 도모에의 〈인삼유래기人蔘由來記〉를 그대로 무단 전재한 것이다. 61화 중 적어도 이 1편은 직접 채집한 것이 아니라 다른 책을 그대로 인용했다는 문제점이 존재한다. 셋째로 1958년판에 비해, 채집자의 감상을 집어넣거나, 심리묘사 부분이 개입되어 있고, 채집자와 채집 시기를 명기하지 않았다. 다행히 1958년판을 통해 그 대부분을 복원할 수 있다.

■ 참고문헌

김광식, 「근대 일본의 신라 담론과 일본어 조선설화집에 실린 경주 신화・전설 고찰」, 『연민학지』 16집, 연민학회, 2011.
김　송, 『전설야사집』, 야담사, 1943.
김준형, 「근대전환기 야담의 전대야담 수용 형태」, 『한국한문학연구』 41, 한국한문학회, 2008.
박관수, 『신라고도 경주부근의 전설』, 경성청진서관, 1933.
소명출판 편, 『아단문고 미공개 자료 총서』 4, 소명출판, 2011.
소재영, 「전설」, 고대민족문화연구소편, 『한국민속대관』 제6권 구비전승・기타, 고대민족문화연구소출판부, 1982.
오영식, 『해방기 간행도서 총목록 1945-1950』, 소명출판, 2009.
이복규, 『이홍기의 『조선전설집』 연구』, 학고방, 2012.
이시준・김광식, 「미와 다마키(三輪環)와 조선설화집 『전설의 조선』 考」, 『일본언어문화』 21輯, 한국일본언어문화학회, 2012.

이홍기, 『조선전설집』, 조선출판사, 1944.

전경수, 『한국인류학 백년』, 일지사, 1999.

정명기, 「일제치하 재담집에 대한 재검토」, 『국어국문학』 149, 국어국문학회, 2008.

최상수, 『조선민간 전설집』, 을유문화사, 1947.

_____, 『조선구비 전설지』, 조선과학문화사, 1947.

_____, 『조선 수수께끼 사전』, 조선과학문화사, 1949.

_____, 『경주의 고적과 전설』, 대재각, 1954.

_____, 『한국민간전설집』, 통문관, 1958.

한국정신문화연구원, 『한국민족문화대백과사전』, 한국정신문화연구원, 2001.

金廣植, 李市埈, 「植民地期日本語朝鮮説話採集に関する基礎的考察」, 『일어일문학연구』 81輯, 한국일어일문학회, 2012.

森川清人編, 『朝鮮 野談・随筆・伝説』, 京城ローカル社, 1944.

植田晃次, 「朝鮮語研究會(李完応會長・伊藤韓堂主幹)の活動と民間団体としての性格」, 『言語文化研究』36, 大阪大學大學院, 2010.

豊野實, 『女の學校』, 朝鮮語研究會, 1944.

_____, 『朝鮮の傳説』, 大東印書舘, 1944.

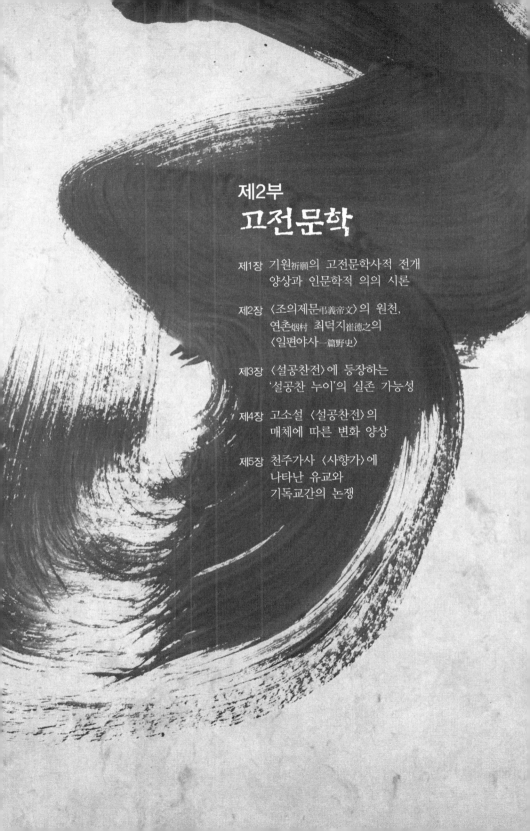

제2부
고전문학

제1장
기원祈願의 고전문학사적 전개 양상과
인문학적 의의 시론*

● ● ●

1. 여는말

기원[1]은 한국문학사에서 지속적으로 나타나는 요소인데도 그간 제대로 조명되지 않았다고 여겨진다. 예컨대 남한에서 가장 방대한 문학사라고 할 수 있는 조동일 교수의 『한국문학통사』에서도 기원은 주목하지 않았으며, 중요한 형상이나 모티프의 통시적 전개 양상을 추적한 김열규 교수의 『한국문학사-그 형상과 해석-』에도 따로 고찰하지 않았다.

존재로서의 문학사와 기술로서의 문학사는 다를 수밖에 없다고들 한다. 하지만, 현전 최초의 문학작품인 〈단군신화〉[2] 또는 〈광개토호태왕

---

* 이 글은 2015년 11월 21일 서경대에서 '한국 고전에 나타난 기원' 기획주제로 열린 온지학회 전국학술대회 기조발표를 위해 작성된 것을 약간 보충한 것임. 본격적인 논의라기보다 기원 모티프에 대한 연구가 미진한 점을 지적하고, 이 모티프가 시대별로 지속했다는 사실을 자료와 함께 구체적으로 보이면서 그 의의에 주목해야 할 필요성을 강조하는 데 목적을 두었음.

1 기원문에는 동신제문, 기우제문처럼 공동체의 기원을 담은 것과 개인의 기원을 담은 것 두 가지로 구분할 수 있는데, 이 글에서는 주로 개인의 기원문을 중심으로 논의한다. 공동체의 제의와 거기에서 사용된 기원문은 유교를 국가 이념으로 표방한 조선시대에 들어와서도 지속되어 개인 기원과는 양상을 달리하기 때문이다.

비문)[3]에서부터 등장해 현대의 김현승의 기도시에 이르기까지, 문학사에 지속으로 나타나는 기원을 도외시할 수는 없다. 간과할 경우 문학사의 실상을 온전히 파악할 수도 없으며, 자칫 왜곡하는 결과를 초래할수도 있다. 근대적인 시각으로 과거의 문학이나 역사를 재단할 때 그런 오류가 생길 수 있다. 두 가지 예를 들어본다. 고려시대의 이규보를 흔히 객관적인 관념론자 또는 다분히 유물론적인 성향의 작가로 규정하기 쉬운데, 초월적인 존재에 기원하는 글이 아주 많다. 조선시대의 사대부들에 대해서도 선입견이 강한 편이다. 무신론적인 성격이 강한 성리학으로 무장해 초월적인 존재에 대해 기원하는 것과는 거리가 먼 집단으로 여기기 십상이다. 하지만 사대부가 기원한 사례가 일기, 여행기, 가사, 소설 작품에서 보이므로 재조명해 볼 필요가 있다.

있는 대로 본다고들 하지만, 보는 대로 있다고도 할 수 있다. 인간을 기원하는 존재homo orans[4]로 규정하고 그렇게 문학사를 들여다보면, 이 기원의 측면이 온전히 보일 수 있다. 이 글에서는, 그간의 연구에서 비교적 소홀하게 다뤄온 이 기원이 우리 고전문학사에 전개된 양상을 들어 보이고, 그 인문학적인 의의 또는 앞으로 연구해 봄직한 과제들을 제시하는 데 힘쓰기로 하겠다. 기원 연구를 종합해서 무슨 결론을 내려는 게 아니라 앞으로의 기원 연구를 위해 필요한 자료들에 어떤 게 있는지 보이고, 연구할 거리들을 소개하는 성격이 강하다. 그래서 끝에 '시론' 두 글자를 추가하였다는 점도 아울러 밝혀둔다.

2 熊女者無與爲婚, 故每於壇樹下呪願有孕(삼국유사 권1 기이 고조선), 최남선 편, 증보삼국유사(민중서관, 1954), p.33.
3 王臨津言曰 "我是皇天之子 母河伯女郞 鄒牟王 爲我連葭浮龜(광개토호태왕비문), 이복규, 부여·고구려 건국신화 연구(집문당, 1998), p.96.
4 원어성경연구소(DIXIT) 김영희 부소장이 이 논문을 위해 만들어 준 말.

2. 기원의 한국문학사적 전개 양상[5]

2.1. 원시 고대

이 시대의 기원 관련 대표적인 문헌 자료는 〈단군신화〉이다. 웅녀의 "每於壇樹下呪願有孕" 대목이 문헌기록으로서는 최초의 기원이다. 祈子 기도의 첫 사례이기도 하다. 우리 민족이 자녀 생산을 중시했다는 사실, 자녀를 가져야만 행복한 삶으로 여겼던 사실을 보여주는 예라 하겠다.

금석문 자료로는 〈광개토호태왕비문〉이 있다. 동부여왕 해부루의 祈子[6], 주몽이 부여에서도 도주해 남하하다 물을 만나 위기에 봉착하자 "我是皇天之子 母河伯女郞 鄒牟王 爲我連葭浮龜"라고 기원했다는 기록[7]이 그것이다. 자신을 황천 즉 하느님의 아들로 부르고 있어 주목된다. 원칙적으로는 해모수의 아들이라고 해야 하지만, 동일한 신성의 소유자 또는 계승자라고 여기는 의식의 반영이라 해석되는 대목이다.

다른 기록도 있다. 주몽이 송양왕과의 대결에서 흰 사슴을 잡아서 하

---

5 이 발표에서의 시대구분은, 조동일 교수가 『한국문학통사』에서 적용한 견해를 존중했다는 것을 밝혀둔다.
6 부여왕(夫餘王) 해부루(解夫婁)가 늙도록 아들이 없어 산천(山川)에 제사하여 아들 낳기를 빌러 가는데, 탄 말이 곤연(鯤淵)에 이르자 큰 돌을 보고 눈물을 흘렸다. 왕이 괴이하게 여기어 사람을 시켜 그 돌을 굴리니 금빛 나는 개구리 형상의 작은 아이가 있었다. 왕이, "이것은 하늘이 내게 아들을 준 것이다." 하며, 길러서 금와(金蛙)라 하고 태자(太子)로 삼았다(夫婁老無子 一日祭山川求嗣 所乘馬至鯤淵 見大石 相對俠(淚)流 王怪之 使人轉其石 有小兒. 金色蛙形 王喜曰 此乃天賚我令胤乎. 乃收而養之 名曰金蛙)(삼국사기, 한국고전번역원, 이식 역, 1980) http://db.itkc.or.kr(한국고전번역원) 참고.
7 이규보의 〈동명왕편〉에 인용된 『구삼국사』 〈동명왕본기〉의 기록은 다음과 같다. http://db.itkc.or.kr(한국고전번역원) 참고.
건너려 하나 배는 없고 쫓는 군사가 곧 이를 것을 두려워하여 채찍으로 하늘을 가리키며 개연히 탄식하기를, "나는 천제의 손자요 하백의 외손인데 지금 난을 피하여 여기에 이르렀으니 황천과 후토(后土)는 나 고자(孤子)를 불쌍히 여기시어 속히 배와 다리를 주소서."하고, 말을 마치고 활로 물을 치니 고기와 자라가 나와 다리를 이루어 주몽이 건넜는데 한참 뒤에 쫓는 군사가 이르렀다.

늘에 비를 내리도록 겁박해 그 흰 사슴이 올렸다는 기도[8/9]

이들 자료의 경우, 기원의 대상으로서의 최고신이 환웅(환인의 아들이니 환인과 동격), 천제天帝 등으로 표기되어 있으나, 우리말 명칭은 따로 있었을 것이다. 한글 창제 이전이므로, 우리말 발음의 그 원래 명칭을 적을 수 없어, 중국의 한자를 빌어 적다 보니, 중국과 함께 天천이나 귀신으로 표기한 것일 뿐이라는 사실을 늘 염두에 두어야 할 것이다. 국어학자 홍윤교 교수의 추정으로는 '하늘'이 최고신의 우리말 명칭이었을 것이라 한다. 훈민정음 창제 이후에 나온 노계 박인로의 〈노계가〉에서 '하ᄂ님'으로 표기하는 것을 보아 그렇다고 한다. '하늘님, 하ᄂ님, 하늘임' 등의 다른 표기도 보인다는 게 홍 교수의 귀띔이다. 한편 '-님' 접미사는 14세기 이후에 와서야 등장한 것으로서, 전통적인 호격은 '-하'였으며, '-이시여'란 호격 조사도 19세기 들어와서야 생겨난 것이라고 한다.

2.2. 중세전기(삼국, 남북국, 고려전기)

이 시기 기원 자료로, 김유신의 석굴 기도[10], 욱면비의 손바닥을 뚫어

---

8 서쪽을 순행하다가 사슴 한 마리를 얻었는데 해원에 거꾸로 달아매고 저주하기를, "하늘이 만일 비를 내려 비류왕의 도읍을 표몰시키지 않는다면 내가 너를 놓아주지 않을 것이니, 이 곤란을 면하려거든 네가 하늘에 호소하라." 하였다. 그 사슴이 슬피 울어 소리가 하늘에 사무치니 장마비가 이레를 퍼부어 송양의 도읍을 표몰시켰다, 송양왕이 갈대 밧줄로 흐르는 물을 횡단하고 오리 말을 타고 백성들은 모두 그 밧줄을 잡아당겼다. 주몽이 채찍으로 물을 긋자 물이 곧 줄어들었다. 6월에 송양이 나라를 들어 항복하였다 한다. http://db.itkc.or.kr(한국고전번역원)의 『동국이상국집』 〈동명왕편〉 참고.

9 이 밖에도, 우리 문화의 원시 또는 고대의 모습을 어느 정도 담았다고 여겨지는 현전 무가 중의 '축원굿무가'를 보조자료로 참고할 수 있다. 〈구지가〉도 명백한 기원문의 사례이지만 공동 기원을 담은 것이므로 이 논문에서는 제외한다. 하지만 그 원천은 〈두껍아 두껍아 헌 집 줄게 새 집 다오〉 따위의 동요에서 볼 수 있듯이 다분히 개인적인 기원을 담은 것에서 유래했으리라고 보이므로 언젠가는 함께 포괄해 다루어야 하리라고 본다.

10 공의 나이 15세에 화랑이 되니, 한때 사람이 기꺼이 복종하여 칭호를 용화향도라

붙들어 매고 드린 기도[11], 〈원왕생가〉[12], 〈도천수관음가〉[13] 등의 기원적

하였다. 진평왕 건복 28년 신미에 공의 나이 17세였다. 고구려, 백제, 말갈이 국토
를 침략하는 것을 보고 비분 강개하여 적구를 평정하고야 말겠다는 뜻이 있어 홀로
떠나 중악산 석굴 속에 들어가 목욕재계하고 하느님께 아뢰며 맹세하되(戒告天誓
盟曰), "적국이 무도하여 범이나 이리 떼처럼 우리나라를 침략하여 조금도 편안한
날이 없으므로 저는 한낱 미신(微臣)으로 재주와 힘을 헤아릴 겨를이 없이 화란을
없앨 것을 뜻하오니 오직 하느님께옵서 하강하시와 저에게 솜씨를 빌려주옵소서
(惟天降監, 假手於我)"라고 하였다. 나흘째 되던 날에 문득 한 노인이 갈의를 입고
와서 말하기를 "이곳은 독사와 맹수가 많아서 무서운 땅인데 귀한 소년이 여기 홀
로 있는 것은 무슨 까닭이냐"라고 물으므로 대답하기를 "어른께서는 어디서 오셨으
며 존명을 들려주실 수 있겠습니까?" 하였다. 노인은 "나는 일정한 거처가 없고 인
연 따라 오가는데 이른은 난승이라 한다"고 하였다(이하 생략)(『삼국사기』〈김유신
열전〉), 김부식, 삼국사기, 신호열 역(동서문화사, 1976), p.706.

11 경덕왕 때 강주(康州)[지금의 진주(晋州). 혹은 강주(剛州)라고도 쓰니 그렇다면 지
  금의 순안(順安)이다에서 있었던 일이다.
  남자 신도 수십 명이 서방(西方 : 극락세계)에 뜻을 두어, 그 고을 내에 미타사(彌陀
  寺)를 세우고, 1만 날을 기한으로 기도회를 열었다. 그때 아간(阿干) 귀진(貴珍)의
  집에 계집종 하나가 있었는데, 이름은 욱면(郁面)이었다. 욱면은 주인을 따라 절에
  와서는 불당 안으로는 들어가지 못하고 뜰에 선 채 스님이 하는 대로 염불하였다.
  주인은 욱면이 주제 넘은 짓을 하는 게 얄미워서 매양 곡식 두 섬씩을 맡기면서
  하루 저녁에 다 찧으라고 하였다. 그러면 욱면은 초저녁에 방아를 다 찧어 놓고는
  절에 와서 염불하였다'내 일이 바빠서 주인 집 방아 서두른다'는 속담은 아마도 여
  기서 나온 듯하다.
  이러기를 밤낮으로 게을리하지 않았다. 욱면은 아예 절 뜰의 좌우에다 말뚝을 세우
  고 두 손바닥을 뚫어 끈으로 꿴 다음 그 말뚝에다 붙잡아 매었다. 그리고는 합장한
  채로 좌우로 놀리면서 스스로 격려하는 것이었다. 그때였다. 공중에서 하늘의 외침
  이 들려왔다.
  "욱면낭자는 불당에 들어가 염불하라."
  절의 대중들이 그 소리를 듣고 욱면을 권하여 불당에 들어가 규례에 따라 정성드리
  게 했다. 얼마 지나지 않아서 하늘의 음악이 서쪽으로부터 들려오더니 욱면이 허공
  으로 솟구쳐 들보를 뚫고 나갔다. 욱면은 서쪽으로 가 교외에 이르자 형체를 버리
  고 진신(眞身)으로 변화하더니, 연화대(蓮花臺)에 앉아 대광명을 내비치면서 천천
  히 서쪽 하늘로 사라져가고, 음악소리는 하늘에서 그치지 않았다. 그 불당에는 지
  금도 구멍 뚫린 곳이 남아 있다고 한대이상은 『향전(鄕傳)』의 내용임)(『삼국유사』
  권5 욱면비염불서승(郁面婢念佛西昇). 최남선, 앞의 책, pp.217-218.

12 月下伊低赤 / 西方念丁去賜里遣 / 無量壽佛前乃 / 惱叱古音多可支白遣賜立 / 誓音
  深史隱尊衣希仰支兩手集刀花乎白良 / 願往生願往生 / 慕人有如白遣賜立 / 阿耶此
  身遣也置遣 / 四十八大願成遣賜去(달 밑에 / 서쪽까지 가시라고 / 무량수불 앞에
  / 다시곰 많이 삶으로서 / 다짐 깊으신 님께 바라게 / 두 손 모아 가지고 / 가고파라
  가고파라 / 그리는 사람 있다 삶으소서 / 아아 이 몸 보내 주고 / 사십팔 대원 이룹
  소서)(김선기 역). 장덕순, 한국문학사(동화문화사, 1975), p.95.

13 무릎을 고치오며 / 두 손 몯고 다가가라 / 즈믄 손 관음보살께 / 빌어 사뢰 두옵니

인 향가 작품들, 왕거인의 기도[14] 등이 있다. 이 기도들의 의의에 대해 말해 보면 다음과 같다.

김유신의 기도는 산기도와 애국 기도의 전범이라 할 수 있다. 기도의 목적이 개인의 욕망을 이루기 위한 것이 아니라 나라를 구하는 데 있기 때문이다. "고구려, 백제, 말갈이 국토를 침략하는 것을 보고 비분 강개하여 적구를 평정하고야 말겠다는 뜻이 있어 홀로 떠나 중악산 석굴 속에 들어가 목욕재계하고 하느님께 아뢰며 맹세하戒告天誓盟曰"다고 했다, 인용문 그대로 김유신은 나라가 외침을 받자 이 문제를 해결하기 위해 산에 들어가 기도를 시작하였다. 기도 내용은 이렇다. "적국이 무도하여 범이나 이리 떼처럼 우리나라를 침략하여 조금도 편안한 날이 없으므로 저는 한낱 미신微臣으로 재주와 힘을 헤아릴 겨를이 없이 화란을 없앨 것을 뜻하오니 오직 하느님께옵서 하강하시와 저에게 솜씨를 빌려주옵소서惟天降監, 假手於我" 자신에게 하느님이 솜씨를 빌려달라고 하였다. 나라가 침략당해 편안한 날이 없으므로 이 문제를 해소하기 위해 그렇게 해 달라는 기도이다. 이는 마치 『구약』 성경에 나오는, 이스라엘을 구하기 위해 드린 모세의 기도를 연상하게 한다.

욱면비의 기도문은 나와 있지 않다. 문면으로 보아 염불만 한 것으로 보아 "나무아미타불" 같은 어구를 반복해서 염송했을 가능성이 크다. 욱

다 / 즈믄 손 즈믄 눈이나 / 같은 것에서 하나를 더소서 / 두 눈이 먼 저옵니다 / 하나쯤 주셔도 지나오리 / 아사라 내게 끼쳐 줄 것을 / 어디 쓰올 자비심이온지 (김선기 역), 장덕순, 같은 책, p.98.

14 于公慟哭三年旱　우공이 통곡을 하니 3년이나 가뭄이 들고,
　鄒衍含悲五月霜　추연이 비분을 머금으니 5월에 서리가 내렸다.
　今我幽愁還似古　지금 내가 슬퍼하는 사연이야 옛 일과 흡사하건만
　皇天無語但蒼蒼　하늘은 말이 없고 푸르디푸르기만 하구나. 이규보의 기도(성황, 기우) 등이 있다.

면비의 기도에서 주목할 점은 그 자세이다. 육면의 기도 자세는 매우 비장하다. "아예 절 뜰의 좌우에다 말뚝을 세우고 두 손바닥을 뚫어 끈으로 꿴 다음 그 말뚝에다 붙잡아 매었다. 그리고는 합장한 채로 좌우로 놀리면서 스스로 격려하는 것이었다." 주인이 부과한 지나칠 정도의 일을 염불하고자 하는 일념으로 마치고 달려와 기도할 때 졸음에 방해받을까 봐 이를 차단하기 위해 비상수단을 강구한 결과이다. 우리가 기도할 때 어떤 자세로 할 것이냐 하는 물음을 가질 경우, 육면비는 그 전범을 보였다 할 만하다. 금식이나 단식기도를 하는 것은 많이 알려졌지만, 자기 지체에 구멍을 뚫어 붙들어 매면서까지 기도에 몰입한 경우는 들어 보기 어렵기 때문이다.

〈원왕생가〉, 〈도천수관음가〉 등의 향가에 보이는 기도는 어떤가? 이들 작품은 전문이 기도로 되어 있다. 향가를 어떤 노래로 그 성격을 규정지을 것인지를 아직까지도 연구자 간에 논의가 분분한데, 필자의 경우, '기원祈願'의 성격이 두드러지는 노래라고 이해하는 게 좋다고 생각한다. 고려시대의 고려속요나 경기체가, 조선시대의 시조나 가사, 현대시와 비교했을 때 가장 두드러지는 특징이라 할 수 있기 때문이다[15].

이 시기, 왕거인의 기도도 주목된다. 국가 권력이 탄압하자 자신의 부당함을 황천 즉 하늘에 기도해 호소하자 기적이 일어났다는 관련 기록은 당대인의 천신의식을 엿보게 한다. 국왕의 힘보다 더 위에 있는 힘으로서 천신을 상정하고 있는바, 천신관념이 지속되고 있음을 보여준다.

---

15 김진욱, "삼국유사 소재 향가의 기원적 성격에 대한 연구", 2015년도 하계 전국학술 발표대회, 온지학회, 2015.8.8, 서경대학교, pp.36-53에서도 이런 의견을 개진한 바 있다.

2.3. 중세후기(고려후기, 조선전기)

이 시기, 특히 조선시대에 들어서 정치와 문화의 주역으로 등장한 사대부들도 기도를 했을까? 문집에 죽은 사람을 추모한 祭文들만 수록되어 있어, 초월적인 존재에 대한 기원은 하지 않은 것으로 여겨질 가능성이 크지만, 사대부들도 기도하였다. 최부崔溥(1454~1504)와 이문건李文楗(1494~1547)의 기도문이 그 사실을 보여준다. 인력으로는 어찌할 수 없는 절체절명의 순간, 위기의 순간에 초월자 앞에 무릎을 꿇었다는 것을 확인할 수 있다.

(1) 〈표해록〉에 나타난 최부의 기도

〈표해록〉은 조선 성종 시대의 사대부인 최부가 지은 작품으로서 우리나라 해양문학의 대표작이다. 배를 타고 가다가 표류하여 중국에까지 떠내려갔다 살아 돌아온 체험을 고스란히 담고 있어 일찍부터 학계의 주목을 받았다. 하지만 유교 사대부인 최부가 표류라는 절체절명의 위기를 만나서 보인 신앙적 반응의 실상과 그 의의에 대해서는 아무도 제대로 말하지 않았다.

무신론적인 성격을 지녔다고 알려진 유교로 무장된 최부가 그런 위기 앞에서 보인 반응의 실상이 무엇인지 자세히 살펴볼 필요가 있다. 부친상을 치르기 위해 배를 타고 제주도를 떠난 최부 일행이 표류하여 사경을 헤매다 13일만에 중국에 상륙하기까지, 그 죽음의 위기 앞에서 최부는 처음에는 기원을 거부하다 마침내 다음과 같이 기도한다.

신도 그 말과 같이 인장印章과 마패馬牌를 품안에 넣고 상관喪冠과 상복喪服을 갖추고는 근심스럽고 두려워하는 태도로 손을 비비고 하늘에 축원하기를臣如其言。懷印與馬牌。具喪冠與服。惴惴然按手祝天曰, "신이 세상에 살면서 오직 충효와 우애를 마음먹었으며, 마음에는 기망欺罔함이 없고 몸에는 원수진 일이 없었으며, 손으론 살해함이 없었으니, 하느님이 비록 높고 높지마는 실제로 굽어살피시는 바입니다. 지금 또 임금의 명령을 받들고 갔다가 먼 곳에서 친상親喪을 당하여 급히 돌아가는 길인데 신에게 무슨 죄와 과실이 있는지 알지 못하겠습니다. 혹시 신에게 죄가 있으면 신의 몸에만 벌이 미치게 하면 될 것입니다. 배를 같이 탄 40여 인은 죄도 없으면서 물에 빠져 죽게 되었으니 하느님께서는 어찌 가엾지 않습니까?天其敢不矜憐乎 하느님께서 만약 이 궁지에 빠진 사람들을 민망히 여기신다면 天若哀此窮人, 바람을 거두고 파도를 그치게 하여, 신으로 하여금 세상에 다시 살아나서 신의 갓 죽은 아비를 장사지내게 하고, 노인이 된 신의 어미를 봉양하게 하십시오. 다행히 또 궁궐의 뜰 아래에 국궁鞠躬하게 한다면 그 후에는 비록 만 번 죽어 살지 못하더라도 신은 실로 마음에 만족하겠습니다." 하였습니다.[16]

최부는 죽음의 위기 앞에서, 이성적이거나 합리적으로만 대처한 게 아니다. 위에 보인 것처럼, 하늘에 빌었다.

(2) 〈양아록〉에 나타난 이문건의 기도

『양아록養兒錄』은 아이의 출생과 성장 및 양육 과정을 비교적 소상하게 기록한 자료이다. 정암 조광조의 문인이며 승정원 좌부승지를 역임한 묵재黙齋 이문건李文楗(1494-1567)이 쓴 것이다.

---

16 http://db.itkc.or.kr(한국고전번역원)에 수록된 것을 참고함.

이문건은 큰형과 작은형이 당화黨禍로 죽은 데 이어, 역모죄로 몰려 죽은 조카煇 때문에 성주로 귀양을 떠나 23년 동안 유배의 굴레를 벗지 못하고 그곳에서 죽었다. 그런데 외아들熅마저 어릴 적에 열병을 앓은 후부터 반편이 되는 등 가계家系 단절의 위기상황이 닥치자 손자보기를 염원했고, 마침내 손자 숙길淑吉이가 태어나자 그 출산 당시와 그 이후의 성장 과정을 자신의 일기에 상세히 기록하고, 그 부분을 따로 발췌하여 『양아록養兒錄』이란 이름으로 묶었다. 이 기록에 이문건의 기도가 나오는데 그 구체적인 양상을 살펴보기로 한다.

이문건은 손자의 출산을 위하여, 출산 3년 전1548에, 쌀·옷·종이·초·솜·기름·향 등의 물건을 보내 승려로 하여금 초제醮祭를 지내 아이를 얻게 해달라고 빌었다. 그때 이문건이 직접 작성한 기도문의 내용을 보면 손자의 출산을 염원하는 절절한 심정이 잘 나타나 있다.

엎드려 생각하옵건대, 제가 산과도 같은 앙화를 겪어, 실낱과도 같은 목숨을 남겨가지고 있사옵니다. 시작과 종말은 그 운수가 정해져 있어, 비록 크게 한정된 운명은 도피할 수가 없는 법이지만, 환난이 때로 찾아오면 그 횡액에서 벗어나기를 바라는바, 이에 저의 정성을 다해 옥황상제께 경건히 기도드리옵니다. 원하옵건대, 특별히 신묘한 기운으로 도와주시며, 바라옵건대 영험한 반응을 내려주시어, 근심을 전환하여 기쁨이 되게 하시사 재액에 얽매인 상태에서 면해지도록 해주시고, 죽음에서 삶으로 돌이키사 꺼져가는 생명을 이어가게 해 주시옵소서. 또한 저는 외롭고 위태로우며 돕는 이도 없어, 거꾸러지고 자빠져도 그 누가 부축해 주겠습니까? 우둔하고 병객인 제게 아들이 있어, 비록, 난리 속에 처자와 조카들을 이끌고 도망하다, 자꾸만 도적을 만나 위험해지자 자기 자식을 나무에 묶어 놓고, 아비를 일찍 여읜 조카들만 데리고 도망하여 무사하였으나 결국 자기 아이를 갖지 못했다는 등유鄧攸가 아들을 잃은 것과 같지는 않으나, 아들의 실마리를 계승하여, 감히 마묵馬黙처럼 저도 손주 아이를 얻게 되기를 감히 희원하옵니다.   (『양아록』[17])

비록 위탁의 형태였지만 이문건이 기자祈子 행위를 한 것은 분명하다. 일반 민속에서는 삼신이나 칠성신에게 정성을 바쳤던 것으로 알려져 있는데, 대상 신격은 다르지만, 초월적인 존재에게 빌었다는 점은 동일하다 하겠다. 유학을 배우고 익혀 그 실력으로 급제도 하고 생활하였던 양반도 유학의 힘으로는 해결할 수 없는 출산의 문제 앞에서는 일반 민중과 똑같이 초월적인 존재에게 빌었다는 사실을 확인할 수 있다. 통념적으로 알고 있는 것과는 달리, 양반 사대부도 목적을 이루기 위해서는 다른 신앙을 수용하였다는 것을 보여준다 하겠다.

2.4. 중세에서 근대로의 이행기(조선후기: 임진왜란 이후)

역사는 단절적이지 않다. 앞 시대와 뒷 시대는 지속되면서 변화하고 변화하면서 지속되는 관계이다. 고대, 중세, 근대로 막바로 변화하는 게 아니라, 고대에서 중세로의 이행기를 거쳐 중세로, 중세에서 근대로의 이행기를 거쳐 근대로, 역사는 진행한다.

우리나라 역사에서 중세에서 근대로의 이행기는 조선후기 시기에 해당한다. 이 시기의 기도에서 가장 괄목할 것은 노계 박인로의 가사에 나오는 기도이다. 지금 우리가 쓰는 '하나님'이란 호칭이 처음 등장하기 때문이다. 천신신앙은 고대부터 있었을 테지만 한글 창제 이전이라 모두 한자를 빌어서 중국식으로 표기되어 왔던 건데, 박인로의 가사에 처음으

---

17 이문건, 양아록, 이상주 역(태학사, 1997), p.203.

로 우리말로 '하ᄂ님'이라 적고 있다.

(1) 가사: 박인로, 〈노계가〉[18]

(전략) 時時로 머리드러 北辰을 ᄇ라보고 / 눔모르ᄂ 눈물을 天一方의 디이ᄂ다 /一生애 품은 뜻을 비옵ᄂ다 하ᄂ님아 /山平 海渴토록 우리 聖主 萬歲소셔 /熙皞 世界예 三代 日月 빗취소셔 /於千萬年에 兵革을 쉬우소셔 / 耕田鑿井에 擊壤歌를 불리소셔 /이 몸은 이 江山 風月에 늘글주를 모르로라

이 가사에 등장하는 '하ᄂ님'이란 표기는 필자가 확인하기로는 순우리말 음가대로 고래의 천신의 이름을 적은 최초의 사례라고 생각한다. 고대에 민중들은 천신의 이름을 '하늘'로 불러오다가 '님' 접미사가 후대에 출현해, 비로소 박인로의 가사처럼 '하ᄂ님'이라는 표기가 나온 것이라 여겨진다. 원래 있던 천신의 이름이 한글을 통해 수면 위로 드러난 첫 사례라 하겠다. 새로운 명칭이 만들어진 게 아니라 원래 우리말로 부르던 명칭이 우리 글자가 없어 수면 아래 내려가고, 한자의 훈을 빌어 다른 음가로 표현되다가, 마침내 조선중기에 와서 순우리말 음가대로 한글을 빌어 실현된 셈이다.

따라서 그 이후에 전래된 개신교에서 오늘까지 절대자의 명칭을 '하나님'으로 통일해 쓰는 것의 내재적 소이연을 밝힐 수 있다 하겠다. 개신교에서 말하는 최고신은 '상제? 신? 하나님?' 논쟁을 벌이다 '하나님'으로 귀착되었는바, 쉽게 하나님으로 귀결되는 데는, 이미 그 이전부터 '하늘

---

18 고전문학연구실, 주해 한국고시가선 근조편(프린트본), p.128.

→하늘님→하ᄂᆞ님→하나님'이라고 하는 변화 과정이 있어왔기에 자연스럽게 그리 되었다고 생각한다.

(2) 고소설 〈심청전〉(완판본)[19]에서

"(전략) 인당수 용왕님은 사람 제물 받잡기로 유리국도 화동에 사는 십오 세 효녀 심청을 제물로 드리오니, 사해 용왕님은 고이고이 받으소서. 동해신 아명 서해신 거승이며, 남해신 축융 북해신 옹강이며, 칠금산 용왕님 자금산 용왕님 개개 섬 용왕 님 영각대감 성황님, 허리간에 화장성황 이물고물 성황님네 다 굽어보옵소서. 물길 천리 먼먼 길에 바람구멍 열어내고, 낮이면 골을 넘어 대야에 물 담은 듯이, 배도 무쇠가 되고 닻도 무쇠가 되고 용총마류 닻줄 모두 다 무쇠로 점지하시고, 빠질 근심 없삽고 재물 잃을 근심도 없애시어 억십만 금 이문 남겨 대끝에 봉기질러 웃음으로 즐기고 춤으로 기뻐하게 점지하여 주옵소서." (중략) 심청이 거동 보소. 두 손을 합장하고 일어나서 하느님 전 비는 말이, "비나이다, 비나이다, 하느님 전에 비나이다. 심청이 죽는 일은 추호라도 섧지 아니하여도, 병든 아버지 깊은 한을 생전에 풀려하고 이 죽음을 당하오니 명천은 감동하사 어두운 아비 눈을 밝게 띄워 주옵소서."

이 대목은 선원들이 심청을 사서 용왕에게 제물로 드릴 때 선원이 용왕에게 올린 기도와 심청이 하느님께 올린 기도 대목이다. 바다를 관장하는 신격은 용왕으로 여겼기에 선원들은 기도의 대상을 용왕으로 설정하여 무사히 항해하게 해달라고 빌고 있다. 다만 그 용왕이 단수가 아니라 복수로 등장하고 있어, 다신론적인 성격을 보인다 하겠다. 심청

---

19 http://www.jikji.org.

은 하느님께 빌고 있다. 심청의 관심사는 무사 항해에 있지 않고, 아버지의 개안에 있기 때문에 용왕이 아니라 하느님께 빌고 있어 차이를 보인다.

(3) 시조

    天君衙門에 所志알외느니 依所願題給 ᄒ오소셔

    人間 白髮이 平生에 게엄으로 ᄎ마 못볼 老人광대 靑春少年들을 미러 가며 다 씌오되 그中의 英雄豪傑으란 부듸 몬져 늙게ᄒ니 이 辭緣 參商 ᄒᄉ 白髮禁止ᄒ오쇼셔

    上帝 題辭內에 世間公道를 白髮로 맛져이셔 貴人頭上段置撓改치 못ᄒ거든 너ᄯ려 分揀不得이라 相考施行向事

    천군아문에 소지 아뢰느니 의소원제급하오소서

    인간 백발이 평생에 게엄으로 차마 못 볼 노인 광대 청춘소년들을 밀어 가며 다 띄우되 그중에 영웅호걸으란 부디 먼저 늙게 하니 이 사연 참상하사 백발금지 하오소서

    상제 제사내에 세간공도를 백발로 맡겨 있어 귀인두상단치요개치 못하거든 너더러 분간부득이라 상고시행향사[20]

이 시조는 고문서 양식 가운데 소지所志의 형식을 빌어, 화자의 메시지를 전하고 있는 작품이다. 다만 일상생활에서는 소지의 수신인이 관청을 비롯하여 인간 사회의 어떤 기관이나 담당자인 데 반해, 이 시조에 등장하는 가상 소지의 수신인은 천군天君 즉 하나님이다. 청원의 내용은 늙기 싫으니 백발을 금지시켜 달라는 것이다. 이에 대한 천군의 처분은 무엇

---

20 심재완, 정본시조대전(일조각, 1984), p.713.

일까? "세간의 공도를 백발로 맡겨 있어 구"인간이 지닌 장수의 욕망을 피력한 작품이라 하겠다.[21]

3. 한국문학사에 전개된 기원의 인문학적 의의: 맺는말을 겸하여

이상에서 얻은 바를 요약하면 다음과 같다.

첫째, '기원祈願'은 한국문학사의 전 시기에 걸쳐 지속적으로 나타난다는 사실을 확인하였다. 최초의 작품이라 할 수 있는 〈단군신화〉 또는 〈광개토대왕릉비문〉에서부터 삼국, 남북국, 고려, 조선, 근현대에 이르기까지, 달리 표현하자면 고대로부터 중세를 거쳐 중세에서 근대로의 이행기와 근현대에 이르기까지 어느 시기도 거르는 일 없이 등장하고 있다는 것을 알았다.

둘째, 기원 모티프를 통해 통관해 보건대, 天천, 上帝상제, 神신 등으로 표상되는바, 초월적인 존재에 대한 기원은 고려시대까지 드러나게 존재하다가, 성리학의 나라인 조선시대에 들어와서는 수면 아래로 내려가고, 고인을 추모하는 제문祭文 일색으로 변화한다. 문집에 실린 허다한 제문들이 이를 보여준다. 적어도 개인적인 차원의 기원문의 경우는 이렇다. 그렇다고 해서 조선시대에 초월자에 대한 기원이 사라진 것은 아니다. 그 사실을 최부와 이문건, 박인로 등의 사례가 잘 보여준다. 시조, 민중의 주된 수용층이었던 고소설 작품에서 보이는 기원도 마찬가지다. 표면적인 잠재화, 이면적인 지속이라고나 할까? 사대부나 민중은 물론, 왕실

---

21 근대(1919년 이후)의 기원 관련 작품으로 현대시만 몇 가지 들면 다음과 같다. (1) 김현승 〈가을의 기도(祈禱)〉, (2) 마종기, 〈겨울기도〉, (3) 허영자, 〈작은 기도〉, (4) 구상, 〈기도〉 등.

에서 왕조 초기부터 말기까지 초월적인 존재에게 기원하는 의식을 계속
했다는 사실은 이미 잘 알려진 바이기도 하다. 기원하지 않고는 살 수
없는 게 인간이라는 사실을 일깨운다 하겠다. 기원 대상 또는 목적도
개인이나 집단의 욕망을 성취하기 위한 기도만 나타나다가 나중에는 이
타적인 기도도 등장함으로써, 우리의 가치관이나 인생관이 보편성을 확
보해 갔다는 것도 확인할 수 있다 하겠다.

셋째, 인간을 여러 가지로 표현하지만, 우리 문학사상의 근거를 보면,
"호모 오란스homo orans", 기원(기도)하는 사람(존재)이라고 말할 수 있다는
게 밝혀졌다. 원시와 고대 시기부터 근대, 아니 지금에 이르기까지 기원
이 지속되고 있기 때문이다. 시대에 따라 그 기원 대상에 대한 명칭이나
기원 내용과 형식 등에서 변이가 보이며, 문학사에서 차지하는 비중에
차이가 있을 수는 있다. 하지만 통시적으로 기원이 있어 왔으며 있다는
사실은, 인간을 이해하는 데 기원이 중요한 키워드임을 확인하게 한다.

이상의 사실을 바탕으로, 앞으로의 연구와 관련해 몇 마디 강조하고
자 한다.

첫째, 기원은 한민족에게 원형질적인 것이다. 한민족 또는 한국문학
연구에서 기원에 대한 관심은 우선적이다. 기원까지 다루어야 총체적·
균형적인 한민족·한국문학 연구라 할 수 있다. 진眞·선善·미美·성聖
이 인간이 추구하는 가치들의 총체라면, 기원은 聖과 연결된 개념이다.
우리가 종교를 "일상생활의 우아優雅에 매몰되어 있기만 하지 말고 '저
높은 곳을 향해' 초월적이고 영원한 영역의 숭고崇高로 나아가자는 노력
이나 운동"[22]으로 규정한다면, 기원은 바로 그 '초월적이고 영원한 영역

---

22 조동일, 한국문화 둘러보기(미발표 원고), p.44.

의 숭고'한 존재를 의식하고 의지하는 행위라 할 수 있다. 어떤 특정인만 하는 게 기원이 아니라는 것, 아주 보편적이며 자연스러운 행위가 기원이라는 사실을 문학사는 시사한다. 이는 다른 말로 표현하면, 인간은 진선미眞善美만으로는 만족하거나 행복할 수 없다는 사실을 일깨워준다고도 할 수 있다. 호모 사피엔스답게 살아야 인간이듯, '호모 오란스'로서 기원하며 살아야 인간다운 삶이며 행복한 삶이라고 하면 지나친 말일까?

둘째, 기원의 대상과 목적과 형식의 변화 양상을 추적해 총체적으로 종합할 필요가 있다. 내 가설로는, 천신숭배가 지속되다가, 중국의 영향력이 강해지면서 수면 아래도 내려가 있다가(무속의 굿으로 변형되어 존재하다가), 조선후기에 기독교가 전래되면서 다시 수면 위로 올라와 오늘에 이르렀다고 보는바, 전면적인 고찰이 필요하다. 天父천부란 표현 문제도 이 작업의 일환으로서 흥미있는 주제이다.

셋째, 비교문학적인 시각에서의 작업도 필요하다. 상하남녀, 한문국문, 갈래별(문학내적, 문학외적), 국가별, 종교별(儒·佛·道·基·巫·民間) 비교연구가 그것이다. 한국적인 기원(내용과 형식과 자세 등)은 무엇인가 하는 점도 이 작업을 거쳐서 비로소 그 정체가 드러날 것이다.

다섯째, 일기를 비롯하여 기원을 담고 있는 새로운 자료 발굴을 위해 노력해야 할 것이며, 기존 자료들을 기원이라는 시각으로 재조명하는 노력도 아울러 이루어져야 한다. 있는 대로 보는 측면도 있지만, 보는 대로 있기도 하다는 점을 잊지 말아야 한다.

넷째, 위의 연구들이 제대로 이루어질 때, 한국인 나아가 인간이 무엇인지, 바람직한 기원은 무엇인지가 해명되리라 기대한다. 관심 있는 동학의 참여를 희망한다.

■ 참고문헌 ─────────────────────────────────────

고전문학연구실, 「주해 한국고시가선 근조편」(프린트본).
김부식 저·신호열 역, 『삼국사기』, 동서문화사, 1976.
김열규, 『한국문학사』, 탐구당, 1992.
김진욱, 「삼국유사 소재 향가의 기원적 성격에 대한 연구」, 『2015년도 하계 전국학술발
　　　표대회』, 온지학회, 2015.8.8, 서경대학교, pp.36-53.
심재완, 『정본시조대전』, 일조각, 1984.
이문건 저·이상주 역, 『양아록』, 태학사, 1997.
이복규, 「최부의 표해록에 대한 두 가지 의문」, 『한국고전시가문화연구 22』, 한국고시가
　　　학회, 2008, pp.231-257.
_____, 『묵재일기에 나타난 조선전기의 민속』, 민속원, 1998.
장덕순, 『한국문학사』, 동화문화사, 1975.
조동일, 『한국문학통사』 제4판, 지식산업사, 2005.
최남선 편, 『증보삼국유사』, 민중서관, 1954, p.33.

조선왕조실록 사이트(http://sillok.history.go.kr)
한국고전번역원 사이트(http://www.itkc.or.kr)

제2장
〈조의제문弔義帝文〉의 원천,
연촌烟村 최덕지崔德之의 〈일편야사一篇野史〉
● ● ●

1. 여는말

김종직의 〈조의제문〉은 필화를 입은 작품으로서, 무오사화를 야기한 글로 알려져 있다. 이 작품에 대한 연구 논문[1]도 몇 편 발표된 적이 있다. 그런데 이 작품은 교술산문이라고 하기에는 석연치 않은 몇 가지 의문점을 지니고 있어 검토할 필요가 있다. 그런데도 기존 연구에서는 이 점에 대해서는 거론한 적이 없다.[2]

결론부터 말하자면, 〈조의제문〉은 허구적인 성격을 지닌 다른 글 즉 연촌 최덕지가 쓴 〈일편야사〉를 읽고, 이를 원천으로 하여 지은 글이다. 그렇게 보아야만 몇 가지 의문도 풀리고, 연촌 최덕지가 지닌 문학사적, 역사적인 의의도 제대로 평가될 수 있다. 김종직 〈조의제문〉에서 인용

---

1 이구의, 「점필재 김종직의 〈조의제문〉고」, 대동한문학 8(대동한문학회, 1996), pp.95~118. ; 신승훈, 「점필재 김종직의 〈조의제문〉에 관하여」, 대동한문학 23(대동한문학회, 2005), pp.281~300.
2 점필재 김종직 연구사를 검토한 황위주의 글에서도 이 점은 거론하지 않았다. 황위주, 「점필재 김종직 연구에 대한 반성적 전망」, 동양한문학연구 31(동양한문학회, 2010), pp.5~27 참고.

한 "자양하는 늙은이의 글紫陽之老筆"이란 다름아닌 연촌 최덕지의 〈일편
야사〉이다.

이제 차근차근, 이 문제에 접근해 보자.

2. 〈조의제문〉의 문제점과 〈일편야사〉

2.1. 〈조의제문〉이 지닌 문제점들

〈조의제문〉은 항적이 초나라 회왕 손심孫心의 왕위를 찬탈하면서 거
짓으로 의제義帝라 높인 것을 빗대어, 수양대군이 단종의 왕위를 찬탈하
면서 상왕上王으로 올리고 훗날 죽음으로 몰고 간 것을 비난한 작품이다.
〈조의제문〉은 『성종실록』에 올라갈 史草에 수록되어, 이른바 무오사화
라는 피바람을 몰고 왔다.

〈조의제문〉은 당대의 〈원생몽유록〉처럼 노골적으로 세조의 왕위찬
탈을 비판하지는 않지만 절대왕정, 그것도 신권臣權을 억압하고 왕권을
강화하는 쿠데타로 왕위에 오른 세조를 은유적으로 비판하는 글이다.
무오사화 때 김종직의 부관참시로 검증된바 있지만 〈조의제문〉은 당시
상황에서는 발각되면 목숨을 부지하기 어려운 매우 위험한 저술임이 확
실하다.

상대방 특히 왕권의 부당함을 주장하는 글이라면 당연히 정당해야 하
고, 또 전후좌우가 맞아 떨어져서 논리적으로 조그만 잘못도 없어, 누구
나 공감할 수 있어야 할 것이다. 만약 공감할 수 없는 글로 살아있는
권력을 비난한다면, 반대 세력으로부터 "황당한 억지로 임금을 능멸하고
혹세무민한다."고 역이용 당할 수 있고, 또 독자에게도 "황당한 이야기로

조문 운운하다니…"하는 비웃음을 살 수도 있을 것이다. 이렇게 보았을 때 〈조의제문〉은 다음 세 가지 문제점을 안고 있다.

첫째 역사적으로 입증되지 아니한 사실을 전제로 저술되었다. 김종직은 역사서에는 기록이 없는 항적이 손심을 죽여 강물에 버렸다는 가정을 전제로 저술하였다. 김종직 스스로도 "역사책을 상고해 보건대 강물에 던졌다는 기록은 없는데, 혹시 항적이 사람을 시켜 비밀리에 회왕을 때려 죽여 시체를 강물에다 던져버렸던 것은 아닐까?"라고 적고 있다. 김종직은 스스로 역사적 사실이 아니라고 밝히고 있는데, 역사적 사실이 아닌 사건을 이용하여 살아있는 권력을 비판했을 때 공감할 독자가 과연 있겠는가? 억울하게 죽지도 않은 의제를 조문한다고 호들갑을 떨었다고 비웃음을 사지는 않겠는가?

둘째 저자의 의도를 파악하기 어렵다. 독자 중에는 김종직의 의도를 간파하지 못한 사람이 많았다. 훗날 김일손이 사초에 올리면서 "충분을 부쳤다忠憤之語"라고 주석을 달아 설명했기 때문에 비로소 그 글이 세조를 비난한 것인 줄 알게 된 것이다. 『연산군일기』에는 "필상 등이 아뢰기를 '신 등이 종직의 〈조의제문〉을 보니 그 의미가 깊고 깊어 김일손의 '충분을 부쳤다'는 말이 없었다면 진실로 해독하기 어려웠습니다. 그러나 그 뜻을 알고 찬집 간행하였다면 그 죄가 크오니 청컨대 국문하소서.' 하고, 귀손은 아뢰기를 '처음 찬집자 국문을 청하자고 발의할 때에 신은 말하기를 '그 글 뜻이 진실로 해득하기 어려우니 편집한 자가 만약 그 뜻을 알았다면 진실로 죄가 있지만 알지 못했다면 어찌하랴.'하였는데 자광의 말이 '어찌 우물쭈물하느냐?', '어찌 머뭇머뭇 하느냐?'하니 신이 실로 미안하옵니다. 종직의 문집은 신의 집에도 역시 있사온데 신은 일

찍이 보고도 그 뜻을 이해하지 못했습니다. 신은 듣자오니 조위가 편집
하고 정석견이 간행했다 하옵는데 이 두 사람은 다 신과 서로 교분이
있는 처지라서 지금 신의 말은 이러하고 자광의 말은 저러하니 자광은
반드시 신이 조위 등을 비호하고자 하여 그런다고 의심할 것 이온즉 국
문에 참예하기가 미안합니다. 피혐하게 하여 주소서弼商等啓臣等觀宗直조의
제문其義深僻非馴孫以寓忠憤之語誠難曉然苟知其義而纂集刊行則其罪大矣請鞫之龜孫啓初
議請鞫纂集者臣曰其文義誠難曉編集者若知其義則固有罪矣無奈不知乎子光云豈可依違豈可
囁嚅臣實未安宗直文集臣家亦有之臣嘗觀覽而未解其意臣聞曺偉編集鄭錫堅刊行此二人皆臣
相交者今臣言如此而子光之言如彼子光必疑臣欲而然也參鞫未安請避."[3]하였다.

〈조의제문〉은 그 배경을 모르는 사람이 읽어서는 내용을 이해하기
어려웠는데, 이는 참고문헌 〈자양하는 늙은이의 글〉 즉 〈일편야사〉를
미리 읽어서 기초지식을 가진 사람은 그 이야기가 수양대군의 왕위 찬탈
을 빗대어 비난하는 것인 줄을 알지만 그렇지 못한 사람은 읽고도 무슨
내용인지 알지 못했던 것이다.

셋째, 손심은 단종과는 비교도 되지 않을 정도로 정통성이 취약하다.
단종은 1448년세종30 世孫에 책봉되고, 1450년문종1 世子에 책봉되었으며,
세종과 문종이 신하들을 불러 특별히 잘 보필하라는 고명을 남길 정도로
강력한 정통성을 갖추고 있었다. 다시 말해 단종을 폐위시키는 것은 바
로 문종의 어명을 거역하는 일이며, 더 나가서 세종의 어명을 거역하는
일이므로 조선 500년간 이만큼 강력한 정통성을 갖춘 임금은 아마도 없
었을 것이다. 손심은 남의 집에서 머슴살이 하던 시골뜨기인데 항량이
회왕의 핏줄이라고 데려다 왕으로 옹립한 사람으로, 권력자에 의해 옹립

---

3 『조선왕조실록』 燕山 30卷, 4年(1498 戊午 / 명 홍치(弘治) 11年) 7月 16日(庚戌)
  1번째기사.

된 왕은 대개 허수아비로 이용당하다가 버려지는 것은 역사에서 흔히 볼 수 있는 일일 뿐만 아니라 만약 항량이 왕으로 옹립하지 않았다면 손심은 영원히 남의 집 머슴으로 羊이나 키우면서 살다 죽었을 것이다.

따라서 세종의 고명까지 어겨가며 조카를 몰아 낸 수양대군은 삼촌이 옹립한 허수아비 왕을 몰아 낸 항적과 비교하기에는 결코 적합하다고 볼 수 없다. 김종직도 이 문제를 보완하기 위하여 "임금을 찾아내어 다시 세워 백성의 소망을 이루니"라고 적어, 그래도 손심이 정통성을 갖추고 있다고 보충설명을 하고 있다.

2.2. 〈조의제문〉의 원천으로서의 〈일편야사〉

위의 세 가지 문제점(의문점)을 해결하기 위해서는, 완충해 줄 만한 매개체가 필요하다. 김종직은 〈조의제문〉 말미에 "자양하는 늙은이의 글을 따라감이여"라고 늙은 성리학자가 지은 글을 인용했다고 표기하고 있는데, 그 늙은 성리학자가 바로 연촌이고 〈자양하는 늙은이의 글〉은 바로 〈일편야사〉로서 바로 이 매개체이다. 〈몽유록〉이나 〈조의제문〉이 나타나기 전에, 항적의 쿠데타와 의제 추대라는 역사적 사실 위에 항적이 손심을 죽여 강물에 던져버렸다는 허구가 포함된 〈일편야사〉가 있었기 때문에, 각각 다른 저자가 지은 두 문헌이 동일한 배경을 지닐 수 있었다. 두 문헌을 읽는 사람들은 모두 그것이 수양대군이 단종을 상왕으로 올린 다음 영월로 유배하여 죽인 것을 비난하는 글로 쉽게 받아들일 수 있게 된 것이다.

그런데 단종과 손심의 사건을 비교해 보면, 거시적으로 보아, 힘을 가진 사람이 쿠데타를 일으켜 경쟁자를 죽이고 왕을 허수아비로 만든 다음 스스로 왕이 되었다는 것을 제외한다면 구체적 내용은 그다지 비슷하지 않다. 단종은 문종의 적장자로 할아버지 세종과 아버지 문종이 신하들을 불러 특별히 "어린 임금을 잘 보필하라"는 고명을 남겼을 정도로 정통성을 갖춘 왕이지만, 손심은 비록 초나라 왕의 손자라고는 하지만 남의 집에서 머슴살이 하는 양치기를 데려다가 세운 허수아비에 불과하였다. 즉 단종은 확실한 정통성을 갖춘 임금인 반면 손심은 처음부터 이용당하기 위해 추대된 꼭두각시에 불과하였다.

수양대군은 한 사람의 대군에 불과했지만 항적은 실권자 항량의 권력을 이어받은 후계자로 충분한 정통성을 갖추었을 뿐만 아니라 천하를 두고 한고조 유방과 대적한 당대의 영웅이다. 수양대군이 임금이 되기 위해서는 강력한 정통성을 갖춘 조카 단종을 몰아내야 하는 윤리적 문제가 있었지만 항적이 손심을 몰아내는 것은 실권자가 꼭두각시 임금을 몰아내고 스스로 임금이 되는 것에 불과했다. 그렇기 때문에 수양대군의 왕위 찬탈에는 사육신을 비롯한 여러 신하들이 반발하여 일어났지만 초나라 신하들은 모두 두려워서 복종하고 감히 저항하지 못하였다.

두 사건에서 가장 비슷한 부분은 쿠데타를 일으킨 자가 정적을 직접 찾아가서 죽이고 왕명을 빙자하여 자신의 행위를 정당화했으며, 그 때부터 모든 실권은 쿠데타를 일으킨 자에게 돌아갔고 국왕의 통치력이 무력화하였다는 것이다. 수양대군은 김종서 집으로 찾아가 살해한 뒤 "모반하였으므로 죽였다."면서 강제로 왕명을 발동시켜 반대파를 숙청하고 정권을 장악하였다. 항적은 송의를 막사로 찾아가 머리를 베고 "제나라와 더불어 초나라를 배반할 모의를 꾸몄으므로, 초왕께서 은밀히 나에게 그를 죽이라 하셨다"하면서 정권을 장악하였다.

〈조의제문〉은 세조가 계유정난으로 정권을 장악하고 선위라는 명목으로 왕권을 탈취한 사건의 부당함을 주장하는 글이다. 중국의 역사 속에서 왕족간의 왕위 쟁탈전이나 골육상쟁은 수없이 많았고, 병자사화처럼 불의한 임금에게 신하들이 저항하다가 죽은 사건도 수없이 많은데, 왜 이들 작품은 잘 대응되지도 않는 항적과 손심의 경우를 배경으로 도입한 것일까? 특히 항적이 손심을 가짜 황제로 올리고 자신이 왕으로 등극한 사건에는, 병자사화 같은 신하들의 저항과 집권자의 폭력행사가 없는데, 왜 선택하였을까?

1) 〈일편야사〉가 〈조의제문〉의 원천일 가능성들

　〈조의제문〉은 장사에서 항적에게 억울하게 죽어 강물에 던져진 손심을 꿈속에서 만난 이야기를 빙자하여 수양대군의 왕위찬탈이 부당하다 주장한다. 두 저술의 공통점은 꿈 이야기를 빙자하여 수양대군이 단종의 왕위를 빼앗고 영월로 유배하여 죽인 역사적 사실을 항적이 의제를 남몰래 죽여서 강에 버렸다는 역사적으로 사실이라고 증명할 수 없는 사건과 연결하고 있다는 것이다.

　항적이 쿠데타로 정권을 장악하고 손심을 거짓 황제로 올린 것은 역사적 사실이지만 죽여 강에 버린 것은 확인된 바 없으므로 언제 누가 이의를 제기할지 모르는데, 아무리 꿈이라는 가상 상황을 활용한다 하더라도 두 사건에 유사성이 없다면 설득력은 없을 것이다. 이들은 왜 규명되지 않았을 뿐만 아니라 구체적 유사성도 떨어지는 사건을 연결하여 정치적으로 민감한 저술을 하였으며, 또 그 저술은 어떤 이유에서 사람들에게 먹혀들게 된 것일까? 그것은 두 사건 사이 규명되지 않은 부분을 메워주는 또 다른 매개체가 있었기 때문이라고 추정할 수 있다.

즉 〈조의제문〉보다 먼저 항적의 쿠데타를 인용하여 계유정난이 부당함을 비판하는 저술이 있었고, 그 저술을 읽은 사람은 수양대군이 단종의 왕위를 찬탈하고 상왕으로 올린 이후부터 일어난 사건들은 항적의 사건과는 약간 달랐지만, 〈조의제문〉을 연결하여 이해하기에 그다지 어려움 없이 동의할 수 있었는데, 그 저술을 원호는 〈일편야사〉라고 불렀고, 김종직은 〈자양하는 늙은이의 글〉이라 불렀다. 그렇다면 과연 〈일편야사〉는 어떠한 구비조건을 갖추고 있는 것일까?

첫째, 〈조의제문〉보다 먼저 나온 기록인 점. 〈일편야사〉는 〈조의제문〉의 독자가 항적의 쿠데타를 부담 없이 계유정난과 연결할 수 있는 매개체로서 역할을 해야 한다. 그러므로 그보다는 먼저 나와서 두 저술의 저자가 읽고 충분히 공감했을 뿐만 아니라 자신의 저술을 읽는 독자들도 모두 공감할 것이라고 생각할 수 있어야 한다. 〈조의제문〉은 김종직이 1457년 10월 답계역에서 꾼 꿈을 배경으로 하고 있다. 따라서 〈일편야사〉는 1457년 10월 이전에 이미 저술되어 있어야 한다.

둘째, 항적이 손심을 죽인 이야기로서 단종의 죽음을 예언하고 있는 점. 단종은 1457년 10월 자살로 위장된 죽임을 당하였다. 그러나 〈일편야사〉는 그 이전에 이미 저술되었으므로 그때는 단종이 살아 있었다. 〈원생몽유록〉과 〈조의제문〉은 단종이 죽임을 당한 사건을 항적이 손심을 죽인 사건과 연결하여 수양대군의 부당성을 비판하므로, 〈일편야사〉는 역사책에는 기록되지 않은 항적이 손심을 죽였다는 이야기를 창작하여 앞으로 단종 역시 손심처럼 죽을 것이라고 예언하지 않으면 안 된다. 〈일편야사〉의 저자가 계유정난과 흡사한 역사적 사실, 즉 "항적이 쿠데타로 정권을 장악한 것"에 자신이 창작한 픽션 "왕위를 빼앗은 다음 죽여 강물 속에 던지는"이야기를 만들어 실제 역사와 〈원생몽유록〉이나 〈조의제문〉 사이에 발생하는 불일치성을 완충해 주어야 하는 것이다.

셋째, 픽션이 대중에 먹혀들 만큼 시의적절한 점. 처음에는 규명되어 있는 역사적 사실을 바탕으로 시작하여 미래에 다가올 사건을 예언하는 이야기가 대중에게 먹혀들기 위해서는 시기적으로 당시 시대 상황과 일치해야 한다. 지금까지 일어난 사건은 모두 저술에서 언급하는 사실과 정확하게 일치하고 있으며 앞날을 예언하는 내용 또한 그럴 듯한 저술이라면 대중의 공감을 얻기에 어려움이 없을 것이다. 항적의 쿠데타와 유사성이 가장 높은 계유정난 직후에서 수양대군이 단종을 상왕으로 올린 다음, 스스로 왕이 된 시점 사이에 저술된 〈일편야사〉가 가장 호응도가 높을 것이고, 그 이후부터는 시점이 멀어지면 멀어질수록 두 사건의 유사성은 점점 줄어들어 공감대를 형성하기 어려울 수 있다.

계유정난 직후에 누군가가 "항적이 송의를 찾아가서 머리를 베고 '제나라와 더불어 초나라를 배반할 모의를 꾸미고 있으므로, 초왕께서 은밀히 나에게 죽이라 하셨다.'하면서 정권을 장악하고 이어서 손심을 의제라고 거짓으로 높이고 스스로 왕이 되었다."는 내용으로 글을 지어 발표한다면, 사람들은 그것이 얼마 전에 일어난 사건 즉, 수양대군이 무사들을 이끌고 김종서 집으로 찾아가 살해한 뒤 "모반하였으므로 죽였다."면서 강제로 왕명을 발동시켜 중신들을 소집하여 반대파를 숙청하고 정권을 장악한 것을 빗대어 말하는 것이고, 앞으로 수양대군도 항적이 했던 것처럼 단종을 상왕이라고 거짓으로 높이고 스스로 왕이 될 것이라고 말하고 있다는 것을 이해하지 못하는 사람은 한 사람도 없을 것이다.

왜냐하면 거기까지는 이미 역사책을 통하여 잘 알려져 있는 사실이기 때문이다.

거기에다 "항적이 손심을 죽여 강물 속에 버렸다."는 역사적으로 밝혀지지 않은 내용을 창작하여 추가한다면 글을 읽은 사람은 언젠가는 반드시 수양대군이 단종을 죽일 것이라고 예상할 수 있을 것이다. 그래서 훗날의 역사가 수양대군이 단종을 상왕으로 올리고 남한강변으로 유배했다가 결국 죽이게 된다면, 저술에 대한 호응도는 말로 표현하기 어려울 것이며 사람들로부터 예언서라는 평가를 받게 될 것이다.

김종직은 〈일편야사〉를 읽고 그 내용에 깊이 공감하고 있던 차에, 답계역에서 단종의 억울한 죽음에 관한 이야기를 듣고 비분강개한 마음에서 억울한 죽음을 당한 것으로 묘사된 의제를 조문하는 형식을 빌어서 "어찌 잡다가 도끼에 기름칠하지 아니했던고胡不收以膏齊斧."라고 계유정란 직후 수양대군을 잡아 죽이지 않았으므로 회왕처럼 단종도 죽었다고 주장한 것이다.

또한 〈일편야사〉의 저자가 바로 연촌이기 때문에, 李植, 송시열, 박세채, 이단하, 최석정 같은 후세의 석학들은 계유정난이 일어나기 전에 낙향한 연촌을 "미래에 일어날 일을 미리 알고 명철보신했다"라는 말로 논란을 일으키게 되었다. 또 세조의 왕위 찬탈이나 병자사화가 일어나기도 전에 이미 돌아가신 연촌을 "충성심이 사육신보다 더하다"라 평가하게 된 것이며, 처음에는 연촌을 생육신으로 포함시켰던 것이다.[4]

4 『연촌유사』 발문 참조.

2) 〈일편야사〉의 저술 시점

그렇다면 과연 연촌은 어느 시점에 〈일편야사〉를 저술한 것일까? 김종직은 1457년 10월 밀양에서 성주로 가던 중 답계역에서 꿈을 꾸었다 했는데, 이는 〈일편야사〉가 1457년 10월 이전에 이미 나와 있었고 김종직이 이미 읽었다는 증거다. 김종직은 답계역에서 단종이 자살로 위장된 죽임을 당했다는 소식을 듣고 분개하여 모든 것이 〈일편야사〉가 예언한 대로 돌아가고 있으므로 의제를 조문하는 〈조의제문〉을 지은 것이다.

〈일편야사〉의 시발점이 되는 사건은 1435년단종 1에 발생한 계유정난이다. 그 이후의 사건을 정리해 보면 이렇다.

1453년 10월	계유정난 발생
1455년 4월	연촌 별세
1455년 윤6월	수양대군 왕위찬탈(세조 즉위)
1456년 6월	병자사화 발생
1457년 10월	단종 승하, 김종직 〈조의제문〉 지음
1457 ~ 1463년	원호 〈몽유록〉 지음

1453년 10월 계유정난이 일어나 김종서나 안평대군 등 연촌과 친분이 두텁고 또 정치적 입장을 같이 했던 사람들이 죽임을 당하고 도덕성이 부족한 세력이 정권을 잡았다. 비록 벼슬을 버리고 낙향한 입장이지만 연촌에게 있어서 계유정난은 결코 반가운 소식이 아니었다. 김종서나 안평대군이 연촌과 친분이 두텁다는 증거를 일일이 나열할 필요는 없지만, 김종서는 연촌과 함께 과거에 급제한 동기생이며, 『연촌유사』에 실려 있는 김종서나 안평대군이 지은 글을 통하여 상호간의 친분을 충분히

짐작할 수 있다.

연촌은 수양대군이 무력으로 정권을 빼앗는 것을 보고, 또 자신과 정치적 입장이 같을 뿐만 아니라 개인적으로 친분이 두터운 김종서나 안평대군이 죽는 것을 보고, 가만히 있을 수 없었다. 그렇다고 수양대군에게 도전할 수 있는 물리력이 있는 것도 아니었다. 그러므로 결국 붓을 들어 〈일편야사〉를 저술하는 것으로 저항했다. 수양대군이 친형제까지 죽이면서 정권을 장악한 이유는 왕이 되기 위한 것이므로, 단종을 상왕이라고 거짓으로 올릴 것이고, 그렇게 잡은 왕권을 지키려면 결국은 정통성이 뛰어난 단종을 죽일 수밖에 없을 것이라고 예견하였다. 당시까지 발생한 사건과 가장 유사한 항적의 쿠데타를 이용하여 〈일편야사〉를 저술하였다.

결국 친형제를 죽인 수양대군이 조카라고 죽이지 못할 이유가 없음을 알고, 역사책에는 적혀있지 않은, 항적이 손심을 죽여 강물에 버린 이야기로 〈일편야사〉를 종결지었다. 그렇게 함으로써, 아직 일어나지 않은 왕위 찬탈篡奪과 단종의 죽음까지 예언한 셈이 되었다. 책을 많이 읽은 선비가 그 정도 저술을 위하여 몇 개월을 허비할 이유는 없으므로 〈일편야사〉를 저술한 시점은 빠르면 1453년 말에서 늦어도 1454년 초로 짐작할 수 있다.

원호는 계유정난이 일어나자 연촌의 은퇴를 본받아 벼슬을 버리고 원주로 낙향하였다. 맨 처음 한 일은, 자신이 존경하고 따랐던 연촌을 찾아가, 벼슬을 버리고 낙향하게 된 배경을 설명하고 계유정난의 부당함에 대하여 토로하는 것이었다. 연촌은 계유정난의 부당함에 혼자 분개하고 있었는데, 후배 원호가 찾아와 계유정난으로 도덕성을 잃어버린 정부에서 벼슬하기 싫어서 은퇴했음을 말하고, 두 사람은 잘못된 역사가 두 번 다시 반복되어서는 안 된다 것에 의기투합하여 이야기를 주고받았다. 그러다 연촌이 〈일편야사〉를 저술하기로 결심했을 것이다. 어찌되었거나 〈일편야사〉 저술 시점은 1454년 상반기를 넘어가지 않을 것으로 보인다. 그러므로 대략 1454년 초에 저술한 것으로 보면 타당할 것이다.

원호는 연촌이 돌아간 후 역사가 〈일편야사〉에서 예언한 그대로 흘러가는 것을 보고, 연촌을 복건자로 등장시켜 〈원생몽유록〉을 저술하였다. 즉 연촌의 〈일편야사〉는, 앞으로 일어날 수양대군의 부당한 왕위 찬탈과 사육신의 반발, 그리고 단종의 죽음에 이르는 역사에 대한 예언서였을 것이다. 그러므로 원호의 〈원생몽유록〉은 연촌의 〈일편야사〉가 예언한 대로 역사가 이루어졌음을 확인해 주는 결론서인 셈이다. 또 〈일편야사〉는 계유정난을 반대하는 일부 사림들 사이에 비밀리에 전파되며 읽혀오다가 김종직의 손에 의하여 〈조의제문〉으로 되살아난 것이다.

3) 〈일편야사〉의 내용 추정

〈일편야사〉는 과연 어떤 내용을 담고 있었을까? 연촌이 〈일편야사〉를 저술할 당시 사회적 배경과 연촌이 추구한 목적을 안다면 어떠한 내용의 저술인지 어렵지 않게 짐작할 수 있을 것이다. 연촌이 〈일편야사〉를 저술할 당시는 수양대군이 이제 막 쿠데타에 성공하여 정권을 잡았지만, 아직 왕위를 빼앗았다거나, 사육신들이 단종을 복위하기 위하여 거사를 꾸미다가 죽임을 당했다거나, 계속 발생하는 단종 복위 기도를 차단하기 위하여 자살로 위장하여 단종을 살해하는 사건들은 하나도 일어나지 않았다.

〈일편야사〉에 수록 되었을 것으로 보이는 내용을 정리해 보면 이렇다.

첫째, 당시 상황과 완전하게 일치하는 항적의 쿠데타를 인용했다. 수양대군은 밤중에 김종서를 찾아가 죽이고 반대세력을 참살하면서 정권을 잡았는데 왕명을 빙자하여 발표하기를 "모반하였으므로 죽였다."했고, 항적도 아침에 상장군 송의를 찾아가 죽이고 반대세력을 참살하고 정권을 잡았는데 왕명을 빙자하여 발표하기를 "제나라와 더불어 초나라를 배반할 모의를 꾸몄다."했다. 계유정난 직후 상황에서는 아무 배경 설명 없이 오직 항적의 쿠데타 사실만 기록하더라도 그것이 바로 계유정난을 지적하는 것임을 아는데 아무 어려움도 없을 정도로 두 사건은 유사하다. 연촌은 계유정난 직후 상황에서 현재 발생한 사건과 내용이 완전하게 일치하는 항적의 쿠데타 이야기를 적은 〈일편야사〉를 저술하여, 수양대군의 계유정난이 부당한 것임을 지적하고 계유정난이 앞으로 어떤 결과로 이어질 것인가를 이야기할 수 있는 배경을 만들었다.

둘째, 역사적 사실을 통하여 앞으로 일어날 일을 설명해주고 있다. 역사는 "항적이 왕이 되기 위하여 회왕을 의제라고 거짓으로 높이고 '의제께서는 비록 공은 없으시나 그 땅을 나누어 왕이 되게 함이 마땅할 것이오.'하고 스스로 서초패왕이 되었다."고 말해주고 있다. 수양대군은 어찌할 것으로 예상되는가? 수양대군은 정권을 탈취 했을 뿐, 왕권 침범 의사를 들어내지 않았을 뿐만 아니라 오히려 단종을 보호하겠다고 말했다. 하지만 역사책은 그런 방법으로 정권을 잡은 자가 임금을 거짓으로 높이고 스스로 왕이 된 전례가 있었다고 분명하게 말해주고 있다.

연촌이 〈일편야사〉를 저술할 당시는 아직 상황이 여기까지 전개되지는 않았지만 역사책에 적혀 있는 항적 이야기를 상기하면 수양대군 또한 단종을 상왕으로 밀어 올리고 스스로 왕이 될 것임을 예상하는 것은 어렵지 않다. 즉 〈일편야사〉는 수양대군이나 단종에 대하여서는 한마디 언급도 없이 오직 항적이 손심을 거짓으로 의제라고 올리고 스스로 왕이 되었다고 역사책에 적힌 그대로 적음으로 인하여 수양대군 또한 단종을 상왕으로 올리고 스스로 왕이 될 것임을 예언하고 있음을 모르는 독자는 아무도 없을 것이다.

셋째, 단종의 정통성 때문에 의제의 죽음을 창작할 필요가 있었다. 역사책에는 항적이 의제를 죽였다는 기록이 없다. 또한 항적이 회왕을 의제로 올리고 자신이 서초패왕이 되겠고 하니 장수들이 모두 "옳다"고 동조하였으므로 구지 의제를 죽일 필요까지는 없었을지도 모른다. 그러나 정통성 측면에서 단종은 손심과 비교가 되지 않았다. 세종과 문종으로부터 고명을 받은 대신들과 집현전 학사들이 없었다면 죽지 않았을지도 모르지만 불행하게도 단종에게는 목숨 걸고 어린 임금을 지키겠노라고 세종과 문종에게 맹세한 고명대신과 집현전 학사들이 있었다. 고명대신들은 계유정난 때 일단 제거되었지만 혈기 왕성한 집현전 학사들은 남아 있었고 수양대군이 정난공신으로 올려 무마하려 하였으나 수양대군의 생각과는 상관없이 피바람이 일어날 가능성이 있다는 것을 예측하게 만든다.

특히 연촌은 집현전 학사들과 비록 나이 차이는 많았지만 貢院에서 함께 근무하는 등 깊은 인연이 있었음은 『연촌유사』에 전해오는 글을 통하여 충분히 알 수 있다. 다시 말해 연촌은 집현전 학사들이 세종과 문종의 고명을 목숨 걸고 반드시 지킬 것임을 알고 있었으므로, 전망되는 결말은 단종의 죽음인 것이다. 수양대군은 이미 친동생 안평대군을 죽였는데 조카라고 죽이지 못할 이유가 없고, 집현전 학사들은 선왕의 은혜를 입었으니 결코 고명을 무시할 수 없는 입장이다. 특히 연촌이 이해하는 집현전 학사들의 성향은, 비록 선왕의 고명이 없었다 하더라도 참고 넘어가지 않을 것인데, 고명까지 받은 처지이니 불문가지다. 결국 연촌은 역사책에는 적혀 있지 않는 "항적이 손심을 죽인 다음 시체를 강물에 버렸다."는 내용을 창작하여 〈일편야사〉에 포함시키지 않을 수 없었다. 이로 말미암아 〈원생몽유록〉과 〈조의제문〉은, 역사책에는 적혀 있지 않은 "손심이 죽임을 당하여 강에 버려진"것에서 이야기를 시작할 수 있게 되는 것이다. 집현전 학사들 가슴 속에 남아 있는 의리 때문에 도입된 픽션으로 인하여 훗날 무오사화라는 엄청난 피바람이 일어날 줄을 연촌은 차마 짐작도 하지 못했을 것이다.

〈일편야사〉는 연촌의 저술이며, 또한 단순히 그 당시에 일어난 사건을 비난하는 내용만을 수록하지 않았다는 것을 증명하는 증거를 나열하여 보면 아래와 같다.

첫째, "연촌과 무항의 충절은 사육신보다 높다"고 기록한 원호의 묘비문을 들 수 있다. 사육신은 병자사화에서 목숨을 던져서 의리를 지켰고 지금까지 충신의 귀감으로 회자되고 있지만, 계유정난 직후에는 사육신마저도 정난공신으로 책봉 되는 등 그에 반발하여 움직인 사람은 아무도 없었다. 오직 원호와 연촌만 벼슬을 버리거나 〈일편야사〉를 저술하는 등, 부당한 계유정난에 반발하는 행동을 실천으로 옮겼다는 것을 말해주고 있다.

둘째, 연촌의 낙향을 두고 "환란을 예측하고 피한 명철보신이다."라는 주장이 있었음을 들 수 있다. 연촌이 저술한 〈일편야사〉가 세조의 왕위

찬탈과 병자사화 그리고 단종의 죽음까지를 모두 예언하고 있었기 때문에, 후세 사람들은 연촌이 미래를 예측할 수 있는 능력을 보유하고 있었기 때문에 계유정난이 일어날 것을 미리 알고 벼슬을 버리고 은퇴한 것으로 오해했다는 것을 말해주고 있다. 이와 관련하여 이식, 송시열, 이단하 등이 구체적으로 토론한 내용이 『연촌유사』 후반부에 발문으로 수록되어 있으므로 참고하기 바란다.

셋째, 〈조의제문〉에 "역사책을 상고해 보건대 강물에 던졌다는 기록은 없는데 혹시 항적이 사람을 시켜 비밀리에 회왕을 때려 죽여 시체를 강물에다 던져버렸던 것은 아닐까?"라고 기록된 것을 들 수 있다. 김종직은 역사적으로 발생했다고 증명할 수 없는 사건을 근거로 〈조의제문〉을 지었다. 만약 의제가 시해되어 시체가 강물 속에 잠기지 않았다면 억울하게 죽은 의제를 조문한다는 〈조의제문〉은 처음부터 성립될 수 없다. 하지만 "항적이 의제를 죽여서 강물 속에 버렸다."는 참고문헌 〈일편야사〉가 있으므로 인하여 〈조의제문〉의 논리는 비로소 성립될 수 있게 되는 것이다.

3. 연촌 최덕지 관련 기록에 대한 검토

3.1. 연촌의 은퇴는 계유정난을 예측한 명철보신인가?

연촌은 1445년세종 27 남원 부사를 마지막으로 벼슬을 버리고 영암으로 은퇴하여, 존심양성을 자경문으로 삼은 정학지사로 살다가 1450년문종 1 예문관 직제학으로 다시 벼슬에 나갔으나, 다음해1451 겨울 벼슬을 버리고 낙향하였다. 혹 이 사건이 〈원생몽유록〉과 어떤 관계가 있는 것은 아닐까? 실제로 후세 사람들은 연촌의 낙향을 "앞으로 정변이 있을 것을 미리 알고 피한, 이른바 明哲保身"이라고 평가한 기록이 많이 전해 오고 있다. 당시의 중요한 사건을 간추려 보면 다음과 같다.

1451년	10월 29일	연촌 은퇴
1452년	5월 14일	문종 붕어, 단종 즉위
1453년	10월 10일	계유정난 발생
1455년	4월 5일	연촌 별세
1455년	윤6월 11일	수양대군 왕위찬탈(세조 즉위)
1456년	6월 2일	병자사화 발생
1457년	10월 24일	단종 붕어(자살 위장 살해)

표에서 알 수 있는 바와 같이, 연촌은 수양대군의 왕위 찬탈 3개월 전, 그리고 병자사화 14개월 전에 이미 돌아갔으므로, 그 이후의 사건에는 어떤 영향력도 행사할 수 없었다. 수양대군이 실권을 장악한 것은 계유 정난 때지만, 어쨌거나 연촌은 수양대군이 단종의 왕위를 빼앗기 전에 이미 돌아갔다. 하지만 후세의 석학들은 오랜 동안 연촌의 은퇴를 수양 대군의 왕위 찬탈과 연결하여 해석과 평가를 내려 왔으며, 심지어 생육 신으로 간주하기도 했으니 이해하기 쉽지 않다. 과연 후세의 석학들은 연촌이 돌아가신 연대 하나 검증하지 못하는 사람들이었을까? 연촌 은 퇴 당시의 정황을 알기 위하여 먼저 〈문종실록〉을 살펴보기로 하자.

예문관 직제학 최덕지가 자신이 늙었다고 알리고 시골로 돌아가기를 원하니 임금이 도승지 이계전에게 말하였다. "지난번 윤대를 할 때 최덕 지와 말을 해 보니, 사람됨이 순박하고 진실하며 아직 그다지 늙지도 않았었다. 머물러 있게 함이 어떠한가?"하니 대답하기를 "돌아갈 뜻이 이미 결정되었으니 머물게 할 수는 없습니다." 하므로 그대로 따랐다. 최덕지는 나이가 68세였다. 세상에는 나이를 무릅쓰고 억지로 조정에 서는 자가 많은데 최덕지는 아직 물러날 나이에 이르지 아니했음에도 스스로 물러가니 당시의 의논이 모두 그를 칭찬하였다

藝文館直提學崔德之告老乞歸田里上謂都承旨李季甸曰頃於輪對與德之語爲人諄實未甚衰老留之何如對曰歸志已決不可留也從之德之年六十八世有冒年強立于朝者多德之未及致仕之年而能自引去時論稱之.[5]

3.2. 연촌은 수양대군의 왕위찬탈에 저항했나?

연촌은 1년에 4번 제사를 받는 인물로 유명하다. 음력 2월 15일 전북 임실군 지사면 방계리 주암서원의 서원제, 음력 3월 3일 전북 완주군 소양면 죽절리 분토동 산소의 묘제, 음력 3월 5일 전남 영암군 영암읍 교동리 녹동서원의 서원제, 음력 10월 첫 번째 정일丁日 전남 영암군 덕진면 영보리 합경당에서 올리는 초정제初丁祭가 그것인데, 초정제를 근래에는 날짜를 바꾸어 음력 정월 보름1월 15일에 올린다. 제사상에서 과일을 맨 앞줄에 차리는데 왼쪽에서부터 대추 밤, 감, 배의 순서로 차리는 것이 전통이지만 연촌 제사상은 반드시 대추와 밤의 순서를 바꾸어서 차리는데 이것은 수양대군의 왕위찬탈에 저항하는 뜻에서라고 전해오고 있다. 연촌은 병자사화는 물론 세조가 즉위하기 3개월 전에 이미 돌아가셨으며 또 벼슬에서 은퇴할 당시도 수양대군의 왕위 찬탈과 연관지어 생각할 만한 증거는 아무것도 없었다. 그런데도 불구하고 연촌 주변 여러 곳에서 수양대군의 왕위 찬탈 사건과 관련지을 수 있는 많은

---

5 『조선왕조실록』 文宗 10卷, 1年(1451 辛未 / 명 景泰 2年) 10月 29日(甲午) 2번째기사

흔적들을 볼 수 있다.

3) 『관란유고』의 많은 증거들

연촌의 문집 『연촌유사』에서는 앞서 언급한 〈원직학갈명〉을 제외한다면 원호와 관련된 기록을 찾을 수는 없지만 원호의 문집 『관란유고』에는 연촌과 관련한 많은 기록을 찾아 볼 수 있다. 그 내용을 살펴보면 이렇다.

『관란유고 몽유록』 말미에 "선생은 꿈속에서 단종을 배알하고 사육신 그리고 최 연촌과 함께 강 위에서 시를 지으면서 어울려 놀았다先生嘗於夢中陪端廟與六臣及崔煙村遊於江上作詩."라고 기록되어 있다. 이것은 바로 〈원생몽유록〉의 주인공 원자허는 원호이고 복건자는 연촌이라는 것을 말해주고 있는 것이다. 원호의 〈묘비문〉에 "또 말하기를 '연촌과 무항은 사육신에 비하여 그 충절이 더욱 높은 것이다'라고 하니 아아! 가히 고인에 대한 마땅한 논평 아니겠는가! 여기서 말하는 무항은 공이 살던 마을 이름이요, 연촌은 직제학 최덕지를 이르는 것이다又曰烟村霧巷比六臣較高嗚呼此可以尙論古人矣霧巷卽公所居烟村卽崔直學德之云."라고 기록되어 있다.

〈충신관란원선생정충비〉에 "정부자의 안락정 명문에 이르기를 '물을 어찌 끊어지게 할 수 있으며 땅을 차마 황폐하게 할 수 없거든 아! 바른 학문을 어찌 잊어버리게 할 수 있으랴!' 하였는데 이 글 구절이야말로 바

초정제 상차림
(2005년 11월 9일(음력 10월 8일) 정유)
밤, 대추, 유자, 감, 배의 순으로 진설됨
촬영: 최판호(광주시 남구 월산동 146-54)

로 이 정문의 명문이 될 만하다. 선생의 친구 직제학 최덕지가 역시 연촌으로 물러 나와서 살다가 일생을 마쳤다고 한다程夫子顏樂亭銘曰水不忍廢地不忍荒嗚呼正學其何可忘斯可以銘此閭矣先生之友崔直學德之亦退居烟村以終云.라고 기록되어 있다.

『관란유고』에 "같은 때 영암사람 최덕지도 역시 원주로 은퇴하였는데 최덕지의 호는 연촌으로 은퇴할 때 조정의 많은 선비들이 글을 지어 주었다. 관란공 역시 발문을 지어 주었다고 하는데 지금은 알 수 없다同時有靈巖人崔德之亦退居原州自號烟村朝中名士賦序跋而公亦追跋云今不可考."라고 기록되어 있다. 즉 먼저 있었던 연촌의 은퇴가 뒤를 이은 원호의 은퇴와 상관이 있음을 말하고 있으나 앞서 살펴 본 바와 같이 원호의 은퇴는 계유정난에 반발한 것이지만 연촌의 은퇴는 어떤 정치적 사건과도 상관이 없는 것이었다.

이상을 살펴보면, 계유정난 이후 원호가 벼슬을 버리고 원주로 낙향하여 단종에게 충성을 바친 여러 가지 행동의 배경에 연촌이 숨어 있다는 것을 알 수 있다. 즉 원호가 행한 생육신으로서 행동의 배경에는 이미 돌아가신 연촌의 입김이 숨어 있는 것이다. 어떻게 돌아가신 연촌이 살아있는 원호의 행동에 영향을 줄 수 있었을까? 물론 거기에는 살아생전에 원호가 연촌의 인품을 존경하여 따르려고 한데에 그 첫 번째 원인이 있다고 보아야 할 것이다. 원호가 참고할 수 있는 연촌의 모범은 무엇이었을까? 연촌은 계유정난을 보고 앞으로 닥쳐올 일련의 사태를 예견하여 남긴 저술이 원호에게 모범으로 작용한 것이 틀림없다.

4) 〈일편야사〉의 전파 경로

〈일편야사〉는 많은 사람이 읽은 보편적인 책은 아닐 것이다. 당시에는 책을 일일이 손으로 필사筆寫하여 전파하였으므로 숫자가 많지도 않았을 것이다. 특히 〈일편야사〉는 정권을 잡은 수양대군을 비방한 말하자면 반정부 불온서적이므로 마음대로 들어내 놓고 읽거나 보급할 수 없었을 것이고, 일부 계유정난에 반대하는 생각을 가진 사림들 사이에서 은밀히 전파되었을 것이다. 김종직은 〈조의제문〉을 통하여 세조의 정권 탈취가 부당함을 주장했지만, 그 글을 읽은 사람 중에는 김종직의 의도를 간파하지 못한 사람도 많았다. 훗날 김일손이 사초에 올리면서 "충분을 부쳤다."라고 주석을 달아서 설명했기 때문에 비로소 모두가 알게 된 것이다.

김종직의 〈조의제문〉은 그 배경을 모르는 사람이 읽어서는 내용을 알기 어려웠다. 그 이유는 연촌의 〈일편야사〉를 미리 읽어서 사전지식을 가진 사람은 그 이야기가 수양대군의 왕위 찬탈을 비난하는 것인 줄을 알지만 그렇지 못한 사람은 읽고도 내용을 알지 못했기 때문이다.

연촌이 1454년 〈일편야사〉를 저술하고 그로부터 3년 후 1457년 김종직이 〈조의제문〉을 지었다. 〈일편야사〉와 〈조의제문〉은 주로 세조의 정권에 반대하는 생각을 가진 사림들의 책 속에 숨겨져서 전파되고 있었기 때문에 무려 44년이나 지난 후 김일손이 사초에 수록하면서 주석을 달아서 설명을 하므로 비로소 모두에게 알려지게 되었다.

그렇다면 김종직은 어떻게 연촌의 〈일편야사〉를 손에 넣을 수 있었을까? 그것은 연촌과 김종직을 포함한 이른바 도학파 사림들과의 인연에서 찾을 수 있다. 김종직은 김숙자의 아들로서 김숙자는 정몽주에서 길재로 이어지는 도학파 사림이며, 연촌 역시 정몽주로부터 권근으로 이어지는 도학파 사림이다. 그뿐만 아니라 연촌의 손자 산당공山堂公 충성忠成은 바로 김종직의 제자이며, 사위 김총은 김굉필의 삼촌인데 김굉필 역시 김종직의 제자이다.

산당공은 남효온이 지은 『사우명행록』을 비롯한 많은 문헌에서 김굉필의 문하라 기록하고 있다. 1458년세조 4에 태어나신 산당공은 1454년단종 2에 태어난 김굉필과 나이 차이가 겨우 4세에 불과하였다. 그뿐만 아니라 『산당집』에 수록된 글 중에 〈상점필재선생서〉가 있고, 그 외에도 〈증실기〉라는 글에는 "1488년성종 19 봄에는 또 지리산에 있었는데 뒤늦게 김 선생 대유가 상을 당하였다는 소식을 들었다. 의리로 보아 서둘러 허겁지겁 달려가야 마땅하겠지만 갑작스럽게 말을 구할 겨를이 없어 걸어서 영남으로 달려가 곡을 하였다戊申春又在方丈晚聞金先生大猷丁憂義當匍匐忙劇之至未遑取馬徒步往哭於嶺南."라고 하였는데 大猷는 바로 김굉필의 字이다. 만약 김굉필이 산당공의 스승이라면 어찌 스승의 이름인 자字를 함부로 불러 "김선생대유金先生大猷"라 표현할 수 있겠는가? 따라서 산당공은 김굉필의 제자가 아니라 김종직의 제자이며, 김굉필은 산당공의 師兄 즉 선배 정도로 보아야 옳을 것이다.

이러한 인연을 두고 생각해 볼 때 산당공이나 김굉필이 김종직에게 〈일편야사〉를 전달한 통로가 아닐까 의심을 가지게 된다. 하지만 연촌이 〈일편야사〉를 저술한 시점이 1454년단종 2 봄이라고 했을 때 그 해는 바로 김굉필이 태어난 해이며, 산당공은 그로부터 4년 후에 태어났으므로 통로로서 역할을 할 수는 없었다. 그러나 위에 나열한 여러 인연을 놓고 볼 때 1454년 봄에 저술된 〈일편야사〉가 도학파 사림을 통하여

1457년 10월까지 김종직에게 전달되기에는 충분한 시간이 있었다.

정리해 보면, 연촌이 저술한 〈일편야사〉는 맨 먼저 원호에게 전달되었다. 원호는 연촌으로부터 직접 받아 〈원생몽유록〉 저술에 참고문헌으로 사용하였다.[6] 혹시 원호는 연촌의 〈일편야사〉 저술 현장에 함께 있었을 가능성도 없지 않지만, 그렇다 하더라도 〈원생몽유록〉은 1457년 10월 이후의 저술이므로 원호가 〈일편야사〉 저술 현장에 있었는가 여부가 그다지 중요한 것은 아니다.

김종직에게로의 전파는 연촌 생전 혹은 사후의 어느 시점에, 김종직이 직접 연촌으로부터 필사하여 갔거나, 아니면 어떤 도학파 사림의 손을 경유하여 전달 받아 〈조의제문〉 저술에 참고문헌으로 사용하였을 것으로 보인다. 그 기간은 3년 정도 되므로 그다지 문제가 될 것이 없다. 즉 〈일편야사〉는 원호가 김종직보다 먼저 손에 넣었지만, 그것을 참고하여 저술을 남긴 것은 원호보다 김종직이 먼저였을 것이다.

4. 맺는말

이상 논의한 바를 요약하면 다음과 같다.

김종직의 〈조의제문〉은 무오사화를 야기한 글로 알려져 있다. 그런데 이 작품은 교술산문이라고 하기에는 그 당시까지의 역사적인 사실과는 부합되지 않는 요소들을 지니고 있어 의문이다.

첫째 역사적으로 입증되지 아니한 사실을 전제로 저술되었다. 김종직은 역사서에는 기록이 없는 항적이 손심을 죽여 강물에 버렸다는 가정을

---

6 최순주, 『원생몽유록과 연촌 최덕지』(광양, 2006) 참고.

전제로 저술하였다.

둘째 저자의 의도를 파악하기 어렵다. 독자 중에는 김종직의 의도를 간파하지 못한 사람이 많았다. 훗날 김일손이 사초에 올리며 주석을 달아 설명함으로써 비로소 그 글이 세조를 비난한 것인 줄 알게 되었다.

셋째, 손심은 단종과는 비교도 되지 않을 정도로 정통성이 취약하다. 단종은 일찍이 세손世孫과 세자世子로 책봉된 인물이지만, 손심은 남의 집에서 머슴살이 하던 시골뜨기인데 숙부가 회왕의 핏줄이라며 데려다 왕으로 옹립한 사람이다.

그간의 연구에서는 이 문제점(의문점)에 대한 고려가 부족하였다. 이 논문을 통해 고찰해 보니, 〈조의제문〉은 그 이전에 나온 연촌 최덕지의 〈일편유사〉를 참고한 결과, 위의 문제점을 지니고 있다는 것을 알 수 있었다. 김종직이 〈조의제문〉의 말미에, "성리학을 하는 늙은이의 글을 따랐다"라고 한 것은 바로 이 최덕지의 〈일편유사〉를 의미한다.

■ 참고문헌 ────────────────

김기동, 『이조시대 소설론』, 이우출판사, 1946
김태준, 『조선소설사』, 학예사, 1939
소재영, 「임제와 원생몽유록」, 『고소설통론』, 이우출판사, 1983
신기형, 『한국소설발달사』, 창문사, 1960
신해진, 「원생몽유록의 작가론적 고찰」, 『조선중기 몽유록의 연구』, 박이정, 1998
양승민, 「원생몽유록 작자 문제의 허실」, 『어문논집』 38집, 고려대 국어국문학회, 1988
우쾌제, 「관란 원호와 원생몽유록」, 『우리문학연구』 13집, 우리문학회, 2000
원용문, 「원생몽유록의 작자 문제」, 『고소설연구』 3집, 한국고서설학회, 1997
윤영선 저, 『조선유현연원도』, 동문당, 1941
윤주필, 「원생몽유록의 종합적 고찰」, 『한국한문학연구』 16집, 한국한문학회, 1993
이가원, 「몽유록의 작자 소고」, 『국어국문학』 23호, 국어국문학회, 1961
이상기 역, 『독학명심보감』, 전원문화사, 1999

장덕순, 「몽유록 소고」, 1959

전인초, 「원생몽유록 작자 고구」, 『연세국문학』 1호, 연세대학교 국어국문학과, 1965

정학성, 「원생몽유록 연구」, 『한문학논집 3집, 단국한문학회, 1985

조희웅, 「원생몽유록 저자 재고」, 『서울대문리대학보』 19호, 서울대 문리과대학상임위
    원회, 1963

최순주, 『원생몽유록과 연촌 최덕지』, 광양, 2006

황패강, 「원생몽유록」, 『한국고전소설작품론』, 집문당, 1990

『(국역)농암집』, 민족문화추진회, 2001.

『(국역)송자대전』, 민족문화추진회, 1988

『(국역)택당집』, 민족문화추진회, 1999.

『관란유고』 초간본, 국립중앙도서관.

『국조방목』

『단종실록』

『명곡선생문집』 영인판, 경인문화사, 1997

『몽유록』, 신원문화사, 2004.

『문종공정대왕실록』

『보한재전서』, 은성문화사, 1984

『사기 항우본기』

『세조혜장대왕실록』

『연촌선조의 고표준절』, 녹동서원.

『연촌유사』, 전남문화재 제183호 녹동서원 소장.

『전주최씨 연원지』, 전주최씨 광주 전남 화수회 청장년회.

『전주최씨가경을축보』, 전주최씨종대 발행, 1805

『전주최씨건릉계해보』, 정수사 발행, 1743

『전주최씨족보초성일권』, 최세영 발행, 전주최씨 종중, 1686

『지천선생문집』

『한국민속종합조사보고서』, 문화공보부 문화재관리국, 1983

『화사』, 신원문화사, 2004.

제3장
〈설공찬전〉에 등장하는 '설공찬 누이'의 실존 가능성

● ● ● ●

1. 여는말

　고소설에서 등장인물에 대한 연구는 다른 분야에 비해 활발하지 않은 편이다. 하지만 소설에서 인물 연구는 아주 중요하다. 어떤 의미에서 소설은 특정한 캐릭터 즉 인물을 창조해 제시하기 위해 존재한다고도 할 수 있다. 그래서 동서양 공히 소설의 가장 흔한 제목은 등장인물의 이름을 반영한 것이라고 할 수 있을 정도이다. 더욱이 고소설의 문화콘텐츠화가 화두인 현금에 이르러서 소설 등장인물에 대한 관심은 매우 필요하다고 하겠다. 이런 문제 의식 아래, 필자는 이 글에서 〈설공찬전〉에 등장하는 인물 가운데에서, 주인공 설공찬의 누나가 실존 인물일 가능성에 대해 관견을 피력하고자 한다.

　지금까지 학계에서는 〈설공찬전〉에 등장하는 '설공찬의 누나'가 허구적인 인물이라고 여기고 있다. 실존했다 하더라도, 작품의 문면을 그대로 믿어, '자식을 낳지 못하고 일찍 죽은' 인물로 보아 그 후손의 존재 가능성을 생각하지 않았다. 필자도 마찬가지였다.[1] 하지만 과연 그럴까?

필자는 최근, 설공찬의 누나가 실존인물이며 자식도 출산해 그 후손이 이어지고 있다는 사실을 알았다. 전주최씨 도사공파가 그 후손이다. 무슨 근거로 그렇게 말할 수 있는지, 입증해 보고자 한다.

2. '설공찬 누이'가 실존인물이라는 증거들

2.1. 족보상의 사실

(1) 전주최씨 족보상의 '설공찬 누이'

전주최씨 족보를 보면, 설공찬의 아버지 설충란의 딸이 등장하고 있다. 즉 설공찬의 누나가 실존인물임을 보여준다. 설공찬의 자형姊兄은 전주최씨 중랑장공파 남원종회 9세 도사공都事公 윤조潤祖라고 전주최씨 족보에 적혀 있다.

1805년순조5 5월 간행된 대동보 『가경보嘉慶譜』의 기록은 이렇다.

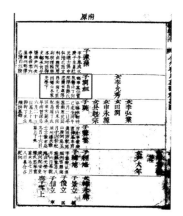

> 도사이다. 묘소는 임실 유현산에 정향으로 있다. 배 순창설씨는 충란의 딸이다. 묘소는 순창군 남면 구리전 독산 친정 선영 아래에 있다
> 都事墓任實乳懸山丁向配淳昌薛氏忠蘭女墓淳昌南面九里田獨山本家先塋下
>
> (『가경보』 2권-30)

1 이복규, 설공찬전 연구(박이정, 2004) 참고. 여타 〈설공찬전〉 관련 연구성과들이 있지만, 이 논문에서 다루는 주제와는 직접적인 연관이 없으므로 생략한다.

1964년 간행 『16권보』에서는 또 다른 기록이 발견되는바, 그 이후 현재까지 모든 족보가 이대로 수록하고 있다. 처음에는 친정 선영 아래에 제단을 쌓고 제사를 모시다가, 남편 묘소 오른쪽으로 옮겼다는 기록이 그것이다. 순창에 있던 도사공배 제단을 임실군 오수면 대명리 유현산

도사공 묘소 오른쪽으로 옮겨 왔다는 것이다. 어찌되었든 그 집안에서 현재까지 이 분의 제사를 모시고 있다는 사실을 확인하게 하는 데 충분한 기록이라 하겠다. 설공찬의 누이가 실존했음을 보여주는 증거이다.

통덕랑으로 도사이다. 묘소는 임실 유현산에 정향으로 있다. 공인 순창설씨는 무공랑 충란의 딸이다. 묘소는 순창군 금과면 방성리 독산 친정 선영 아래에 제단을 쌓고 제사를 모신다. 임인년, 임인월, 임인일, 임인시에 임실 유현산 공의 묘소 오른 쪽으로 제단을 옮겼다

通德郎都事墓任實乳懸山丁向 恭人淳昌薛氏務功郎忠蘭女墓淳昌郡金果面訪聖里獨山本家先塋下設壇享祀 壬寅年壬寅月壬寅日壬寅時移壇于任實乳懸山公墓右

（『16권보』 2권-20)

(2) 순창설씨 족보상의 '설공찬 누이'

국립중앙도서관 소장 『순창설씨족보』는 1749년영조 25 간행된 『기사보己譜, 3권보』가 그 발행 연대가 가장 이른 것이다. 내용을 살펴보면, 사위 도사공都事公 윤조潤祖는 물론 외손자 부장공部將公 완琓의 벼슬까지,

외증손 청암공晴菴公 제운霽雲, 참봉공參奉公 응운應雲, 도사공都事公 득운得雲, 참의공參議公 태운泰雲이 모두 수록되어 있었다.

외증손 도사공을 덕운德雲이라고 잘못 적고, 청암공 벼슬을 "직장直長"

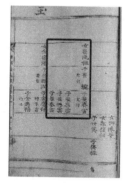

이 아니라 "직장直將"이라고 오자誤字를 내고 있지만, 전주최씨와 순창설씨 사이의 관계 및 본고의 관심사인 설공찬 누이의 실존 가능성을 확인하기에는 충분하다. 두 집안이 인척간임을 확증하고 있으며, 도사공 최윤조가 설충란의 사위로 등재되어 있는바, 설공찬의 누이가 실종하였고 혼인까지 하였다는 것을 보여주기 때문이다.

〈기사보〉에 수록된 설충란 형제의 세계표는 다음과 같다.

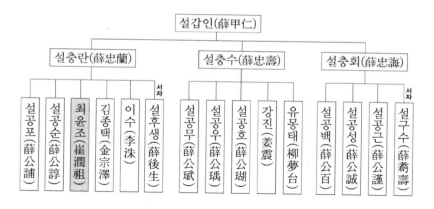

(3) 씨족원류氏族源流상의 '설공찬 누이'

『씨족원류氏族源流』는 조종운趙從耘(1607~1683)이 편찬한 책으로 국립중앙도서관에 영인본이 있고, 고려대에서 데이터베이스를 만들어 온라인으로 제공하고 있다. 『씨족원류』에는 대략 540여개 성관姓貫이 수록되어 있는데 행장行狀은 현달한 인물이 아니면 관직만 간단하게 기록했다.

『씨족원류』는 설충회薛忠誨를 설충란薛忠蘭의 형으로, 설충회의 아들 설공성薛公誠, 설충수薛忠壽의 아들 설공심薛公諶만 수록하고 있지만, 설충란의 아들은 서자庶子 설후생薛後生이 빠지는 대신 장남 설공양薛公讓이 수록되어 있다.

필자가 예전에 〈설공찬전 연구〉에서 언급한 대로 설공양이 설공찬일 가능성을 보여주고 있고, 이에 관해서는 다음 에 좀 더 구체적으로 검토하기로 하겠다. 『씨족원류』는 도사공의 이름을 "윤조潤祖"가 아니라 "윤지允祉"로 잘못 적고 있고, 벼슬도 아버지 암계공嚴溪公의 이름 연손連孫의 벼슬인 판결사判決事를 도사공의 벼슬로 적는 등의 오류도 보여주고 있다. 하지만 본고의 초점인, 설공찬 누이의 실존 가능성을 보여주는 데는 일단 부족함이 없다 하겠다.

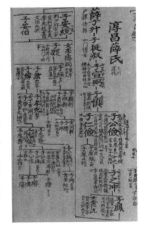

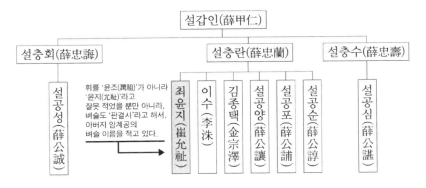

(4) 『문화류씨세보(가정보)』에서의 설공찬 가문

『문화류씨세보』 즉 『가정보嘉靖譜』는 안동권씨 『성화보成化譜』에 이어, 한국에서 두 번째로 오래된 족보로서, 보학譜學 연구에서 매우 중요한 문헌이다. 『가정보』는 비록 문화유씨 가문의 족보이지만, 행장行狀 없이 인명人名과 관직官職만 수록한 책이 자그마치 10권卷 10책冊이나 된다. 그 이유는 본손本孫 외에도 외손外孫은 물론 외손의 외손, 외손의 외손의 외손까지 모두 남녀 구별 없이 태어난 순서대로 수록하고 있기 때문이다. 따라서 누군가가 문화유씨와 혼인했다면 그 후손은 친손親孫, 외손外孫 가리지 않고 모두 수록되는 구조를 가지고 있기 때문에 설공찬 薛公瓚의 경우에도 문화유씨가 아니나, 6대조 설봉薛鳳이 유돈柳墩의 딸과 혼인했기 때문에 수록된 것이다.

더 중요한 사실은 남녀 구분 없이 태어난 순서대로 수록하고 있으며 발행된 시점이 1565년명종20으로 〈설공찬전〉 사건이 있었던 1509년에서 겨우 50년 남짓 지난 시점의 기록이기 때문에 차수次數가 매우 이르다는 것이다.

『가정보』에서 설공찬의 할아버지 설갑인薛甲仁의 가계를 살펴보면 『씨족원류』와 대체로 비슷하지만, 설충회薛忠誨의 아들에 설공근薛公謹이 추가되었고, 설충란薛忠蘭의 아들에서 설공양薛公讓이 빠져 있다. 도사공 都事公 潤祖윤조는 允祖윤조로, 한 글자만 오자誤字를 내고 있다. 설공근과 설공심薛公諶은 "무후无后"라고 적어서 후손이 없음을 표현하고 있는데 여기에서 무후는 "혼인을 하였으나 후손이 없다."는 것을 의미하며, 혼인하지 못하고 죽은 경우까지 포함하는 것은 아니다. 대개 설공찬처럼 혼인하지 못하고 죽으면 "조천早夭"이라고 적거나 아예 표기하지 않는 것이 관례이므로 설공근, 설공양, 설공심이 모두 후손이 없지만 성공근과 설공심은 혼인했기 때문에 수록되고 설공양은 조천하였으므로 제외되었다고 볼 수 있다.

또 설충란 곁에 "견부見浮"와 같이 적혀 있는 것은, 천자문千字文 순서로 매겨진 해당 페이지에 설충란이 또다시 수록되어 있다는 뜻으로서, 설충란도 문화유씨 가문의 외손이지만 설충란의 아내 또한 문화유씨 가문의 외손녀라를 것을 말한다. "부浮" 페이지는 5권 148~149 페이지로 설충란의 아내 평성군枰城君 이위李偉의 딸 전주이씨가 수록된 부분을 말한다.

설공근의 경우 무후라고 적혀 있으나, 그 아래에 "견주見奏"라고 적혀 있는데 "주奏" 페이지는 이장원李長源의 딸 이씨부인의 자리로 문화유씨의 외손 설공근이 문화유씨의 외손 이장원의 딸과 혼인했으나 후손이 없다는 것을 의미한다.

이와 같이 사대부 가문끼리 혼맥婚脈이 얽히다 보니, 『가정보』는 행장도 없는 족보가 자그마치 10권 10책에 달하게 된 것이다.

이상의 내용을 세계표로 표현하면 다음과 같다.

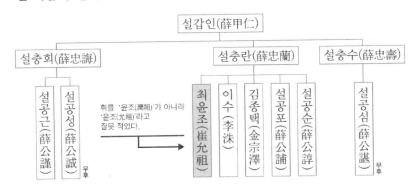

2.2. 관련 인물에 대한 검토 결과

(1) 〈설공찬전〉에 등장하는 설공찬의 누나

〈설공찬이〉가 처음 발견되었을 때, 설위薛緯, 설충란薛忠蘭, 설충수薛忠壽 등은 〈순창설씨족보〉에서 발견되어 실존인물임이 확인되었으나 설공찬薛公瓚, 설공침 등은 발견되지 않아 가상의 인물인 것으로 추정되었다. 『가정보嘉靖譜』에서 설공심薛公諶이 설공침으로 확인되고, 〈씨족원류氏族源流〉에서 설공양薛公讓이 설공찬일 것으로 추정되면서 모든 등장인물은 실존인물일 뿐만 아니라, 이야기 자체가 실화實話에서 유래했을 것이라는 쪽으로 해석되기에 이르렀다. 한편 그 첫머리에 잠깐 등장하는 설공찬의 누님에 관해서는 아직 눈에 뜨이는 연구결과가 발표된 바 없고, 필자도 이렇게 적었다.

> 그런데 공찬의 누이는 왜 〈문화류씨족보〉나 〈씨족원류〉에도 끝내 나오지 않는 것일까? 여자인 데다 자식이 없이 일찍 죽었으므로, 남편의 성명을 적는 게 무의미하다고 판단해 뺐을 것이라고 생각된다. 따라서 공침에게 처음 빙의되었던 설공찬의 누이를 족보에 나오지 않는다는 이유로 실존 인물이 아니라고 단정하기는 어렵다고 생각한다.

여자이기 때문에 이름이 없어서 찾아내기 쉽지 않고, 『순창설씨족보』는 사위 세 사람 모두 성명만 적고 본관이나 아버지를 기록하지 않아 추적하기 어려운 데다, 〈설공찬전〉에서도 "셔방마ᄌ니무ᄌ식ᄒ야셔일죽고"라고 하였으므로, 그냥 족보에 수록하지 않았을 것이라 추정한 것이다.

〈설공찬전〉에 등장하는 설공찬의 누나는 설공찬보다 당연히 먼저 태어난 사람이며, 또한 혼인은 했으나 자식을 낳지 못하고 설공찬보다 먼저 죽은 사람이다. 왜냐하면 〈설공찬전〉에 "몬져주근어마니과누으님을 니르니"라고 어머니와 누나가 먼저 죽었다고 명확하게 기록하고 있기 때문이다. 설공찬보다 먼저 태어난 누이 중에서 설공찬보다 먼저 죽은 사람을 찾아보아, 만약 그런 사람이 한 사람에 불과하다면 혼인을 했고 하지 않았고, 자식을 낳았고 낳지 못했고 따질 것도 없이 그 사람이라고 단정할 수 있겠지만, 두 사람 이상이라면 혼인한 사람, 그 중에서도 자식을 낳지 못한 사람이 그 사람이라고 말할 수 있을 것이다.

즉 혼인, 출산 여부까지는 채수가 모르고 있었을 수도 있고, 또 이야기 전개 목적상 알면서도 바꾸어 묘사할 수도 있다고 생각할 수 있겠지만, 살아 있는 사람이 귀신이 되어 나타난다는 것은 있을 수 없는 일이므로, 설공찬보다 먼저 태어나고 먼저 죽는 것은 반드시 그래야만 하는 필수조건이지만, 혼인을 했다거나 자식을 낳았다거나 하는 것은 그러면은 더욱 좋겠지만 반드시 그래야만 하는 것은 아닌 조건이 되는 셈이다.

(2) 세 사람의 설공찬 누이 중 〈설공찬전〉에 등장하는 인물

지금까지 검토된 바를 근거로 세계표를 그려보면 다음과 같다.

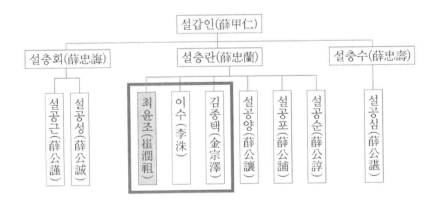

세계표에는 설공찬 즉 설공양의 누나가 셋이다, 이 셋 중에서 어느 인물이 〈설공찬전〉에 등장하는 설공찬의 누나일까? 먼저 이수의 아내 순창설씨의 경우를 살펴보자. 〈씨족원류〉에 수록된 설공찬(설공양)의 누나는 셋인데 도사공배都事公配, 이수李洙의 아내, 김종택金宗澤의 아내 순이다. 도사공배는 큰 딸이지만 검토할 내용이 많으므로 뒤로 미루어 두고, 『가정보嘉靖譜』나 『씨족원류氏族源流』에 수록된 순서에 따라 먼저 이수의 아내에 관하여 살펴보면 이렇다.

이수는 경주이씨로 재사당再思堂 이원李黿의 아들인데 〈사마방목司馬榜目〉에 의하면 1510년중종 5 유학幼學 식년진사式年進士에 급제하였다. 정염丁焰(1524~1609)이 지은 아버지 이원의 〈행록行錄〉에는 이렇게 적혀 있다.

공은 아들 4형제를 두었는데 장남 수는 군수이고, 차남은 강이고, 셋째는 하이고, 막내는 발로 좌통례에 증직되었다. 군수(이수)는 순창설씨 설충란의 딸과 혼인하여 4남 3녀를 낳았는데, 장남 개윤은 현령이고, 차남은 제윤이며, 셋째 종윤은 생원이며, 막내는 핍윤이다. 장녀는 충의위 이헌과 혼인하였고, 둘째는 이조 참판 유세린과 혼인했으며, 막내는 사인 우숭선과 혼인하였다

公有四男長洙郡守次曰江次曰河次
曰渤贈左通禮郡守娶淳昌薛忠蘭女生四
男三女男長愷胤縣令次曰悌胤次曰悰胤
生員次曰愊胤長女適忠義衛李巘次適吏
曹參判柳世麟次適士人禹崇善

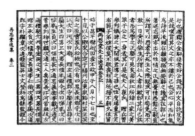

〔『재사당일집』 2권-3B3〕

이수의 장남 이개윤李愷胤은 1546년명종 1 식년진사로 급제하였는데 『사마방목司馬榜目』에 구경하具慶下라고 기록되어 있어, 급제 당시에 부모가

모두 살아있었다. 따라서 이수의 아내 순창설씨는 〈설공찬전〉이 문제를 일으켜 수거되어(1511년) 소각된 후 사람들의 기억에서 사라져간 1546년 까지도 살아있었으므로 〈설공찬전〉에 등장하는 설공찬의 누나가 아님을 알 수 있다.

그 다음으로, 김종택의 아내 순창설씨의 경우를 보자. 김종택은 상산 김씨 이지만 〈상산김씨족보〉에서 찾을 수 없기 때문에 〈가정보嘉靖譜〉를 이용하여 추적할 수밖에 없다. 『가정보』에 의하면, 김종택에게는 의신 군義新君 이징원李澄源의 후실後室이 된 누님과 아들 김덕윤金德潤이 있는데 김덕윤 또한 창원황씨 황순경黃舜卿의 장녀와 혼인하여 『가정보嘉靖譜』 8권 17b葉 페이지에 수록되어 있다.

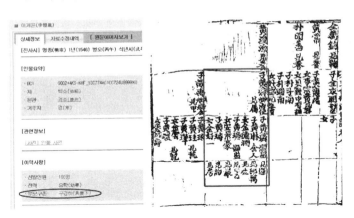

황순경의 차남 황림黃琳(1517~1597)은 자가 여온汝溫이고, 호는 겸재謙齋 이다. 1543년중종 37 생원시에 급제하였고 1552년명종 7 식년시문과에 급 제하여 정언, 지평, 헌납, 수찬, 병조정랑, 장령, 시강원문학, 교리, 동부 승지, 호조참의, 우승지 등 여러 직책을 두루 역임하였으며 1573년선조 6 나주 목사를 거쳐 1575년 여주 목사가 되었다.

1578년선조11 종계변무宗系辨誣를 위해 주청사로 명나라에 다녀온 후 광국공신 3등에 책록 되었고 의성군義城君에 봉해졌으며, 대사헌을 거쳐 공조판서, 이조판서에 올랐고, 1597년선조30 10월에 81세로 사망하였는데 시호는 평장平莊이다.

『가정보』는 황림이 김덕윤 아내의 오빠라고 수록하고 있으므로 김덕윤의 아내는 오빠 황림이 태어난 1517년중종12보다는 늦은 시점에 태어났다. 김덕윤의 아내가 1519년중종14쯤에 태어났다고 가정했을 때 남편 김덕윤은 언제쯤 태어났을까?

김덕윤의 아내 창원황씨가 후실後室이라면 김덕윤과 나이차이가 클 수도 있겠지만 김덕윤과의 혼인이 초혼初婚이라면 김덕윤도 1519년에서 그다지 멀지 않은 시점에 태어났을 것인데, 김종택의 누님의 경우에서 알 수 있는 바와 같이 〈가정보〉는 부인이 전실前室인지 후실인지까지 모두 자세하게 기록하고 있는데, 김덕윤의 아내 창원황씨 또한 후실이 아니므로 두 사람의 혼인은 초혼으로 볼 수 있다.

결국 김종택의 아내가 아들 김덕윤을 낳다가 죽었다고 하더라도 1519년경까지 살아 있었던 것으로 되고, 그 시점을 아무리 빠르게 잡는다 하더라도 〈설공찬전〉이 문제를 일으킨 1511년중종6 9월보다는 늦을 것으로 판단된다. 극단적으로 김종택의 아내가 1511년에 김덕윤을 낳다가 죽었다 하더라도 김덕윤과 아내 창원황씨는 나이가 8세나 차이가 나게 되어 초혼初婚한 아내라고 보기 어렵게 되는 문제가 발생한다. 즉 김종택의 아내는 설공찬의 누님인데 혼인을 했으나 한동안 아이를 낳지 못하다가 1519년경에 이르러서야 비로소 김덕윤을 낳았다고 보아야 할 것이다. 따라서 김종택의 아내는 〈설공찬전〉에 등장하는 설공찬의 누님이 될 수 없다.

이상의 검토 결과에 의하면, 『순창설씨족보』에 수록된 설공찬의 누님 세 사람 중 〈설공찬전〉에 등장하는 설공찬의 누님일 가능성이 있는 사람은, 오직 도사공都事公 윤조潤祖 배配 순창설씨 한 사람 뿐이다. 따라서 만약 족보와 문헌에서 찾을 수 없는 설공찬의 누님이 더 나타나지 않는다면 우리는 도사공배 순창설씨를 〈설공찬전〉에 등장하는 설공찬의 누님이라고 확정지을 수 있을 것이다.

(3) 공인순창설씨단비恭人淳昌薛氏壇碑의 존재

〈공인순창설씨단비〉는 설공찬薛公瓚의 누나 도사공배都事公配의 제단 비문이다. 도사공배가 순창에서 아들 부장공部將公 휘 완琓을 낳고 죽자, 순창군 금동면 석현촌 독산 기슭 친정아버지 설충란薛忠蘭의 묘소 아래에 묘소를 만들었다. 물론 설공찬이 죽은 후까지 설충란이 살아 있었을 것으로 보이므로, 도사공배의 묘소를 만들 때에는 설충란의 묘소 아래에 만든 것이 아니라 훗날 설충란이 죽었을 때 도사공배 묘소 위에다 묘소를 만든 것으로 보아야 할 것이다.

전주최씨 중랑장공파 남원종회에서는 순창으로 성묘省墓를 다녔으나 임진왜란 와중에 성묘를 가지 못했고, 전쟁이 끝난 후 순창에 가 보니 설충란 묘소 아래에 주인 없는 고총古塚 3기三基가 있는데 어느 것이 도사공배 묘소인지 알 수 없게 되어버려 남원에다 제단을 쌓고 제사를 모시게 되었다고 한다. 추측컨대 임진왜란을 기점으로 성묘가 중단되었고, 그 후 언젠가 순창에 가 보았으나 묘소를 찾지 못하게 되었는데 1857년 묘제/단제 사건으로 제단 설립이 종중의 이슈로 떠오르자 남원에다 제단을 설치하게 된 것이 아닌가 생각된다.

〈공인순창설씨단비〉는 1870년고종7 10월에 11세손 우재공愚齋公 성진成軫(1808~1874)이 지은 것으로 『전주최씨세적록全州崔氏世蹟錄』(1958)에 수록되어 있다.

우리 최씨는 본관이 전주인데 고려 문하시중 시호 문성공 휘 아를 시조로 하고 있다. 시조에서 4세대를 내려와 연촌 선생 휘 덕지는 벼슬이 예문관 직제학에 이르렀고, 그 후 다시 4세대를 내려와 도사공 휘 윤조는 바로 이조 참판 호 암계 선생 휘 연손의 아들이다. 배 순창설씨는 무공랑 휘 충란의 딸로 묘소가 순창군 금동면 석현촌 독산 기슭 친정아버지 묘소 아래에 있었으나 전쟁을 치룬 후 전해오는 3기의 고총 중 어떤 묘소인지 알 수 없게 되어 의심이 남으므로 후손이 살고 있는 남원에다 제단을 쌓고 제사를 모셔왔다. 숭정 후 다섯 번째 경오년1870에 10세손 낙흥, 11세손 성엽, 13세손 한동이 묘도비가 없는 것을 걱정하여 비석을 세우고 제단을 보수하여 해마다 한 번 씩 제사를 모시게 되었다. 경오년1870 10월 일 11세손 성진 삼가 지음

惟我崔氏貫全州以高麗門下侍中諡文成諱阿爲遠祖而歷四世有烟村先生諱德之官至藝文舘直提學其後四世有都事公諱潤祖卽吏曹參判號巖溪先生諱連孫之子也配淳昌薛氏以務功郎諱忠蘭之女墓在淳昌郡金洞面石峴村獨山麓本家考墓下而兵燹之後傳疑於三古冢故後孫居在南原曾爲設壇行祀矣歲在崇禎後五庚午十世孫洛興十一世孫成曄十三世孫翰東愍其墓道之無依立石修壇以奉歲一之祠耳　庚午十月日　十一世孫成軫謹撰.

3. 맺는말

지금까지 학계에서는 〈설공찬전〉에 등장하는 '설공찬의 누나'가 허구적인 인물이라 여겨 왔다. 실존했다 하더라도, 작품의 문면을 그대로

믿어, '자식을 낳지 못하고 일찍 죽은' 인물로 보아 그 후손의 존재 가능성을 생각하지 않았다. 하지만 그렇지 않다. 이 논문에서는 몇 가지 근거를 들어 기존의 통념에 이의를 제기하였다.

첫째. 족보상의 사실이다. 전주최씨 족보를 보면, 설공찬의 아버지 설충란의 딸이 등장하고 있어, 설공찬의 누나가 실존인물임을 보여준다. 설공찬의 자형姉兄은 전주최씨 중랑장공파 남원종회 9세 도사공都事公 윤조潤祖라고 전주최씨 족보에 적혀 있다. 순창설씨 족보에도, 사위 도사공都事公 윤조潤祖는 물론 외손자 부장공部將公 완琓의 벼슬까지, 외증손 청암공晴菴公 제운霽雲, 참봉공參奉公 응운應雲, 도사공都事公 득운得雲, 참의공參議公 태운泰雲을 수록하고 있다. 전주최씨와 순창설씨 사이의 관계 및 본고의 관심사인 설공찬 누이의 실존 가능성을 확인하기에 충분하다. 두 집안이 인척간임을 확증하고 있으며, 도사공 최윤조가 설충란의 사위로 등재되어 있는바, 설공찬의 누이가 실종하였고 혼인까지 하였다는 것을 보여주기 때문이다. 『씨족원류氏族源流』는 도사공의 이름을 "윤조潤祖"가 아니라 "윤지允祉"로 잘못 적고 있고, 벼슬도 아버지 암계공巖溪公의 이름 연손連孫의 벼슬인 판결사判決事를 도사공의 벼슬로 적는 등의 오류도 보여주고 있지만, 설공찬 누이의 실존 가능성을 보여주는 데는 일단 부족함이 없다.

둘째, 관련 인물에 대한 검토 결과이다. 〈설공찬전〉에 등장하는 설공찬의 누나는 설공찬보다 당연히 먼저 태어난 사람이며, 또한 혼인은 했으나 자식을 낳지 못하고 설공찬보다 먼저 죽은 사람이다. 세계에 등장하는 세 명의 설공찬 누이 중에서 이 조건을 충족하는 인물은 오직 도사공都事公 윤조潤祖 배配 순창설씨 한 사람이다.

셋째, 공인순창설씨단비恭人淳昌薛氏壇碑의 존재이다. 아직까지 후손에 의해서 묘사가 이어지고 있음을 확인할 수 있다.

이상 살펴본 바와 같이, 〈설공찬전〉에 등장하는 '설공찬의 누이'는 정확히 말해 '설공찬의 누나(누님)'이며 실존인물이고, 자식을 낳고 죽었다는 것을 확인할 수 있었다. 작자 채수는 누나 가족의 실화를 바탕으로 이 소설을 지으면서, 설공찬의 누이에게 자식이 있다는 사실을 몰랐을 수도 있고, 알면서도 작품상의 효과를 위해 일부러 자식 없이 죽었다고 할 수도 있다.

이 작업이 비록 작품내적인 구조나 미학을 규명하는 것과는 구별되는, 지극히 실증적인 일이었지만, 우리 소설, 특히 초기소설의 중의 일부가 실화에서 유래하였을 가능성을 주목하게 한다는 점에서 의의가 있다고 생각한다. 다른 소설을 연구할 때도 이럴 가능성을 항상 염두에 두어야 한다는 사실을 일깨운다 하겠다. 아울러 이 작업 결과는 최근에 제기된 새로운 국문학 연구방법론 즉 '신국문학적' 연구 또는 '응용학으로서의 지역 문화콘텐츠'[2]에 대한 관심 촉구에 대한 응답이라는 의의를 지닌다고 생각한다.

■ 참고문헌

이복규, 『설공찬전 연구』, 박이정, 2004
〈공인순창설씨단비〉
『국조방목(國朝榜目)』
『문화류씨세보』(『가정보(嘉靖譜)』)
『사마방목(司馬榜目)』
『상산김씨대동보』
『순창설씨 족보』
『씨족원류(氏族源流)』

2 설성경, 「춘향전 연구사로 본 신국문학적 연구의 한 방향」, 국학연구론총 12(택민국학연구원, 2013), pp.9-35 참고.

『전주최씨족보』

『전주최씨세적록(全州崔氏世蹟錄)』

■ 부록: 전주최씨 9세 도사공 최윤지의 비문 및 묘비 ─────────

9세 도사공(都事公) 휘 윤조(潤祖)

① 통덕랑행도사전주최공휘윤조지묘(通德郎行都事全州崔公諱潤祖之墓)(비석)

龍城治北一舍許秀麗한德載山이雲霄에높히솟아있고앞흐로樊水川이悠悠히大明里乳懸洞一局은全州崔氏顯祖弘文館大提學烟村先生諡文肅公派一族의世葬(葬)山이다蒼松에雲烟이잠겨있는西麓一崗에四尺崇封이있으니이는곳烟村先生四代孫이며判決事吏曹參判嚴溪公諱連孫에長男通德郎行都事崔公의墳庵이다公의姓은崔요貫全州이며諱潤祖로서生也에器宇寬重하고庭訓을밧드러以孝出恭하며言忠行篤하고文藝夙就하여行通德郎都事하고配恭人은武功郎淳昌薛忠蘭女로서有淑德夫和婦順터니料外에公이早卋하였으나幸히遺腹子를남기게되었다그러나얼마되지안해夫人마저不遐棄卋하니門門은實로蒼黃慘淡케되고오직上堂에게신老祖嚴溪公의膝下에서呱呱하게生育되다配恭人薛氏는親庭인淳昌에서遐卋하니薛氏先山인金果面獨山에安葬하였으나失傳되어不得已武功郎墓下에設壇되었다그아들琓또한天賦가超凡하고學行卓越하여部將副司果가되고娶昌原丁游軒先生從妹하여齊雲應得雲泰雲四孫을두었고長孫齊雲은掌樂院直掌(直長)을거쳐羅州判官을歷任하였으며曾孫緯地는海南縣監을거쳐漢城判尹까지歷任하였으니이로써門門은다시燦爛한中興을보게되다噫라무릇人間事는興亡이有數하거니와公은幸히遺腹子琓을남겼으나그夫人薛氏마저幼孤를버리고遐卋하니그祖考嚴溪公이膝下에거두워 風朝雨夕에抱之育之愛之敎之로오날에그後裔들이繼繼承承이고을을주름잡고燦爛히살고있다一日에十五世孫龍鎬年迫九季의老翁이龍城山館으로不佞을차저樹阡之文을請하기에世誼에屈하여 辭不得按(按)狀略迻如石하고이어銘하되忠孝世家로 厥后克昌이라 根固枝繁이요山高水長이라 德山一崗은善士攸藏(葬)이라顯刻貞珉하여 昭示無疆이라

歲舍甲子仲春下澣

成均館副館長完山李萬器謹撰

完山李一珩謹書

남원 관아에서 북쪽으로 30리쯤에 수려한 덕재산이 구름 긴 하늘에 높이 솟아 있고, 앞으로는 오수천이 유유히 흐르는 대명리 유현동 일대는 전주 최씨의 현조 홍문관 대제학 연촌 선생 시호 문숙공파연촌공파 가문의 선산이다.

푸른 소나무에 구름과 연기가 감겨 있는 서쪽 산기슭 한 언덕에 넉 자 남짓한 높이의 묘소가 있으니 이는 바로 연촌 선생의 4대손이며, 판결사, 이조참판 임계공 휘 연손의 장남 풍덕랑 행도사 최공의 묘소이다.

공의 성은 최요, 본관은 전주이며, 휘는 윤조로, 살아생전에는 인품이 너그럽고 신중하였으며 가정교육을 잘 받들어, 집에서는 효도하고 밖에 나가면 사람들을 공경하였으며, 말은 충실하고 행동은 독실하였고, 문예를 일찍이 성취하여 행풍덕랑 도사가 되었다.

배 공인은 무공랑 순창 설씨 설충란의 딸로서 착하고 아름다운 덕행을 갖추어 부부 사이가 화목하더니 생각지도 못한 상황에서 공이 일찍 돌아가셨으나 다행히 유복자를 남기게 되었다. 얼마 되지 아니하여 부인마저 돌아가시니 가문은 실로 어찌할 겨를도 없이 비참하고 처량하게 되고 오직 윗방에 계시는 늙으신 할아버지 암계공의 슬하에서 고고하게 키워졌다.

배 공인 설씨는 친정에서 세상을 떠나시니 설씨 가문 선산인 금과면 독산에 안장하였으나 전해오지 않게 되어 부득이 무공랑설충란 묘소 아래에 제단을 설치하게 되었다.

그 아들 완도 타고난 재질이 보통을 뛰어넘고 학행이 탁월하여 부장 부사과가 되고 창원 정씨 유헌 정황 선생의 사촌누이와 혼인하여 제운, 응운, 득운, 태운 4명의 손자를 두었고, 장손 제운은 장악원 직장을 거쳐서 나주 판관을 역임하였으며, 증손 위지는 해남 현감을 거쳐서 한성 판관까지 역임하였으니 이로써 가문은 다시 혁혁한 중흥을 보게 되었다.

슬프다! 무릇 인간사에는 흥망이 있는 것이라고 하지만, 공은 다행히도 유복자 완을 남겼으나 부인 설씨마저 어린 고아만 남겨둔 채 세상을 떠났으니, 할아버지 암계공이 슬하에 거두어, 바람 부는 아침과 비 내리는 저녁에 안고 키우고 사랑하고 가르쳐서, 오늘날에 그 후예들이 대를 이어가며 이 고을에서 매우 왕성하게 살아가고 있다.

하루는 15세손 용호가 90세가 다 되는 늙은 노인의 몸을 이끌고 남원의 산속에 있는 내 집으로 찾아와서 비문을 지어 줄 것을 요청하기에, 대대로 사귀어 온 정에 못 이겨 사양하지 못하여, 행장을 살펴보고 비석에 적힌 바와 같이 간략하게 기록하고 이어서 명을 짓기를,

충성과 효도로 이어온 명성높은 가문이
사라질 위기를 이겨내고 번성하였다.
뿌리가 단단하니 가지가 번성하는 것이요
산이 높으니 강물이 멀리까지 흐르는 것이라
덕재산 한 쪽 언덕은
올바른 행실이 있는 선비의 묘수가 있는 곳이라
단단하고 아름다운 돌에 드러나게 새겨서
영원토록 비추어 보이게 할 것이라

1984년 2월 하순
성균관 부관장 전주 이만기 삼가 지음
전주 이일형 삼가 씀

제4장
고소설 〈설공찬전〉의 매체에 따른 변화 양상
●●●●

1. 여는말

'매체媒體'의 사전적인 의미, "어떤 작용을 한쪽에서 다른 쪽으로 전달하는 물체. 또는 그런 수단." 문학에 적용한다면, 작자의 가치 있는 체험을 표현해 독자에게 전달하기 위해 활용하는 수단이라 생각한다. 그 수단은 구비문학처럼 말일 수도 있고, 기록문학처럼 글일 수도 있을 것이며, 방송문학처럼 전파일 수도 있고, 다른 무엇일 수도 있을 것이다. 국어국문학계에서 '매체' 혹은 '다매체'를 거론할 때는 다분히, 글이 아닌 전파나 영상이나 전자  등으로 한정하는 경향이 강하게 보이는데, 현대 이전의 문학현상 모두를 포괄하기 위해서는 좀더 넓은 개념으로 매체를 이해하는 게 좋다고 생각한다.

이렇게 광의의 개념을 가지고 보면, 국문학사의 변천이란 것도 매체의 변화 과정으로 이해할 수 있다. 말이라는 단일한 매체만 존재하던 단계 즉 기록문학만 있던 단계(원시와 고대문학), 한문이 등장함으로써 말과 글 다시 말해 두 매체가 공존한 단계(중세전기), 글이란 매체가 다시 분화해 한문과 국문 즉 공동문어와 민족문어로 이원화한 단계(중세후기), 국문이 중심 매체로 부상한 단계 달리 표현하면 말과 글이 하나로 통합된(이른바 언문일치) 단계(근대), 글 외에 전파, 영상, 전자 매체가 등장하고 다른 장르와의 융합이나 상호전환이 빈번해진 시대(현대), 이렇게 구분할 수도 있다. 단매체에서 다매체로, 다매체에서 단매체로, 단매체에서 다시 다매체로 변화를 거듭하는 과정으로 이해할 수도 있다.

1996년에 필자에 의해 발견되어 1997년 4월 27일자 신문을 통해 보도된 고소설이 있다. 〈설공찬전〉 국문본이 그것이다. 주인공 설공찬은 장가도 가기 전에 죽었는데, 그 영혼이 사촌 설공침의 몸에 들어와 저승에서 보고 들은 일을 진술했다는 내용이다. 특히 저승에서는 여자라도 글을 알면 관직에 나아가 일하고 있으며, 지상에서 왕을 축출하고 즉위한 자는 지옥에 가 있는가 하면, 지상의 절대 권력자인 중국 황제도 죽은 영혼을 관장하는 저승의 염라왕한테는 무력하더라는 대목도 들어있어 문제적이다. 이 작품에 나타나는 빙의 모티프와 저승환혼담 모티프는 우리 민속에서 흔한 것으로서, 어쩌면 작가 채수는 이런 전래적인 모티프를 빙자하여 자기가 하고 싶었던 말을 표현한 것인지도 모른다. 한편 현전하는 국문본은 필사하다 중단된 형태라 후반부가 없어 불완전한 텍스트열린 구조로 존재한다.

이 작품은 대사헌 및 호조·공조·병조 참판 등을 역임한 채수가 창작한 한문소설로서 1511년(중종 6) 당시에, 조정에서 그 내용을 문제 삼아 불태우고 금서 조치한 작품이다. 이른바 우리 소설의 역사에서 최초로 필화를 입은 작품이기도 하다. 조선왕조실록에 이 작품 및 작자를 어떻게 처리할 것인지를 두고 벌어진 조정에서의 논의 과정만 기록되어 있을 뿐 작품은 발견되지 않아 영원히 사라진 것으로만 알고 있었는데, 1996년, 발표자에 의해 그 국문필사본의 일부가 극적으로 발견되어 소개된 이래, 언론과 학계의 관심을 끌어, 신문과 잡지 및 라디오에서 다양한 형태로 보도되기도 하고, TV의 다큐와 교양·오락 프로그램에서 영상화하여 다뤄지기도 했으며, 연극으로 만들어져 공연되기도 하였다. 매체가 달라짐에 따라 어떤 변화가 일어났는지 살펴보고, 발견하고 연구하며 매체 전환에 직간접적으로 관여한 사람으로서 느꼈던 것들을 소개하고자 한다.

2. 고소설 〈설공찬전〉의 매체에 따른 변화의 양상

2.1. 한문

설공찬전을 전달한 최초의 매체는 한문소설이었다. 한문본은 현재 전하고 있지 않으나, 이는 한문을 아는 일부 식자층에게만 수용될 수 있는 것이었다. 우리 최초 한문소설인 김시습의 금오신화도 마찬가지다. 한문을 모르는 대부분의 상층 여성이나 하층민에게 한문소설은 그림의 떡이었다. 읽어준다 해도 우리말이 아니므로 이해할 수 없었다.

2.2. 국문

설공찬전의 두 번째 매체는 국문이었다. 조선왕조실록에 의하면 한문

원작이 발표되자 이것이 (한문으로) 필사되어 유통되는 것은 물론, 국문으로도 번역되어 경향 각지에서 읽혔다. 채수가 번역했는지 남이 번역했는지는 모르지만, 한문도 알고 한글도 아는 누군가가, 그 내용을 혼자 읽고 말기에는 아쉬워 부녀자 또는 국문 해독층을 위해 국문으로 번역했을 것이다. 국문본 설공찬전이 등장함으로써 설공찬전 향유 계층은 광범위하게 확대되었다고 할 수 있다. 한글 아는 사람이면 누구나 읽을 수 있게 된 것이다. 물론 여전히 필사본으로만 유통되었을 뿐 방각본이나 활자본 매체는 등장하기 전이므로, 일정한 제약은 있었겠지만, 상층 전유물이었던 소설 갈래를 하층이 향유하게 된 최초의 사례를 설공찬전의 국문 번역이 보여준 것만은 분명하다. 필자가 발견한 설공찬전 국문본도 그 하나이다. 표기법 분석 결과 1511년 당시의 것은 아니고 1600년대 후반에 필사된 것으로 여겨지지만, 1511년에 등장한 국문본이 왕명으로 금지되었음에도 불구하고 은밀히 전해져 어느 분의 일기책 이면에 베껴져 있다가, 1996년 발표자의 눈에 띈 셈이다. 탄압으로 일기책에 그 몸을 숨기고 있다가 오랜 세월 뒤에 세상에 나타났다고도 할 수 있다. 이런 사례는 많다(신라장적도 불경의 표지에).

한문본 설공찬전의 국문 번역은 단순히 향유층의 확대만 의미하는 것은 아니었다. 당대 상층의 이데올로기이자 조선왕조의 이념이었던 성리학과는 어긋나는 내용을 담고 있는 이 소설이, 국문이라는 매체의 도움을 받아, 걷잡을 수 없는 속도로 경향 각지의 백성에게 읽혀져 영향을 미치는 결과를 가져왔다. 조선왕조실록의 기록의 표현대로 '조야에서 현혹되어 믿고서, 한문으로 베끼거나 국문으로 번역하여 전파함으로써 민중을 미혹中外惑信 或飜以文字 或譯以諺語 傳播惑衆.'하는 사태에 이르자 사헌부에서 주청하여 이 작품을 모두 수거해 불태우게 하고, 작자 채수는 교수형에 처하려다 왕의 배려로 파직하였다. 필자가 보기에, 한글 창제 이후, 그 한글이란 새로운 매체가 지닌 영향력이 얼마나 큰지 구체적으로 실증해 보여준 사건이 바로 국문본 설공찬전이라 생각한다. 세종대왕이 꿈꾸었던 것이, 모든 백성이 한글을 통해 의사를 소통하는 데 있었다고 한다면, 국문본 설공찬전에 대한 상하층 백성의 반응은 한글이 지닌 그 소통의 가능성을 증명해 보였다고 보이기 때문이다. 이는 중세 유럽에서의 독일어역 등 자국어 번역 성경의 등장과 비견된다. 라틴어 성경일 때는 라틴어 교육을 받은 사제 계층만이 읽을 수 있고 민중은 접근할 수 없었으나, 루터가 독일어역을 내놓자 독일 민중이 비로소 성경을 읽어, 마침내 종교개혁을 이루는 원동력으로 작용했는데, 한문소설의 국문번역도, 정보의 독점 단계에서 전계층의 공유화의 단계로 바꿔놓은 뚜렷한 예를 마련했다 하겠다. 아마도 이것이 자극이 되어 허균의 홍길동전이 창작되었는지도 모른다. 자신이 지닌 호민론과 유재론 같은 급진적인 생각을 더 많은 사람들에게 알리고 싶어 국문소설 홍길동전을 지었다고 할 수 있기 때문이다. '설공찬이'란 구어적인 형태로 제목을 달하고 있어 한문본의 제목(설공찬전, 설공찬환혼전)에 비해 한결 서민적이다.

국어학계에서는 아직도 한글 보급의 역사를 다루면서, 16세기 중반에야 지방에 한글이 보급되었을 뿐 그 이전에는 중앙에만 보급된 것으로 보고 있는 게 통설이다. 이 주장은 서울대 안병희 교수가 주장한 이래 지금까지 이어지고 있다고 보인다(한글디지털박물관 사이트 참고). 문학 쪽의 연구성과를 국어학계가 주목하지 않거나 무시한 결과라고 보인다. 하지만 그럴 수 없다. 조선왕조실록에 1511년 9월 당시, 설공찬전이 국문으로도 번역되어 경향 각지에서 백성들에게 전파되고 있다고 되어 있기 때문이다. 중앙에서 지방으로가 아니라, 지방에서 중앙으로 퍼져갔는지도 모를 일이다. 〈오륜전전〉(1531)을 보면, 사대부가 한문본을 만든 후 가내의 부녀자를 위해 국문본을 따로 만든 사례가 보이는데, 〈설공찬전〉의 작자 채수도 그렇게 했을 수 있다.

2.3. 신문

설공찬전이 금서로 지정되지 않고 정상적으로 유통되었다면, 세 번째 매체는 다른 고소설처럼 방각본 및 활자본이었을 것이다. 하지만 필자에 의해 국문본의 일부가 발견되기까지, 문학사의 전면에서 사라짐으로써 (필사 모본의 존재 가능성도 있음), 독자들로부터 망각되었기 때문에 방각본이나 활자본을 통한 유통은 이루어질 수 없었다. 한문본이든 국문본이든 오로지 필사 형태로 전해지다 왕명으로 유통 금지당했고, 아주 은밀하게 전해지던 필사본 하나만이 극적으로 발견되었을 따름이다.

이 국문본의 발견으로 1511년 조정에서 논의된 이후 처음으로 이 작품은 무려 486년 만에 다시 사람들에게 공개적으로 알려지게 되었다. 필자가 발견한 설공찬전 국문본을 세상에 전한 매체는 신문이었다. 일반적으로는(가장 좋은 방법은) 논문을 써서 학회에서 구두발표하거나 학회지에 싣고, 그것을 더러 신문이나 방송에서 보도하는 것이었는데, 설공찬전의 경우는 언

론 보도가 먼저 있었고 그 다음에 학회 발표가 뒤따랐다. 거기 얽힌 사연이 따로 있으나 생략한다. 중앙일보는 1면 톱기사화로도 모자랐는지 3면의 거의 전면을 할애하여, 이 작품의 작자와 줄거리는 물론 발견의 의미 등을 자세히 보도하였다. 다른 신문들은 중앙일보의 보도 후에 짤막하게나마 거의 모두 설공찬전 발견 사실을 알렸다(조선일보는 인터넷판에서만 보도하였다). 동아일보는 기사로도 다루고, 이튿날(4월 29일자) '횡설수설'란에서, 한국경제신문 4월 29일자 '千字칼럼', 서울신문 4월 29일자 '外言內言'란에서 이 작품의 사회적 의미에 대해 특별히 다루었다. 신문사간의 경쟁, 정보를 제공하는 기관의 목적성 등의 문제를 확인할 수 있는 기회였다.

묵재일기의 표지와 첫면, 발견자의 얼굴

주지하듯, 신문의 특성은 '사실 보도'가 생명이다. 육하원칙에 입각한 서술도 이와 관련된다고 할 수 있다. 아울러 독자를 끌어들일 만한 인상적인 표제와 부제 및 사진 등을 활용한다.

1면 기사의 표제: 最古한글소설 '설공찬傳' 발견
1면 기사의 부제: "中宗때 蔡壽작품…'홍길동傳'보다 100년 앞서
1면 기사 본문의 첫 문장 : "지금까지 최초의 한글소설로 알려진 허균의

홍길동전보다 무려 1백여년 앞서는 새로운 한글소설
이 발견돼 학계를 흥분시키고 있다.”
1면 기사의 사진 : 국문본 설공찬전의 시작 부분

3면 기사의 표제 : 국문학사 다시 써야 할 ‘大발견’
3면 기사의 부제 : 500년 만에 햇빛 본 禁書…저자·저작연대 등 뚜렷
3면 기사 본문의 주요 내용 : ① 설공찬전 문헌적 가치 ② 어떻게 쓰이고
읽혔나 ③ 저자 蔡壽 누구인가 ④ 설공찬전
줄거리

신문은 과연 사실만을 보도했을까? 네 가지 면에서 그렇지 않다. ①
설공찬전의 발굴 주체를 사실과 다르게 보도하였다. 국사편찬위원회 고
문서실에서 발굴하였고, 다만 이복규는 그 의뢰를 받아 작품의 내용을
분석한 사람? ② ‘한글소설’에 대한 책임있는 부연 설명을 하지 않았다.
원작이 명백히 한문소설이므로 창작국문소설은 아니지만 ‘한글로 표기
되어 읽힌 최초의 소설’이라는 점을 발표자가 강조하고, 그렇게 보도하
라고 했지만 신문 보도는 그냥 ‘최초의 한글소설’이라고 함으로써, 결과
적으로 발견하고 처음으로 연구한 필자의 본의에서 일정 부분 멀어졌다.
그렇게 해서는 독자를 끌어모을 수 없다고 판단한 듯하다. 아카데미즘과
저널리즘의 차이를 확인할 수 있었다. 학자들의 연구성과는 신문보도를
통해 먼저 알려지면 안된다. 학술대회나 학회지에서 연구논문 형태로
발표된 후에 보도되어야 왜곡을 막을 수 있다. 언론 보도 좋아하면 안된
다(그후, 서경대신문 1997년 5월 29일자, 한남대학신문 1997년 5월 12일자). ③ 발견된
국문본이 완본이 아니라는 점을 신문에서는 보도하지 않았다. 독자들로
서는 아주 짧은 소설인 줄 오해하게 만들었다. ④ 경향신문의 경우, 4월

28일자 1면에서 '最古 한글소설 3편 발견'이란 표제 아래 '설공찬전 주생전 한문국역본 2편도'라는 부제로 보도한 후, 18면에서 이를 "最古 한글소설 싸고 뜨거운 논쟁 예고"라는 표제와 '설공찬전·왕시봉전 등 5편 발견의미'라는 부제로 따로 자세히 보도하였는데, 〈왕시봉전〉의 줄거리를 소개하면서 사실과는 다르게 보도하였다. 〈왕시봉전〉(왕시봉과 옥년개시)과 〈왕시전〉(유령과 왕시)의 남녀 주인공을 뒤섞어서 놓았기 때문이다. 그렇게 된 근본 원인은 신문사간의 과다한 경쟁 의식 때문이다. 이 역시 저널리즘과 아카데미즘의 차이라 하겠다.

2.4. 잡지

설공찬전을 전한 네 번째 매체는 잡지였다. 시사월간 WIN(현 '월간중앙') 1997년 6월호는 "저승얘기 빌려 현실정치 비판"이란 표제 아래 '조선시대의 금서『설공찬전』완역전문'이란 부제로, 발표자가 1997년 5월 20일 한남대에서 열린 한국고소설학회 학술대회에서도 소개하지 않은 작품 원문의 전부를, 필자가 제공한 현대철자화한 형태로 세상에 알렸다. 신문에 비해 지면의 제한성에서 상대적으로 자유로운 잡지의 장점을 살려, 원문을 소개함으로써, 신문 보도를 통해 작품 원문에 대해 궁금증을 가질 수 있는 독자를 겨냥한 편집이라 하겠다. 게다가 이 잡지에서는 발견자와의 인터뷰 내용을 '묵재일기 속에서 찾아낸 비밀'이라는, 호기심을 유발할 만한 제목을 달아 기사화하되, 발견자의 직접 증언 형태로 처리함으로써, 발견자의 견해가 덜 왜곡되게 하였다. 국편에서는 국문기록의 정체가 무엇인지 밝혀달라고 했고, 이복규가 검토 과정에서 그게 설공찬전임을 알았다고 함으로써 진실에 가까워졌다. 번역체 국문소설(최초의 국문표기소설)이라는 사실도 밝혔다. 하지만 '시사월간 WIN'에서도 이 국문본이 완본이 아니라는 사실은 밝히지 않았다. 주간한국 1997년 5월 15일 발행분에서도 작품 원문의 전문을 현대철자화하여 소개하였고, 설공찬전의 내용 중에서 설공찬의 혼령이 들어간 공침이 왼손으로 밥 먹는 장면을 그림으로 표현하고 발견자의 사진을 연구실에서 새로 촬영해 싣는 등의 변화를 보였지만, 작품에 대한 설명은 중앙일보의 기사를 요약 발췌하여 옮겼을 뿐 새로운 내용은 담지 않았다. 그러나 맨 끝을 "그 손을 빨리 삶으라 하니 성화황제(이후 부분은 원문이 필사 도중 중단돼 내용을 알 수 없음)"이라고 밝혀 놓아 독자들에게 진실을 전하였다.

2.5. 라디오 방송

설공찬전을 전한 다섯 번째 매체는 방송이었다. 중앙일보를 비롯한 신문 매체를 통해 설공찬전 발견 사실이 보도되자, 여러 방송사에서 출연 요청을 하였다. 4월 28일 KBS 라디오의 출근시간대 뉴스 프로그램인 '뉴스 동서남북 : 오늘의 촛점'(홍길동전이 영광의 자리를 내놓게 되었다는데, 발견경위, 작품의 내용과 작품성, 발견의 의의, 최초 한글소설로 공인되었는가?)을 비롯하여, 4월 30일 기독교방송(CBS) 라디오의 '정오의 문화저널' 프로그램(발견경위, 발견당시의 소감, 내용 소개, 작자 소개와 창작동기), 4월 29일 EBS 라디오 '정보광장' 프로그램(발견경위, 원본의 상태, 작품의 내용, 문학사적인 의의, 한남대 발표 예고), 그 밖에 KBS 대전방송국 5월 12일 11시 30분 라디오 동서남북, 그밖에 교통방송 라디오 등에서 비슷한 내용의 인터뷰 보도가 있었다. 라디오 방송 보도는 신문이나 잡지와는 달리, 음성으로 전파되는 데다 어느 지역에 있든 그 방송을 청취하는 사람들에게 동시에 같은 메시지가 전달된다는 점에서 이 작품의 존재를 알리는 데 기여하였다고 생각한다. 아직 신문을 읽지 않은 사람이라 하더라도 라디오 방송을 귀로 들음으로써 알 수도 있고, 이미 신문을 읽은 사람이라 하더라도 앵커와 발견자가 직접 문답 형식으로 진행하는 방송을 청취함으로써 한결 더 생생하고 현장감 있게 이 작품에 대한 이해를 가질 수 있었을 것이다.

문제점도 파생되었지만, 어쨌든 학생들이나 보는 교과서나 참고서가 아니라 모든 국민이 보는 일간신문과 라디오 방송에서 이 작품에 대해 보도함으로써 수많은 독자에게 이 작품의 존재를 알리게 되었다는 점에서, 이 신문 매체들의 영향력은 컸다 하겠다. 특히 신문과 라디오 방송(특히 뉴스 프로나 정보 프로그램)은 사실을 취급한다고 믿는 경향이 강하므로, 이런 매체에서 설공찬전 문제를 다룸으로써, 국문학 작품도 이슈가 될 수 있다는 사실을 보여준 사례가 아닐까 한다.[1]

2.6. TV

설공찬전을 다룬 여섯 번째 매체는 TV였다. 1997년 8월 26일 KBS 1TV에서 〈TV조선왕조실록〉 프로그램의 〈조선 최초의 금서 '설공찬전'〉으로 방영된 이후 다섯 차례 TV 영상매체로 다루어졌다. 2002년 3월 23일 지역 민영방송인 전주방송(JTV)에서 방영된 〈오백 년 전의 금서. 다시 보는 '설공찬전'〉, 2002년 8월 13일 중앙 민영방송인 SBS에서 방영된 〈깜짝스토리랜드〉 프로그램의 〈역사속의 비화 '설공찬전'〉, 2003년 1월 20일 KBS 위성방송인 KBS KOREA에서 방영된 〈시간 여행 역사속으로〉 프로그램 제 28회분 〈금서禁書〉(송승현 작), 2005년 5월 14일 KBS 2TV

---

1 라디오 보도가 나갈 무렵 TV 뉴스 프로그램에서도 보도가 나갔다. SBS 4월 27일 오후 8시 '뉴스 Q', YTN 4월 27일 오후 8시 뉴스 보도가 그것이다.

에서 방영된 〈스펀지〉 프로그램 제 80회분 〈1500년대 지어진 한글소설 '설공찬전'은 공포영화 '엑소시스트'와 똑같다〉이다. 이들 영상매체의 변용 양상에 대해서는 이미 김혜정의 석사논문[2]에서 자세히 언급한 바 있는바, 그 결과는 이렇다. 대체로 TV 다큐멘터리와 TV 교양물에서는 고소설 〈설공찬전〉이 조선 최초의 금서가 되었던 이유에

중점을 두고 작자 및 원작을 재조명하였다. TV 오락물로 분류되는 영상작품에서는 원작의 '혼령빙의담'에 주목하여 공포를 조성하는 괴기성을 극대화시키는 경향이 있었다.[3] 원작 〈설공찬전〉의 서사는 '재연'에 의해

2 김혜정, 고소설 〈설공찬전〉의 현대저거 변용 양상 연구(서경대학교 대학원 석사논문, 2005).

3 SBS TV의 재연프로그램인 '깜짝 스토리랜드'에서 고전소설 〈설공찬전〉을 왜곡했다고 비판한 19일자 37면 기사를 읽었다. 오락성 때문에 고전텍스트의 본래 면모가 훼손될까 우려하는 취지에는 공감하지만, 사실과 차이를 보이는 내용이 있어 독자들이 오해할 소지가 있으므로, 연구자로서 한마디 안 할 수 없다.
첫째, 〈설공찬전〉은 정치소설인데 전형적인 괴기소설인 것처럼 소개했다고 비판하였으나, 〈설공찬전〉은 엄연히 전형적인 괴기소설이다. 당대의 어숙권도 〈패관잡기〉에서 이 작품을 두고 "지극히 괴이하다(極怪異)"고 반응하였을 뿐더러, 설공찬의 혼령이 사촌의 몸에 출입하면서 숙부 및 퇴마사와 대결한다든지, 저승 경험담을 진술하는 등의 내용은 전형적인 괴기소설로서의 면모이다. 다만 〈설공찬전〉은 괴기소설이란 구조 안에 부분적으로 정치적인 메시지도 담고 있을 따름이다. 저승담 안에는 정치적인 것만이 아니라, 윤회와 인과응보라는 불교적 메시지, 여성차별을 비판하는 사회적 메시지, 중국중심적, 천자중심적 세계관을 재고하게 하는 메시지 등이 동시에 내포되어 있다. 그래서 불교계에서는 이 소설을 불교소설이라 하고, 페미니스트들은 여성중심주의적 요소 때문에 주목하기도 한다.
둘째, 〈설공찬전〉이 금서로 지정된 이유가 중종반정에 가담한 신흥사림파를 비판한 것 때문이라고 하였는데, 그렇게만 단정짓는 것은 잘못이다. 〈조선왕조실록〉에는 "윤회화복의 이야기를 만들어 백성을 미혹게 함", "요망하고 허황함"이란 비판만

서 그려지고 있는데 각 프로그램의 성격과 주제에 따라 필요한 서사를 선별적으로 재연하는 연출 방법을 썼다. 재연과 자료 제시, 전문가 인터뷰, 해설에 의한 영상작품은 다큐멘터리적 특성인 사실을 강조한다는 점에서 문제점이 발견되기도 하였다. 그것은 사실의 왜곡으로 원전에 충실하지 않은 제작과 시청률을 올리기 위한 의도의 제작에서 빚어진 일이다. 〈설공찬전〉의 영상작품들은 영상매체가 지닌 생동감으로 대중적 흥미를 확장시킴으로써, 열린 텍스트인 고소설 〈설공찬전〉이 프로그램의 성격에 따라 다양하게 재창조되는 모습을 보여주었다.

2.7. 연극

설공찬전의 일곱 번째 매체는 연극이었다. 희곡 〈지리다도파도파地理多都波都波[4] 설공찬전〉도 고소설 〈설공찬전〉을 희곡화한 작품이기 때문에 희곡이라는 장르적 특수성을 지닌다. 이 작품은 2003년 5월에 이해제의 각색·연출로 극단 신기루만화경에서 연극으로 초연되었고, 2004년에 재공연 및 앵콜공연되었다. 이 작품의 변용 양상에 대해서도 김혜정의 석사논문에서 한 차례 다룬 바 있다.[5]

나오기 때문이다. 기록에 나오는 금서의 이유는 무시하고, 최근의 추정만이 유일한 이유인 양 보도한 것은 편향적이다.

셋째, 〈설공찬전〉의 발굴자를 국사편찬위원회로 소개하였다. 하지만 그 동안 내 논문과 책을 통해서 발굴자가 나라는 게 소상히 밝혀졌고, 이번 방송에서도 내가 출연해 인터뷰를 통해 언급했는데도 이렇게 보도한 것은 유감이다.

넷째, 이 프로그램과 관련하여 SBS측에서 나로부터 '충분한 자문을 받은 것으로 보도하였는데, 사실이 아니다. 두 군데의 인터뷰 요청을 받아 응했을 뿐, 제작과정에서 내게 자문을 요청한 일이 없는데도, 확인하지 않고 사실인 양 보도한 것은 잘못이다.

4 '지리다도파도파(地理多都波都波)'는 '세상이 멸망하리라'는 의미를 지닌 말로, 희곡에서 공찬의 혼령이 이승의 인간들에게 빙의하는 순간에 예언하는 말이다. 각색자 이해제가 희곡에서 지어낸 것으로 원작 〈설공찬전〉에서는 찾아볼 수 없다.

5 김혜정 논문의 요지는 아래와 같다.

필자가 보기에, 연극 설공찬전은 소설의 단순한 연극적 재현이나 각색이 아니다. 작가의 상상력으로 원작의 공백 부분을 메꾸어 주는 것은 물론, 권력문제로 주제를 설정하여, 이 주제에 맞게 인물과 사건을 새롭게 설정한 엄연한 창작품이다. 설공찬, 설공침, 설충란, 설충수, 김석산이 네 인물만 원작에서 차용했을 뿐, 여타 인물들은 작자의 필요성에 따라 적절히 창조해 놓았다. 원작에 나오는 인물이라 해도 새로운 주제를 위해 그 성격이 선명하게끔 형상화하였다. 원작에서는 전혀 언급이 없지만 충란과 충수와 공침을 대립되는 성격으로 부각한 것이 그 한 예이다. 충란은 불의한 권력을 부정하는 인물로, 충수와 공침은 철저하게 권력지향적인 인물로 형상화하였다. 그렇게 함으로써, 작품 전체가 권력문제를 주제로 시종 팽팽한 긴장감을 유지하며 모든 사건이 일관성있게 연결되게 하였다.

주요사건도 마찬가지다. 원작에서는 작품의 대부분이 설공찬지 전해 준 저승 소식이었으나, 연극에서는 저승소식보다는 혼령이 지상에 나올 수밖에 없었던 배경 및 지상에 돌아와서 벌이는 일련의 사건에 모든 관심을 기울이는 양상으로 바꾸어 놓았다. 원작의 저승경험담은 이 연극에 일체 나오지 않는다. 원작이 '저승에서 잠시 돌아온 혼령이 저승경험 진

첫째, 서사구조 면에서 사건의 진행이 개연성 있게 진행되는 점이 밝혀졌다. 원작에서 가장 의문이었던 공찬의 이승 나들이의 원인이 부친 충란의 죽음을 막고 못다한 효를 다하기 위한 것으로 설정되어 문학작품으로서의 개연성을 높이고 있다. 또한 공찬의 빙의현상이 원작에서처럼 한 인물(공침)에게 일어나는 것이 아니라 부정적 인물 모두에게 옮겨가며 일어나는 혼령빙의담의 확대현상을 볼 수 있다. 그렇게 함으로써 풍자에 의한 주제의식이 강조되는 효과를 보였다. 둘째, 원작과 비교했을 때, 새로운 인물과 인물의 구체적인 성격이 창조되었음을 확인하였다. 성격의 구체화에 의해 긍정적 인물과 부정적 인물로 대비되어 사건이 진행되고 있으며, 부정적 인물과 사건 상황의 희화화로 세태비판을 하고 있다. 셋째, 연극에서의 무대장치와 소품을 통한 장면의 통일성으로 작품의 주제인 효와 권력 풍자의 극대화를 이루고 있다.

술하기'였다면, 연극은 '지상에 잠시 돌아온 혼령이 권력욕에 눈먼 세상을 경고하기'로 변화를 보인 셈이다.

사실 그간 소설 원작에서 느꼈던 아쉬움은 주인공 설공찬의 혼령이 왜 지상으로 다시 나왔는지 그 이유가 밝혀져 있지 않은 점이다. 소설적 완결성을 위해서는 인과관계를 분명히 해야 하는데 말이다. 작품의 후반부가 없으므로 계속 수수께끼로 남아 있었던 게 사실이다.

그런데 이 연극에서 작자 나름대로의 상상력으로 이 부분을 개연성 있게 해석해 놓았다. '아버지의 죽음을 막고 못다한 효도를 위해' 돌아오는 것으로 설정한 것이다. 이 작품에서 주제와 관련하여 인상깊었던 장면들을 적시해 보면 다음과 같다.

우선 설공찬의 혼령이 남의 몸에 들어갈 때, 아무 때나 들어가는 것이 아니라, 그 사람이 절을 할 때만 틈탈 수 있게 한 점이다. 여기서 절한다는 행위는 힘 있는 자에게 자신의 주체성을 접는 행위로 볼 수 있는바, 바로 그런 자세로 살아가는 삶은 제 정신이 아 니라 귀신들려 사는 것으로 규정할 수 있다는 메시지가 거기 담겨 있다고 보인다. 하늘에 뜬 해를 우리를 굽어보는 무서운 '눈'으로 인식했던 게 본래의 설공찬이었지만, 권력을 얻으려는 야망을

위해서 자신의 생각을 감추고 세력가 정익로 대감을 따라 '바둑판'이라

고 말하는 것도 해바라기 같은 권력지향형 인물들의 행태에 대한 비판으로 보인다. 특히 원작에서는 한 사람의 몸에만 한정되었던 빙의 현상이, 이 연극에서는 부정적인 인물 전원에서 일어나게 만들어, 그 입으로 "지리다도파도파(세상이 멸망하리라)"를 외치게 함으로써, 부패한 세상에 대한 풍자를 강화하고 있다.[6]

요컨대 희곡 〈지리다도파 설공찬전〉에서의 변용 양상은 원작의 독자(수용자)인 각색자 이해제가 원작의 빈자리를 채워서 재창조한 결과라고 볼 수 있다. 이 희곡 작품은 2003년 초연에 이어, 다음 해인 2004년에 재공연 및 앵콜공연이 되었을 만큼 관객의 호응을 얻었다. 원작에서 수용한 '혼령빙의담'이라는 제재와 '정치비판'이라는 주제에, 각색자가 빈자리를 채운 개연성 있는 '효'의 형상화와 '권력 풍자'라는 현대적 변용이 더해져 현대 관객(수용자)의 대중적 정서와 가치관에 영향을 끼치게 된 것으로 보인다. 500년 전의 정치현실이나 21세기인 현대의 정치현실이 크게 다를 바 없고, 권력을 좇는 인간 행태의 여전함은 갖가지 에피소드를 끊임없이 만들어내고 있어서, 연극에서 '혼령빙의담'이라는 제재의 활용은 효과를 거두고 있다.

각색자가 빈자리를 채운 '효'는 우리 민족문화 근간의 하나이면서도 현대인이 잃어가는 미덕이다. 희곡 〈지리혐기소화조도파 설공찬전〉에서는 그러한 '효'에 대해 다시 한번 생각해보는 시간을 제공하고 있는 것이다. 바쁜 현대인들은 문화생활의 일환으로 읽는

6 이복규, 설공찬전 연구(박이정, 2003), pp.55~57.

행위인 '독서'보다는 보는 행위인 '관람'에 익숙해져 있다. 따라서 기록문학인 고소설 〈설공찬전〉의 희곡화는 고전의 대중화에 적절한 현대적 변용 양상을 보이는 것으로 확인되었다 하겠다.

아직은 시나, 노래, 애니메이션, 영화, 뮤지컬 등으로 변용하려는 시도는 나타나지 않고 있는데 앞으로 다양한 시도가 필요하다고 본다.

3. 맺는말

고소설 설공찬전이 매체를 달리하면서 표현되어 온 과정이 의미하는 것은 무엇일까?

첫째, 단매체로만 전달되던 데에서 복수의 매체(다매체)를 통한 전달은 좀더 많은 독자에게 이 작품의 영향력을 확대하는 데 기여하였다고 보인다. 정보의 독과점에서 공유화 또는 대중화로 부를 수 있는 이같은 영향력의 확대는 전근대의 경우 작품에 대한 탄압을 불러들이는 요인으로 작용하기도 했다는 것을 확인할 수 있었다.

둘째, 매체를 달리하는 이들은 원작을 그대로 옮기지 않고, 그 매체 담당층의 관습이나 관점에 따라 달리 해석하여 다룬다는 것을 알 수 있다. 작품 제목의 변화, '최초 국문소설'에 주목하는 경우 또는 '귀신' 이야기라는 점에 주목하는 경우, 아니면 '정치 사회 의식(권력층 비판)'에 초점을 맞추는 경우 등의 변이가 그 사례들이다. 어떤 의미에서, 설공찬전의 작자 채수가, 자기가 하고 싶은 말을 저승에서 돌아온 설공찬의 입을 빌어 말하는 것처럼, 설공찬전을 소재로 삼은 현대의 다양한 매체의 담당자들도 결국 자신이 하고 싶은 말을 하기 위해 설공찬전을 빙자하고 있는지도 모를 일이다. 인간은 해석하는 존재라고나 할까? 물론 그렇게 빙자할 만한 소지를 설공찬전이 충분히 지니고 있기 때문임을 두말할 나위가 없다.

셋째, 현대의 매체 중에는, 원전이 가지고 있는 복합적인 메시지 중에서, 매체의 특성상 자기비판의 메시지는 도외시하고 자칫 흥미 위주로 다룸으로써 원전에 대한 왜곡된 이해를 가지게 오도할 가능성도 있다. 널리 알려진다고 반드시 좋은 것만은 아니다(스펀지의 경우).

이 작품이 지닌 요소를 활용해 앞으로 새롭게 다룰 수 있는 여지는 많다고 생각한다. 현대소설로 재창작하는 것도 그 중 하나이고 뮤지컬도 그렇다. 열린구조이기 때문에 더욱 자유스럽게 이어쓰기를 하는 데 유리하기도 한 작품이다.

제5장
천주가사 〈사향가〉에 나타난
유교와 기독교간의 논쟁

● ● ● ●

1. 여는말

　우리 문학사에만 존재하는 갈래 가운데 종교가사가 있다. 사실상의 다종교사회였던 우리나라에서 각 종교가 자기네 종교의 우월성을 홍보하거나, 다른 종교의 비판에 대해 답변하기 위해, 그 내용을 4·4조 가사 형태로 창작한 것이 종교가사이다. 불교가사, 유교가사, 도교가사, 그리고 기독교가사(천주가사와 개신교가사를 포괄한 용어)가 그것이다.

　기독교가사 중에서 먼저 등장한 천주가사의 경우, 유교를 믿어오던 사람들로부터 극심한 비판을 받으면서 살아남아야 했기에 그런지, 개신교가사에 비해 종교적인 논쟁 양상이 아주 생생하게 드러나 있어 주목을 끈다. 21세기인 지금도 기독교에 대한 유교적 관점에서의 비판이 존재하는데, 필자가 보기에 천주가사 〈사향가〉에서 이미 논의되었던 것이다. 우리 신앙의 선배들이 이미 문제를 제기하고 답도 내놓았는데도 이를 몰라, 불필요한 오해가 반복되고 있으니 안타까운 일이다.

이 글에서 필자는 천주가사 〈사향가〉에 나타난 유교와 기독교간의 논쟁 양상을 드러내 보이고자 한다. 〈사향가〉는 비교적 이른 시기(19세기 중반)의 천주가사로 여겨지는 작품으로서, 사람들에게 가장 많이 애송되었는데, 그 분량이 이본에 따라 적게는 200행 많게는 900여 행에 이르는 장편가사답게 모든 천주가사의 종합편이라는 평가를 받는 작품이다. 다른 천주가사를 몰라도 이 작품만 알면, 그 당시 천주교(기독교)에 대한 유교 측의 비판이 무엇이었는지, 이에 대한 천주교(기독교)의 반론이 무엇이었는지 파악할 수 있다. 이 글에서는 그 구체적인 양상을 살펴보고 그 의미를 음미해 보고자 한다.

참고로, 이 글에서 '기독교'란 천주교와 개신교의 상위개념으로 사용하고자 한다. '기독교'를 '개신교'와 동의어로 사용하기도 하지만 필자는 그럴 수 없다고 생각한다.

2. 〈사향가〉에 나타난 유교와 기독교간의 논쟁 양상

〈사향가思鄕歌〉에는 유교와 기독교간의 논쟁만 나타나 있는 게 아니라, 제목의 뜻 그대로 '고향을 생각하게 하는 노래' 즉 고향인 천당의 행복과 현세의 어려운 삶 및 지옥의 고통을 대비하면서, 고향에 가는 구체적인 방법을 제시해, 함께 고향에 가자고 권유하는 메시지를 전하고 있다. 하지만 지면이 제한된 이 글에서는 유교와 기독교간의 논쟁 양상 파악에만 초점을 맞추어 이 작품을 읽어보기로 하겠다.

유교를 믿고 살아오던 이들이 기독교에 대해 가한 비판은 어떤 것들이었을까? 그리고 이에 대한 기독교의 대응은 무엇이었을까? 비판받은 사항 가운데 중요한 것들을 제시하고 이에 대한 기독교 측의 반론을 소개하기로 하겠다.

2.1. '천지만물은 저절로 생긴 것'이란 비판에 대한 반론

어화 가련할사 세속사람 어림이여
혼미하고 우몽함을 연민하고 불인하여

참도리를 드러내어 개유하고 명증하니
여러말을 못하여서 훼방하고 모욕하네

허탄하고 요망하다 조물진주 있단말가
절로생긴 하늘땅을 그뉘라서 지어낸고

천지만물 허다한걸 무엇으로 지어낼고
천주먼저 있다하니 어디에서 좇아난고

기독교에서는 창조론을 주장하는데, 이에 대해 당시 유교 측에서는 이와 같이 비판하였다. 천지만물은 저절로 생긴 것인데 조물주 즉 천주가 지어냈다는 주장은 잘못이라는 비판이다. 이는 마치 최근의 진화론과 창조론의 대립과도 흡사하다. 실제로 유교에서는 태극에서 음과 양이, 그 음과 양에서 천지만물이 생겼다고 설명하고 있어 창조론보다는 진화론과 통하는 면이 있다. 이에 대한 기독교 측의 반론은 무엇이었을까?

우물밑에 개구리가 하늘큰줄 어찌알며
밭도랑에 노는고기 바다큰줄 어찌알며

(중략)

요순우탕 주공들도 천주진정 못보기로
조물진주 계신줄을 명백진처 몰랐으되

황천상제 대주재로 공경하여 섬겨있고
천신마귀 나뉜줄을 이런도리 못낫도다

다행할사 우리무리 조물진전 얻어보고
모른것을 알아내며 어두운걸 밝혀내니

어찌하여 이런도를 참된줄을 몰라보고
그르다고 나무라고 외국도라 배척하랴

　창조론을 거부하는 이들은 '하늘 큰 줄을 모르는 우물밑 개구리', '바다 큰 줄을 모르는 밭도랑의 물고기'에 불과하다는 말로, 기독교의 세계관이 더 넉넉하다는 점을 강조하였다. 그러면서 유교에서 존숭해 마지 않는 요임금, 순임금, 우임금, 탕임금, 주공 같은 성군들도 비록 창조주를 정확히는 몰랐지만 황천 상제 대주재 즉 절대 지존자를 공경하여 섬겼다는 사실을 지적함으로써, 신유학 이전 원시유교 단계에서는 상제신앙이 있었다는 점을 환기하였다. 그런 성군들도 얻어보지 못한 문헌인 조물진전 즉 창세기를 담은 성경을 자신들은 얻어보아 그간 모르던 사실을 알아냈다고 하였다. 창조론은 종래의 유교경전에서는 확인할 수 없고 기독교 경전인 성경을 통해서만 알 수 있다고 함으로써 기독교의 우월성을 당당히 주장하고 있다.

　반론은 여기에서 멈추지 않았다. 다음 대목을 보자.

조그만한 집안에도 주장한이 다있거든
하물며 천지간에 주재한이 없을소냐

주재한이 없다하면 화성만물 누가한고
(중략)
언제부터 너희몸이 이세상에 있었느냐
개벽부터 있었느냐 태고부터 있었느냐

주재없이 절로났냐 혈기로만 태였느냐
조그만한 개아미도 저할직분 다있거든

하물며 우리사람 직분없이 태여내며
포식난의 지내면서 허다세월 허송할제

수壽한자는 복타하며 요夭한자는 해라하며
부한자는 길타하며 빈한자는 흉타하냐

참도리를 밝게알아 생래생왕 통달하면
가련할사 수부자여 그아니 무서우냐

교탐일락 방사하면 금수정욕 다를소냐
탐인하고 음사하여 천주십계 모를진대

금수에서 다른것이 무슨것이 뛰어나뇨
의복입은 짐승이요 말잘하는 금수로다

작은 세계라고 할 수 있는 집에도 그 집을 주장하는 이 즉 그 집을 짓고 관할하는 이가 있는 법인데, 어찌 이 큰 천지에 이를 주재하는 존재가 없을 수가 있느냐라는 말부터 하였다. 주재자가 있기 때문에 만물이

조성된 것으로 보는 게 자연스러운데, 어찌 주재자 즉 창조자가 없다고 할 수 있느냐고 반문하였다. 우리가 사는 집도, 내가 본 일은 없지만 분명히 그 집을 짓고 꾸려 나가는 이가 있듯이, 이 세계 만물도, 우리가 목격하진 못했지만 조성하고 주재하는 이가 존재한다고 역설한 셈이다. 어떻게 원인 없이 결과가 나타날 수 있느냐고 함으로써, 일상적이고 경험적인 사례를 들어 창조주의 존재를 설파하였다. 창조주를 인정하는 것과 인정하지 않는 것, 이 가운데에서, 어느 것이 이 세계 만물의 기원을 이해하는 데 더 합리적이고 자연스럽겠는지 생각해 보라고 촉구하였다.

그리고 나서, 우리가 만드신 데는 분명한 목적이 있다는 사실을 일깨우고 있다. 조그만 개미도 해야 할 일 즉 직분이 있듯이 인간에게도 직분이 있다는 것이다. 오래 살고 부자로 살사는 게 중요한 게 아니며, 옷 입고 말하며 산다고 사람이 아니라, 우리를 태어나게 만들고 살아있도록 돌봐준 주재자의 공을 생각하며 그분이 준 직분대로 사는 게 중요하며 그래야 비로소 금수와 구별되는 인간이라 할 수 있다는 논리를 펴고 있다. 유교에서 금수와 인간의 차이를 들어 인륜의 중요성을 가르쳤던 그 방식을 그대로 빌어, 아무리 유교의 가르침대로 산다 해도 창조주를 몰라보고, 그분이 부여한 십계를 지키지 않고 자기 욕망만 추구하며 살면 금수에 불과하다고 규정하였다. '금수'와 '인간'이라는 동일한 어휘를 사용하였지만 그 내용이 달라져 있어 흥미롭다.

2.2. '영혼, 신과 마귀의 구분, 천당, 지옥, 예수의 십자가 죽음, 부활의 부정'에 대한 반론

영혼, 신과 마귀의 구분, 천당과 지옥, 예수의 십자가 죽음과 부활 등에 대한 유교 측의 비판은 이렇다.

기운모여 얼굴되니 영혼육신 무슨말고
생존사멸 무기하니 천당지옥 있을소냐

사람죽어 귀신되니 신마유분 요언이다
상제강생 무슨말고 동정생자 있단말가

말끝마다 허탄하고 들을수록 기괴하다
전능전지 분명하면 남의손에 죽을소냐

돌기둥에 편태받고 십자가에 죽었거든
무슨능이 부활하며 무슨능이 승천할고

어찌하여 한몸위에 만민죄를 다속할고
사심판과 공심판은 어디가서 받단말가

환향백골 썩었거든 어느몸에 상벌할고
썩은흙만 남았거든 육신부활 무슨말고

수화중에 죽은사람 무엇으로 부활할까
세상밖에 어느천지 딴세상이 또있는가

성경성전 없는글을 누구라서 지어낸고
주공공자 아니한말 너희들께 첨들었다

　유교 측에서 보았을 때, 기운이 모여 우리의 얼굴 즉 육신을 이루었다
가 흩어지면 도로 기로 돌아가 버리는 것일 따름인데, 영혼이 따로 있다
고 주장하는 기독교의 가르침은 잘못이다. 죽고 사는 현상은 기가 모였
다 흩어졌다 하는 것이라서 끝없이 계속되는 법인데, 그 운동이 멈춘
상태로서 천당과 지옥을 말하는 기독교의 교리는 잘못이다. 사람이 죽으

면, 즉 기가 흩어진 상태가 귀신일 따름인데, 신과 마귀가 인간과는 별도로 원래부터 구분되어 존재한다고 하는 기독교의 교훈도 잘못이다. 예수가 상제의 강생으로서 전능전지한 분이라면 죽지 않아야 마땅한데 남의 손에 비참하게 죽은 것을 보면 모순이며, 그렇게 무력하게 죽은 걸 보면 부활했다는 말도 믿을 수 없다. 유교 경전에는 없는 말을 지어내서 퍼뜨리니 잘못이다. 유교 측의 비판은 대강 이렇게 정리할 수 있다.

이에 대한 기독교 측의 반론은 무엇이었을까?

> 네몸안에 항상있는 영혼삼사三司 모르거든
> 하물며 무한하신 천주영능 어찌알며
>
> 천주영혼 모르거든 천당지옥 어찌알며
> 삼혼분별 모르거든 인물분수 어찌알며
>
> 천주진정 모르거든 신무유분 어찌알며
> 사향분배 모르거든 조화유행 어찌알며
>
> 사말종향 모르거든 헛된세계 어찌알며
> 마귀사정 모르거든 이단사술 어찌알며
>
> 원조범명 모르거든 강생도리 어찌알며
> 천주영능 모르거든 상생동신 어찌알며
>
> 천주강생 모르거든 부활승천 어찌알며
> 천주진자 모르거든 수난사정 어찌알며

반론의 요지는 이렇다. 일반인은 영혼의 존재와 그 기능에 대해서도 모르니, 그보다 더 차원이 높은 천주의 신령한 능력을 모를 수밖에 없으며, 천주의 능력을 모르니 천당과 지옥의 교리, 신과 마귀의 존재, 성자 예수가 당한 수난과 희생의 의미도 모르게 되고 부활도 이해하지 못하는 결과를 초래한다는 것이다.

그 근본 원인에 대해 "넘고넘은 탁주병에 한잔물도 더못붓고, 검고검은 먹물위에 아무빛도 못드"는 것으로 비유하기도 한다. 이미 욕심과 때 묻은 기존 지식으로 가득 채워져 있어 조금도 다른 가르침을 용납하려 하지 않기 때문이라는 것이다. 한마디로 다른 가능성을 생각하는 열린 마음을 가지지 못하고, 기존의 관념 즉 유교의 가르침만을 절대적인 것으로 고수하기 때문에, 기독교의 가르침을 이해하지 못하고 있다는 것이다.

2.3. '기독교 신자는 조상을 배반하고 임금까지 버린다'는 비판에 대한 반론

효를 중시하는 게 우리나라의 유교였다. 충과 효와 의, 이 세 가지를 중요하게 여겼지만 그 가운데에서 효를 가장 중요한 덕목으로 삼았다는 점에서, 충을 강조한 중국, 의를 강조한 일본과 비교하여 특징을 보여준다. 그랬기에 국가의 관료도 친상을 당하면 관직을 쉬고 내려와 3년상을 치를 정도였다. 그 어떤 사회적 관계와 공적 의무보다도 자신의 부모에 대해 효를 바치는 것이 우선적이었다.

유교 특히 주자학에서의 가르침은 이 효를 더욱 극대화하였다. 부모가 생존해 있을 때만 효도하는 것은 불완전한 것이며, 돌아가신 후에도 계속 효도해야만 진정한 효도요 효도의 완성이라고 보았다. 제사가 그것이다. 제사를 통해 부모를 잊지 않고 일정한 예를 갖추지 않으면 자식의 도리를 저버리는 것 즉 불효라고 규정하였다.

그와 같은 관점에서, 유교 측에서는 기독교인들이 조상 제사를 지내지 않는 데 대해 비판하였다. 그 내용은 다음과 같다.

> 세상도리 어긋나고 인간사에 뒤지나니
> 이렇고도 옳을소냐 이렇고도 사람이냐
>
> 나라에서 금한것을 숨어가며 행탄말가
> 집안에서 말란일을 제조상을 배반하고
>
> 제귀신을 멸만하고 상제뿐만 섬기면서
> 군부께는 배반하고 구태여서 하잔말가
>
> 그렇고도 옳을소냐 불도만도 못하도다
> 기제거니 묘제거니 아주끊고 아니하니
>
> 주공제례 고칠소냐 정주가례 폐할소냐
> 삼년제도 아니하고 네도리가 옳다한들
>
> 누가너를 생양한고 남안는걸 행탄말가
> 동국에서 생장하여 서국법도 행탄말가
>
> 서국법도 행할진대 동국에는 살지말지
> 너희법도 옳다하면 죽이기는 무슨일고
>
> 부모조상 배반하니 대죄인이 이아니냐

살아있는 부모에 대한 봉양은 물론이고, 죽은 이후에도 제사를 지내야만 효도를 완성하는 것으로 여기는 유교의 관점이 아주 잘 드러나 있는 비판이다. 그 요지는 다음 두 가지로 간추려진다.

첫째, 제 조상과 제 귀신을 섬기지 않고 상제만 섬기는 것은 부모와 조상을 배반하는 행위로서 대죄인이다.

　둘째, 동쪽나라에서 생장해 살고 있으면 동쪽나라의 법도를 따라야
하는데 서쪽나라의 법도를 따르는 것은 잘못이다.

　이 같은 비판에 대한 기독교 측의 반론은 무엇인지 살펴보자. 첫 번째
의 비판에 대한 응전의 양상은 이렇다.

　　너희마음 돌아보소 무엇으로 효양하며
　　선덕으로 효양하냐 의식儀式으로 효양하냐

　　견마들게 이르러도 기를줄을 다알거든
　　양구체만 다만알고 효경지도 아니하니

　　육축에서 다른것이 무슨것이 특별하뇨
　　생시효도 아니하고 죽은후에 제만하면

　　그만하면 효라하며 그만하면 예라하랴
　　성교도난 고사하고 소학이나 대학이나

　　만분중에 일분이나 본받느냐 행하느냐
　　너희행위 살펴보라 참된것이 무엇이뇨

　　남의이목 걸린일은 기탄하고 아첨하며
　　세상사람 보는데는 그른것을 부끄리되

　　천주이목 걸린일은 기탄없이 짐짓하며
　　천신성인 보는데는 그윽하고 방사하니

　　너희어림 심함이여 헛된일만 힘쓰도다

이 대목에서 확인되는 기독교 측의 반론은 이렇게 요약할 수 있다. 유교 측에서의 효도란, 천주를 의식하지 않아, 남의 이목이나 체면을 의식하는 다분히 형식적인 행위라 할 수 있으며, 부모 생시에는 효도하지 않다가도 사망 후에 제사만 지내면 된다고 여기는 것은 잘못이다. 이는 모두 천주님의 뜻에 어긋난 일이다. 제 조상과 제 귀신만 섬길 줄만 알고 상제를 섬기지 않는 행위야말로 헛된 일이며 죄악이다.

두 번째의 비판에 대한 기독교 측의 반박은 이렇다.

어찌하여 이런도를 참된줄을 몰라보고
그르다고 나무라고 외국도라 배척하랴

외국도를 배척하면 외국문자 어찌쓰나
살펴보고 살펴보고 헤여보고 헤여보라

네일생에 쓰는것이 외국소래 적잖도다
가례거니 상례거니 본국에서 지은게냐

복서거니 술서거니 외국소래 아닐너냐
너희믿는 석가씨는 서국소산 아닐너냐

미친마귀 속인술랑 어찌믿어 쫓아가며
인자은주 세운교는 어찌하여 훼방하뇨

이 대목에서 확인되는 기독교 측 반론의 핵심은 이것이다. 외국에서 온 것이라서 배척해야 한다면, 문자 즉 한자도 중국이라는 외국에서 온 것이니 쓰지 말아야 하는데 왜 쓰는 것이냐? 가례 즉『주자가례』도 중국 즉 송나라 주자가 만든 것이지 우리나라에서 지은 것이 아니지 않은가?

불교도 마찬가지 아닌가? 그런데도 왜 유독 기독교에 대해서만 외국에서 온 것이라는 이유로 배척하고 비판하는 것이냐? 옳은 것이라면 어디에서 왔느냐를 따지지 말고 받아들이고 행해야 한다. 아주 명쾌한 반론이다.

3. 맺는말

우리 문학사에만 존재하는 종교가사, 그 가운데에서 천주가사인 〈사향가〉를 통해서, 유교(정확히 말하면 신유교인 주자학)와 기독교 간에 벌어진 종교 논쟁의 실상을 확인해 보았다. 종교 전쟁은 끊임없이 일어나면서도 우리처럼 문학을 통한 종교 논쟁은 찾아보기 어려운 유럽이나 다른 지역과는 달리, 아주 문화적인 방법으로 서로 묻고 따지고 답변하면서 진리를 모색한 전통은 아주 소중하다고 생각한다.

위에서 소개한 결과를 다시 요약하기보다는 그 논쟁의 의미를 음미하는 것으로 이 글을 마무리하고자 한다. 유교가 여전히 우리 생활윤리의 근간으로 살아있는 우리 사회에서, 〈사향가〉에 나타난 논쟁은 아직도 종결되지 않고 현재진행형으로 지속되고 있다고 판단하기에 더욱 그러하다.

〈사향가〉에 나타난 유교와 기독교 간의 논쟁이 담고 있는 의미로서 우리가 주목할 점은 무엇일까? 필자는 두 가지를 들고 싶다.

첫째는 패러다임 문제이다. 유교(주자학)만 믿던 조선사회에 기독교가 전래된 것은 패러다임의 변화였다. 다신론적이거나 인본주의적이고 다분히 진화론적인 세계관을 가지고 살아오던 우리나라에 유일신관이자

신본주의적이며 창조론적인 세계관을 강조하는 기독교의 전파는 종래와는 판이한 것이었다. 무속사회에 불교가, 불교사회에 신유교인 주자학이 파상적으로 들어와 중심 이데올로기로 교체되어 왔으나, 이 세 가지는 기독교와 비교하면, 근본적으로 다신교적인 신앙형태이다. 더욱이 신유교인 주자학의 경우는 원리적으로 무신론적인 성격까지 지니고 있다. 이런 풍토 속에 기독교가 유입된 것은 가히 기존의 패러다임을 뒤흔들 만한 충격이었다고 보인다. 기존의 패러다임을 고수하던 유교가 보기에 기독교는 이해하거나 용납하기 어려운 종교였다. 성현의 가르침을 절대시하던 유교로서는 성경을 경전으로 삼아 천주(상제)의 뜻을 따라야 한다고 주장하는 기독교는 이단이었다. 유교의 이같은 비판에 대한 기독교 측의 반론을 관통하는 논리는, 유교의 패러다임은 너무도 협소해서 기독교의 패러다임을 이해할 수 없다는 것으로 파악된다. 유교는 우물안 개구리에 불과하다는 비유라든지, 부모나 조상 위에 천주(상제)가 계시는바 그분의 뜻을 따르는 것이 육신의 부모를 섬기는 것보다 더 중요하거나 우선한다는 인식도 그 연장선상에 놓여 있다. 우리 언어문화의 압존법을 활용한 논리이기도 하다. 할아버지보다는 아버지가 아래 서열이기에, 할아버지 앞에서 아버지를 지칭할 때는 '애비'라고 낮추어 표현하는 게 타당하듯, 천주(상제)를 모르거나 모시지 않을 때는 부모와 조상을 절대시하였지만, 천주(상제)가 계시다는 사실을 안 기독교로서는 천주(상제)의 뜻에 합치하는 방법과 형식으로 부모와 조상을 섬기겠다는 것이니 말이다. 〈홍길동전〉의 작자 허균이, 인륜(사람이 만든 규범)을 어길지언정 천륜(하늘의 명령)을 어길 수는 없다며 조선사회에 이의를 제기한 것과도 통하는 논리이기도 하다.

둘째, 외래문화와 자국문화의 문제이다. 기독교는 서양문화 즉 외래문화이니 따라서는 안된다고 유교 측에서 공격했는데, 이 같은 인식은 지금도 불식되지 않고 있다. 하지만 〈사향가〉에서 이미 적절하게 반박했듯이, 그리고 우리 현실과 경험에 비추어 보았을 때, 그 문화가 우리 것이냐 외래의 것이냐가 중요한 게 아니라, 우리에게 필요하냐 아니냐, 다시 말해 우리의 행복을 위해 더 좋은 것이냐 아니냐가 중요하다. 우리의 삶을 풍요롭게 하는 데 기여하는 것이 곧 진리라고 할 수 있다. 그런 기준으로 우리 역사에 수많은 오래 문화가 수용되어 왔다고 보아야 한다. 종교도 마찬가지일 것이다. 불교만 가지고는 부족했기에 신유교인 주자학이 도입되었고, 주자학만으로도 부족했기에 기독교가 받아들여졌을 것이다. 그런데도 유독 기독교에 대해서만 외래의 것이라고 배격한다는 것은 잘못이라는 〈사향가〉의 반론은 여전히 주목할 만하다. 그 답변이 결코 완전한 것은 아니지만, 다문화사회가 확대심화해 가는 지금, 〈사향가〉의 논쟁은, 동일한 화두를 놓고 대립하거나 고민하는 이들에게, 일정한 지혜를 제공하는 것만은 분명하다.

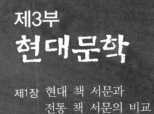

제3부
현대문학

제1장
현대 책 서문과
전통 책 서문의 비교
● ● ●
시집의 서문을 중심으로

1. 여는말

서序는 사물의 顚末이나 내력을 체계적으로 밝힌 글이다. 전통적인
序에는 몇 가지 종류가 있는데, 가장 보편적인 것은 서서書序 즉 문집이
나 여타 저술의 앞이나 뒤에 들어가는 것이다.[1]

이 논문에서는 書序 가운데에서 시집의 서문만 따로 떼어 내어 이모
저모를 다루고자 한다. 현대 시집 서문과 전통시대[2] 시집 서문이 어떻게
같고 다른지에 대해 총체적으로 연구함으로써, 현대 서문과 전통 서문의
같고 다른 점을 짐작해 보고자 한다.

그간 서문을 이렇게 총체적으로 연구한 일은 없다. 더러 序跋 연구가
이루어졌으나, 거기 담긴 내용 중에서, '문학비평' 또는 '詩歌에 대한 인
식'이 무엇이었는지 파악하기 위한 목적으로 작품의 머리말까지 포함해

---

1 이종건 · 이복규, 한국한문학개론(보진재, 1991), p.215.
2 이 논문에서 '전통시대'는 '현대'의 대립어로 사용한다. 서구의 영향을 강하게 받기
시작한 시기를 '현대'라 보고, 그 이전의 시기인 구한말까지를 범박하게 지칭하는
개념임을 밝혀둔다.

다루었는바, 서문만을 대상으로 그 이모저모를 전통 서문과의 비교를 통해 접근한 연구는 아직 없다.[3]

이 글에서는 시집 서문만을 대상으로 전통시대 서문과 현대 서문을 비교해 보고자 한다. 시집이 아주 많기 때문에, 몇 가지 제한을 두었다. 전통 시집 서문은 동문선 소재의 것과 한국고전번역원에서 국역한 문집 소재의 것 총 28책의 31편 서문으로 한정하였으며, 현대 시집 서문은 1920년대부터 2012년까지의 시집 중 필자가 입수한 책 가운데에서 서문이 있는 136종 시집의 151편 서문 자료로 제한하였다. 시집만 검토해도 서문의 공시적·통시적 존재양상이 어느 정도 드러나리라 여겨지기 때문이다.

시집의 서문을 대상으로 삼는 데는 그럴 만한 이유가 있다. 과거부터 지금까지 지속되는 서문은 시집 서문뿐이다. 전통 書序로 가장 흔한 것은 문집의 서문인데, 오늘날에는 특별한 사람들만 문집을 내기에 견주어 연구하기에 부적절하다. 현대 책 서문의 주종은 연구서들의 서문인데, 현대 이전에는 연구서라고 할 만한 저술이 희소하기에 이 역시 총체적인 연구를 진행하는 데 어려움이 있다.

시집 중에서도 2인 시집을 비롯해 공동 시집은 제외하고 온전히 1인 시집 그 가운데에서도 번역시집이나 자작시 선집도 배제하였다. 과거에

---

3 소설의 서와 발을 대상으로 연구로, 김복순, 「한국 근대초기 서발비평 연구」, 인문과학연구논총 18(명지대 인문과학연구소, 1998)이 있다. 이 연구는 한국 비평 특히 소설의 범주론과 본질론 및 효용론이 우리 비평의 역사에서, 이들 서와 발이 지니는 의의에 대해 평가한 것이었을 뿐 序의 총체적인 양상을 검토하지는 않았다. 조선시대 시문집의 서와 발을 대상으로 한 연구로, 조규익, 『조선조 시문집 서·발의 연구』(숭실대출판부, 1988)이 있는데, 동문선 소재 서발, 위항 한시집 서발, 가집 총서발, 개별작품 서발 등을 자료로 삼아, 시가에 대한 인식이 어떻게 드러나 있으며 변화를 보이는지에 대해서만 다루었다. 앞의 것과 함께, 序가 지닌 비평적인 의의를 탐색하는 데만 초점을 맞추었다는 점에서 이 글과는 다르다 하겠다.

도 더러 여러 사람의 시를 모아놓은 시집[4]이 있었으나 서로 주고받은
시를 묶어놓은 것들이므로, 각자의 독립적인 시를 편집해서 모아놓은
요즘의 공동시집과는 다르다는 것을 알 수 있다. 동문선 등에 수록된
시집서(後序는 제외) 가운데에서, 인적 사항이 미상인 경우[5]도 제외하였다.
여러 사람의 시를 편집해 낸 시집도 배제하였다.

2. 전통시대 시집 서문과 현대 시집 서문의 차이점

2.1. 서문을 쓰는 사람

전통적인 서문은 남이 쓰는 게 관례였다. 더러 서문이 없는 책은 있을
수 있으나, 서문이 있다 하면 반드시 남이 썼다. 정확하게 말해, 스승이
나 친분이 있는 다른 사람에게 청탁을 해서 받아다 실었다. 현대에 들어
와서도 한동안 그런 관례가 이어지다가 요즘에는 양상이 달라졌다는 것
을 알 수 있다. 시인 자신이 서문을 쓰고 있는 것이다. 그래서 등장한
것이 '自序'라는 말이라고 보인다. '序'는 남이 써주는 글 즉 '他序'라는
전통이 하도 오래 되다 보니, 자기 시집에 그냥 '序'라고 해서 자신이
쓰면, 남이 써준 서문으로 오인할 수 있기에 이를 예방하기 위해, '自序'
라는 말을 창안한 것으로 여겨진다. 1934년에 나온 황순원의 『방가』 서
문이 그런 경우인데, '서'라 하지 않고, 〈방가를 내노흐며〉라는 제목을
달아놓고 있다. '他序'의 전통을 의식한 나머지 그렇게라도 해서 자신의

---

4 이첨, 〈어초창화시 서문(漁樵唱和詩序)〉(동문선 92)(2인의 창화집), 정경세, 〈관매
   창수(觀梅唱酬)〉 서문〉(우복집 제15권). 이식, 〈유생(劉生)의 침류대(枕流臺) 시권
   (詩卷) 뒤에 쓴 글〉(택당선생 별집 제5권).
5 임계일, 〈만덕산 백련사 정명국사 시집 서(萬德山白蓮社靜明國師詩集序)〉(동문선
   제83권).

글임을 밝히려 했던 것으로 보인다. 1924년에 나온 정독보의 『혈염곡』이, 비록 제목에 '自序'라고 쓰지는 않았으나, 〈나는 이것을 그대에게 보낸다〉라는 서문격인 글을 시 형식으로 적고 나서 그 끝에 "漢陽에서 鄭獨步"라고 쓰고 있어 그렇게 말할 수 있다. 1939년에 나온 김해문의 시집 『바다의 묘망渺茫』에서는 아예 '自序'라고 그 제목을 달아 놓았다. '自序'라는 표현과 함께 부제로 〈시집간행에 대한 나의 심회〉라고 해서, 역시 他序가 아님을 어떻게든 독자에게 알리려는 노력을 엿볼 수 있다.

서문을 청탁받는 사람은 다양하다. 스승일 수도 있고, 선배일 수도 있으며, 당대의 명사일 수도 있다. 현대 시집에서 눈에 띄게 남의 시집 서문을 많이 써준 이는 박목월로 보인다. 필자가 조사한 것만 해도 7건이다. 그 다음이 김기림과 조연현으로서 각각 2건이다. 과거에는 당색이 같은 사람이어야 한다는 조건이 더 추가되었던 것으로 보인다. 현대 시집에서는 자신을 등단하게 해준 시인(박목월과 유안진, 박목월과 나태주)이거나 사제관계(김남조와 허영자, 박목월과 이승훈)인 경우가 많다.

그 다음으로 지적할 것은, 서문 쓰는 사람의 성별이다. 과거에는 남성의 독무대였다. 시집의 주체도 남성이고 그 시집에 序를 써준 이도 남성이었다. 필자가 대상으로 삼은 28종 시집 가운데 여성의 것은 오직 1종(28번 자료)이고 그 시집의 머리말은 여성이 아니라 남성(이기)였다. 그러다 현대에 와서 여성의 비중이 높아지는데, 시집을 내는 주체는 물론 시집에 서문을 써주는 주체로도 여성이 참여하는 변화를 보인다. 김남조, 이영도, 이혜인, 김혜순, 노향림, 이향아, 노천명, 강경화, 문현미 등이 그 예이다.

또 하나 서문에서 시인을 지칭할 때, 현대 초기까지는 본명보다는 호나 자를 애용하였다. 관명 즉 본명은 특별한 경우에만 제한해서 이용하던 관습도 있었으려니와 사대부나 문인들의 경우 본명 외에 호나 자 또는 필명을 따로 가지고 있었기 때문이다. 하지만 현대 시집에서는 후기로 올수록 호를 지칭하는 일이 없다. 호 자체를 잘 짓지 않는 쪽으로 사회가 바뀌었기 때문이다.

2.2. 서문의 명칭

전통적인 명칭은 序였다. 다만 뒤에 붙이는 경우에는 '後序'라고 해서 따로 불렀는데 이 논문에서는 제외하였다. 이 序라는 명칭을 현대에 들어와서도 계속 쓰이지만, 이 대신 다양한 별칭도 만들어 적기 시작했다는 것을 알 수 있다. 서문(13회), 自序(27회), 시인의 말(10회), 머리말(5회), 小序(3회), 머리에(책머리에, 3회), 小感(1회), 아뢰는 말(1회), 序詞(1회), 小敍(1회), 지은이의 말(1회), 군말(1회), 常例로(1회) 등이 그것이다. '序' 또는 별칭을 쓰지 않고, 그냥 "○○을 내놓으며"라고 한 것(4회), ○○에 대하여(1회), 시집을 보내며(1회), 편집장에게 드리는 편지(1회), 시집 ○○에 부치는 시론(1회), 첫 책을 내는 영에게(1회), 아직 만나지 못한 분에게(1회), 독자에게(1회)라고 한 것도 있다.

왜 바뀌었을까? 우선, 序文의 경우를 생각해 보자. 과거에는 書(편지)처럼 序도 글의 한 갈래였기에, 序라고 하면 족했던 것인데, 현대에 와서는 그런 인식이 희박해지면서, '序'라고만 하면 왠지 허전한 느낌이 들면서 '앞에 쓰는 글'이라는 뜻으로 '序文'이 등장한 것은 아닐까? 이는. 序와 짝을 이룬다고 할 수 있는 跋이 跋文으로, 論이 論文, 說이 '說明文' 등으로 바뀐 것과 마찬가지 현상이라 생각한다. 이런 추세라면 記, 志, 錄,

傳 등도 기문, 지문, 녹문, 전문으로 바뀜 직도 한데 그렇지는 않아 흥미롭다.

'自序'는 어떨까? 서문을 쓰는 사람에 대해 검토하면서, 이미 앞에서 거론한 것처럼, 他序가 관례이던 전통이 이어지면서 누군가에 의해 자기 자신이 서를 쓰면서, 기존의 他序와 구분시키기 위해 만들어 낸 표현이라 하겠다. 아울러, '시인의 말'도 현대 이전에는 상상할 수 없던 표현이다. 서는 모두 타서였기 때문이다. 하지만 현대에 와서 '自序'가 등장하면서 자연스럽게 만들어진 게 '시인의 말'이었을 것이다. 그 시집을 내는 시인이 독자에게 하고 싶은 말을 기록한 게 序라고 보아, 이를 아주 명료하게 드러낸 표현이라 하겠다. 2012년에 나온 시집 중 두 종이 모두 '시인의 말'로 적는 것을 보면, '자서'보다 이 표현이 확대될 것 같은 예감이다.

'小序'는 어떻게 해서 나온 말일까? 타서일 경우라면 절대로 쓸 수 없는 표현이다. 하지만 자신이 쓰는 自序의 시대가 시작되면서, 겸양의 표현으로 '小'자를 넣은 것이라 여겨진다. '小敍'는 과거에도 더러 보이는 표현이지만, 마찬가지 동기에서 계속 쓰인 경우일 것이다.[6] 만해 한용운이 쓴 '군말'이란 표현은, 시집에는 시 작품 자체만 실으면 그만인 것인데, 산문으로 뭐라고 덧붙이는 것은 '군말'에 불과하다는 인식을 담고 있는 표현이라 하겠다. '시집을 보내며'는 동음이의어를 활용하는 시인의 재치가 엿보이는 표현이고, 편지 형식을 취하고 있는 '편집장에게 드리는 편지', '첫 책을 내는 영에게', '아직 만나지 못한 분에게'는 제목 그대로 마치 말하듯, 구어체로 씌어 있어 친근하다. 과거에는 序로 통일

---

6 연민 이가원 선생의 『잡동산이』(단국대출판부, 1987)를 보면, 남의 화집이나 서첩에 써준 서문은 거의 예외없이 '小敍'라고 구분해 놓고 있다.

되어 있다가, 현대에 와서는 自序라는 표현과 함께, 이 갈래의 특성을 누구나 이해하기 쉬운 표현들을 동원해 개성적으로 이름 붙이는 양상을 보이고 있다 하겠다.

또 한 가지, 현대 시집에서는, 실제로 序에 해당하는 글만 있고, 그 제목은 적지 않는 경우도 있다. 전통 시집에는 없던 현상이다. 65번과 119번이 그런 경우이다. 그냥 책의 앞 부분에 그 책을 낸 동기를 비롯해 독자에게 하고 싶은 말을 적으면 되지, 굳이 '序'니 '自序'니 무슨 제목을 따로 달 필요는 없다는 의식, 형식보다 실질을 중시하고 관습에서 자유로워지고 싶다 보니 나타난 현상이 아닌가 여겨진다.

2.3. 서문의 독립성

序는 원래 독립된 작품이었다. 그도 그럴 것이, 남의 시집에다 써주었기 때문에, 써주고 나서 그 원고를 남겨두었던 것으로 보인다. 그 증거가 각 개인문집과 『동문선』에 수록된 序 작품들이다. 특히 개인문집의 경우, 그 사람이 남긴 시와 산문을 갈래별로 편집해 놓았는데, 書, 傳 작품들과 함께 序 작품들도 자리를 배정받아 실려 있다.[7] 남의 시집에 써준 序이지만, 써준 이의 독립적인 작품으로 인식했기에 그랬던 것이라 하겠다. 마치 어떤 화가가 남의 책에 축하의 뜻으로 그려준 그림의 경우, 이 화가의 작품으로 인식되는 것이나 마찬가지 경우라 할 수 있다.

하지만 현대에 와서는 양상이 달라졌다. 序를 독립적인 작품으로 보는 의식이 희박해졌거나 사라진 것으로 보인다. 그 명백한 증거로, 序를

---

7 전통학문을 했던 연민 이가원 선생의 경우, 남의 책에 써준 서문들을 자신의 책에 '序跋'편을 두어, 재수록해 놓고 있는바, 이 전통을 확인하게 해주는 좋은 사례라 하겠다. 『잡동산이』(단국대출판부, 1987) 참고.

쓴 사람이 죽은 후에 낸 전집에, 남의 시집에 써주었던 序는 모조리 빠져 있다는 사실을 들 수 있다. 이번 연구를 통해, 김억, 임화, 이효석, 유치환, 채만식, 박목월, 양주동, 조병화, 서정주 등이 남의 시집에 써준 序들이 엄연히 존재하지만, 이들의 전집에서는 철저하게 배제되어 있다. 연구자들도 거의 무시하고 있다고 보인다. 하지만 그럴 수 없다. 과거에 序를 문학사상 연구의 소중한 자료로 활용하고 있는 것[8]과는 대조적이다. 현대의 문인들은 그 서가 아니고도 다른 자료가 풍부해서 그렇다고도 할 수 있겠지만, 그 문인 관련 모든 자료를 총체적으로 활용하는 게 마땅하다면, 序를 도외시하고 있는 풍토는 반성해야 할 것이다.

2.4. 표기문자

序의 표기는 원래 철저하게 한문이었다. 훈민정음 창제 이후에도 그랬다. 심지어는 우리말 시가인 시조를 모아놓은 『청구영언』이나 『해동가요』 마저도 그 서문은 한문이었다. 그러다가 현대에 들어와 우리말 시집이 나오면서 비로소 국문 序가 등장했다. 그것도 처음에는 한자혼용이었다. 나중에 한자를 병기하다가, 요즘에는 한글전용으로 바뀌어 있다. 그러나 본문은 국문이더라도 제목의 '자서'는 한자로 표기하는 경향을 보였는데, 요즘에 와서는 전면적인 국문 표기로 바뀌어 있다.

---

8 조동일, 『한국문학사상사시론』(지식산업사, 1977), p.101 이하의 '鄭道傳' 대목 한 군데에서만, 〈도은문집서〉, 〈증임진무시서〉, 〈송양광안렴유정랑시서〉, 〈증조명상인시서〉, 〈약재유고서〉 등 다섯 편의 序(他序) 작품을 주요 자료로 삼아 정도전의 문학사상을 논하고 있다. p.116 이하의 '서거정' 대목에서도 9편의 序(他序)를 거론하고 있어, 고전비평에서 序 자료를 중시하는 양상이 확인된다.

〈曺觀甫詩稿序〉 曺觀甫少習博士業。時時從余作古律詩。不甚工也。余頗與爲斤正。未久。觀甫擧家入洛。成進士。赫赫有場屋聲。人咸曰。曹子近必大貴顯矣。而不佞流落江海。曁從役于外。尋常行止。輒與觀甫相左。雖未嘗一日合。亦未嘗一日忘。間獨竊怪觀甫才名日盛。而特未脫諸生之列。居然八九年矣。豈其業之或不專耶。將所謂命運者。爲之祟耶。何其進之始銳而中蹶耶。往年秋。觀甫終外服在京。余適逆旅無事。得一再相就。紬其篋。得所爲古律絶數百篇。疾讀數過。撫卷而嘆曰。嗟乎。此公之所以始銳而中蹶者哉。夫詩之爲技。不專則不工。不嗜則不專。專而工焉。則於他藝必不周。況其陵轢漱滌。昔人所謂眞宰讎之者。又或操其間耶。今公之詩。格以法雅以該。淸醇而厚完。其方進而未已。若笙簧始奏。激越堂宇。騏驥啓途。彎衡挑擧。鸞鳳回翔。而太虛無閡也。借曰不嗜不專。而能致此者。則吾未之信也。向使公專力經生業。如始擧進士時。必能釋褐通籍。爲少年達官。已久矣。今溺是技也。尙徘徊散班。雖年齒未暮。顧始初期待者。則已過矣。嗟乎。以觀甫之豐姿碩德。充之以世門未艾之福。猶若未免於詩道之累焉。況孤根薄相。險釁蹇劣。如吾輩者乎。雖然。觀甫之少蹶。業已償其詩債。而以其才學理趣。於明經制策。可無學而能。則方將一擧。兼得被其聲於廊廟朝廷。以大擅聲譽。豈如吾輩謳吟苦思以終窮者倫也。第令觀甫不得前此八九年爲少年達官。若可憾於詩者。然茲所儲數百篇。亦足以橫厲一時。高攀千古。則其利害得失之算。以觀甫之明。必能辨之。姑書此弁其首。時己未菊秋日。 (19번 자료)

民族에문학이업스면,쪼는잇서도頹廢헤잇스면,精神文明의貧弱缺乏은實로可憐한것이다.朝鮮은,오날날날근漢文中毒으로부터覺醒하야自民族의文學을낫고자하는쌔에當하얏다.얼마나慶賀스러운일인냐.知友鄭獨步氏는朝鮮文詩「血焰曲」을지으섯다.氏에對하야서는오난날을期하야執筆

하겟다만은同氏가秀才인同時에熱烈한'生'의探究者인것만말하야둔다기독
자인余는多少人生觀에相違한點은잇스나氏의熱誠에는敬服안니할수업다.
氏는將來에는반다시最高의愛에나가서,人生의探究를完成할줄밋는다.「血
焰曲」에는 '愛'가잇다.人生의探究가잇다.放浪生活이잇다.熱誠으로나온放
浪은尊貴한것이다.단테의放浪파우로의放浪基督의그것갓흔것은참으로尊
貴한것이다.余는오난未來에반다시朝鮮에도단테파우록가날줄밋고이붓을
던진다.

(1번 자료)

아무도 되어보지 못한 그런 사람이 되어 아무도 써본 적이 없는 그런
글을 써보려는 것이 나의 오랜 소망이었다. 무엇인가 되어 버린다는 것이
두려워 언제나 되어가는 도중에 있고 싶었다. 그런데 정작 지난 다섯 해
동안 쓴 글을 모아 이렇게 단행본을 내게 되니 이미 누군가와 비슷한 글
을 쓴 것만 같아 부끄러운 생각이 든다. 하지만 어리석은 나의 소망을 앞
으로도 버리지 않을 것이다. 소망은 이뤄질 수 없는 데 그 가치가 있고
소망을 간직할 수 있는 것은 바로 삶의 보람이라고 믿기 때문이다.

(96번 자료)

2.5. 문체

우선 산문이냐 율문이냐에서, 원래는 산문의 한 갈래였기에 철저하게
산문이었다. 그런데 현대 시집에 와서는 양상이 달라졌다. 산문이 아닌
시로 쓰는 경우도 더러 있기 때문이다. 윤동주의 『하늘과 바람과 별과
시』(39번 자료)가 그 대표 사례이다. 우리는 흔히 이 작품을 독립적인 작품
으로 인식하고 있지만 自序로 보아야 그 제목이 이해가 된다. 세상에
독립적인 작품을 쓰면서 그 제목을 '序詩'라고 할 수는 없기 때문이다.
58, 63, 103-2, 106, 111, 118, 132, 135, 136번 자료도 시로 되어 있다.

본문은 산문으로 쓰되 중간 중간에 중요한 시를 인용하기도 하는데, 이는 아주 드물기는 하지만 과거에도 있었던 일이다(5번 자료).[9]

산문 중에서도 서문의 제목에 아예 '○○에게'라고 하여 서간체를 차용한 것도 있다(12, 16-2, 16-3, 72번 자료). 시든 서간체든, 독자에게 더 친근하고 인상적으로 다가가려는 의도에서 모색한 결과라고 하겠다. 예시하면 다음과 같다.

〈어떤親한 '詩의벗'에게〉
드듸여 이책은 完成된 秩序를 가추지못하였다. 彷徨 突進 衝突 그러한 것들로만찬 어쩌면 이렇게도 野蠻한土人의地帶이냐?

그러면서도 내가勸하고싶은것은 依然히 相逢이나 歸依나 圓滿이나 師事나 妥協의美德이아니다. 차라리 訣別을——저東洋的寂滅로부터 無節制한 感傷의排泄로부터 너는 이 卽刻으로 떠나지안어서는 아니된다.

嘆息. 그것은 紳士와淑女들의 午後의禮儀가아니고 무엇이냐? 秘密. 어쩌면 그렇게도 粉바른할머니인 十九世紀的 '비-너쓰'냐? 너는그것들에게서 지금도 곰팡이의냄새를 맡지못하느냐? (下略)   (12번 자료)

다음으로, 문어체냐 구어체냐에서, 원래는 한문으로 썼기 때문에 문어체일 수밖에 없었으나, 현대에 와서 국문이 보편화하면서, 서문에도 구어체가 도입되기에 이르렀다. 편지 형식을 빌었을 경우에는 구어체일 수밖에 없겠으나, 그렇지 않으면서도, 65, 126번 자료는 구어체로 되어 있다.

---

9 이복규, 「윤동주의 이른바 '서시'의 제목 문제」, 한국문학논총 61(한국문학회, 2012) 참고.
이가원, 『잡동산이』(단국대출판부, 1987).

2.6. 시집 발행 시기와 횟수

과거에는 시인이 죽고 나서 생전에 쓴 모든 시를 모아 시집을 내는 게 일반적이었다. 그러므로 거기 실리는 序도 그때만 등장했다. 그렇지 않은 경우는 예외적이라 할 수 있었다. 그러므로 전통 시집(또는 문집)은 그 사람이 평생에 걸쳐서 쓴 작품을 모아놓은 것이면서 그 인생의 최종 결산보고서 같은 것이었다.

하지만 현대에 와서는, 살아생전에, 일정한 분량이 모여지면, 그때마다 모아서 내는 것으로 바뀌었다. 역량이 있거나 부지런한 사람은 아주 여러 권의 시집도 낸다. 그러다 보니 그때마다 序가 씌어져, 한 사람의 시집에 여러 편의 序가 존재한다. 말하자면, 일생결산보고서에;서 중간 결산보고서로 그 성격이 바뀌어 있다 하겠다.

2.7. 필수성 여부

과거에는 序가 거의 필수적이었던 것으로 보인다. 문집 가운데에는 아주 드물게나마 序가 없는 경우도 있으나(아계유고, 약천집, 여헌선생문집, 율곡전서), 시집의 경우에는 그렇지 않다. 현대에 와서는 序가 없는 시집도 많아(필자가 조사한 것만 해도 80종의 시집에는 序가 없음), 序의 비중이 낮아진 것 아닌가 여길 수 있으나 그건 단순한 판단이다. 序는 없더라도, 맨 앞에 獻辭 또는 강조하고 싶은 短句를 적어 두거나, 맨 뒤에 跋 또는 후기는 꼭 있는 게 보통이며, 최근의 경향이지만 평론가의 해설이라도 붙어 있기 때문이다.

그런데 序 · 발 · 헌사 · 해설, 이 네 가지 모두 없는 경우도 38종이나 되었다. 序를 기피하는 시인도 있어서 그렇다고도 하겠으나 그렇게 단정할 수는 없다. 정현종이나 최승호의 경우, 序를 붙이기도 하고 붙이지 않기도 하기 때문이다. 시 작품만을 보여주는 시집은 대부분 80년 이전에 나온 것들이므로, 과거의 한때는 序는 물론 헌사 및 후기나 발도 필요로 하지 않고, 오로지 작품만을 보여주려는 의식도 있었으나, 이제는 서 아니면 후기(발)나 해설이라도 반드시 동반해야 한다는 게 관례화한 듯하다.

2.8. 謝辭

현대의 시집에는 謝辭가 흔하다. 시를 내기까지 도움을 준 이들에 대해 고마움을 표시하는 말이다.

> 거듭 이 詩集出版을 爲하야 도와주신 民村과 林和兄, 嚴興燮兄, 洪九兄, 林學善형, 그리고 出版으로부터 한글校正까지 맡아보아주신 金炳濟兄에게 敬意를 表하여 마지 않는바이다.　　　　　　　(6-2 자료)

하지만 과거에는 謝辭라는 게 없었다. 남의 시집에 써주는 것이기에 謝辭는 애초에 어울리지 않았다. 오히려 시인으로부터 감사를 받아야 할 처지였다.

우리 전통에 없던 이 謝辭는 어디에서 유래한 것일까? 영문학자들의 전언에 따르면, 영어권의 책에 가족(특히 그 아내)에 대한 고마움을 흔하게 언급한다고 하니, 우리 사회가 서구화하면서 혹시 그 영향을 받은 것은 아닐까? 영문학을 전공한 피천득 선생의 시집 『금아시선』 서문에서 그 딸에게 고맙다는 말을 하고 있는 것으로 미루어 그럴 가능성이 높다고 생각한다.[10]

2.9. 분량

전통 시집 서문은 대부분 일정한 분량을 지니고 있다. 하지만 현대 시집 서문 중에는 단 한 문장으로 이루어진 경우도 있다.

우연에 기댈 때도 있었다   (128번 자료)

이렇게 단형의 서문이 등장하게 된 원인은 무엇일까? 전통 시집에는 해설이 따로 달려 있지 않아, 序나 跋에서 시인과 시에 대한 주요 정보를 제공하다 보니 짧을 수 없었으나, 현대 시집 특히 요즘의 시집에서는 뒤에 평론가가 자세한 쓴 장문의 해설이 더해지는 변화가 일어났기 때문이라 여겨진다. 序가 담당했던 기능 중의 주요 부분을 해설이 감당하게 되자, 序 특히 自序의 부담이 줄어들면서, 최소한의 생각이나 느낌만을 독자에게 전하려는 데서 나타난 결과가 아닐까? 아니면, 산문에 비해 언어의 절제를 미덕으로 삼는 시인들이다 보니, 가능한 한 압축적인 언어 구사를 통해 하고 싶은 말을 하려다 보니 그리된 것이라고도 해석된다.

2.10. 집필 시기의 표시

전통 시집의 서문에서는 서문의 맨 끝에, 언제 그 서문을 작성했는지 밝히지 않은 경우가 많다. 아니 밝히지 않은 경우가 대부분이라 할 수 있다. 서문을 지은 시기가 언제인지 적는 경우가 있다. 날짜까지 밝힌 경우도 어쩌다 있지만 대부분은 연도와 달만 적고 있다. 그 방법도, 西曆

---

10 피천득 선생은 이 시집의 첫 페이지에 "엄마께"라는 세 글자의 헌사를 따로 적어 놓아, 가족에 대한 謝辭를 강하게 드러내고 있다.

이 도입되기 전에는 "영락永樂 4년 병술 겨울 11월 동지 후 갑자일"(9번 자료)처럼 연호와 간지와 절후를 동원해 적다가, 현대에 와서도 초기에는 "大正 十三년 三月"(1번 자료)이나 "丁丑 晩秋"(8번 자료)처럼 그 양상이 이어 지다, "1971.10."(82번 자료)나 "1980년 초여름"(99번 자료)처럼 바뀌어 오늘에 이르고 있다.

이와 같은 형식은 현대 시집에도 이어지고, 더 강화되어 나타나는 것 을 볼 수 있다. 전통 시집에서는 시기를 쓰지 않는 경우도 대부분이다. 31편 중에서 7편만 집필 시기를 밝히고 있기 때문이다. 하지만 현대 시 집에서는 그 반대이다. 집필 시기를 적지 않는 경우가 예외적이다.

3. 전통시대 시집 서문과 현대 시집 서문의 공통점

이상에서 차이점에 대해 서술하였지만, 여전히 공통점도 존재한다.

3.1. 기능

이미 앞에서 밝힌 대로, 序는 그 책이 이루어진 동기와 유래 또는 내용 적인 가치 등에 대한 언급이 필수 사항으로 되어 있는 갈래이다. 이 기능 은 전통 시집이나 현대의 시집 간에 차이가 없다. 남이 써준 序이든, 자신이 쓴 序이든, 시인이 어떤 사람인지, 그 시집에 수록된 시의 특징이 무엇인지 등에 대해서 예비적인 지식을 갖게 함으로써, 그 시집과 시인 을 이해하는 데 도움을 준다는 점에서 그렇다. 전통 시집과 현대 시집의 서문 가운데에서 한 편씩 골라 소개하면 다음과 같다.

〈조관보曹觀甫의 시고詩稿에 쓴 글〉

조관보가 소싯적에 경서經書의 학업을 익히면서 때때로 나를 찾아와 고체시古體詩를 짓곤 하였는데, 그 당시에는 그다지 솜씨가 뛰어나지 못했기 때문에 내가 그를 데리고 꽤나 교정을 보아 주곤 하였다. 그러다가 얼마 지나지 않아서 관보의 집안이 모두 서울로 올라가게 되었는데, 이때 관보가 진사시進士試에 입격入格하면서 과거 시험장에 혁혁한 명성을 떨쳤으므로, 사람들이 모두 "조자曹子는 가까운 시일 안에 크게 현달顯達하여 귀한 신분이 될 것이다."고 기대하였다.

그런데 나의 경우는 강해江海를 떠도는 낙백落魄한 처지에서 외방外方으로 전전하며 고달프게 지내고 있었으므로, 평소의 행적이 관보와는 번번이 서로 어긋나곤 하였다. 그러나 비록 하루 동안이라도 만나 볼 기회를 갖지는 못했지만 하루도 그를 잊어 본 적은 또한 있지 않았다. 그런 와중에서도 가끔씩 나 나름대로 이상하게 여겨지는 일이 한 가지 있었는데, 그것은 바로 관보의 재명才名이 날이 갈수록 성대해지는데도 어째서 8, 9년의 세월이 지나도록 진사 생원의 반열에서 아직도 벗어나지 못하고 있는가 하는 점이었다. 어쩌면 학업에 정신을 집중하지 않아서 그런 것일까, 아니면 소위 하늘의 운수라는 것이 빌미가 되어서 그런 것일까, 처음에는 무서운 속도로 나아가다가 중도에 응체凝滯되고 있는 이유는 과연 무엇일까 하는 의문이 꼬리를 물었다.

그러다가 지난해 가을에 관보가 외방 근무를 마치고 서울에 있을 때, 내가 마침 객사客舍에서 하는 일 없이 머물고 있었으므로, 한두 번 서로 만나 볼 기회를 얻게 되었다. 이때 관보의 보따리 속에서 고체古體의 율시律詩와 절구絕句 수백 편이 쏟아져 나왔으므로 내가 얼른 몇 차례 읽어 보았는데, 나도 모르게 시권詩卷을 어루만지면서 "아, 이것이 바로 처음에는 무서운 속도로 나아가다가 중도에 응체된 까닭이로구나." 하는 탄식이 절로 나왔다.

대저 시詩의 기예技藝라고 하는 것은 거기에 온 힘을 쏟지 않으면 발전할 수가 없는 것이요, 그 시를 진정으로 좋아하지 않는다면 거기에 온 힘을 쏟을 수가 없는 것이다. 그리고 시에 온 힘을 쏟아 발전하려면 다른 기예에 대해서는 소홀해지는 것이 필연적인 사실인데, 더구나 다른 것들은 우습게 여겨 짓밟아버리고 오로지 시로 양치질하고 몸을 씻어 내려는 사람의 경우야 더 말할 것이 있겠는가. 어쩌면 옛사람이 말한 대로 조물주가 원수로 여기는 어떤 존재가 그 사이에서 조종하고 있는지도 모르겠다는 생각마저 드는 것이었다.

지금 그의 시를 보건대, 옛 법도에 맞게 격식을 갖춘 가운데 해박該博하면서도 아취雅趣가 있고, 맑고도 순수한 기운이 흘러 나오면서 더없이 돈후하게 마무리를 짓고 있었는데, 바야흐로 그 발전의 가능성이 끝도 없이 펼쳐질 것만 같은 느낌이 들었다. 이를 비유컨대, 생황笙簧을 처음 연주함에 그 소리가 지붕 위로 울려 퍼지기 시작하고, 천리마千里馬가 바야흐로 길을 떠날 즈음에 고삐와 재갈을 내저어 뿌리치면서 앞발을 박차고 일어서며, 한가로이 선회하는 봉황새 앞에 끝도 없이 막막한 하늘이 펼쳐져 있는 것과 같다고나 할까.

누군가는 혹시라도 "끔찍이 좋아하지도 않고 온 힘을 쏟지 않고서도 이런 정도는 이룰 수가 있다."고 할지 모르지만, 나는 그런 말은 도대체 믿지를 못하겠다. 가령 그동안 그로 하여금 진사시進士試에 처음 응시했을 때처럼 온 힘을 기울여 경서 공부에 매진하게 했었더라면, 분명코 이미 오래 전에 진사의 옷을 벗어 버리고 등제登第하여 소년의 나이에 현달한 관원이 되고 말았을 것이다. 그런데 지금 이 시의 기예에 푹 빠진 나머지 아직도 산관散官의 반열班列에서 배회하고 있으니, 비록 나이는 아직 늦지 않았다 하더라도 애당초 그에게 기대했던 것에 비추어 보면 너무나도 차이가 난다고 해야 할 것이다.

아, 관보로 말하면 빛나는 풍채에 높은 덕성을 소유하고 있는 데다 끝

없는 가문家門의 복을 한몸에 받고 있는 사람인데도 불구하고 시도詩道에 빠지는 피해를 면치 못하고 있는 듯이 보인다. 그런데 하물며 의지할 곳 없이 외로운 처지에 운수도 기박奇薄하기만 하여 온갖 험난한 곤경을 겪으면서 졸렬하게 늙어만 가는 우리와 같은 사람들이야 또 말해 무엇하겠는가.

비록 그렇긴 하지만, 관보의 경우는 잠시 응체凝滯되어 있는 동안에 시에 대한 부채負債를 이미 모두 갚아 버렸다고 할 수도 있을 것이다. 그리고 그의 학문에 대한 재질이나 적성으로 볼 때, 명경과明經科나 제책과制策科 정도는 굳이 더 공부하지 않아도 충분히 통과할 수 있으리라고 여겨진다. 따라서 만약 그렇게만 한다면 대과大科에 한번 응시하는 즉시로 낭묘廊廟와 조정의 인정을 받고서 크게 성예聲譽를 독점하게 될 것이니, 괴롭게 생각을 짜내며 시를 읊다가 곤궁하게 생을 마치고 마는 우리들 따위와 어찌 같다고야 할 것인가.

다만 관보로 하여금 이보다 앞서 팔구 년 전에 이미 소년少年의 달관達官이 되지 못하게 했다는 점으로 보면 시에 대해서 유감스럽게 생각할 수 있을 법도 하지만, 지금 여기에 쌓여 있는 수백 편의 시편詩篇만으로도 한 시대를 호령하고 천고千古의 반열에 높이 올라서기에 충분하고 보면, 그 이해利害와 득실得失이 과연 어떠할지는 관보의 명석한 두뇌로 따져 볼 때 분명히 판가름이 나고 말 것이다. 이에 우선 이렇게 써서 머리말로 붙여 두는 바이다. 기미년 국화꽃 피는 가을날에 적다.

(전통 시집 서문의 목록 19번 자료)

〈서문에 代하여〉

나는 시인 朴世英君을 잘안다.

그러나 나는 詩를 모른다.

모르는 것을 아는체 하고 주적거리는것처럼 쑥스러운 것은 없다. 그렇다면, 나도 차라리 이 붓을 들지 않는것이 露拙이 안될것 같다마는, 君이 이제야 詩集을 發行함에 際하여 나에게도 期於하고 한마디말을 請하는 데는 굳이 固辭하기도 어려운 事情이다.

君의 詩는 그의 인품과 같이 고웁다. 나는 『放浪第一輯』에 君의 近作 〈山제비〉를 滋味있게 읽었다. 〈山제비〉는 好評을 받았다 하거니와 나 같이 詩를 잘 모르는 사람에게도 가슴속에 느끼는 무엇이 있었다. 무릇 詩처럼 어렵다는 말이있다. 그래 그런지는 모르나, 近日의 詩들을 間或 읽어보면 都大體 무슨 소리를 썼는지 모르겠다. 아무리 偉大한 詩想이라 할지라도 읽는 사람이 意味를 모르면 所用이 무엇이랴? 소금이 짜지 않 는것과 같다.

그것이 나의 無知에서 온것이라면 多幸한 일이라 하겠다마는, 全혀 그 런것 같지도 않으니 비로소 나같은 門外漢도 苦言을 뭏하고싶단 말이다.

그런데 君의 詩 〈山제비〉는 첫째로 알기가 쉽다. 가장 쉬운 말로 簡潔 히 썼는데도 不拘하고, 그것이 脫俗하고 具體的으로 描破되었다. 그리고 意味가 深遠한 理想을 讀者로 하여금 憧憬하게 하였다. 〈山제비〉의 理 想! 그것은 實로 全世界 人類의 偉大한 理想이 안일까? 現下의 情勢에는, 健實한 理想을 부쳐주는것만도 우리는 그것을 값 높이 사지 않으면 안될 줄 안다. 앞으로도 君은 더욱 이런 境地를 展開함이 좋지 않을까?

君은 詩人의 經歷으로 보아, 벌서 한卷의 詩集쯤은 가져야 할것이다. 그렇다면 오히려 늦은 感이 업지 않은 同時'에, 나는 이번에 君의 시집이 上梓됨을 君과 더브러 기뻐한다.

이와 같은 蕪辭를 적는 所以도 그 때문이다. 끝으로 나는 君이 더욱 精進하기를 바란다. 丁丑六夏上元 民村생.　　　　　　　　　　　　　(6-1)

이 기능이 필요하다고 느끼기에, 이 관습을 현대에 와서도 여전히 따 르고 있는 것이라 하겠다. 그 명칭이 '自序'나 '시인의 말' 등으로 바뀌어 있고, 문체나 표기문자 등에서 변화가 일어났지만, 그 본질적인 기능은 동일하다는 점에서, 이 序가 문학사적인 생명력을 지닌 채 지속되고 있다는 것을 알 수 있다.

3.2. 주요 내용

전통 시집의 序에 담긴 내용 가운데에서 가장 흔한 것은 무엇이었을까? 시인에 대한 소개, 시인과의 만남과 교유 등에 대한 언급이었다. 남에게 序를 청탁하는 이가 바라는 것도, 바로 이것이 아니었을까? 대부분 시인과 시에 대한 칭찬 일색이다.[11]

현대 시집 서문 중 남이 써준 序도 이 전통을 잇고 있다. 칭찬 일색으로 되어 있는 점도 마찬가지이다. 시의 본질, 좋은 시가 무엇인지, 시인이란 어떤 존재여야 하는지 등에 대한 일반론을 펼치면서 해당 시인과 시가 거기 비추어 훌륭하거나 가치가 있다는 서술을 하기 일쑤이므로, 이 대목에서 글쓴이의 시관, 시인관 등이 드러난다. 하지만 自序인 경우에는 그 양상을 달리하고 있다. 자기 스스로 자신이 어떤 사람인지 말한다든지 특히 칭찬하기는 쑥스러운 일이므로, 시집 출간을 앞에 둔 자신의 소감(주로 謙辭)이나 시 창작에 임하는 자신의 원칙이나 자세 등에 대해 서술함으로써 자신이 어떤 사람인지 알리고 있다.

또 한 가지의 내용은 시인에 대한 기대 혹은 당부이다. 自序인 경우에는 새로운 다짐을 피력하는 양상으로 바뀌어 있다.

---

11 조규익, 조선조 시문집 서·발의 연구(숭실대출판부, 1988), p.172에서도 그런 양상을 보고한 바 있다.

4. 맺는말

이 연구는 전통 서문과 현대 서문이 어떻게 같고 다른지 살펴보기 위한 일환으로, 우선 시집으로만 한정해 탐색해 본 것이다. 이 작업을 통해서 알아낸 사실들과 앞으로 더 연구해야 할 과제를 정리하면 다음과 같다.

첫째, 시집의 서문은 과거부터 존재한 양식임을 확인하였다.

둘째, 현대 서문과 전통 서문 간에는 공통점과 함께 일정한 차이점들이 존재하였다.

셋째, 현대 서문에서 일부 문제점으로 지적하거나 재론할 만한 사항이 있다는 것을 알 수 있었다.

넷째, 김억, 이광수, 이기영, 이효석, 조운, 양주동, 김정한, 이헌구, 신석정, 박목월, 채만식, 서정주, 임화, 김기림, 조연현 등 유명 현대 문인 가운데에서 남의 시집에 써준 序 작품들이 현재 학계에서 연구 자료로 활용되지 않고 있다는 사실을 확인하였다.

다섯째, 앞으로, 북한 시집의 서문과의 비교, 외국 시집의 서문들과의 비교 연구도 필요하다. 나아가서는 시집이 아닌 다른 수필이나 소설 등 산문집의 서문은 어떤지, 연구서들의 서문은 어떻게 존재하는지에 대해서도 공시적, 통시적인 고찰이 이루어짐으로써, 책 서문에 대한 총체적인 인식에 이르러야 할 것이다.

여섯째, 아직 모든 시집을 모두 소장하는 도서관은 어느 곳에도 없다. 한양대 에리카도서관이 그래도 많은 편이지만 완비한 것은 아니다. 어떤 시집이든 모두 볼 수 있는 도서관 마련을 위해, 앞으로 모두가 힘을 합할 필요가 있다.

■ 참고문헌 ───

김복순, 「한국 근대초기 서발비평 연구」, 『인문과학연구논총 18』, 명지대 인문과학연구
　　소, 1998.
이가원, 『잡동산이』, 단국대출판부, 1987.
이복규, 「윤동주의 이른바 '서시'의 제목 문제」, 『한국문학논총 61』, 한국문학회, 2012.
이종건·이복규, 『한국한문학개론』, 보진재, 1991.
윤여탁, 『한국현대시자료집성 1~46』, 태학사, 1982·1988.
조규익, 『조선조 시문집 서·발의 연구』, 숭실대출판부, 1988.
조동일, 『한국문학사상사시론』, 지식산업사, 1977.

■ 부록: 전통시대 시집과 현대 시집의 목록(필자가 입수해 분석한 것들) ──────
1. 전통시대 시집 서문의 목록

	필자명	필자몰년 (집필연대)	제목	시집저자	비고
1	조문발	1227	백가의시서(百家衣詩序)	임유정	동문선 84
2	이제현	1367	설곡시서(雪谷詩序)	정중부	동문선 85
3	이색	1396	설곡시고 서(雪谷詩藁序)	정중부	동문선 86
4	이색	1396	급암시집 서(及菴詩集序)	민사평	동문선 87
5	강석덕	1459	해동 석 선탄선사 시집의 서문(海東釋禪坦師詩集序)	이첨	동문선 94
6-1	주탁	명나라 사람	도은선생시집 서[陶隱先生詩集序]	이숭인	동문선 94
6-2	정도전	1398	도은선생시집 서[陶隱先生詩集序]	이숭인	동문선 94
6-3	권근	1409	도은선생시집 서[陶隱先生詩集序]	이숭인	동문선 94
7	권근	1409	『죽강시고(竹岡詩藁)』의 서(序)(竹岡詩藁序)	변구수	양촌선생문집 18
8	권근	1409 (1404)	옥계(玉溪) 시의 서(玉溪詩序)	의상인(승려)	양촌선생문집 20
9	권근	1409 (1406)	송당(松堂) 조 정승 준(趙政丞浚) 시고(詩藁)의 서(松堂趙政丞浚詩藁序)	조준	양촌선생문집 20
10	권근		증 맹선생 시권 서(贈孟先生詩卷序)	맹희도	동문선 90

11	하륜	1416	둔촌 선생 잡시의 서문(遁村先生雜詩序) 하륜(河崙)(1347~1416)	이집	동문선 93
12	변계량	1430	포은선생시고서(圃隱先生詩藁序)	정몽주	춘정집 5
13	성현	1504	뇌계시집 서(瀋溪詩集序)	유호인	속동문선 16
14-1	성현	1504	월산대군 시집 서(月山大君詩集序)	월산대군	속동문선 16
14-2	신종호	1497	월산대군 시집 서(月山大君詩集序)	월산대군	
15	성현	1504	부림군시집 서(富林君詩集序)	부림군	속동문선 16
16	김종직	1492	윤 선생 상의 시집에 대한 서(尹先生祥詩集序)	윤상	점필재집 문집 1
17	김종직	1492	형재 선생의 시집에 대한 서(亨齋先生詩集序)	이직	점필재집 문집 1
18	이식	1647(1621)	김경징의 『동사시고』 뒤에 쓴 글(金景徵東槎詩稿後序)	김경징	택당선생집 제9권
19	이식	1647(1619)	조관보(曺觀甫)의 시고(詩稿)에 쓴 글(曺觀甫詩稿序)	조한빈	택당선생집 별집 5
20	송시열	1689(1659)	『포은선생시집(圃隱先生詩集)』 서	정몽주	송자대전 137
21	송시열	1689(1674)	『옥산시고(玉山詩稿)』 서	이우	송자대전 138
22	김상헌	1652	『양자점시집(梁子漸詩集)』의 서	양점역자	청음집 38
23	이덕무	1793	초정시고(楚亭詩稿) 서	박제가	간본 아정유고 3
24	이덕무	1793	벽옥란시고(碧玉欄詩稿) 서 간본	이선보 (이유수의 동생)	간본 아정유고 3
25	이덕무	1793	정이옥 시고(鄭耳玉詩稿) 서 이덕무(李德懋 : 1741~1793)	정수	간본 아정유고 3
26	정약용	1836	운담시집 서 (雲潭詩集序)	운담일화상	다산시문집 13
27	신석희	1873(1867)	담연재시집 서(覃揅齋詩集序)	김정희	완당전집 권수
28	이기	1909	남전시고(藍田詩稿) 서(序)	서기옥 (여인)	『해학유서 (海鶴遺書)』7

2. 현대 시집 서문의 목록

	필자명	연도	제목 (필자가 시집제목을 반영해 작명함)	시집 저자	비고
1-1	정독보	1924	'혈염곡'서(나는 이것을 그대에게 보낸다) (제목은 없음)	정독보	시, 血焰曲, 자발(혈염곡 곳에 쓰노라)
1-2	문찬(菊)	1924	'혈염곡'序	정독보	조선의 단테,파우로

			地愛二)		
2-1	범부	1924	'봄잔듸밧위에'序	조명희	凡夫
2-2	조명희	1924	'봄잔듸밧위에'序	조명희	검열 의식
3-1	김억	1925	'국경의밤'序	김동환	
3-2	김동환	1925	'국경의밤'序詩	김동환	시
4-1	양주동	1934	'방가(放歌)'序	황순원	
4-2	황순원	1934	'방가'서(방가를 내노흐며)	황순원	동경에서 간행
5	황순원	1936	'골동품'序	황순원	1행
6-1	이기영	1937	'산제비'서(서문에 代하여)	박세영	
6-2	박세영	1937	'산제비'서(自序)	박세영	임화의 발문(5쪽)
7	이규원	1937	'분수령'序	이용악	自跋(꼬리말) 검열상황 암시
8	이찬	1937	'대망(待望)'서(머릿말)	이찬	
9	이상필	1937	'잔몽(殘夢)'序	이상필	2문장
10	이찬	1938	'분향(焚香)'서(小序)	이찬	
11-1	이광수	1939	'춘원시가집'서(내 詩歌)	이광수	모두의 '祝願'시조
11-2	박정호	1939	'춘원시가집'序	이광수	
12	김기림	1939	'태양의풍속'서(어떤 친한 '시의 벗'에게)	김기림	서간체
13	유치환	1939	'청마시초'序	유치환	
14	이효석	1939	'박꽃'서(序文)	허이복	제2시집,獻辭 自跋(꼬리말2행)
15	이광수	1939	'전선시집'序	임학수	친일
16-1	박팔양	1939	'바다의 묘망(渺茫)'序	이해문	
16-2	김화산	1939	'바다의 묘망(渺茫)'序(詩稿를 통독하고)	이해문	서간체(일부 인용)
16-3	김병제	1939	'바다의 묘망(渺茫)'序(한글교열에 관하여)	이해문	서간체(일부 인용)
16-4	이해문	1939	'바다의 묘망(渺茫)'序(自序-시집간행에 대한 나의 심회-)	이해문	김여수의 서문(?)
17-1	장창준	1939	'여로'序	엄태섭	
17-2	엄태섭	1939	'여로'序	엄태섭	난삽요령부득문장
18	한죽송	1939	'방아찧는처녀'서(小感)	한죽송	
19	이찬	1940	'망양(茫洋)'서(小序)	이찬	

20	남승경	1940	'노방초'序	강흥운	
21	김용호	1941	'향연'서(알외우는 말)	김용호	동경에서
22	**오장환**	1946	'병든 서울'서(머리에)	오장환	
23	**김기림**	1946	'바다와나비'서(머리ㅅ말)	김기림	작품=무한계산의일부
24	권환	1946	'동결'序	권환	일제탄압
25	김동석	1946	'길'서('길'을 내놓으며)	김동석	
26	박아지	1946	'심화(心火)'서(머리ㅅ말)	박아지	일제탄압
27	이동주	1946	'네동무'서(序詞)	이동주	
28	정태진	1946	'아름다운 강산'서(머리말)	정태진	모두의 시가
29	이병기	1947	'초적'序	김상옥	본인후기
30	**오장환**	1947	'나 사는 곳'序	오장환	共委가재개되는날
31	이용악	1947	'오랑캐꽃'서('오랑캐꽃'을 내놓으며)	이용악	
32	임화	1947	'찬가'서(小序)	임화	2행
33	임화	1947	'회상시집'서(小敍)	임화	3행
34	**김기림**	1947	'새노래'서(새노래에 대하야)	김기림	
35-1	**임화**	1947	'대열'序	김상훈	흥기보다무서운시
35-2	**유종대**	1947	'대열'序	김상훈	검열있음,협조자들
36	**홍명희**	1947	'박승걸시집'序	박승걸	
37-1	**友一**	1947	'옛터에 다시 오니'서(서문에 代하여)	이원희	
37-2	이원희	1947	'옛터에 다시 오니'서(自序)	이원희	
38	여상현	1947	'칠면조'序	여상현	
39	윤동주	1948	'하늘과 바람과 별과 시'서(序詩)	윤동주	시.후기(정병욱),생애(조카)
40	이설주	1948	'방랑기'序	이설주	跋文(나운규)
41	**박목월**	1948	'대낮'序	신동집	
42	**유치환**	1948	'구름과 장미'序	김춘수	
43	**채만식**	1948	'어느 지역'서(서문)	장영창	
44	김기림	1948	'추풍령'서(서문)	김철수	김광균발
45	**조운**	1948	'창'序	유진오	自跋
46-1	**양주동**	1948	'무화과'序	윤영춘	
47-2	윤영춘	1948	'무화과'서(무화과를 내놓으며)	윤영춘	두만강건너호지

48	이용악	1948	'이용악집'서(편집장에게 드리는 편지)	이용악	이수형발(해설)
49	임학수	1948	'필부의 노래'서(서에 代하여)	임학수	1문장
50	김기림	1948	'소백산'序	박문서	시에는1류만있음
51	김상훈	1948	'가족'序	김상훈	
52	김정한	1948	'풍장'서(머리말)	정진업	김용호발(풍장에대하여)(해설)
53	김도성	1948	'고란초'서(지은이의말)	김도성	박화목발(고란초를 엮으며)
54	노천명	1949	'노천명집'序	노천명	몇작품주석욕심
55	김상옥	1949	'이단의 시'序	김상옥	2문장
56	김상원	1949	'백로(白鷺)'서(自序)	김상원	헌사(형),자발,3문
57	윤복구	1949	'게시판'서(시집을 보내며)	윤복구	
58	창맹인	1949	'잠자리'序	창맹인	시, 蒼氓人
59	김창진	1949	'표정'서(서에 代하여)	이범혁	헌사(부모님영전)
60	한용운	1950	'님의 침묵'서(군말)	한용운	
61	구상	1951	'시집구상'序	구상	헌사,자발(꼬리표)
62	박거영	1951	'악의 노래'서(常例로)	박거영	
63	이설주	1952	'미륵'서(序文)	이설주	시
64	이헌구	1953	'목숨'序	김남조	
65	이영도	1954	'청저집'序	이영도	구어체•초정때문
66	박인환	1955	'박인환시선집'序	박인환	제목변경
67	김규동	1955	'나비와 광장'(시집 '나비와 광장'에 부치는 시론')	김규동	장문(3쪽)
68	이설주	1956	'수난의 장'서(제목없음)	이설주	2문장
69	이희승	1961	'박꽃'序	이희승	47년판의3판(서문추가)
70	조병화	1965	'아침선박'서(序文 아닌 序文)	조태일	본인후기
71	신석정	1966	'이상기후'序	강인한	
72	김남조	1966	'가슴엔 듯 눈엔 듯'서(첫 책을 내는 영에게)	허영자	구어체(서간체)
73	조연현	1967	'바람불다'서(序文)	이탄	
74	조연현	1968	'소등'서(序文)	이탄	자발(후기)
75	이성부	1969	'이성부시집'서(머리말)	이성부	

76	박목월	1969	'사물A'서(序文)	이승훈	격려사(?)(책무관)
77	신석초	1969	'화음'서(서문)	김여정	본인후기
78	박목월	1970	'반란하는 빛'序	오세영	본인후기
79	박목월	1970	'이건청시집'序	이건청	본인후기
80	박목월	1970	'달하'서(序文)	유안진	
81	**강은교**	1971	'허무집'서(아직 만나지 못한 분에게)	강은교	
82	오규원	1971	'분명한 사건'서(自序)	오규원	
83	박목월	1973	'대숲 아래서'서(序文)	나태주	장문(2쪽)
84	서정주	1974	'사행시초'序	강우식	박재삼발문(장문)
85	고은	1974	'문의마을에 가서'서	고은	
86	박제천	1975	'장자시'서(自序)	박제천	
87	정현종	1975	'날자 우울한 영혼이여'서	정현종	2문장
88	김구용	1976	'김구용시집 시'序	김구용	
89	김광섭	1976	'개폐교'서(序文)	설창수	서사시적/自跋
90	박의상	1977	'봄을 위하여'서(自序)	박의상	
91	박재삼	1977	'지리산타령'序	김수복	본인후기
92	박목월	1977	'비를바라보는일곱가기마음의형태'序	조정권	본인후기
93-1	황동규	1978 (초판)	'나는 바퀴를 보면 굴리고 싶어진다'서(自序)	황동규	해설:김현
94-2	황동규	1994 (재판)	'나는 바퀴를 보면 굴리고 싶어진다'서(1994년판 책머리에)	황동규	
95	유안진	1978	'그리스도, 옛 애인'서(自序)	유안진	자발(나의작품,그주제/나의구원,사의채찍)(2편)
96	김광규	1979	'우리를 적시는 마지막 꿈'서(自序)	김광규	
97	박재삼	1980	'비 듣는 가을나무'서(自序)	박재삼	
98	이성복	1980	'뒹구는 돌은 언제 잠 깨는가'서(自序)	이성복	3문장
99	**송수권**	1980	'산문에 기대어'서(自序)	송수권	
100	**피천득**	1980 (초판)	'금아시선'서(서문)	피천득	헌사(엄마께)/세익스피어작품 인용
101	피천득	1981 (중판)	'금아시선'서(新版을 내면서)	피천득	
102	황지우	1983	'새들도 세상을 뜨는구나'서(自序)	황지우	죄송합니다/파격

103-1	구상	1983	'오늘은 내가 반달로 떠도'서(겸허하고 투명한 심혼의 표백)	이혜인	
103-2	이혜인	1983	'오늘은 내가 반달로 떠도'서시	이혜인	서시
104	박남철	1984	'지상의 인간'서(自序)	박남철	2문장/김병익해설
105	임영조	1985	'바람이 남긴 은어'서(自序)	임영조	
106	이성선	1986	'별이 비치는 지붕'서(自序)	이성선	짧은시
107	노향림	1986	'눈이 오지 않는 나라'서(독자에게)	노향림	
108	최승호	1987	'진흙소를 타고'서(自序)	최승호	사북의북어
109	권혁진	1987	'프리지아꽃을 들고'서(自序)	권혁진	2문장/김주연해설
110-1	박남철	1988 (초판)	'반시대적 고찰'서(초판 자서1)	박남철	4문장
110-2	박남철	1999 (재판)	'반시대적 고찰'서(재판 자서2)	박남철	
111	임문혁	1989	'외딴 별에서'서(自序)	임문혁	시/윤강로해설
112	이형기	1990	'심야의 일기예보'서(독자를 위하여)	이형기	
113	이성부	1990	'산에 내몸을 비비며'서(시인의 말·산에서 시로)	이성부	
114	강창민	1990	'물음표를 위하여'서(自序)	강창민	3문장/이득재해설
115	황지우	1990	'게 눈 속의 연꽃'서(自序)	황지우	해설:진형준
116	천상병	1991	'요놈 요놈 요 이쁜놈'서(시집을내기까지)	천상병	
117	유하	1991	'바람부는 날이면 압구정동에 가야 한다'서(自序)	유하	헌사(할머니)/해설박철화
118	강경화	1993	'가라, 사랑의 세월이여'서(自序)	강경화	시,자발(내시를읽는 독자에게)
119	김용화	1994	'아버지는 힘이 세다'서(책머리에)	김용화	이가림해설
120	안도현	1994	'외롭고 높고 쓸쓸한'서(自序)	안도현	해설이성욱
121	**황동규**	1995	'풍장'서('풍장'을 위하여)	황동규	4쪽
122	김혜순	1997	'불쌍한 사랑 기계'서(自序)	김혜순	해설:정과리
123	이향아	1998	'환상일기'서(自序)	이향아	
124	정호승	1998	'외로우니까 사람이다'서(제목없음)	정호승	홍용희해설
125	황지우	1998	'어느 날 나는 흐린 주점에 앉아 있을 거다'서(시인의 말)	황지우	
126	김혜순	2000	'달력공장 공장장님 보세요'서(시인의 말)	김혜순	구어체,김영옥해설

127	이성부	2001	'지리산'서(시인의 말 : 산속으로 뻗은 시의 길)	이성부	장문(14쪽)
128	황동규	2003	'우연에 기댈 때도 있었다'서(시인의 말)	황동규	1문장/해설:오생근
129	김신용	2003	'버려진 사람들'서(自序)	김신용	해설:이숭원
130	김선태	2003	'동백숲에 길을 묻다'서(자서)	김선태	해설:이문재
131	이승훈	2004	'비누'서(시인의 말)	이승훈	1단락6문장/정민발문(7쪽)
132	함민복	2005	'말랑말랑한 힘'서(시인의 말)	함민복	시
133	황동규	2006	'꽃의 고요'서(시인의 말)	황동규	해설: 이숭원
134	정진규	2011	'사물들의 큰언니'서(自序 : 律呂)	정진규	사진/엄경희해설,주요문학연보
135	장석원	2012	'역진화의 시작'서(시인의 말)	장석원	시/해설
136	문현미	2012	'아버지의 만물상 트럭'서(시인의 말)	문현미	시/해설없음

제2장
묻혀있던 시집의 서문과 발문들
● ● ●
시인의 서문과 발문

■ 자료해석 ────────────────────────────

    필자는 최근에 근현대 시집의 서문과 발문만을 모아 책으로 묶어보려 상당수의 자료를 확보하였다. 그 과정에서 예기치 않은 사실을 발견하였다. 안서 김억, 정지용, 청마 유치환, 임화, 김기림, 미당 서정주, 박목월, 신석정, 조병화, 박재삼, 구상 등 시인들이 쓴 서문이나 발문은 물론, 춘원 이광수, 벽초 홍명희, 김정한, 이헌구, 조연현, 민촌 이기영, 채만식, 이효석 등의 작가나 이헌구, 조연현 등 평론가의 것, 정인보, 박한영 등 학자들의 것도 다수 있었다. 더러는 신원 미상의 인물의 것도 있다.

    이들이 쓴 서문이나 발문 가운데에서 정지용의 것만 『정지용전집』에 수록되어 있을 뿐, 여타 인물들의 서문이나 발문은 철저하게 그 전집에서 배제되어 있는 것으로 보인다. 정지용의 서문은 윤동주의 이름이 워낙 널리 알려졌기 때문에 이에 부수되어 거기 실린 정지용의 서문까지 각광을 받아 전집에 수록되는 영광을 누린 것으로 여겨진다. 하지만 그밖의 서발문은 평론이나 연구논문이나 책 그 어디에서도 거론되는 일이 없는 것으로 보인다. 이럴 수는 없는 일이다.

    주지하다시피, 국문학연구에서는 일찍이 '서발비평'이라 하여, 특정 문인의 서문이나 발문에 나타난 문학관(장르론, 문학의식 등)과 교유 관계 등의 정보를 소중히 활용하여 문학일반론이나 작가작품론을 전개해 왔다. 아니 전통시대에는 서문이나 발문은 소설이나 시처럼 독자적인 갈래로 인식하여 공들여 썼으며, 그 부본을 남겨두었다가 생전이나 사후에 문집을 엮을 때 아예 〈서발편〉을 설정하여 수록하였다. 그것이 우리의 문학 전통이었고 문화였다. 예컨대 조동일의 『한국문학사상사시론』의 경우, 서거정이 쓴 〈동문선서〉를 비롯해 많은 서발문을 근거로 당대 또는 해당 작가의 문학사상을 거론하고 있다. 고소설과 신소설 연구에서도 서발비평은 활발하게 진행되어 왔다.

가만히 생각해 보면 이는 당연한 일이다. 전통적인 서문은 남의 원고를 가장 먼저 읽고 쓰는 것이므로 가장 먼저 그 작품을 수용한 사람의 반응이니 주목할 만한 가치가 있다. 그리고 아무한테나 서문을 부탁하지 않을 테니 해당 시인이나 문인과 그 서문이나 발문을 지은 인물과의 관계가 자연스럽게 드러나기도 한다는 점에서도 중요하다. 작품이란 진공 상태 속에서 형성되는 게 아니라 동시대 사람들과의 관계 속에서 영향을 주고받으면서 가능하다고 볼 때 서문과 발문 분석은 우선적으로 고려되어야 한다.

하지만 오늘의 현대문학 연구에서, 특히 시의 경우에서 이 서발비평의 전통이 철저히 단절되었다는 인상을 지울 수 없다. 시인과 문인의 전집에서 거의 대부분, 해당 시인과 작가가 쓴 서문과 발문 자료를 수록하지 않고 있는 것이 이를 단적으로 웅변한다. 말하자면 근현대 시집에 이르러서, 서문이나 발문은 구색을 맞추기 위한 무슨 장식품에 불과한 것으로 여겨지기 시작하여 오늘에 이르고 있는 게 아닌가 한다.

그럴 수는 없다. 이광수나 채만식, 이효석, 박목월, 서정주 등의 문학을 논하기 위해서는 이들 서문과 발문 자료까지 포괄하여 다루어야 마땅하다. 그것이야말로 전통을 계승하는 일이면서 책무를 다하는 일이기도 하다. 한 예로 육당 최남선의 『백팔번뇌』(1926)에 실린 춘원 이광수의 발문을 보면, 육당 시조의 특징과 한계 및 문학사적 의의는 물론, 시조가 한시의 영향 아래 형성된 것이 아니라 신라 향가나 무당의 노랫가락의 형식과 동일하다는 점에서 우리 민족 특유의 시가체라고 보는 게 마땅하다는 의견을 개진하고 있다. 『백팔번뇌』에는 이광수의 발문 외에도 최남선崔南善의 자서, 박한영朴漢英, 홍명희洪命憙, 정인보鄭寅普 발문도 실려 있는바 아주 중요하다고 보아, 『국제어문』 제63집(2014.12.31. pp.317~333)에 이미 발표하였다.

이들 자료를 조사해 입력하면서 떠오른 착상 몇 가지를 나열함으로써, 이들 자료를 이용해 연구할 이들에게 도움을 주고 싶다. ① 서발문 명칭의 다양성, ② 본인이 쓴 서발문, 남이 써준 서발문, ③ 긴 서발문과 아주 짧은 서발문, ④ 문체의 변화 과정(한문, 국한혼용, 국문 / 구어체, 문어체 / 외래어 애용 서발문과 그렇지 않은 서발문), ⑤ 맞춤법의 변천과정. ⑥ 문단 나누기의 변화 과정, ⑦ 어휘 사용의 변화, ⑧ 호號 사용 여부, ⑨ 서와 자서의 구분, ⑩ 출판사 이름과 제목의 변화, ⑪ 시인 이름 및 필명의 변화 등.

이에 이 자리를 빌어, 그간의 연구에서 도외시되었던 서문과 발문 자료를 제시한다. 이 자료가 눈 밝은이들에 의해, 작가 및 비평 연구에 기여할 수 있기를 기대한다. 물론 『백팔번뇌』에 실린 5편의 서발문은 이미 발표한 것이므로 여기에서는 제외한다.

여기 소개하는 자료들은 해당 시인이나 문인의 전집에 마땅히 편입시켜야 할 것이다. 그리함으로써 연면히 이어온 문학사의 전통을 계승해야 할 것이다. 어떤 인물은 사전에서 찾아볼 수 없기도 한데 이 자료를 근거로 문학사에서 잊혀진 이들 서문과 발문의 지은이들이 누구인지 추적해 밝혀야 할 것이다.[1]

자료를 제시하되, 광복 이전까지의 자료로만 한정해 연대순으로, 동일 연도에서는 가나다 순으로 배열하겠다. 띄어쓰기와 맞춤법 등을 최대한 원문대로 적음으로써 연구자료로서의 가치를 높이고자 한다. 다만 마침표가 찍혀 있지 않은 데는 가독성을 위해 마침표를 첨가할 것이고, 글의 제목에는 〈 〉 표시를 하였다. 글자가 마모되어 판독하기 어려운 부분은 ○ 처리를 하였다.

모쪼록 이 소개를 계기로, 다른 서발문도 발굴되고, 이 방면 연구가 활성화하기를 희망한다.

1. 이광수 / 김억, 『해파리의 노래』, 조선도서주식회사, 1923

〈해파리 노래에게〉

인생에는 깃븜도 만코 슬픔도 만타. 특히 오늘날 흰옷님은 사람의 나라에는 여러가지 애닯고 그립고, 구슬픈 일이 만타. 이러한 「세샹사리」에서 흘러나오는 수업는 탄식과감동과 감격과 가다가는 울음과 쏘는 우스움과, 엇던째에는 원망과 그런것이 모도 우리의 시가 될것이다. 흰옷 님은 나라 사람의 시가 될것이다.

이천만 흰옷 님은 사람! 결코 적은 수효가 아니다. 이 사람들의 가슴속에 뭉치고타는 회포를 대신하야 읍져리는것이 시인의 직책이다.

우리 해파리는 이 이천만 흰옷 님은 나라에 둥々써돌며 그의 몸에 와 닷는것을읍헛다. 그 읍흔것을 모흔것이 이 「해파리의노래」다.

해파리는 지금도 이후에도 삼천리 어둠침々한바다 우흐로 써돌아 다닐것이다. 그리고는 그의 부드러온 몸이 견 수업는 아픔과 설음을 한업시 읍흘것이다.

어듸, 해파, 네 설음, 네 압흠이 무엇인가 보쟈.

게해년 느즌봄 흐린날에

春園

1 凡夫, 李琇馨 등이 그 예이다.

2. 범부凡父 김정설金鼎卨(1897-1966) / 조명희, 『봄잔듸밧위에』, 춘추각, 1924

〈序〉

나는詩를모른다. 그러나笛蘆兄은 내가그詩를말할째하지못할말을아니
한줄미더준다. 그것은다른것아니다. 兄의詩는詩로서의巧拙은짠問題로두
고 어대까지든지自己의속살님그것──조튼지언짠튼지──을힘써正直
하게告白한靈魂의발자최임을내가모르지안는째문이다.

나는 그밟어간발자최를살피면서 餘裕만흔日力에 구비진압길을 無恙
히 나아갈줄밋는다.

凡夫

3. 정인보의 題語 / 변영로, 『조선의마음』, 평문관, 1924

〈수주시집첫장에〉

만나지안어야망정이지 만나면 밤과낫이엇더케변하는지모르고 두사람
의말이 쉬임업시 글나라라로쑈대는것을보고 내어린쌀이 수주를가르쳐
아버지글벗이라하기에 수주는나래업시 발서구르므사이로 소나서나붓디
는옷자락이 달근처의 가벼운바람을 그리재된지오래라 내 그의얼골도자
세히보지못하거든 엇지 그를 내벗이라하랴고 어린쌀이 무엇을 아는것이
아니연만 나는알만한사람하고수작하드시말하엿다.

세상사람이 나것기야하랴만은 내가채못보앗는지 수주만한 놉고 아름
다운재질을 여럿을쑵기는어렵다하겟는대 그를알고 그를사랑하는이가과
연을마나될까.

그는하늘이 재주를 준 사람이다. 그의거름이 월궁에들면 그의남어지
빗이 우리에게널리영광이된다하여도 과언이아니연만 시운이 그를저희할
쑨만아니라 사회까지 그에게괄연함이심하야 갓가울듯이 머른 형용할수

업는청절한경치를바라보면서 중간에서방황하게하는 이째야말로 참야숙하다고 흔히 남더러 니약이한일이잇섯다. 그러나 항상 동정을바람이아니오 어린쌀에게 글조예말함과가치 속에잇기째문에 헤아리지안코 말한것이다.

이제새로박는 수주시집첫장에 쓸서문을지으랴고 붓을잡으니까 쏘 이말이 압흘스니 나는헤아리지안코발함이나 혹 천하의보배를 천하를위해앗기는이가잇슬진대 여기서 심절한늦김이잇슬줄안다.

이시집은 여러군대 게재되엿든것을모은것인대 수주로는 그의다간지경이안이니 달근처의 가벼운바람이 항아의옷향긔와 엇지분간이업스랴. 그러나 이가벼운바람이나마 뉘옷자락이 능히여긔날닐까를생각하면 자연그의방황하는지경을상상할수잇스며 그의방황하는거름이 이미허공을밟음을보면 월궁을드러갈자신이잇슴을밋을수잇다. 그는 여긔굿처도 시인이다. 쏘이만하여도 읽는이의 성령을계발할수잇다. 오즉우리를위해서 그의빗이 넓어지기를바라는것이다.

갑자 이월십삼일

위당

4. 김억金億(1896~?) / 김동환, 『國境의 밤』, 한성도서, 1925

〈序〉

힌눈이 가득 싸히고 모래바람甚한 北쪽나라 山國에서 生을밧아, 고요히 어린째를보낸巴人君이 그獨特한情緒로써 설음가득하고늣김만흔 故鄉인「國境方面」서 材料를 取 하야 沈痛悲壯한붓긋으로「로맨틕」한 敍事詩와그밧게靑春을 노래한 抒情詩몟篇을, 制作하야「國境의밤」이라는 이름으로 只今 世上에 보내게되엿스니, 대개 이러한詩作은 오직 이러한 作者의 손을 것처서야 비로소 참生命을 發見할것인줄압니다. 더구나 이 表現形式을 長篇敍事詩에取 하게되엿슴은 아직 우리詩壇에서 처음잇는 일이매 여러가지意味로보아 우리詩壇에는 貴여운 收穫이라할것입니다. 그런데 巴人君의 詩에는 「엄숙한힘과 보드러운 美」가 잇습니다. 그래서 그엄숙한힘은 熱烈하게 現實을 「메쓰」하여마지안으며, 보드러운美는다사한 「휴―맨」의 色調를 씌여, 높히 人生을 노래합니다. 한마듸로 말하면 巴人君은 「휴맨이스트」的色彩를 만히 가진 詩人입니다. 作者가 人道의 騎士로 압장서서 炬火를 쥐고 압장서서나가며, 맘에 맛지안는것이 잇스면 용서업시 가래춤을 배앗는것이 한쯧거룩하다 하겟고, 더구나 문허저가는近代의文明에 對「하야 꾸짓음과 「바로잡음」을 보내며 田園의眞純한 生活을讚美하는点 「에잇서서는 매우 아름다운일인가 합니다. 이것은 作者가 잘못입닛가近代의物質化한文明이 잘못입닛가, 아마 여러분은 반드시 諭허할줄알며 함쯰 싸흘줄 암니다.

나는 우리詩壇에 이러한勇士하나를 보내게됨을 몹시 깁버하며, 아울너이 「國境의밤」이 사람의가슴에 울어지어다 하고 바랍니다.

一九二四, 一二, 一三
岸曙

5. 김기곤金基坤(?~?) / 황석우, 『自然頌』, 조선시단사, 1929

〈序〉

文藝特히詩歌藝術에對한何等의素養을갓지못한나로서남의詩集에對하여序文을쓴다는것은如干큰潜越이안인줄안다. 그러나이詩集의作者되는黃君이詩集을내임에當하야나에게一言의序를붓처줌을간곡히바람으로나는之再之三躊躇하다가마ㅅ츰내 멧마듸를記錄하는拙筆을들기로되엿다.

나는여러가지의呶呶한말을避하기로하고 다못이詩集은비록朝鮮안에서朝鮮사람의손에서生긴者이나그는 「自然詩」라는일홈붓흔詩集으로서는 彼워즈워쯔의田園詩가잇은뒤로는世界에서처음낫하나는作品인것을말해둔다. 이러한意味에재한詩集이朝鮮新詩壇을創設한自由詩의開祖天才兒

黃君의손에서낫하나나오게된것은더욱반가운일이다. 나는이詩集의出現에
依하여將次世界에내보낼天才한사람을엇은듯십허君의精力과그才能이새
삼스럽게놀나와짐을째달엇다. 黃君은우리들의平素붓허기다림이만튼才
能閥의한사람이엇다. 黃君은果然우리들의기다림에어기지안엇든사람이
다. 黃君아 君은今後를一層努力奮鬪하여朝鮮民族의큰자랑거리를일우워
라. 아울너이黃君을갓은朝鮮사람들은黃君을더욱々々鞭撻하며 그를愛護
하야黃君의才能으로하여곰그詩로하여금全世界에雄飛케하여라.

己巳年九月二十二日

咸興 金基坤

6. 김상원金相瑗(?~?) / 서정주, 『화사집』, 남만서고, 1931

〈跋文〉

詩를 사랑하는것은, 詩를 生産하는 사람보다도 不幸한 일이다.

或이 일카러, 詩人의 悲慘한生涯는 詩를 사랑하는사람에게 보내는 아
름다운 선물이라하나, 어찌 사랑하는者로하여금 自己의 허므러저가는身
分을 손놓고 보게만하는가.

내 이네들 周邊에 살은지 週年, 麝香방초ㅅ길, 아름다운 잔듸밭에서
능금 따먹는 배암, 꿈뀌는 배암과의 邂逅를 어찌奇緣으로만 돌리라.

廷柱가 『詩人部落』을 通하야 世上에 그 찬란한 비눌을 번득인지 어느
듯 五六年, 어찌생각하면 이冊을 묶음이 늦은것도 같으나 亦, 끝없이 아
름다운 그의 詩를 위하야는 그대로 그 진한 풀밭에 그윽한 香嗅와 맑은
이슬과함께 스러지게하는것이 오히려 高潔하였을른지 모른다.

事實 附言은 章煥兄이 쓸것이었으나 나로서는 이詩集을 냄에있어 여
러벗中에 유독 미미한 내가 이 跋文을 쓰게된것을 無限 부끄러히 여길뿐
이다.

「그여코 내손으로 花蛇集」을 내게되었다.

내가 붓을든 以後로 지금에이르도록 가장 두려워하고 끄—리든, 이 詩篇을 다시 내손으로 모아 한권 詩集으로 世上에 傳하려한다. 아— 사랑하는 사람의 災앙 됨이어!」하고는 그만 그로서도 붓을 던지지 않을수없었다.

昭和庚辰之秋

金相瑗

7. 양주동 / 황순원, 『放歌』, 동경학생예술좌문예부, 1934

〈序〉

내가 黃君의 詩를 對한것은 이 詩集의 原稿가 처음이다. 그만치 나는 이 젊은 詩人의 詩作經歷에 對하야 아는것이 적다.

그런데 나는 그 原稿를 보고 저윽이 놀랏다. 詩想의 集中的表現이라든지, 修辭的手法이라든지, 말과 吐의 自由로운 驅使라든지, 모도다 첫솜씨 갓지안코 아조 自然스럽고 능난하기 째문이다.

나는 君을 天分과 素質있는 詩人이라 하엿다. 더구나 君은 이 一卷에서 靑年時代의 꿈을 노래하고, 理想과 希望과 情熱을 힘잇게 沈痛하게 노래하고저 하엿다. 부지럽는 粉飾이 업고, 牽强이 업고, 想과 表現이 아울러 素朴하고 健全하다.

흔히 詩作에 뜻둔 젊은 詩人들이 詩的遊戲와 小技巧에 沒頭하야 詩의 本質을 이저 바리는 弊端이 잇는데, 이 著者는 그러한 念慮가 업슬만치 自由로운 大膽한 表現을 試驗하엿다. 이것도 쏘한 推稱할만한 일이다.

君은 아즉도 二十前後의 靑年이다. 혹시 이 詩集의 公刊이 좀 이르다 할는지 모르나, 누구의 아모째 著作이나 要컨대 試作에 不過한것이다. 이 一卷의 價値는 作品 그것이 스스로 主張할것을 主張하려니와, 著者는 이것에 滿足치 안코, 今後 不斷의 探索과 試驗을 싸허서, 보담 놉흔 價値가 잇는, 보담 큰 力量이 잇는 第二, 第三集을 내여놋키 바란다.

두어말을 辯하야써 率直한 늣김을 말하여 둔다.

一九三四年十一月

梁柱東

8. 박용철朴龍喆(1904~1938) / 『鄭芝溶詩集』, 시문학사, 1935

〈跋〉

천재 있는 詩人이 자기의 制作을 한번 지나가버린 길이오 넘어간 책장 같이 여겨 그것을 소중히 알고 앨써 모아두고 하지 않고 물우에 떠러진 꽃잎인듯 흘러가 버리는대로 두고저 한다 하면 그 또한 그럴듯한 心願이리라. 그러나 凡庸한讀者란 또한 있어 이것을 인색한사람 구슬 갈므듯 하려하고 「다시또한번」을찾어 그것이 영원한 花瓶에 새겨 머믈러짐을 바라기까지 한다.

지용의 詩가 처음 『朝鮮之光』(昭和二年二月[2])에 발표된 뒤로 어느듯 十年에 가까운 동안을 두고 여러가지 刊行物에 흩어저 나타낫던 作品들이 이 詩集에 모아지게 된것은 우리의 讀者의 心願이 이루어지는 기쁜일이다. 單純히 이 기쁨의表白인 이跋文을 쓰는가운대 내가 조금이라도 序文스런 소리를 느러놀 일은 아니오 詩는 제스사로 할말을 하고 갈 자리에 갈 것이지마는 그의 詩的發展을 살피는데 多少의 年代關係와 部別의 說明이 없지못할것이다.

第二部에 收合된것은 初期詩篇들이다. 이時期는 그가 눈물을 구슬같이 알고 지어라도 내려는듯하든 時流에 거슬려서 많은 눈물을 가벼이 진실로 가벼이 휘파람불며 비누방울 날리든 때이다.

第三部 謠는 같은時期의 副産으로 自然童謠의 風調를 그대로 띤 童謠類와 民謠風詩篇들이오.

2 1927년 2월.

第一部는 그가 가톨릭으로 改宗한 이후 촛불과손, 유리창, 바다·1 等으로 비롯해서 制作된 詩篇들로 그 심화된 詩境과 妥協없는 感覺은 初期의 諸作이 손쉽게 親密해질수 있는 것과는 또다른 境地를 밟고있다.

第四部는 그의信仰과 直接 關聯있는 詩篇들이오.

第五部는 素描라는 題를 띠였든 散文二篇이다.

그는 한군대 自安하는 詩人이기 보다 새로운 詩境의 開拓者이려한다. 그는 이미 思索과 感覺의 奧妙한 結合을 向해 발을 내여 드딘듯이 보인다. 여기 모인 八十九篇은 말할것 없이그의 第一詩集인것이다.

이 아름다운 詩集에 이 拙한 跋文을 부침이 또한 아름다운 인연이라고 불려지기를 가만이 바라며——

朴龍喆

9. 박종화朴鍾和(1901~1981) / 박영희, 『懷月詩抄』, 중앙인서관, 1937

〈序〉

옛벗 懷月의 아름다운노래가 이제야 한묵금 單行本이되어 세상同好者 앞에 나타나게되었다. 생각하면 歲月은 빠른것이다. 懷月이 이노래를 읊조려 詩魂三昧境에들기는 벌서 二十年前 紅顔黑髮의 美少年이었다. 질겨 거머웃둑한 墨西哥帽子를 쓰고 長安의白晝를 회바람처 거닐며 이노래를 불렀든것이다. 도리켜생각하면 그때의 懷月과나, 나와 懷月은 그대로 情熱이 불붙는 두개의 발가벗은 어린몸둥이었다. 이 나어린 두개의魂은 얼마나 서로 얼싸안고 기ーㄴ기ーㄴ밤을 의지하야 새웠든고ー.

비바람 평상치않은 二十年을 지내친 오늘날, 詩道는 거치러지고 雅唱은 녹슨지 오래다. 고요한 呼吸, 靜謐한 思索은 다시 옛魂을 불러이르켜 아름다운 노래의

때마침 上梓를 願하는이있어 懷月이 自手로 珠玉만 골라뽑으니 아름

다운 音樂的 韻律, 玲瓏華麗한 詩思, 다시 보고 다시 읽어도 寶玉을 어르만지는양 책장을 덮기싫다. 왜냐? 懷月의 渾身의넋을담은 藝術이기때문이다. 맛좋은 葡萄술은 묵을수록 향기가 높다. 이한묵금의 적은詩集은 넉넉히 長安의紙價를 높일것이다.

丙子小春 釣水樓에서
月灘 識

10. 이규원李揆元(?~?)의 서문 / 이용악시집 『분수령』, 삼문사, 1937

〈序〉

李庸岳君과의 親交도 最近의일이고 李君의 詩를 읽은것도 이번詩稿가 처음이다.

그러나 내가 偶然한 機會로 처음 그의房에 들어서게되엿슬째부터 자조 그를 맛날째마다 이사람은 生存하는 사람이 안이라 生活하는 사람이라는 깁흔 印象을 밧는것임으로 年來의 舊友와갓흔 情誼를 붓지 안흘수업다.

나는 李君의 生活을 너무나 잘 알수 잇섯다. 李君은 치움과 주으림과 싸우면서——— 그는 饑鬼를 避하랴고 애쓰면서도 그것째문에 울지안는다. 그는 항상 孤獨에 잠겨 잇스면서도 미워하지 안는다. 여기 이詩人의 超然性이 잇다. 힘이 잇다.

李君의 詩가 그의 生活의 거즛 업는 記錄임은 勿論이다. 그의 詩는 想이 압서거나 槪念으로 흘으지 안헛고 쏘 詩全體에 流動되는 積極性을 發見할수 잇다. 하여튼 李君의 非凡한 詩才는 그의 작품이 스사로 말해주리라고 밋든다.

오즉 精進하는 李君의 압날을 期待하며 이短文으로 序를 代한다.

—— 九 三 七 ——
李揆元

11. 이기영李箕永 / 박세영, 『山제비』, 별나라사출판부, 1937

〈序文에 代하여〉

나는 詩人 朴世永君을 잘안다.

그러나 나는 詩를 모른다.

모르는것을 아는체 하고 주적거리는것처럼 쑥스러운 짓은 없다.

그렇다면, 나도 차라리 이 붓을 들지 않는것이 露拙이 안될것 같다마는, 君이 이제야 詩集을 發行함에 際하여 나에게도 期於하고 한마디말을 請하는데는 굳이 固辭하기도 어려운 事情이다.

君의 詩는 그의 人品과 같이 고읍다. 나는 「浪漫第一輯」에 君의 近作 「山제비」를 滋味있게 읽었다. 「山제비」는 好評을 받았다 하거니와 나 같이 詩를 잘 모르는 사람에게도 가슴속에 느끼는 무엇이 있었다. 무릇 詩 처럼 어렵다는 말이있다. 그래 그런지는 모르나, 近日의 詩들을 間或 읽어보면 都大體 무슨 소리를 썼는지 모르겠다. 아무리 偉大한 詩想이라 할지라도 읽는 사람이 意味를 모르면 所用이 무엇이랴? 소금이 짜지 않는것과 같다.

그것이 나의 無知에서 온것이라면 多幸한 일이라 하겠다마는, 全혀 그런것 같지도 않으니 비로소 나같은 門外漢도 苦言을 뭇하고싶단 말이다.

그런데 君의 詩 「山제비」는 첫째 l 로 알기가 쉽다. 가장 쉬운 말로 簡潔히 썼는데도 不拘하고, 그것이 脫俗하고 具體的으로 描破되었다. 그리고 意味가 深遠한 理想을 讀者로 하여금 憧憬하게 하였다. 「山제비」의 理想! 그것은 實로 全世界 人類의 偉大한 理想안일까? 現下의 情熱에는 健實한 理想을 부쳐주는것만도 우리는 그것을 값 높이 사지 않으면 안될 줄 안다. 앞으로도 君은 더욱 이런 境地를 展開함이 좋지 않을까?

君은 詩人의 經歷으로 보아, 벌서 한卷의 詩集쯤은 가져야 할것이다. 그렇다면 오히려 늦은 感이 업지 않은 同時에, 나는 이번에 君의 詩集이

上梓됨을 君과 더브러 기뻐한다.

이와 같은 蕪辭를 적는 所以도 그때문이다. 끝으로 나는 君이 더욱 精進 하기를 바란다.

丁丑六夏上浣
民村生

12. 임화林和 / 박세영, 『山제비』, 별나라사출판부, 1937

〈跋〉

누구나 알듯 우리 구 「카프」작가 시인들 가운데는 벌서 한권의 창작집이나 시집을 갖어야할 이로 여태 갖지 못한 사람이 적지 않다.

더구나 십년 넘어 문학생활의 경력을 쌓았고 독서사회에 그 사람이나 예술을 모를 이가 없는 세영군과 같은 이가 여태 한권 저서를 갖지 못했다는것은 확실히 놀랠 일이다.

몇권의 책이 그의 오랜 업적을 수록하고 있어야 족할것이다.

불행히 이땅의 문화나 사회생활의 현실은 이러한 예술이나 예술가에게 심히 이롭지 못했다.

실로 독자가 읽고싶고 읽어야 할 많은책 대신에 읽고싶지 않고 읽지않엇오 좋을 잡당판 책이 오늘날까지 우리 출판계에 군림하였었다.

이 사실은 우리 문학자 자신에게만 아니라 우리의 생활과 문화 그것의 큰 불행이었다.

뜻있는 독자는 이 조그만 사실을 통해서도 우리의 문화생활의 성질이나, 옳은 예술문학이 당면해 있고, 장차 개척해 나가야 할 길의 혹열한 운명의 한끝을 미루어 짐작할수 있을것이다.

이러한 환경 가운데서 십년간 자기의 예술을 고집하여 나왔다는 사실 앞에 나는 무조건하고 모자를 벗는 자이다.

우리가 생각하는 이상의 곤란이 그들의 생애를 장식했을것이다.

×   ×

　세영군은 우리 친구중에 송영군과 더부러 가장 일즉 이곳의 신흥문화 사업에 몸을 던진이의 한사람이다.

　그들이 풀을 뜯고, 돌을 주어 닦아 놓은 길을 비로서 우리들이 걸었다.

　내가 세영군을 알기는 벌서 햇수로 십년, 나의 미미한 문학생활의 첫 출발 때이었다.

　그때 세영군은 중국서 돌아와 어떤 소년잡지를 편집하고 있었다. 그때 막 청년시대의 첫문을 들어서는 내가 그의 풍모와 언행, 예술로부터 적지 않은것을 배웠으리라는것은 중언할것도 없다.

　그뒤 군과 나는 잡지일을 위하여 한 테블앞에 마주 앉어도 보았고, 조그만 촌학교 교단에도 같이 서도 보았고, 최후까지 한 예술단체의 성원이기도 하였다.

　더욱이 나의 고독하고 어려웠든 청년시대의 몇해동안 그로부터 받은 두터운 우정은 잊을수 없는 일이다.

　그는 퍽 다정하고 친구를 위하여 자기의 노력과 희생을 애끼지 않은 기질의 사람이다.

　그는 우리들 가운데 누구보다도 뒤지지 않는 정렬의 사람이나 화려한 언행으로 세간의 명성을 이끌려는 유의 예술가는 아니었다.

　그는 처음에도, 나중에도 일관한 성의의 사람이다.

×   ×

　항상 우리는 「글은 사람이다」라는 말을 해왔지만 이말이 세영군의 예술에서 처럼부합되는 경우도 드믈까 한다.

　그는 창작생활에 있어서나, 우리 예술단체 생활에 있어서나 특별이 눈에 띠우는 특색으르 가졌다고 할수는 없었다.

　그러나 어느새 그는 우리들 가운데 없지 못할 무거운 존재가 되었었다.

　그는 자기라든가 문학적 명성이라든가를 돌아보지 않고, 잠잣고 필요한 일에 종사한 드믄 사람이었다.

이곳에 일시 화려한 특증이나 색다른 요소를 안출하여 독자를 놀래이고, 다음날 이슬처럼 쇠해버리는 타잎의 예술가와 다른 그의 독특한 작품세가 있다.

사실 이책을 펴는 독자가 누구나 짐작할수 있으려니와, 그의 작품은 어느것을 보아도 어디 이렇다고할 특증으로서 독자의 눈을 휘황ㅎ게 하지는 않는다.

그러나 특증아닌 특증이라고도 할 어떤 특증에 의하여 그의 작품은 차차 완성의 역으로 가까워 가고, 고유한 예술적 성질과 견고한 실력으로 독자의 섬세한 음미를 요청한다.

아지 못할새 독자는 이 시인의 고유한 세계의 내부를 고요히 음미할수 있을것이다.

이것은 지금 우리 조선 시문학 가운데 그중 부족한것이리라 믿는다.

그러니 이것은 내가 말할바가 아니라 독자 스스로가 찾어내일것이다.

$\times$　　　$\times$

이런 원인인지는 몰라도, 좌우간 요새 일시 흥왕해진 출판계 속에 세영의 시집이 든것을 즐겨하는 남어지 창졸히 일문을 적어나의 기쁨과 작자에 대한 경의를 대신하고자 한다.

정축사월이십일
마산에서
임화

13. 김영랑 / 박용철, 『박용철시집』, 동광당서점, 1939

〈後記〉

龍喆이 龍喆이 다정한 이름이다. 스무해를두고 내입에서 그만치많이 불려진 이름도 둘을 더 곱아 셀수없을것 같다. 二十年前後 처음으로 벗

을 알게되면서부터 그이름을 부르기시작하야 나는 여태껏 가장 허물없고
다정하고 친근하고 믿어운 이름으로 龍喆이 龍喆이 불러온것이다. 아!
그가 영영 가버리고만 오늘 나는 그대로 그 이름을 자꾸 불러보아 오이려
더 친근하고 다정하야 혓바닥에 이상한 味覺까지 생겨나는것을 깨닫나니
아마 내 平生을 두고도 그리아니치 못하리로다. 龍喆이 龍喆이 서로 異
域하늘밑에서 서툴은 옷들을 입고 손을잡아 아른체하던 바로 그때부터
가장 가차웁고 친한사람이 되었었고 한솥에 밥을먹고 한이불속에 잠을자
고 한冊을 둘이 펴던시절이 무던히 길었었나니 실상 벗은 그때 아직 文
學이니 詩니 생각도않던때 내 공연히 벗을 끌어들여서 글을 맛붙이게하
고 글재루를 찾아내려 하였던것이니 지금 생각해보면 나는 生에 큰 罪를
지어논듯싶도다. 벗이 學園의 秀才로로 이름이 높고 特히 數理의 天才로
敎師의 칭찬이 자자하던때 나는 적은 惡魔와도같이 그를 꼬여내여서는
들판으로 산길로 끝없이 헤매이었던것이다. 친한 벗이 끌어당기면 허는
수도없었든가, 江南도 가지않엇느냐? 언덕에 송아지는 어매팔아서 동무
사달라 한다지마는 내벗 龍喆이가 數學을 팔아서 동무를 사놓고보니 암
짝해도 못쓸놈이었던것이다. 「允植이가 나는 誤入을 시켰다」는 말버릇
을 最近까지 작난삼아 한적이있으니 果然이냐 벗아 文學은 벗의 第二義
的인 人生部門으로 누리어도 좋았던것일까? 더구나 벗이 이리도 일즉이
가버리시니 긴 平生을 두고 걸어서 大成을 꿈꾸던 그때와 나의 恨中의恨
이 아닐수없도다. 벗과 서로 시골사리를 하여 百餘里길을 새에두고 가고
오고 하던시절 벗은 詩를 비로소 씹어맛보시더니 不過 몇날에 千鈞名篇
을 툭툭 쏟아내지않었던가! 벗의 文學은 그 다음이라치더라도 벗의詩는
完全히 그 故鄕사리 三四年새에 이른것이다. 一家를 이루어 世上에 나서
기까지 벗의 唯一한 글벗이었던 나는 벗의 詩業修練의 道程을 가장 잘
살필수있는 百餘通의 편지뭉치들懸書같이 보배같이 간직해온뭉치 벗이 살아계실
때나 가신 오늘도 가끔 풀어서 읽어보아 아기자기한 기쁨을 맛보는버릇

이 있지마는 실로 한詩人 커날제 그이만치 부지런하고 애쓰신이도 있는 가 하여 새삼스레 놀라는것이다. 스스로 내놓으신 名篇佳作을 그는 매양 사양하고 不足히 여기던가하면 남의 詩한편을 부뜰고 그렇게 삿삿치 고 비고비 뒤집고 파들어가서 완전히 알아버리고 맛보아버리던 그의 天才型 의 머릿박속에는 이세상의 이른바 名詩가 거이다 한번에 노래하고 춤추 고 있었던것이요 그리하야 그의詩의 水準은 속에서 크고 남이 알배아니 었으니 一朝一夕에 雄篇이 쏟아져 나옴도 괴이치않은 노릇이로다. 오늘 날 우리 詩苑이 明花요 또 唯一한 詩論家로의 地位를 占하야 그만한 擔 當을 快히 해내려온것도 決코 偶然한일이 아니요 옛날의 數學을 아주 팔 아없앴음이 아님을 알수있으니 내 贖罪도 좀은 되었다할까. 二十前에 어 느자리에서 文學을 경멸해버린일이 있었던 그때가 바로 얼마前 十年을 더살자, 詩를爲해 十年을 더 살자, 하지않았던가. 音響에 귀가 어둡다고 못마땅해하던 벗이 넉넉히 詩句의 音響的連結을 한번 캐어보고 다알지 않았던가. 自身 非情緖的임을 한탄하시면서 어쩌면 그리도 넉넉히 芝溶 의「유리창」을 삿삿히 캐고 解釋할수 있었느냐. 아! 벗이 가신뒤 또 그만 한일을 우리를 爲해 해주실이 어디 있단말이냐. 오늘 우리의 詩苑은 한 詩人의 죽음으로 두가지의 크나큰 損失을 입은바되니 어찌 痛歎아니하 랴. 或은 모른다 벗은 그 特異한 天才가 오이려 그의創作을 괴로웁게 하 지않았는가? 그러나 우리는 그의「떠나가는배」와「밤汽車」두편만 읽을 수있드라도 그런 재앙은 애당초에 받지않았음을 알수있다. 그의 어느詩 한편이고 이른바 短命的인句가 아닌것이 없었지마는 그리하야 오이려 詩 로써 아름다웠든가! 이 두편詩는 시인龍喆을 말할때분아니라 통털어 우 리 抒情詩를 말할때 반드시 論議되고 最高의 讚詞를 바쳐야될 傑作이라 할것이다. 벗의 傳記를 쓰는배 아니매 이두편이 다오던시절 詩人이 겪은 苦悶이며 乃至 生理까지를 말하기에는 나로서는 첫째 눈물이 앞서 못할 일이니 고만두기로한다. 벌서 十年前일이로다. 우리는 서울로 芝溶을 만나려왔었다. 芝溶을 만나서 서이서 이러서면 우리 抒情詩의 앞길도 찬란한 꽃을 비게되리라는 大望! 써 可賞치 않았느뇨. 그때의 芝溶은 벗 龍喆과 같이 사도 변변히 찌들못하고 한房에 앉아있으면 그 마른품으로 보든지 才操가 넘쳐뵈는點으로 보든지, 果然 天下의 好敵手로 여겨지던때이다(그뒤 芝溶은 뚱뚱해지고 龍喆벗은 더 야워만갔다). 勿論 芝溶과는 둘이다 初面 그 初面이 하루에一年 열흘에十年의 誼 는생겼던것이다. 그뒤의 兩友가 얼마나 우리詩를 爲하여 애쓰신것은 다른 벗들이 다 아시는바이다. 나는 莫逆 龍喆을 생각할때 그 天生 蒲柳의質임을 이기고 어쩌면 그렇게 굳세게 詩에의 信念을 가질수있었는지 부러워하며 眞實한 詩의 使徒이니라 여겨왔다. 내가끔 自己詩에 失望하여 지치려할때 벗은 過한激勵로 부뜰어주고 내 自由詩의 理想으로 한詩는 한詩形을 가질뿐이라는 儼然한 制約을 세우고 안쓰여진詩 形을이루기前의詩 오직 꿈인양 서리는詩를 꿈꾸고 眞正 詩人은 詩를 쓸수없어도 좋으리라고 까지 떠들지않았던가. 벗은 내 虛妄된 소리에 열번 支持를 表明하여주셨으니 그리함이 나를 건져주는 좋은 方法도되었던가 아!

어려서 한솥밥 한글방 친구가 나이먹어가며 가장가차운 詩友가 되고보니 나는 이에서 더幸福일수없었다. 그리하야 이제 나는 完全히 薄幸한 사람이로다! 아! 이 恨 이 크도다. 그아침에 椿丈을 뵈옵고 기쓰고 沈着하려던것이 끝내 흐느껴져서 우름이 터지고 벗을 땅속 깊이 묻고 밤中에 山길을 쳐서나려오던때 몹시 쏟아지는 눈물에 발을 헛딛던일을 생각하면 벗이 가신지 겨우 한철이지난 오늘 이러니 저러니 차분한 소리를 쓰고있는것이 내自身 무척 우습고 지극히 賤 한노릇같이 여겨진다. 일직 妻「를 여워보고 아들도 놓쳐보고 엄마도 마저보내본 나로서는 重한사람의 죽엄을 거이 겪어본 셈이지마는 내가 가장 힘으로 믿던 벗의 죽엄이라 아무리 運命이라치드라도 너무 過한노릇이아닐수없다. 永訣式이 끝난뒤 芝溶과 단둘이 나종에 남았을때의 호젓함 남은둘의 心思야 누구나 알법도하지마는 「이번은 꺼꾸로 가지말고 내먼저갈걸, 처음부터 꺼꾸루니 내먼저가지」 이런問答을 한일이있다. 아무래도 좋은말이다. 벗을불렀자, 대답없는 세상아니냐. 온갖 다 그릇된 세상아니냐. 벗이 이제 詩王이 아니시니 또 뉘가 「勳功에依하야 너를 元老를 封하리요. 슬픈노릇이다. 아들을 가장 잘 理解하시는 어버이가 계시고 그밑에 賢夫人이 계시도다. 벗아 눈을 감으라. 세 아들은 三太星같이 빛나고있나니 生前에 芝溶과 내 그다지도 勸하여도 종시 拒絕턴 그대의 作品集이 이제는 遺稿集으로 누구의 拒絕도 없이 우리의손으로 깨어나오도다. 그대 그몸 해가지고 무던히 많이 써놓았던것을 누가 알았으랴. 가장 가차운 夫人도 놀라시지않느냐. 카렌다 조이쪼각에 끄적여둔것을 주어모아도 逸品이요, 휴지통에서 건져낸것도 名편이로다. 泰西名詩의 譯出한分量을 보고 누가 안놀랐을것이냐. 아무턴 그대는 너무도 몸을 虐待酷使하여 아낄줄을 몰랐느니라. 너무도 일밖에 몰랐느니라. 아! 그대의 가심을 서뤄하고 慟哭하고말것인가? 나는 그대가심을 원망까지 않을수없다.

戊寅十月 벗의全集이나는 날 永郎 씀

14. 박팔양朴八陽(1905~?) / 이해문, 『바다의渺茫』, 시인춘추사, 1939

〈序〉

孤山 李海文氏의 詩에 對해서 나는 많이 말할 必要를 느끼지 않는다. 왜 그러냐하면 孤山의 詩는 널리 文筆方面人士에게 吟味되어ㅓ 이미 嘖嘖한 好評이 있는 까닭이다.

孤山은 내가 한 鄕土的인 情熱詩人으로 尊敬하는분이니 孤山의 作「나의無限川邊」아직까지도 나의腦裡에서 그 情熱的이오 또 鄕土的인 印象이 살어지지 않은것 中의 하나이다.

孤山이 나의 敬愛하는 詩人이오 그의作品이 나의 愛誦하는바 詩篇들이매 孤山의 詩集이 出版된다는것이 나에게 큰 기쁨이 되는것은 勿論이 어니와 이는 또다시 文運이 隆盛하여가는 朝鮮文壇을 爲하여서도 큰 기 쁨이 아닐수 없다.

그리고 이 詩集이 豫定보다 半年이나 늦게 世上에 나오게된데 對하여 서는 그 全責任이 筆者에게 있다는것을 이 機會에 告白하므로써 筆者는 作者와 및 讀者諸位에게 그 寬恕를 빌밖에 없다. 이는 비록 孤山의 詩篇 을 갖인 筆者가 京城으로부터 突然 滿洲新京으로 오게된 私生活의 變動 ──乃至는 그 不安定으로 因 하야 齎來된 不可避한 個人事情의 結果이 었다 할지라도 나는 作者와 및 讀者諸位앞에 아모러한 辨明의 辭 를 發 見할수가 없다. 다만 지금 늦게나마 이 詩集이 出版되어 天下人士의 愛 誦을 받게된것만이 나에게는 큰 기쁨이라 저윽이 스스로의 허물을 慰勞 하려 하는바이다.

孤山의 健在와 健筆을 빌면서 이붓을놓는다.

昭和十二年九月五日
於新京
朴八陽 謹識

15. 이광수 / 임학수, 『戰線詩集』, 인문사, 1939

〈序〉

獨蘇不可侵條約으로 歐洲가 물끓듯하는 어느 날 林學洙氏가 그의 「戰 線詩集」稿를 들고 나를 찾아오셨다. 이 特集에 序文을 쓰라 하심이다.

나는 卽席에서 全文을 通讀하였다. 全篇을 通하야 誇張도 虛飾도 없 이 詩人的良心에 忠實한것이 기뻤다. 過度의興奮은 도로혀 實感을 滅殺 하는것이다. 勇士의 禮○도 戰場의 慘景도 客觀描寫的인 詩戒를 犯」치 아니한것은 이 詩人의 力量과 良心을 同時에 보인것이라고 본다.

이렇게 말을 아끼는 中에도 皇軍의 精神과 辛苦가 우리의 가슴을 찌른다. 말을 아꼈기 때문에 도로혀 그 感激이 切實하다고 본다. 이 詩人은 스스로는 咨嗟咏嘆을 아니 하고 그것은 讀者에게 맡겼다. 質實한 人格의 表現이다.

그러나 내가 이 序文을 쓰게 된것은 이 詩集을 批評하기 爲함도 아니오 紹介하기 爲함은 더구나 아니다. 아니 事實上 나는 그러할 資格이 없는 사람이다.

내가 이 序文을 쓰게된 理由는 다른데 있다. 그것은 이詩人 林學洙씨가 이 詩集을 내게 된 來歷에 關하여서다.

지난 봄 朝鮮文人과 協同하여서 支那戰線에 皇軍慰問使를 보내기로 되어 林學洙氏外에 金東仁·朴英熙 두분 아울러 三氏를 派遣하였다. 三氏 는 一個月 남짓 北支, 그中」에도 主 로 山西「戰線의 將兵을 慰問하고 돌아왔다. 이 詩集은 그 機會에 느낀 바를 을픈것을 모은것이다. 그러나 이 詩集은 同時에 또 하나 重大한 意義를 가진다.

그것은 朝鮮人詩集으로 된 最初의 事變題材詩」라는것이다. 金東仁·朴英熙兩氏의 作品이 나오면 支那事變에 關한 朝鮮文人의 最初의 戰爭文學의 三部作이 되는것이다. 또 이 作品들은 同時에 直接으로 國民感情을 담은 最初의 朝鮮文學이라고도 할 수 있을것이다. 이러한 意味에서이 詩集은 特殊한 意味를 띠는것이다.

내가 當時 發起人中의 一人이던 關係로 이 詩集에 序文을 쓰는 榮譽를 얻게 된것이라고 생각한다. 이 緣由로 不才를 不顧하고 敢히 數語를 적어 序에 代 하는것이다.

昭和己卯處暑日

李光洙 識

16. 이효석李孝石(1907~1942) / 허이복, 『박꽃』, 중앙인서관, 1939

〈序文〉

나는 요새 詩를읽는 관습이 훨씬 늘었다. 고달플때 古典詩의 구절구절
을 외이노라면 마음의위안을 그곳에서 구할수있다. 하이네나 휠만의 詩
가 마음의疲困을 덜어줌은 그詩句의純眞하고 稚拙함에 있는것일듯하다.
巧猾한 現代智에 물론 오늘의詩人들은 카나리아가 노래를 까먹듯 이 아
름다운 詩性을 잊은지 이미 오래이다. 부지럽시 생각할줄만을 알고 노래
할줄을 모른다. 읊조릴줄을 모른다. 散文의 독을 닙은까닭이다. 커다란
不幸이다.

작금의 조선의詩壇이 자못 흥성해서 수많은新人을 迎合하기에 겨를이
없음은壯한일이며 행여나 그들이 巧智에 물들지않기를 나는 충심으로 원
하는바이다. 眞理와 智慧는 散文人에게 맡겨두면 그만인것이요 天痴같
이 노래하고 바보같이 읊조리는 곳에만 詩人의詩人된 所以가있는것이다.
이 천치같이 노래하고 읊조리고 詩가 좋아서 좋아서 견딜수없고 詩없으
면 산보람조차 느끼지못하는 맑은詩人의 한사람으로서의 이詩集의作者
를 알게된것을 나는 평생의 한가지의多幸으로 여긴다. 그는 쩌날리즘을
모르며 詩壇의動向을 살피지않으며 다만 솟는詩心을 억제할수없어서 노
래할뿐이다. 남을위해 노래하는것이 아니요 자신을위해 노래한다. 노래
하지않을수없어서 노래한다. 사랑을 노래하고 風景을 그리고 自己를 말
하고――이렇게해서 詩篇이 쌓이면 그자취를 紀念하기 위해서 한권의책
을 엮는다. 읽어줍소서 사줍소서 의詩集이 아니라 자신의 기쁨을 위한
하나의 整理인것이다. 일즉이 無名草의 ○卷을 上梓해서 스스로의標識
을 세운 그가 이제 다시 第二輯을 내려고함에는 여간한 熱情과 誠意가
묻처있지않음을 짐작할수있다. 詩稿를 읽어보매 第一輯보다 수段의 進
展이 있음을 기뻐하며 模倣하지않고 꾸미지않고 힘껏 즐겁게 노래해서

앞날이 무한한 成長을 約束하고있음을 빌어 마지않는다. 무리속에 화려하게 휩쓸리는 법없이 구석쟁이에서 가만히 노래하고 즐겨하는 作者의자태를 마음속에 그리며 그의앞길이 다행하기를 빌어 마지않는다. 花壇 한구석에 핀 無名草의꽃이 결코 소홀히 안보이듯 순결한詩人의 品格만이 뭇가슴에 오랜感動을 주리라 믿는다.

李孝石

17. 임정희林貞姬[3] / 박용철, 『박용철시집』, 동광당서점, 1939

〈刊行辭〉

五月十五日이었읍니다. 그의 永訣式이 있던 날이. 式을 罷하고 손님들이 거의 다 흐터져 돌아갔을적에 永郎이 나를 찾아서 그의 作品集을 내기로 한다는 말과 金珖燮 李軒求 鄭芝溶 咸大勳 金允植 諸氏가 일을 보기로 했으니 精神이나 차리거든 原稿를 모아서 챙겨놓으라는 것이었읍니다.

그翌日 그는 肉體마자 先塋으로 떠나보내고 나는 眞實로 틈많은 사람이 되었읍니다마는 그後 數十日 無爲한 하루를 늘릴뿐 좀체로 原稿에 손을 댈수는 없었더니 六月中旬 咸大勳 李軒求 金珖燮 세분의 催促이 始作되었읍니다. 公私의 事務가 바쁨과 交通이 不便함도 不拘하고 慰問과 재촉을 兼하여 세분은 자주 함께 오셨던 것입니다.

드디어 나도 決心을 하고 原稿收合에 着手하였읍니다. 한번 發表된 것은 大槪 스크랲·뿍에 모와 두었었으나 原稿帖, 책상설합, 공책, 卓上칼렌더, 休紙等屬에서 原稿를 찾아내는것이 일입니다.

모와 놓고보니 詩, 翻譯詩, 詩論, 詩評을 비롯하여 戲曲, 隨筆, 日記, 斷想等 豫想했던것보다 훨신 많습니다.

---

3 박용철 시인의 재혼 부인.

그는 이런 嘆息을 한 일이 있었읍니다. 「文筆을 가까이하고산지 十年에 自信있는 作品 손가락 열개 꼽을것도 만들지 못하였다」고. 勿論 詩作을 意味한 것이겠지요. 그런데 우리가 모와놓은 作品은 創作詩만 해도 六十篇이 넘습니다. 大部分이 休紙와 함께, 아니 차라리 休紙로 이구석 저구석에 박혀있던것을 찾아낸것이기는 합니다마는.

萬一 龍兒가 整理를 즐기는 사람이었드면 우리는 이作品들의 三分의 一도 保管할수가 없었을것입니다. 그러나 多幸해 그는 모든 글씨쓰인 종이들을 다만 한구석에 밀어 넣어둘뿐, 깨끗이 整理하고 불태워 버리지는 않는 特性이 있었던 것입니다. 남에게서 온 하잘것 없는 葉書 한장도 名銜대신 끼적여 두고간 종이 한조각도 방문밖에 내어던지는 일이 없이 그냥 책상 우에서이리 밀리고 저리 밀리다가 드디어 休紙箱子는 歲月과 함께 그 數가 늘고 그것들이 귀찮게 될 때에는 묶어서 벽장속에 넣어버리곤 하였던것입니다. 그러기에 우리는 그러한 뭉치들속에서 그의 少年쩍 편지동무가 누구누구였던지를 알아낼수도 있고 그때 少年들의 편지內容을 읽어 볼 수도 있으며, 學校筆記帳 귀퉁이에 적힌 斷想樂書」等을 찾아낼수조차 있는 것입니다(全集 第一卷에 실린 斷想, 第二卷에 실린 小品, 散文은 거의다 그의 學生적 노ー트에서 찾아낸 것입니다).

그래 처음에는 그의 眼目을 가지고 남에게 내여놓을수 있을만한 作品만 추려볼까 하고 이미 發表된 作品과 比較的 정한 종이에 정하게 쓰여진 作品을 골라보다가 문득 그의 世界는 이미 사라진것을 깨달았습니다. 내 慾望은 그의 趣味나 體面을 爲하기보다 優劣間에 다만 걷어서 保管하고 싶은것입니다. 그가 이 全集을 볼수 있다면 그는 나무라기도 하리다, 크게怒 하기도 할것입니다. 친구 몇분의 懇切한 勸告에도 不拘하고 詩集내기를 여태 辭讓한 그가 아닙니까. 그러나 이미 그를 잃은 우리는 그의 말 한마디 그목소리가 얼마나 그리운것입니까. 한때의 表情이라도 붓잡아 둘수 있었기를 바라는 處地입니다.

나는 取捨選擇을 않기로 뜻을 決定하였읍니다. 極히 하잘것 없는 한두 줄의 斷想도 그의 어느 瞬間의 記錄임에 틀림없는것이니 눈에 띠우기만 하면 全部 줏어모와 간직하기로 決心한 것입니다. 文章의 優劣이 무엇입니까. 그를 사랑하는 우리는 그의 全生活 時間따라 變」하는 그의 全感情의 瞬間瞬間까지라도 간직할수 있는대로 간직하여두고 보는것이 上策이 아닙니까.

六月爾來 날마다 이原稿를만지고 읽고 베끼는 일을 하였기에 나는 그와 完全히 分離된 슬픔에서 조금이라도 벗어날수가 있었던것이 아닙니까. 社會文化에 아무 賦與하는바 없는作品發表에 대하여는 큰 不快와 憎惡의 感「가지를 갖던 그이기는 합니다마는 남의 깊은 要求를 잘도 理解하고 同情해주던 그는 우리의 이態度를 꾸짖기만도 아니하리라고 믿습니다.

나는 平素에 그의 고웁고 따뜻한 友情을 欽慕한 적이 가끔 있었읍니다. 그런데 이번 全集刊行을 準備하는 중에 다시 그의 親友 여러분의 熱烈한 友情에 크게 感激하였읍니다.

그는 흔히 누어서 책을 보는 버릇이 있었읍니다. 그래서 그의 譯詩라는 것이 大部分 누어서 쓴것들입니다. 初期에는 語學工夫삼아 그다음에는 그의 말마따나 「야, 이거 참 좋고나 자네도 좀 읽어보게」하는 氣分으로 읽으면서 책옆에 原稿紙대고 공중에서 쓴것이 大部分인것입니다. 題目이 거의 붙어있지 않을뿐더러 글씨의 散亂함과 行의 바르지 못한것은 想像以上이었읍니다. 이런것들 數十篇을 여름放學의 暴炎中에 닷새동안이나 鄭芝溶氏가 우리 「晩喆과나」를 董督하여 그 整理에 힘써주신것과 金允植氏가 九月二十日 우정 上京하셔서 보름동안이나 居處의 不便함도 不顧하고 집에 滯留하시며 遺失된 原稿를 찾아들이기와 譯詩整理等 總括的 整理를 맡아보아 주신일이며 咸大勳氏가 新聞社의 바쁜事務中에도 그檢閱, 編輯等에 單獨活動을 해 주신일, 李軒求, 金珖燮氏의 不斷한 援助等

이미 死去한 이에 대한 이 純潔한友情에 感激할수 밖에 없었읍니다.

이 原稿들이 다시 親友 李晶來氏의 손으로 出版되어 校正을 보는중에있는 오늘 한줄한줄내리 읽는 중에 나는 몰래 스미는 親切을 느끼며 그의 親友 여러분과 함께 그獨特한 微笑를 띠운 그自身을 눈앞에 보는것입니다.

우리는 이 全集을 上下 二卷으로 나누고 詩, 譯詩를 첫권, 評論, 隨筆, 書簡, 日記, 戲曲을 그다음권에 모았읍니다.

詩集 第一部에 收合된것이 大槪 發表된 作品이요 그 중「고은날개篇」은 數篇의 題目없는 作品을 한데 모아놓고 그중 한詩에서 우리가 取해붙인 題號이며 第二部는 全部가 拾遺로 完成된 것인지 始作해보아 만것인지 모르는것들이요 第三部「눈」과「萬瀑洞」은 今春『女性』新年號와『三千里文學』第二號에 發表된 그의 絶筆입니다. 그外에는 亦是 拾遺, 元體 休紙들속에서 그의 글씨로 쓰인글이면 줏어 모은것이라 或은 남의글을 사랑하여 베껴둔것까지 收錄된것이 있을지도 모릅니다. 그중에「邂逅」, 「안가는 時計」,「人形」,「타이피스트孃」의 四篇은 아마 病中에 적은것인 듯 病院에서 가져온 休紙속에 있던것이 僥倖 發見된것입니다. 第四部는 時調. 그中「哀詞·1」은 그의 二十當代 尹心悳氏 에 對한 追憶에서 쓴것이요「哀詞·2」는 中學以來의 親友인 故 廉亨雨씨를 생각한것이요「哀詞·3」은 그의 叔父를 哭한것이요 漢詩十三首는 그가 二十二三歲쩍에 鄕家」에서 破寂으로 지어보고 다시 그 뜻을 時調形 으로 바꾸어 놓은것을 찾아내여 그대로 실은것입니다.

第二卷「에 실린 몇분에게 보낸 書簡들은 그의 詩」의 過程을 살피고 그의 人生과 事業의 全面影을 헤아릴수있는 좋은材料로서 귀중한 물건으로 여기며 따라서 이것들을 保管하셨다 주신 여러분께 感謝합니다.

戲曲들은 거의 全部가 劇藝術研究會上演을 앞두고 飜譯한것들이며 培花學生劇을 爲하여 制作한『夕陽』과 延專學生劇을 爲하여 制作한「말안하는시악시」는 모두 그의 二十二三歲쩍 누의와 親友 廉亨雨氏의 付托을

저바리지않은것으로서 各各 當時 上演되었으나 하나는 事情에 依하여
다른 하나는 原稿流失로 收錄지 못하였으며 그外에『新東亞』誌에 실린
「朝鮮文學의 過小評價」와『文藝月刊』誌에 실린「小說界에 對한 希望」
을 亦是 事情에 依하여 실지 못하였읍니다. 끝으로 이책의 全體裁를 맡
아 보아주신 崔泳柱氏의 好意를 感謝합니다.

林貞姬

18. 전영택田榮澤(1894~1968)
/ 춘원이광수걸작선집 제2권, 『隨筆과 詩歌』, 영창서관, 1939

〈사랑과 犧牲과 眞理의 記錄〉

北漢山 밑에 진달래꽃이 滿開한 弘智町 別堂에 兄을 찾아가서 紅塵街
頭에 시달린 몸, 가슴 속에 서리운 이야기나 풀어놓고 실컷 하려고 있다
가, 어느새 꽃은 다 떨어지고 綠陰時節이 되었으니, 이제는 彰義門턱 고
개를 넘어가려면 땀을 흘리게 되었소이다 그려!

그 때 잠깐 어린것들을 데리고 갔을 때에 형이 맨발로 뜰에 나무를 심
고 있는것을 보고, 실속이여 어찌되엇든지, 나는 일변 형의 生活을 부러
워하고, 일변 형의 健康을 기뻐하였다오.

「八字 좋어구려! 그런데 四方에 맨 나문데, 하필 마당에다가 심어서는
무얼 하오?」하는 내 말에,

「어떤 친구들이 심으라고 자꾸 갖자주는그만. 저, 이리 와서 저리를
좀 보아요」

하면서, 안방 아랫목에서 바라보이는 꽃 많이 핀 쪽을 가리키고 자랑
하던 그 어린애 같은 양이 생각납니다. 형에게는 어린애 같은데가 분명
있지요. 어린애 같이 純眞한 형을 그만큼이라도 살아가게 한 이 俗世가
신통스럽도록 고맙게 생각이 됩니다.

三十餘年 前에 西伯利亞를 放浪하면서『文學報國』을 맹세한 兄의 그

願이 이제 와서 무던히 이루어졌다고 나는 믿소. 무릇 文化的 努力이나 精神的 奉仕는 그 열매가 얼른 뚜렷하게 나타나지 아니하는것이지마는, 그리고 잘한 편보다 잘못한 편이 더 잘 들어나는것이지마는, 如何튼 이 땅에 語文의 基礎를 세운것은 덮어두고라도, 젊은이들에게, 널리 글을 읽을 수 있는 이에게 「서로 사랑해라」, 「남을 위해서 살아라」, 「義롭게 살아라」하는 道德的 糧食을 꾸준히 대어준것은 다른 사람이 追從할수 없는 큰일이지요.

길 잃은 羊을 이끌어 救援의 길로 인도하고자하는 願을 세운 이 몸 自身이 아직도 「聖潔」의 地境에 들지 못하고 煩惱 가운데 있으면서 空然히 세상만 원망하는 일이 가끔 있으니, 부끄럽지요. 너무 해놓은 일이 없으니, 기막히지 않소. 하기야 目標만 바로 세우고 나가다가 죽어도 좋겠지요. 兄의 當하는 괴로움도 人間의 짐이요 하느님의 채찍인줄 알고 나가고, 나의 그것도 마찬가지로 생각하고 살아갈수 밖에 없지요. 眞理를 위한 일은 예나 지금이나 逼迫과 障害가 많은것이니까, 또 그렇게 쉽게 成就되는것이 아니니까. 한줄의 글 한마디의 말이라도 眞理를 위한것이라면, 그것이 씨가 되어 떨어져서 싹이 날 때가 있을줄 압니다. 싹이 나게 하고 자라서 열매가 나게 하는것은 우리의 일이 아니요, 神의 일이니까.

머리의 흰 털이 늘어가니까, 懆急한 생각과 悲愴한 생각도 나지마는, 또 한편으로 天道人心이 깨달아지는듯도 합니다. 아무튼지 健康에 注意를 잘하소.

田榮澤

19. 정지용鄭芝溶(1902~1950)의 발문 / 이병기, 『嘉藍時調集』, 문장사, 1939

〈跋〉

귀한 時調集을 꾸미여 놓고 다시 보니 하도 精하고 조찰하고 品이 높기를 香氣가 풍기는듯하여 무슨 말이고 덛붙이기가 悚懼하기 까지 하다. 어늬 部門의 藝術이고 그것이 完璧에 가지 이른것이고 보면 조금도 辯解 다운 말이 맞특지 않다. 詩歌를 들어 볼지라도 그것이 잘되었고 못되었 고를 고누기 보다는 그것이 진정 詩歌로 태어나온것이냐 희지 부지 조잔히 만들어진것이냐 라는것이 決定的으로 들어날것이 아닌가. 눈을 바로 가춘 사람은 진짜를 알어낸다. 안다고 하는것도 層層이지마는 알만한 이는 알고 몰으는 사람은 모르고 말것이니 詩歌를 아는이께 맡기고 기쁨을 사는 외에 무슨 도리가 있겠는가. 아는것도 타고난 福이라 이래서 嘉藍이 時調原稿만 내맡기고 말슴 한마디 없는것인지 나로서는 궁거워 몇마디 아니 붙힐수 없는 노릇이다.

우리 文壇의 나히가 三十年이라고 보면 嘉藍時調나히도 이와 못지않게 年富한편이다.

時調를 史的으로 追求한이 理論으로 分析한이 批評에 基準을 세운 叮寧한 註釋家요 啓蒙的으로 普及시킨이가 바로 嘉藍이다. 時調學이 설수가 있는것이고 보면 嘉藍으로서부터 비로소다.

時調製作에 있어서 量과 質로 써 嘉藍의 오른편에 앉을이가 아즉 없다. 天成이 詩人으로서 넘치는 精功을 타나고난것이 더욱이 嘉藍과 맞서기 어려울 점인가하노니 한창 드날리던 時調人들의 行方조차 알길이 아득한 이즈음 嘉藍의 거름은 바야흐로 密林을 헷어나온 코키리의 步法이 아닐수 없다. 예전 어른을 들어 比較할것은 홀한 노릇일지 모르겠으나 松江이후에 嘉藍이 솟아오른것이 아닌가 한다. 松江의 覇氣를 당할이 古今에 없겠으나 嘉藍의 緻密纖細한 점이 아즉 어떤이가 그만한지를 모를 일이다. 松江은 얼마쯤 지으신 時調首도 많으신 편이시요 首首마다 千古에 빛날만한 天才的인것이기는하나 或은 漢學의 副業으로 醉餘에 (松江歌詞를 그렇게 뵈일수는 도저히 없는 일이나) 一氣呵成으로 된것이 多分인것으로 살필수 있고 傳하는것이 七八十首에 지나지 않고 보니 松江께서도 時調에 구타여 心血을 다하여 精進하셨다고는 생각되지 않는다. 時調文學의 最高 秀逸이신 松江이 이러하셨거니 그외에 歷代로 斯道에 손을 대다가 말은 數百을 헤일수 있는분들이야 그야말로 文學의 意氣와 藝術의 魂膽으로 써 時調에 對하였다고 할분이 누구 누구실고! 人生의 意氣와 浮世의 虛 妄을 느낀 나머지에 이를 歌形三章에 托意敍懷한것이 大部分이겠으나 一律로 漢時調 吐를 단것이 아니면 距離가 當치도 않은 堯舜文武의 懷古 趣味나 江湖風月의 唐荒한 咏嘆癖 이외에 보잘것이 실상 없다. 間或 아 기자기한 人生 情恨의 실마리를 時調로 감고 풀고하야 朝鮮的 리리시슴 을 後世사람으로 따서 쓸것이 果然 없지 아니하니 俛仰亭같으신 어른이 나 眞伊 외에 有名無名의 閨秀歌人들의 끼치고 간 노래ㄱ 이것이다. 그 러나 모조리 옮아 놓아야 集大成되기에 너무도 하잔다. 要컨대 예전 어른들은 詩를 달리 하느라고 詩를 時調로 하기에 別로 誠意를 베풀지 않었던것이 事實이 아닐수 없었던것이다. 그러나 純粹 朝鮮的 포에지를 담기에 가장 맞가룹고 읊을수 있고 불을수 있는定型詩로서 樂器로 치면 短籟와 같이 神妙한詩形이 時調三章외에 없었던것이다.

文壇에 새로운 文學이 勃興되기 비롯한 三十年來로 몇몇 有志한 분들 이 다시 이 詩形의 새로운 價値를 알어 試作하여 보았으나 마침내 새로 운 詩가 담기어야 할말이 아닌가. 詩랄것이 없었다. 陳腐한常套的인것 天然한 性情의 流露가 아닌 無理한 詩想의 虛構에다 窘塞한 글자 채움에 汲汲하였을뿐이다. 時調가 字數 章數에 制限이 있어서 무슨 章程的인 價 値가있는것이 아니라 詩形의 制約的不自由를 通하야 詩의 絶調的自由를 追求할수 있는 悠久한 樂器的 性能을 가춘것이 特色일것이다. 모든 整形 詩는 아직까지 時調詩 이외에 妥當한 詩形이 發明되지 않은것이니 傳統 的詩形을 追尊하야 이에 詩의 氣息을 불어 넣기란 월래 詩人의 大業이 아닐수 없었던것을 詩人이 아닌 文筆家가 맡는댓자 제소리가 날리가 없 었다. 勃勃한 詩的志願者들이 時調를敬遠하고 돌아서는것은 時調에서

詩를 얻을수 없었던것이 한가지 理由가 아닐수 없었던것이다. 새로운 世代가 陳腐와 常套에서 더욱이 古典이란 尊大한 名目下에 苦行할 義務가 없는것이 아닌가. 이리하야 時調가 極度의 貧血的 存在를 繼續하였던것이 마침내 危期에 直面한것이니 마치 書道가 秋史前後에 아조 奄奄한 狀態에 빠졌던것과 달을게 없었던것이다.

온전히 기우러진 社稷을 一個各相으로서 붓돋아 이르킬수야 없지마는 藝道의命脈은 一個天才만으로서 血行을 이을수 있는것이니 이제 時調文學史上의 嘉藍의 位置를 助證 하기에 우리는 인색히 굴 必要가 없이 되었다.

마침내 時調들이 詩人을 맞나서 詩人한테로 돌아오게 되었다. 비로소 感性의 纖細와 神經의 銳利와 觀照의 聰慧를 가춘 天成의 詩人을 만나서 時調가 제소리를 낳게 된것이니 嘉藍時調가 成功한것은 詩人嘉藍으로서 成功한것이라. 結論을 빨리하면 詩人으로 태여나지 않았던들 아이예 時調한首쯤이야……하는 不當한 自信을 가질수 없었던것이다.

더욱이 確乎한 語學的土臺와 古歌謠의 造詣가 嘉藍으로 하여금 時調製作에 힘과 빛을 아울러 얻게 한것이니 그의 時調는 敬虔하고 眞實함이 이를 읽는이가 平生敎科로 삼을만한것이요 傳來時調에서 참기어려운 自然과 리알리티에 徹底한점으로서는 차라리 近代的 詩精神으로써 時調再建의 熱烈한意圖에 敬服케 하는바가 있다. 이리하야 嘉藍이 傳統에서 出發하야 그와 袂別하고 다시 時流에 超越한 時調中興의 榮譽로운 位置에 선것이다.

昭和己卯七月
鄭芝溶

20. 박정호朴定鎬(?~?) / 이광수, 『임께 드리는 노래』, 박문서관, 1940

〈序〉

『임께 드리는 노래』를 임두고 못 찾는 衆生에게 보내주심에 머릿말을 제가 쓴다는것은 그야말로 바닷물을 실개천에 몰아넣는것이나 다름없이 제게는 당치도 않은일입니다.

첫째로는 序文이이라는것조차 모를뿐더러 資格도 없고「앎」의 미천이 없고 또한 先生님의 노래하시는 「임」이란 누구를 말함인지도 모릅니다. 그저 先生님을 三年넘게 모시고 오는 인연으로 옳은것이란것을 배우고 信仰없이는 우리 人生이 살아 나갈수 없다는것을 先生님의 日常生活을 보고 알았습니다 마는…….

그런데 先生님께서는 절저러 序文을 쓰라고 하시니 황송하기 짝이 없으나 한편으로는 분에 넘치는 榮光스러운 일이라 先生님을 모시고 온 동안의 보고 느낀것을 적어볼까 합니다.

題目이 가리치는 『임께 드리는 노래』──얼마나 아름답고 거룩하고 높은高尙한 말이오니까. 대관절 「임」이란 누구를 말함일까요. 우리가 말하는 임도 되겠지요. 그러나 先生님의 노래하시는 「임」은 부처님과 하느님을 가리치셨으며 또한 우리 全人類를 「임」이라고 하셨으며 더 높이로는 眞理를 「임」이라고 하시지 않았나 합니다. 우리는 부처님을 모르고 하느님을 모르고 全人類라는것을 모르고 眞理라면 돌아서는 衆生이 우리 조선 백성인가 합니다.

부처님과 하느님을 말하면 미친놈이라 하고 眞理를 말하면 어리석은 놈이라고 비웃고 全人類라는것을 꿈에도 생각지 않고 제 한몸동아리의 썩어져 버릴 탐욕에만 눈이 어두어 향락이나 구하기에 애쓰니 박덕박복한 몸으로 태여나 가지고 그것을 벗을 생각은 않고 점점 더 탐욕만 아니 어찌 우리네가 잘되기를 바라리까. 빈궁한 집 식구일수록 탐욕을 버리고 망해가는 백성일수록 탐욕과 향락을 버리고 그 집안 그 나라 백성들이 우리□ 마음으로 하여금 왼통으로 眞理를 사랑한다면 지금 있는 地獄道 畜生道를 벗어날것이라고 생각합니다.

부처님 말슴에

「마음을 가진 衆生은 다 부처가 될 본성이 있다.」

고 하셨습니다. 부처님의 자비심이나 예수 그리스도의 사랑이나 공자님의 인ㄴ이나 다 이 眞理를 사랑하는데서 나온것이 아니겠습니까. 제 안해나 자식을 사랑하는 자, 제 이웃까지도 사랑할수 있는 자, 더 크게 제 나라를 왼통 제 식구같이 사랑할수 있는 자, 또 더 높이 더 크게, 더 널리, 과거와 현재와 미래와 우주안에 있는 수 없는 세계, 수 없는 衆生을 나를 사랑하느느이나 나를 미워하는 이나 조곰의 차별이 없이 다 제 몸과같이 사랑 할수 있다면 우리는 얼마나 幸福된 일이겠습니까.

法華經에

『부처님이 구원겁래로 보살행을 닦으시는 동안에 衆生을 위하여 몸을 버리신것을 지직보살이라는 이가 이렇게 말슴하셨습니다. 「내 보니 석가여래께옵서 헤아릴수 없이 오랜 동안에 난행 고행으로 공덕을 쌓으시와 보살도를 구하시매 일즉 쉬이심이 없으시니 삼천세계에 계자씨만한 땅도 이 보살이 衆生을 위함으로 목숨을 버리지 아니하심이 없으시다』

그가 하신 일은 오직 衆生을 사랑하시는 일이었습니다.

우리는 항상 탐욕과 허위와 음란과 증오를 멀리하고 眞理와 慈悲와 사랑과 조심과 경건한 생각과 마음과 행동을 가지고 살아 나가 봅시다. 그야말로 탐욕을 떠난 慈悲의 生活, 사랑의 生活, 眞理의 生活로 나간다면 깨끗한 極樂世界가 아니오리까. 이것은 우리 人類의 衆人네가 똑같이 가르치신 일이 아닙니까. 개인으로나 한 나라 백성으로나 또는 한 세계 衆生으로나 다 깨닫고 직힌 억만고에 변치 아니할 眞理가 아닙니까.

先生님의 生活이 부처님의 生活이요 하느님의 生活이요 孔子님의 生活이요 곧 眞理의 生活이라고 봅니다. 先生님을 모셔오기 四年이 되지만 어느날 어느때든지 慈悲와 사랑과 인ㄴ과 眞理를 떠나서 사신 날을 못 보았습니다. 先生님의 하시는 일은 남을 위하여 그야말로 衆生을 위하여 도아주는 일 뿐이 아닌가 합니다. 재물로 도아주고 지식으로 도아주고 힘으로 도와주고 위로와 기쁨으로 도와주되 「나」라는것을 잊고 남을 위하는것으로 살아 나가시니 부처님의 보살행이란 이와 같지 않을까 합니다.

先生님의 몸은 전 부터 쇠약하여 지셨지만 이번 二三年은 더욱 못 견딜 병으로 꼼짝 못 하시고 누어 계셨지만 그 오랜 病床에서 낯 한번 찡그시는것을 못보고 不快한 말 한마디 하시는것을 못 들었습니다. 쇠약할대로 쇠약하여진 病中에도 괴로워 하시지 않고 얼굴을 환히 펴시고 그야말로 부처님 같이 중생을 사랑하시고 衆生을 애껴하시고 고마워 하실 뿐입니다.

한번은 고된 病에 四十一度六分의 高熱에도 괴롭다는 말을 고사하고 태연자약하시며 얼굴을 환히 가지시고 웃음까지 보이시며 곁에 있는 저를 부르시며 佛經을 읽어 듣겨 달라고 하셔서 읽으니 한참 들으시고는 한마디 한마디 저에게 설명을 하여 주셨습니다. 외람된 말이오나 처음에는 저런 높은 身熱에 저렇게까지 하시다 돌아가시지나 않나 하며 저는 겁이 나고 무서워 떨기까지 하였습니다.

四十一度四五分의 熱이 五六日 동안이나 계속되었어도 조곰도 낯빛에 괴로워 하시는것을 못보았습니다. 매일 그 높은 熱에도 두세번씩 經을 읽어 들려 달라서서 읽어 드리면 꼭 제게게 설명하여 주셨습니다. 그때 저는 先生님은 우리네 같은 凡夫가 아니며 現實의 사람이 아니라고 했습니다. 이것이 다 「임」을 믿고 「임」을 뚧고 「임」을 사랑하기 때문인 줄 절실히 느껴졌습니다. 누구를 미워하거나 성내는 일을 四年이 되도록 한번도 못 보았습니다. 저는 생각 했습니다. 그야말로 全人類가 달려들어 흔들어도 先生님의 平靜은 조곰도 변해지지 않으리라고 했습니다.

正義人道를 위하여 眞理를 위하여 즉 사랑하는 「임」을 위하여 先生 個人을 超越하여 全人類에 살고 現在를 超越하여 無限한 眞理에 산다고 저는 말하고 싶습니다. 先生에게는 眞理가 곧 生命이며 愛人 즉 이책에 노래하신 「임」인줄 믿습니다. 즉 眞理의 使徒가 아닌가 합니다. 묵은 感

激을 밟고 새 感激을 안으랴는 人間性을 超越한 情熱에 타는 그의 心境, 宇宙의 生命은 과거로 높이가 없고 將來로 길이가 없다는 말 그대로 宇宙와 人生의 生命을 無限하다고 하시는 先生님.

『임에게 드리는 노래』―이것도 오랜 病床 높은 熱에 한마디 두마디 읊으시는것을 옆에있는 제가 들어 써 논것이 몇달 후에 보니 百五十餘首 이것을 모아 『임에게 드리는 노래』라 하고 衆生에게 보내는 것입니다.

이 노래를 보고 人生이란 수수꺼끼를 알며 어떡하여 잘 살아 나가야 좋은 사람이 될까를 알게되리라고 믿으며 우리가 상상도 못하리 만치 아름다운 우리 말이 많은 것도 알게 되리라고 생각합니다.

눈 앞에 있는 「임」을 찾아 그 「임」이 끄시는대로 나가 봅시다. 무엇이 오나?

昭和己卯新春

朴定鎬

동서양 영성 시편들의 꽃밭
● ● ●
고진하의 『시 읽어주는 예수』

1.

내 나이 올해로 환갑. 이 나이에 이르도록, 고진하 시인의 『시 읽어주는 예수』만큼 나를 빨아들인 시 관련 책은 없다. 나는 시인도 비평가도 아니다. 국문학 연구자의 한 사람으로서 최근에 와서야 막 시에 눈뜨기 시작하였다.

그런 내가 청탁을 받아 이 책을 읽으면서, 수불석권手不釋卷이란 말을 실감하였다. 정말 책을 손에서 놓기 어려웠다. 내 평생에 이런 책을 만난 것은 기쁨 중의 큰 기쁨이다.

고백하건대 나는 고진하 시인이 누군지도 몰랐던 사람이다. 이 책을 읽고 나서야 주변에 탐문해 보니, 기독교 신자든 아니든 이구동성으로 말했다. 요즘 가장 촉망받는 영성의 시인이라고.

그 말을 듣고 좀 망설여졌으나 그냥 서평을 쓰기로 했다. 읽으면서 밑줄 친 부분이 아주 많은 데다, 할 말이 넘쳤기 때문이다. 시 해설서에 대한 서평은 흔하지 않은 일이라는 전공자의 귀띔도 부채질이 되었다.

2.

　우선 제목부터 보자. '시 읽어주는 예수'. 살아있는 언어를 구사한 점에서 예수는 시인이라 생각하여 붙인 제목이다. 예수가 시인이라면, 이 책에서 소개하는 시인들도 어떤 면에서는 제2의 예수라 하겠다. 시를 해설하는 고진하 시인 역시 예수의 또 다른 분신이라 할 만하다. 이 책 제목인 '시 읽어주는 예수'는 이렇게 여러 뜻을 품고 있다.

　이 책의 머리말과 맺음말은 좀 남다르다. 우선 명칭부터가 '여는 시', '닫는 시'다. '여는 시'에서는 〈시인 예수〉란 시를 앞장세운 다음, 그 시를 풀어주고는, 다룬 시인들과 그 시들의 대체적인 특징과 성격, 해설자로서 독자에게 기대하는 것이 무엇인지 말한다. '닫는 시'에서도 〈상쾌해진 다음에 길을 떠나라〉는 시부터 앞세우고 해설을 붙이고 나서, 이 책을 다 읽은 독자들에게 새롭게 발걸음을 옮기라 주문한다. 시로 쓴 머리말과 맺음말! 시 해설서에 딱 어울린다. 신선한 발상이다.

　이 책은 모두 3부로 이루어져 있다. 1부 '영원한 눈물이란 없느니라', 2부 '나는 어디서나 당신을 본다', 3부 '바위를 꽃으로 만드는 힘', 이런 제목 아래, 그런 주제의 시들을 각각 12편, 11편, 11편 모두 34편 실어놓았다. '여는 시'와 '닫는 시'의 두 편까지 합하면, 이 책에서 해설한 시가 총 36편, 시인이 28명. 그런데 해설하다 곁들여 소개하는 시와 시인들도 있으니 이 통계 수치는 더 늘어난다.

　주제별로 엮는 구성이야 흔한 일이니 색다를 것 없다 하겠지만 그렇지 않다. 한 편의 시 해설을 마치고 다음 시로 넘어갈 때 색다르다. 페이지만 바꾸는 게 아니라, 여느 책에서 장을 바꿀 때처럼 해놓고 있다.

한 페이지나 두 페이지를 지나야만 다음 시를 보여준다. 시 한 편 한 편을 아주 깍듯이 모신다는 느낌을 주어 반갑다. 사실 그렇다.

어떤 이는 그런다지 않던가? 좋은 글을 읽을 때, 어느 한 구절이 하도 좋아, 요즘 표현으로 그냥 '꽂혀!' 차마 계속 읽지 못하고 덮은 채, 온종일 그 대목을 마냥 묵상하고 되새기고 흥얼거리기! 이 책의 체제가 바로 그런 모양새다. 한 작품과 그 해설을 읽고 나면 감동이 밀려와, 막 바로 그 다음 작품으로 넘어가기 어렵다. 좀 더 곰삭여 보고 싶어지는데, 바로 그런 구성이다. 참 정성스럽고 섬세한 편집이다.

중요한 한자어와 동음이의어에는 한자를 병기해 놓았다. '설국雪國', '간벌間伐', '성소聖所' 등. 나 같은 한자 세대는 한글로만 적어놓으면 의미가 덜 선명하다. 최근 조사한 데 따르면, OECD 국가 가운데 우리나라 사람들의 문해력文解力 즉 글을 읽고 그 의미를 이해하는 능력이 꼴찌라는데, 한자를 매개할 수 없어 그렇다고 나는 생각한다. 읽는 것과 이해하는 건 다르건만, 생각 짧은 한글전용론이 걱정스런 결과를 낳고 만 셈이다. 그 점에서 이 책의 한자 병기는 잘한 처사다.

구어체를 썼다. '-합니다', '-입니다', '-하지요', '-이니까요' 등. 마치 해설자의 말을 직접 듣고 있는 것만 같아 좋다. 책 제목이 '시 읽어주는 예수'라 했으니 어울린다. 누군가에게 이 책을 그대로 읽어주면 되게끔 정겹다.

풍부한 어휘력이 돋보인다. 순우리말과 함께 한자어까지 적재적소에 찰떡 궁합으로 부려 쓰고 있다. 명색이 국문학 교수인 나도 잘 몰랐던 순우리말 표현도 있다. '곁님', '몸겪다', '잉걸불', '묵정밭', '오지다', '얼벙어리', '마중물' 등. 공자가 제자들한테, 시를 공부하면 새와 짐승과 나무와 풀의 이름도 안다고 했다더니, 이 책을 읽으면서 예쁘고 멋진 우리말까지 건져 올릴 수 있어 짭짤하다. 좀 어려운 한자어도 있다. '지친至親', '참척慘慽', '공명기共鳴器', '돌올突兀' 등. 이 책 읽으면 이런 말도 익힌다.

3.

　요즘 우리 사회의 화두를 시를 들어 사무치게 다루었다. '힐링', '몸', '소통', '영성', '환경', '생명' 등…… 이 책 읽으면, 우리 자신의 병통을 치유할 수 있다. 어려운 강의나 논설이 아니라 부드러운 시를 읽으며 저절로 해소된다. 그 시가 어떤 마음자리에서 어떤 눈으로 지어졌는지, 도움될 만한 사연과 자신의 이야기를 나직이 들려주는 고진하 시인의 친절한 해설까지 읽으면 한결 목마름이 가신다. 고진하 시인의 표현대로 '상쾌해진 뒤에 길을 떠'날 수 있다. 콧노래를 부르며 좀 더 넉넉해진 가슴과 따뜻한 눈으로.

　고진하 시인을 왜 영성의 시인이라고 하는지, 이 책을 읽으면 알아챈다. 내가 곧 우주라는 생각, 이 세상의 모든 생명, 아니 사물은 서로 관계를 맺고 있다는 것, 성聖과 속俗은 절대로 둘이 아니라는 것, 일상 속에서 성화를 이룰 수 있고 그래야 한다는 것 등등. 이런 마음가짐으로 동서양의 주옥같은 영성의 시편들을 용케도 발굴하여 우리에게 보여준 것이리라. 대부분의 해설서는 해설이 시에 종속되어 있는 형국인데, 이 책은 좀 다르다. 대등하거나 어떤 것은 해설문이 더 좋기까지 하다. 시도 해설문도 어느 것 하나 가볍게 여길 수 없다. 시와 산문의 행복한 만남이라고나 할까?

딱 한 편만 직접 읽어보기로 하자.

〈어머니의 성소〉

고진하

장독대의 항아리들을
어머니는 닦고 또 닦으신다
간신히 기동하시는 팔순의
어머니가 하얀 행주를
빨고 또 빨아 반짝반짝 닦아놓은
크고 작은 항아리들……

낮에 항아리를 열어놓으면
눈 밝은 햇님도 와
기웃대고,
어스름 밤이 되면
달님도 와
제 모습 비춰보는 걸,
뒷산 솔숲의
청설모 다람쥐도
솔가지에 앉아 긴 꼬리로
하늘을 말아 쥐고
염주알 같은 눈알을 또록또록 굴리며
저렇게 내려다보는 걸,
장독대에 먼지 잔뜩 끼면
남사스럽제……

어제 말갛게 닦아놓은 항아리들을
어머니는 오늘도
닦고 또 닦으신다
지상의 어느 성소인들
저보다 깨끗할까
맑은 물이 뚝뚝 흐르는 행주를 쥔
주름투성이 손을
항아리에 얹고
세례를 베풀듯, 어머니는
어머니의 성소를 닦고 또 닦으신다

이 시에 대한 고진하 시인의 해설은 어떨까? 발췌해 보이면 이렇다.
"(……) 흔히 종교인들은 성속聖俗을 나누는 이분법에 익숙합니다. 그러
나 과연 성속이 무 자르듯 간단히 나뉠 수 있는 것일까요. 예컨대 종교의
식이 집전되는 예배당은 성스럽고, 호객 소리 드높은 저잣거리는 속되다
고 말할 수 있을까요. 문자 그대로 이런 이분법을 맹신하는 이들은 '장소
의 신비'에 기만당할 위험이 농후합니다. 만인이 성소로 떠받드는 장소
라도, 장소가 사람을 성스럽게 만드는 것이 아니라 성스러운 사람이 그
곳을 성스럽게 만드는 법이죠. (……) 나의 노모 역시 무심코 그것을
내게 일러주었습니다. 하느님은 교회나 성당에 더 많이 계시고 들판이나
저잣거리나 장독대 같은 곳에 더 적게 계신 것이 아니라고, 우리가 어리
석음을 벗지 못해 하느님을 어떤 특정한 공간에 가둔다 한들 하느님이
그런 공간에 갇혀 계시겠느냐고……"

시와 해설만 읽어도 이 시대 우리의 문제가 확인되고 해답도 얻어진
다. 세속과 영성, 오염과 환경, 상처와 치유, 단절과 소통, 삶과 죽음 등.

더도 덜도 말고 이 어머니의 마음으로만, 자신에게 맡겨진 항아리를 반짝거리게 닦는다면, 거기가 바로 천국이 아닐까?

4.

앞에 든 시만 읽어도 가슴 찡한데, 이런 작품이 무려 36편, 아니 그 이상으로 담겨 있으니, 이 책은 동서양 영성 시편들의 꽃밭이라 할 만하다. 바로 그 점이 블랙홀처럼 나를 하염없이 빨아들였으리라. 그 향기에 흠뻑 취해, 마치 시인이나 된 듯이, 즐거운 마음으로 쾌재를 부르며 이 글을 쓰게 하였으리라. 원 세상에, 시도 잘 모르는 나를!

-『기독교사상』 677(대한기독교사회, 2015.5)-

제4부
국어학·기타

제1장
'쥐뿔도 모른다' 계열 속담과
'뙈기'의 어원

●●●●

1. 여는말

우리가 흔히 쓰는 말 가운데 어원을 알 수 없는 것들이 더러 있어 궁금증을 가지게 한다. '쥐뿔도 모른다', '쥐뿔도 없다' 등, '쥐뿔도 모른다' 계열이라고 부를 만한 속담이 그 중의 하나이고, '뙈기'란 말도 그렇다. 사전을 찾아봐도 인터넷을 뒤져 봐도 시원치 않다.

'쥐뿔도 모른다' 계열 속담의 어원은 필자가 학생들을 데리고 실시했던 강화도 지역의 구비문학 조사 때, '뙈기'의 어원은 2005년에 국사편찬위원회 초서연수과정을 이수할 때 최승희 선생님으로부터 고문서를 배우면서 각각 얻은 착상임을 밝혀 둔다. 그러고 보면 어원을 밝히기 위해서는 다방면의 경험과 식견이 필요한지도 모를 일이며, 여러 전공자가 지혜를 모아서 해결해야 하는 일인지도 모른다.

2. '쥐뿔도 모른다' 계열 속담의 어원

2.1. '쥐뿔' 및 '쥐뿔도 모른다' 계열 속담의 사전적인 풀이들

'쥐뿔도 모른다' 계열 속담과 관련하여, 표준국어대사전에 '쥐뿔'이란 어휘를 어떻게 풀이하는지 보면 다음과 같다. 풀이는 물론 예문과 관용구까지 제시되어 있어 소상하다.

> 쥐-뿔 : 「명사」아주 보잘것없거나 규모가 작은 것을 비유적으로 이르는 말.
>> 1) 예문 : 알아보긴 쥐뿔을 알아봐(황순원, 별)/ 고마울 게 쥐뿔이나 뭐 있어(이호철, 문)/ 최근호라는 젊은애에게는 아무런 사랑도 쥐뿔도 느끼지 않는다니까(김말봉, 찔레꽃)
>>
>> 2) 관용구
>
> 쥐뿔(이) 나다   : 보잘것없는 사람이 같잖은 짓을 하다. 없는 놈이 쥐뿔 나게 자존심만 강해 봤자 먹을 것도 못 얻어 먹을 것이 아닌가 말이다(이정환, 샛강)
>
> 쥐뿔도 모르다   : 아무 것도 알지 못한다. 쥐뿔도 모르면서 참견하려 든다.
>
> 쥐뿔도 없다   : 아무 것도 없다. 그는 쥐뿔도 없는 주제에 큰소리만 친다. 그 전보다 나아진 것은 쥐뿔도 없다.
>
> 쥐뿔만도 못하다   : ① 아주 보잘것없다. 쥐뿔만도 못한 주제에 보는 눈은 있어 가지고 예쁘고 세련된 여자가 아니면 선을 보지도 않겠다고 한다. ② 규모가 매주 작다. 그는 쥐뿔만도 못한 돈을 내놓고서 으스댄다.
>
> 쥐뿔이나 있어야지 : 무엇이고 가진 것이 조금 있어야 어떻게 해 본다는 말. 쥐뿔이나 있어야지 무슨 일이라도 벌여 먹고 살지.

위에서 보듯, '쥐뿔'을 핵심으로 하여 파생된 속담으로 등 여러 가지가 있음을 알 수 있다. 그런데 이들 가운데에서 구전설화의 세계에서 가장 흔하게 쓰이는 것은 '쥐뿔도 모른다'이므로 이들 속담 모두를 '쥐뿔도 모

른다' 계열 속담으로 명명해 다루고자 한다. 이 계열 속담의 대표격인
'쥐뿔도 모른다'라는 속담에 대한 속담사전의 풀이는 다음과 같다.

　　아무 것도 알지 못하고 아는 체 한다는 말.[1]

　한편 이 속담은 특정 설화의 명칭으로도 쓰이는데, 그 설화에 대한
한국민족문화대백과사전(포털사이트 네이트에서 '백과사전'이란 이름으로 제공하고 있
음)의 풀이는 다음과 같다.

　　아무것도 모르는 사람이 아는 체하는 것을 빗대어 말하는 속담설화.
　쥐에는 뿔이 없으니 아무것도 모른다는 의미로 사용한다. 비슷한 뜻으로
　'쥐좆도 모른다.'라는 속담이 쓰이는데, 이 속담과 관련하여 여러 이야기
　가 구전된다. 옛날 한 고을에 부잣집 마님이 살고 있었다. 마님은 불도를
　무시하고, 부모를 학대하며, 재물에도 인색하여 남의 미움을 많이 샀다.
　그 집에 오래 살던 쥐도 이를 알고 마님을 골탕먹이려 하였다. 어느 날
　쥐는 남편과 똑같은 모습으로 변장하고 안방으로 들어갔다. 쥐가 변장한
　것을 알 리가 없는 마님은 자기 남편인 줄 알고 함께 잠자리에 들었다.
　이 사실이 알려지자 이웃 사람들은, "겉모양이 비슷한들 어찌 남편 신䐗
　과 쥐 신䐗을 구별 못하는가? 식별 없는 마님이여!" 하며 놀려댔다. 이런
　창피스러운 일을 겪은 후 마님은 개과천선하였다고 한다. 또 다른 이야기
　를 소개하면 다음과 같다. 어느 집에 몇백 년 묵은 쥐 한 마리가 살고
　있었다. 하루는 주인이 밖에 나가다가 잠깐 변소에 가느라고 갓을 벗어
　문간에 놓았는데, 그 사이에 쥐가 그 갓을 쓰고 주인으로 변장을 하였다.
　변소에 다녀온 주인은 갓이 없자 이를 찾으려 방으로 들어갔다. 그런데

　1 이기문, 개정판 속담사전(일조각, 1981), p.487.

방에서는 자기와 똑같이 생긴 사람이 부인과 이야기를 하고 있는 것이었다. 주인이 깜짝 놀라 호통을 치자, 변장한 쥐도 맞받아서 호통을 쳤다. 두 사람은 할 수 없이 관가에 고소를 하였다. 사또는 부인을 가운데 세워 놓고, "남편의 몸에 어떤 표적이 없는가?"하고 물었다. 부인은 남편의 신腎에 사마귀가 있다고 하였다. 그런데 검사해 보니 두 사람 모두 신腎에 사마귀가 있는 것이었다. 사또는 다시 세간살이에 대해 물었는데 진짜 남편이 대답을 못해 쫓겨나게 되었다. 주인은 산 속에 들어가 불도를 닦다가 부처님의 도움으로 고양이 한 마리를 가져와 변장한 쥐를 물리치게 되었다. 그러자 사람들이 "쥐좆도 몰랐소?" 하며 비웃었다. 이러한 이야기들은 쥐의 변신을 통하여 진가眞假를 구별하는 이야기들인데, 이후 도대체 뭐가 뭔지 식별을 못하는 사람, 아무것도 모르면서 아는 체하는 사람을 보고 '쥐좆도 모른다'고 한다는 것이다. '쥐뿔도 모른다'는 속담은 쥐 뿔만큼도, 즉 아무것도 모름을 가리킨다는 나름대로의 뜻을 지니고 있으나, 위의 설화에 따른다면 '쥐좆도 모른다'는 표현이 일반적으로 사용하기에 어감상 어려움이 있어 변형된 것으로 볼 수도 있다.[2]

2.2. '쥐뿔' 및 '쥐뿔도 모른다' 계열 속담의 사전적인 풀이의 문제점

사전辭典은 "어떤 범위 안에서 쓰이는 낱말을 모아서 일정한 순서로 배열하여 싣고 그 각각의 발음, 의미, 어원, 용법 따위를 해설한 책"이다. 그런데 '쥐뿔'과 '쥐뿔도 모른다' 계열 속담의 경우, 위의 사전적 풀이를 보아도 그 어원에 대한 궁금증이 해소되기는커녕 여전히 의문이 제기된다. 어원에 대한 의문이 해소되지 않으므로 그 의미도 이해되지 않는다. 무엇이 문제일까?

---

2 http://100.nate.com/

첫째, '쥐뿔'을 '아주 보잘것없거나 규모가 작은 것을 비유적으로 이르는 말'로 표준국어대사전에서 풀고 있는데, 어원이 무엇인지 밝혀져 있지 않다. 아마도 '鼠角'으로 보고 있는 듯한데, 그럴 경우 이 말은 그야말로 말이 아닌 말(말이 될 수 없는 말, 비유일 수 없는 말)이 되고 만다. 왜냐하면 쥐에는 애초에 뿔角이 달려 있지 않기 때문이다. 사슴 뿔이나 염소 뿔처럼, 실재하는 뿔이라면, 이 비유가 원관념이 있어서 성립할 수 있으나, 아예 존재하지도 않는 쥐의 뿔을 가져와 이런 표현을 한다는 것은 논리적으로나 경험적으로 불가능한 일이다.

'쥐뿔'이 이런 문제점을 가지므로, 위의 표준국어대사전에서 함께 수록한 관용어 '쥐뿔(이) 나다', '쥐뿔도 모르다', '쥐뿔도 없다', '쥐뿔만도 못하다', '쥐뿔이나 있어야지' 등도 성립하기 어렵고 이해할 수 없는 표현들이 되고 만다. '쥐뿔도 모른다'는 것은 당연한 일이다. '쥐뿔을 안다'면 그게 비정상이다. '쥐뿔도 없다'도 마찬가지다. '쥐뿔이 있다'면 그게 비정상이고, '쥐뿔이 없는' 게 정상이다. 그런데 위의 사전풀이로 보면, 정상과 비정상이 역전되어 있는 셈이다.

민족문화대백과사전의 풀이도 이상하기는 마찬가지다. "쥐에는 뿔이 없으니 아무것도 모른다는 의미로 사용한다."고 하였는데, 무슨 말인지 납득하기 어렵다. '쥐에 뿔이 없는 것'과 '아무 것도 모른다'는 것 사이에 인과 관계가 있는 것처럼 풀이하였는데, 그래도 되는지, 그럴 수 있는 것인지 의문이다. 그렇게 무리한 유추를 한 다음 갑자기 비약하여, "비슷한 뜻으로 '쥐좆도 모른다.'라는 속담이 쓰이는데, 이 속담과 관련하여 여러 이야기가 구전된다."라고 하면서 관련 설화를 소개하고 있다. 하진만 '쥐뿔'과 '쥐좆' 또는 그 말이 들어가는 위의 두 속담이 왜 어떻게 하여 비슷한 뜻을 가지는지 납득하기 어려우므로, "'쥐뿔도 모른다'는 속담은 쥐뿔만큼도, 즉 아무것도 모름을 가리킨다는 나름대로의 뜻을 지니고 있으나, 위의 설화에 따른다면 '쥐좆도 모른다'는 표현이 일반적으로 사용하기에 어감상 어려움이 있어 변형된 것으로 볼 수도 있다."고 해석을 덧붙이고 있다. 이 설명을 따르면, '쥐좆'이라는 표현이 어감상 상스러우므로 완곡하게 바꾼 것이 '쥐뿔'이란 것이다.

하지만 그렇게 해석해도 여전히 의문이 남는다. '쥐좆'의 어감이 좋지 않았다고 쳐도, 왜 그걸 쥐에게 애초에 있지도 않은 '뿔'을 끌어다붙여 '쥐뿔'이라고 표현했느냐는 의문이다. 우리 말에서 '쥐좆' 대신 '쥐밑', '쥐밑천'이라든가 '쥐거시기', '쥐그것'이라든가, 한자말로 '腎신' 등으로 나타내는 게 더 자연스럽지 있지도 않은 '뿔角'을 끌어오는 것은 아무래도 비약이 심하고 근거가 박약하다. 이 말이 비유라면, 그 말을 발화하는 순간 연상되는 사물이나 이미지가 있어야 하는데, 애초에 '쥐뿔'이란 존재하지 않으니 아무 것도 연상될 수 없다. 물론 '용수염'처럼 상상의 동물을 가지고 만들어진 어휘도 있지만, 용은 그림으로 형상화된 게 많아, 그런 회화를 매개로 하여 얼마든지 그 이미지를 연상할 수 있으니 경우가 다르다. 쥐의 뿔은 한번도 그림으로 표현된 일이 없기 때문이다.

2.3. '쥐뿔' 및 '쥐뿔도 모른다' 계열 속담의 어원에 대한 새로운 가설

기존의 풀이로는 '쥐뿔'의 어원이나 의미를 알 수 없으므로, 필자는 새로운 가설을 제기하고자 한다. '쥐뿔'의 '뿔'은 '角'이 아니라 '불알'이었을 것이라는 가설이 그것이다. 그 근거를 제시하면 다음과 같다.

초기 국어사전인 문세영 님의 『수정증보 조선어사전』(영창서관, 1949)을

보면, 분명하게 '쥐불알'이란 어휘가 다음과 같이 '쥐뿔같다'와 함께 올라 있다.[3]

> 쥐불알같다 : '쥐뿔같다'와 같다.[4]
> 쥐뿔같다 : '변변치 못한 사물'을 가리키는 말. 쥐불알같다.

　문세영 님의 국어사전을 근거로 추정해 보면, 처음에는 '쥐불알같다'라는 표현이 쓰이다가, 3음절어보다는 2음절어를 선호하는 우리나라 언중의 심리 때문에 '쥐불'로 바뀌고, 이 '쥐불'이 다시 '쥐+ㅅ+불'을 거쳐 마침내 '쥐뿔'로 발음되면서, 원래의 의미 즉 '쥐불알'이란 뜻은 망각되기에 이른 것이 아닌가 한다. 원래는 '쥐좆도 모른다'라는 설화에서 유래한 속담인데 '쥐좆'이라 발화하는 게 부담스러워 조금 완화된 표현인 '쥐불알'로 바꾸면서 파생된 속담으로 이해할 수도 있다. 실제로, 필자는 구전 설화 조사 현장에서 실제로 이른바 〈옹고집전이야기〉 또는 〈진가쟁주眞假爭主설화〉의 결말부가 '쥐좆도 몰랐느냐?' 대신 "쥐불알도 몰랐느냐?"로 되어 있는 각편을 들은 적이 있다. 1997년 6월 26일부터 29일까지 경기도 강화군 황청1리에서 실시한 서경대 국문과 학술답사 때 들어 기억하고 있는데, 안타깝게도 당시의 녹음테이프가 분실되어 여기 제시하지 못해 유감이다. 하지만 개성적인 결말이고, 이 속담의 어원을 새롭게 해명하게 해 준 각편이라서 지금까지 똑똑히 기억하고 있다는 것을 밝혀 둔다. '쥐좆'과 '쥐불알(쥐불)'은 다 같이 쥐의 생식기를 나타내는 말이므로 얼마든지 치환될 수 있는 말임은 군말이 부질없다. 그러면서도 '쥐좆'보

---

3 문세영 님이 편찬한 이 국어사전의 초판본(1938년판)에도 올라 있다.
4 현행 국어사전에는 이 말이 올라 있지 않다. 다만 이기문, 개정판 속담사전(일조각, 1981)에만 "쥐 불알 같다. 보잘 것 없는 것을 이름."으로 올라 있을 따름이다.

다는 완화된 느낌이 있으며, 그것이 줄어 '쥐불'로 바뀌면, '불'에 동음이의어가 있어 더욱 더 완곡해진다 할 수 있다. 2음절어를 선호하는 데다이런 어감상의 차이 때문에도 '쥐좇'→'쥐불알'→'쥐불'로의 변화가 차례로 일어났다고도 하겠다.[5]

이 가설이 입증되려면 몇 가지 사항이 해명되어야 한다.

첫째, '쥐불알'이 '쥐불'로 바뀔 수 있는가? 바뀔 수 있다. 우리말 사전중『민중 엣센스 국어사전』[6]을 보면, "불: '불알'의 준말."이라고 되어 있으며, 북한에서도 마찬가지라고 표준국어대사전에서 풀이하고 있기 때문이다.

둘째, '쥐불'이 '쥣불(쥐뿔)'로 바뀔 수 있는지 해명되어야 한다. 사이시옷 문제와 관련하여 그 동안 학계에서는 사이시옷은 무정물 체언 뒤에만들어가는 것으로 알려져 왔다. 그 원칙으로 보면 쥐는 유정물이므로 그뒤에 사이시옷이 들어갈 수 없다. 이는 안병희 교수의 다음과 같은 연구성과 이래 철칙으로 여겨져 온 생각이다.

> 속격어미의 (중략) 제2류인 '-ㅅ'은 유정물 지칭의 존칭과 무정물 지칭의 체언에 연결되어, 후속하는 체언의 소유주임을 표시한다.[7]

---

5 '쥐좇'으로 해야 할 자리에서 '쥐불알'로 표현하는 명백한 사례도 있다. 『한국구비문학대계』1-4, p.154에 실린 〈쥐뿔도 모른다〉는 구전설화가 그것이다. 그 대목을 인용해 보이면 다음과 같다.
  "쬐껴나가게 됐단 말야. 그러니께 쬐껴나가면서 할망구보고, "쥐좇도 모르는 년"이라고 그릏해서, 그 댐이부텀 그 뭐 쥐좇이라고 하긴 뭘하고 하니까니 '쥐뿔두 모르는 놈'이라구 하는 소리가 그래서 생겼다거든."
  이와 관련하여, "쥐뿔은 쥐좇을 돌려서 표현한 것"이라는 견해가 나와 있다.(유광수, 「쥐변신설화의 소설적 적용과 원천소재 활용양상」, 고소설연구 23집, 2007, p.127 참고) 하지만 왜 하필 '쥐뿔'인지, 쥐뿔이 되었는지에 대해서는 해명하지 않고있다.
6 제5판전면개정판(민중서림, 2001), p.1165.
7 안병희, 국어사연구(문학과지성사, 1992), p.55.

아마도 그 동안 학계에서, '쥐뿔'을 '쥐불알'의 축약형인 '쥐불'에 사이 시옷이 들어가서 생긴 것이라는 생각을 하지 않은 것은, 아마도 안병희 교수가 밝힌 이 원칙에 충실한 결과인지도 모를 일이다. 하지만 안병희 교수의 견해는 한정된 중세국어 자료만을 대상으로, 어디까지나 중세국 어에서 그렇게 보인다는 주장이지 통시대적으로 적용될 수 있는 원리라 고 볼 수는 없다. '모깃불'이라는 예외적인 경우가 금세 떠오르기 때문이 다. 따라서 이 원칙은 수정되어야 하지 않을까 생각하며, '쥐불'에도 사이 시옷이 첨가되어 '쥣불'에서 '쥐뿔'이라는 발음이 나오고 급기야 시간이 흘러 원의인 '쥐불鼠囊'은 망각되고 '쥐뿔鼠角'이란 새로운 기억이 만들어 져 전승되어 오늘에 이른 것이 아닌가 생각한다.[8]

이와 관련하여, 북한에서는 '불'을 '불알'의 준말로 처리하고 있는바, 조선민주주의인민공화국 과학원 언어문화연구소 사전연구실 편찬,『조 선말대사전』(평양, 과학원출판사, 1962)에, 다음과 같이 '쥐불'을 풀고 있다.

"쥐불[-뿔] 변변치 못하여 아무 보잘 것이 없는 것을 이르는 말. 아따 그 사람 큰소리는 되우 치네. 말부터 앞세우는 사람 실지는 쥐불도 못하 더라. 아침부터 밤까지 입심 좋게 징징거리고 있으나 거기서는 쥐불만 한

---

8 필자는 이 가설 아래, '개뿔' 계열 속담들도 원래는 '개불알'이었던 게 마찬가지 과정 을 거쳐 '개불'→'갯불'→'개뿔'이 되었다고 생각한다. 그래야만 이 표현도 그 의미가 자연스럽게 풀리기 때문이다. '개뿔' 및 이 계열 속담들을 표준국어대사전에 올라 있는 대로 소개하면 다음과 같다.
개뿔 :「명사」별 볼 일 없이 하찮은 것을 경멸하는 태도로 속되게 이르는 말. 개뿔 같은 소리. 개뿔이나 아는 게 있어야지. 개뿔도 생기는 게 없으면서 열 일 제쳐 놓 고 바쁘기만 한 반장직을 누구나 꺼리기 때문에(김춘복, 쌈짓골)
(관용구) 개뿔도 모르다. (속되게) 아무 것도 모르다.개뿔도 모르면서 아는 척하지 마라. 개뿔도 아니다. (속되게) 특별히 내세울 만한 능력이 없다. 개뿔도 아닌 게 설친다. 개뿔도 없다. (속되게) 돈이나 명예, 능력 따위를 전혀 갖고 있지 아니하다. 개뿔도 없는 놈이 분수에 넘치는 사치를 한다.

일도 생겨나지 않았다. 자신은 쥐뿔도 생각해 내지 못하는 주제에 남이 한 일이라면 공연히 트집을 잡으려고 하는 심보가 도대체 무슨 심본가 말이오?"

그런데 북한에서는 우리와는 달리 '쥐뿔'은 따로 올리지 않고 있어, 이 말의 어원을 '쥐불알'로 여기고 있는 것이 아닌가 여겨진다.

3. '뙈기'의 어원

'뙈기'란 어휘의 어원도 아직 밝혀져 있지 않다. 표준국어대사전에서는 다음과 같이 풀이하고 있다.

> 뙈기01[뙈 : -] 「명사」 「1」 경계를 지어 놓은 논밭의 구획. 「2」 (수량을 나타내
> 는 말 뒤에 쓰여) 일정하게 경계를 지은 논밭의 구획을 세는 단
> 위. 밭 한 뙈기. 그는 논 몇 뙈기를 소유하고 있다.[9]

이 말의 어원에 대해서는 아무런 언급도 없다. '쥐뿔도 모른다' 계열 속담과는 달리 특별한 어원이 없거나 알 수 없는 것일까?

필자는 이 말이 '마지기'와 동일한 과정을 거쳐서 형성된 말이라고 생각한다. 우선 '마지기'에 대한 『표준국어대사전』의 풀이는 다음과 같다.

---

9 박성훈, 단위어사전(민중서림, 1998), pp.145~146에서도 똑같이 풀이하고 있다. 그러면서 이 말에 상응하는 한자어를 '片'이라고 적어 놓았다. 하지만 '片'의 설명에이와 부합하는 항목은 없으며, '넓게 차지한 면적이나 범위를 나타내는 데 쓰이는말'이란 항목이 가장 가깝다 하겠는데, '넓게 차지한'이라는 수식어가 붙어 있어, 우리말에서 '밭 한뙈기'도 없다 할 때의 '뙈기'와는 거리가 있다고 여겨진다.

마-지기01 : 「의존명사」. 「1」논밭 넓이의 단위. 한 마지기는 볍씨 한 말
의 모 또는 씨앗을 심을 만한 넓이로, 지방마다 다르나 논은
약 150~300평, 밭은 약 100평 정도이다. ≒두락01(斗落). 논
다섯 마지기. 아버지는 나에게 문전옥답 두 마지기를 유산
으로 주셨다. 그는 백 마지기가 넘게 농사를 짓는 부자였다.
「2」('논'이나 '밭' 따위의 뒤에 쓰여) 약간의 그것이라는 뜻을 나타내
는 말. 그는 밭 마지기나 가지고 있다. ← 말 + -지기

이 설명에 나오는 '斗落'이란 '斗落只'와 동일한 말로서, 우리 고문서에
아주 흔하게 등장한다. 예컨대 재산을 자녀에게 분배하는 문서 중의 하
나인 '화회문기和會文記'를 보면 누구에게는 논이나 밭 얼마를, 누구에게는
또 얼마를 분배하는지 밝힐 때 '斗落只'가 나온다. 실제 자료를 원문과
요지를 들어 보이면 다음과 같다.

萬曆四十三年正月二十一日 同生等和會
右□□外邊田畓乙　父母生前衿得不得爲有如可　節　同生等和會分執爲去
乎　各執耕食向事
長子衿　左贊員共字吳應失畓下邊肆斗落只　羊提盖字釜畓北邊伍斗落只,
橋下萬字田半日耕　羊提樹字田半日耕印
次女衿　左贊員共字吳應失畓上邊肆斗落只, 羊提盖字釜畓南邊伍斗落只鞠
字久音三伊家前畓肆斗落只　四字坪田一日耕印
次子衿　左贊員惟字畓參斗伍升落只　同員及字橋下畓柒斗落只　於羅山家
前四字田朝前耕　四字川際田朝前耕印

長子代子呂慶元(手決)
次女代子李世胄(手決)

次子病重代子筆執呂慶承(手決)

(요지) 1615년광해군 7 정월 21일에 남매간에 화회和會 분금分衿하는 문서로 서, 외변 전답을 부모 생전에 금득衿得하지 못였다가 이때에 화회 분집하는 문기이다. 분집 내용은 장자가 논 9두락지와 밭 하루갈 이, 차녀가 논 13두락지와 밭 하루갈이, 차자가 논 10두락지 5승락 지와 밭 아침전갈이 둘로서, 장자와 차자는 비슷하나 오히려 차녀 가 논 4두락지 더 많은 것이 눈에 띈다. 균등분집도 장자우위도 아 니다.[10]

이 고문서를 보면, 논에는 '斗落只마지기', 밭에는 '耕갈이'를 단위어로 적 용하였다는 사시를 보여주고 있는데, '마지기'는 한자 또는 이두식 표기 로 '斗落只'로 적고 있다. '마지기'의 구조를 분석해 보면, 〈'말斗'+지(떨어지 다落-란 고어의 어간)[11]+기(접미사 '기'의 이두식 표기[12])로 분석된다. 즉 '한 말의 씨앗을 떨어뜨릴(파종할) 만한 넓이'란 순우리말로서 '말지기'가 나왔고, 이 것에서 'ㄹ'음이 탈락되어, '마지기'가 되었다고 보인다. 이 말을 한문 또 는 이두식으로 적으면 '斗落只'가 된다.

이 '마지기'의 상위단위는 무엇일까? '섬지기'다. 표준국어대사전에도 올라 있고 그 풀이는 다음과 같다.

---

10 최승희, 증보판 한국고문서연구(지식산업사, 1989), pp.347~348. 텍스트는 그대로 옮기되, 요지문의 일부 어구는 약간 다듬었다.
11 유창돈, 이조어사전(연세대학교출판부, 1985), p.682 참고.
12 우리말 '아기'의 이두식 표기가 '阿只'(강아지, 송아지의 '아지'는 '아기'에서 온 말임) 이듯, 이두문에서 '격기(어떤 일을 치러냄)'를 '役只'로, '시기 · 비기(시켜 · 비교하 여)'를 '擬只'로, '마기(정확히, 알맞게)'를 '的只'로 각각 저는 것에서 이 표기의 용법 을 알 수 있다. 안병희, 이문과 이문대사(탑출판사, 1987), p.37 참고.

섬-지기 : 「의존명사」논밭 넓이의 단위. 한 섬지기는 볍씨 한 섬의 모
　　　　또는 씨앗을 심을 만한 넓이로 한 마지기의 열 배이며 논은
　　　　약 2,000평, 밭은 약 1,000평이다.

그렇다면 '섬지기'의 한자 또는 이두식 표기는 무엇일까? 당연히 '石落
只'이다. '石落只'도 고문서에서 확인할 수 있다. 1392년태조 1 8월에 태조
이성계가 장자 인안군 방우芳雨에게 조상전래의 전답을 내려주는 금부문
기衿付文記의 일부만 보이면 다음과 같다.

田柒日耕 畓柒石落只 東道 南西秃豆等 北渠
畓貳拾石落只 東化尙廻安山 南大海 西河大山 北仇只餘旀古介[13]

밑줄 그은 데서 확인할 수 있는 것과 같이, 여기 '石落只'는 말할 것도
없이 순우리말 '스무섬지기'를 한자와 이두를 빌어 표기한 것이다. 현행
국어사전에는 '두락'과 '섬지기'는 실려 있어도 '석락'은 사라졌으나, 당연
히 올라야 할 말이다.
위의 사실을 염두에 두었을 때, 필자는 '뙈기'도 이와 동일한 과정을
거쳐 만들어진 말이라고 본다. '되지기'가 변한 말로 보자는 것이다. 실
제로 표준국어대사전에는 '되지기'가 올라 있다.

되-지기02[되-/뒈-] : 「의존명사」논밭 넓이의 단위. 한 되지기는 볍씨 한
　　　　되의 모 또는 씨앗을 심을 만한 넓이로 한 마지기
　　　　의 10분의 1이다.

13 같은 책, p.361.

사전의 풀이 그대로, 한 되지기는 볍씨 한 되의 씨앗을 심을 만한 넓이로서 한 마지기의 10분의 1에 해당한다. 이 풀이에서 우리가 주목할 부분은 이 말의 발음이 '뙈'로도 난다는 점이다. 이 어휘의 뜻과 발음을 고려해 추정해 보면, '한 되升'의 씨앗을 떨어뜨릴(파종할) 만한 넓이'란 뜻으로, '마지기' 아래의 단위어로서 '되지기'란 말이 파생되었는데, 세월이 흐르면서, '되지기'가 '되기'로, '되기'에서 '뙈기'로 바뀌면서, 더 이상 언중들은 이 말의 어원이 '되升'였다는 사실을 망각하여 오늘에 이른 것이 아닌가 생각한다. 현행 국어사전에 '石落'이 사라진 것처럼 '升落'도 사라지고 없지만, 고문서에는 분명하게 나타나 있다. 바로 앞에서 들었던 화회문기의 대목을 다시 한번 살펴보자.

次子衿　左贊員惟字畓參斗伍升落只 同員及字橋下畓柒斗落只 於羅山家
前四字田朝前耕 四字川際田朝前耕印

밑줄 그은 부분을 보면, "畓參斗伍升落只"라고 하여, 논의 면적을 재는 단위어로 '斗落只'와는 별도로 '石落只'가 쓰였다는 것을 알 수 있다. 1615년의 문서이니 예전부터 써오던 단위어라는 사실을 확인하게 한다.[14]

4. 맺는말

이상, 우리가 흔히 쓰면서도 그 어원이 궁금한, '쥐뿔도 모른다', '쥐뿔도 없다' 등 이른바 '쥐뿔도 모른다' 계열이라고 부를 만한 속담과 '뙈기'

---

14 되지기(뙈기) 이하의 단위도 있었다. '홉지기(合落只)'가 그것이다. 박성훈, 단위어 사전(민중서림, 1998), p.148 참고.

의 어원에 대해 필자의 가설을 제시해 보았다. 요약하면 다음과 같다.

'쥐뿔도 모른다' 계열의 속담에서 '쥐뿔'은 '쥐불알'에서 온 말일 것이다. '쥐불알'이 '쥐불'로 줄어들고, 사이시옷이 첨가되어 '쥣불'로 바뀌면서 경음화하면서 '쥐뿔'이 되었을 것이다. 그렇게 되면서 어원인 '鼠囊'이란 의미는 망각되고 '鼠角'으로 오인되어 오늘에 이르렀을 것이다. 하지만 '鼠角'으로 접근하면 이 말은 이해할 수 없다. 쥐에는 뿔이 없기 때문이다.

'뙈기'는 '섬지기石落只'나 '마지기斗落只'처럼, '되지기升落只'에서 온 말이다. '되지기'가 표준국어대사전에도 올라 있는 것은 물론, 고문서에 '升落只'의 용례가 뚜렷이 나오기 때문이다.

필자 나름으로는 이 가설이 기존의 풀이보다 진일보한 것으로서, 위 두 가지 말들을 이해하는 데 유용하다고 생각한다.

제2장
교회용어 오용 표현의
유형별 검토*
● ● ●

1. 머리말

교회용어는 기독교 교회에서 쓰는 말들을 일컫습니다. 예배, 기도, 설교, 의식, 찬송 등 다양한 국면에서 쓰는 말들을 포괄해서 일컫습니다. 그 교회용어를 국어국문학적인 측면에서 살펴보면 문제점이 참 많습니다.

이 글에서는 교회 용어 가운데 다듬어야 할 것들을 적시해 문제점을 검토하고 대안을 제시하고자 합니다. 모두 다루면 방대하므로, 예배, 기도, 설교 관련 용어의 문제점만으로 한정합니다.

이론적인 논의는 다음으로 미루고, 우선은 현상을 충실하게 드러내 보이고 가능한 대안을 제시하고자 합니다. 주지하다시피 관련 논저[1]가 몇 편 나와 있으나, 아직도 미진하며, '축복'을 비롯하여 이미 국어사전에

---

* 이 글은 시온감리교회 여선교회 수련회 특강(2014.12.19) 원고로 작성한 것을 다듬은 것임.
1 이송관·김기창, 교회에서 쓰는 말 바로 알고 바로 쓰자(예찬사, 1999)가 그 대표적인 경우이다.

등재된 말들도 있어, 재검토가 필요합니다. 그간 오용 표현으로 거론된 사례들 가운데 긴요한 것을 포괄해 재검토하는 한편, 필자만의 새로운 자료도 적극 제시하고자 합니다.

2. 예배 진행 관련 용어

2.1. 준비 찬송 합시다

예배를 진행하는 사람이 흔히들, 예배 시각 전에 찬송하자면서 "준비 찬송"하자는 말을 하기 일쑤입니다. 하지만 준비 찬송이라는 표현은 좋지 못합니다.

찬송은 항상 그 자체로 하나님께 영광을 올려드리는 행위여야 합니다. 말 그대로 하나님을 찬미하는 데 목적을 두어야지 다른 어떤 것을 위한 수단으로 삼아서는 곤란합니다. 수영하기 전에 몸을 푸는 준비운동을 하듯, 찬송을 그렇게 준비용으로 부를 수는 없습니다.

"찬송이나 부릅시다" 이런 표현도 종종 듣는데 하나님께 매우 죄송한 일입니다. 다시 말하지만, 찬송은 수단일 수 없습니다. 목적이어야 합니다.

그러니 '준비찬송'이란 표현 대신에 '예배 전 찬송'이라는 표현이 좋다고 생각합니다. 아니면 그냥 '찬송하시겠습니다.'라고 하면 됩니다.

"준비찬송합시다"→"찬송하시겠습니다", "예배 전 찬송 하시겠습니다."

2.2. 사회자

'사회'는 집회나 회의, 예식 등에서 진행을 맡은 사람을 지칭하는 말입니다. 교회에서도 각종 회의를 주관하는 사람을 사회자라 할 수 있습니다. 그러나 하나님을 예배하는 자리에서 그 일을 주관하는 사람을 사회자라고 부르는 것은 적절치 않습니다. '집례자'란 표현이 좋습니다. 예식을 집행한다는 뜻이므로 교회의 예배 용어로 쓰기에 적합합니다.

다만 집례자란 말이 좀더 전문적인 느낌을 주는 용어이기에 목사가 아닌 경우에는 '인도자'로 부르는 것이 좋습니다.

2.3. 집사님들 주관으로 예배드립니다

집사 주관으로 드리는 예배를 인도하는 이가 예배를 시작하면서, "집사님들 주관으로 드리는 예배"라고 하는 경우가 많습니다. 다른 기관이 주관하는 경우도 마찬가지입니다.

이는 우리 언어 예절에 비추어 잘못입니다. 자신도 집사이니, '집사님들'이라고 하면 제 스스로를 높이는 격이 되기 때문이지요. 그 기관에 속한 사람이 아닌 이가 인도하면서 소개하는 말이라면 모르지만, 그 기관 소속자가 스스로를 높일 수는 없는 일입니다.

"집사 주관으로 드리는 예배입니다"

이런 식으로 표현해야 옳습니다.

2.3. 묵도하심으로 예배 시작합니다

묵도는 일제의 신사참배 용어에서 온 말입니다.

묵상기도=묵념기도=염경기도=mental prayer입니다. 이는 조용히 드리는 기도로서 소리를 내지 않는 기도를 말합니다. 소리 내서 하는 기도

즉 소리 기도vocal prayer와 대립되는 말입니다.

하지만 이는 가능하면 쓰지 않는 게 좋습니다. 기독교의 예배는 묵도로 시작하는 것보다는 좀 밝게 시작할 필요가 있습니다.

"이제 주악에 맞추어 예배로 나아갑니다."
"이제 경건한 마음으로 정성을 모아 하나님께 예배를 드립니다."
"찬송 ○○○장을 부르심으로 예배로 나아갑니다."

이렇게 하는 게 좋습니다.

2.4. 아무개가 우리를 대신해서 기도해 주시겠습니다

대표기도는 거기 모인 사람들의 간구사항을 한 사람이 집약하여 드리는 기도입니다. 대신해서 드리는 게 아니라 대표해서 드리는 것입니다.

그러니 "대신해서"라든가 "기도해 주신다"는 표현은 잘못입니다. "아무개가 대표기도를 인도하겠습니다"로 표현하는 게 맞습니다. 그 시간에 모든 사람이 같은 심정으로 그 기도에 호흡을 맞추고 있다가 일제히 아멘하는 것입니다.

2.5. 사도신경하시겠습니다

사도신경은 우리의 신앙 고백을 문장으로 요약해 담은 글입니다. 사도신경에 근거해, 사도신경을 따라서 우리의 신앙을 고백하는 것이지, 사도신경을 하는 게 아닙니다.

사도신경하심으로→사도신경으로(사도신경을 낭송하심으로) 우리의 신앙을 고백하겠습니다. 아울러, 천천히 해야 합니다. 쉼표가 있는 데에서는 정확하게 쉬기도 하면서 천천히 음미하면서 해야 합니다. 미국 한인교회 김영봉 목사님이 백주년기념교회에 오셔서 집회를 인도한 적이 있는데, 제발 좀 천천히 신앙고백했으면 좋겠다고 주문한 이후, 천천히들 하고 있다고 그 교회 다니는 우리 형이 전해 줍니다. 아마 많은 교회들이 빨리 빨리들 하고 있으리라 생각합니다.

"신앙고백하시겠습니다."
"신앙을 고백하시겠습니다."

이렇게 표현하는 게 좋습니다.

2.6. 주기도문하심으로/ 주기도문 외우겠습니다

"주기도문하신다"는 표현은 잘못입니다. 성경합니다란 말이 불가능하 듯 이것고 마찬가지입니다. 주기도를 하는 것이지 주기도문을 하는 게 아닙니다. 주기도(주님 가르쳐 주신 기도)를 드리는 것입니다.

주기도문 외우겠습니다라는 표현도 마찬가지로 문제입니다. 암송하는 게 아니라 기도하는 것입니다. 내 기도처럼 생각하면서 내 기도 삼아 하는 것입니다.

"주님 가르치신 대로 기도하겠습니다."
"주님 가르쳐 주신 기도를 드리겠습니다."
"주님 가르쳐 주신 대로 기도하겠습니다."

이렇게 표현하는 게 좋습니다. 이래야만 주기도를 주기도답게 할 수 있습니다. 물론 천천히 음미하면서 해야 합니다. 의미를 생각하면서 기도하면 주기도가 얼마나 포괄적인 기도이며 고차원적이면서도 절실하고 구체적인 기도인지 느끼게 됩니다.

2.7. 아무개께서 대표기도해 주시겠습니다

"아무개께서 대표기도해 주시겠습니다." 이 표현에 무슨 문제가 있는 것일까요?

'-해 주시겠습니다.' 이 표현부터가 문제입니다. 대표기도는 회중의 공통적인 관심사 또는 기도제목을 한 사람이 집약하여 아뢰는 기도입니다. 누가 누구를 위해서 하는 기도가 아닙니다. 대신해서 드리는 기도도 아닙니다. 왕왕 "아무개가 우리를 대신해서 기도해 주시겠습니다." 이렇게 표현하기도 하는데 이중으로 틀린 것입니다.

그 다음으로 문제가 되는 것은 '아무개께서'라는 표현입니다. 원칙적으로는 하나님 앞에서 기도하는 것이므로 특히 학생들이나 청년들이 주관해서 드리는 예배이되 어른들도 함께 드리는 예배에서는 절대로 쓰면 안 됩니다. 경어법이 우리 언어문화의 특징이므로 이 전통을 따라야 합니다.

> "아무개가 기도하시겠습니다(기도 인도하시겠습니다)."
> "아무개가 대표기도하시겠습니다(기도 인도하시겠습니다)."

이러면 충분합니다. 왜 인도한다는 표현을 하느냐면, 앞에서 말한 대로, 원래는 모두가 일제히 드려야 하는 기도를 어느 누군가가, 마치 민요할 때 선소리꾼처럼 그 기도를 앞에서 인도하는 의미가 강하기 때문입니다.

2.8. 아무개가 우리를 대신해서 기도해 주시겠습니다

대표기도는 거기 모인 사람들의 간구사항을 한 사람이 집약하여 드리는 기도입니다. 대신해서 드리는 게 아니라 대표해서 드리는 것입니다. 그러니 "대신해서"라든가 "기도해 주신다"는 표현은 잘못입니다. 〈아무개가 대표기도를 인도하겠습니다〉로 표현하는 게 맞습니다. 그 시간에 모든 사람이 같은 심정으로 그 기도에 호흡을 맞추고 있다가 일제히 아멘하는 것입니다.

대표 기도자는 미리 나가야 합니다. 대표기도 시간에 자주 안타깝게 느끼는 게 있습니다. 찬송 마치고 기도하기까지 지나치게 뜸들이는 시간이 많다는 것입니다. 주보에 이미 대표기도자가 누군지 나와 있는 데다, 사회자가 "이 찬송 부른 후에 아무개 님이 대표기도를 인도하시겠습니다" 이렇게 친절하게 안내까지 하는데도 불구하고, 그 찬송이 다 끝난 다음에야, 그때서야 천천히 앞으로 나가서 단상앞에 서기 때문에 그런 간격이 생기고 있습니다. 이건 정말 시정해야 할 일입니다. 예전처럼 앉은 자리에서 일어나 거기서 기도할 때는 아무 문제가 없지만, 단상 앞에 나가서 기도하도록 바뀐 환경에서, 여전히 예전처럼 행동해서는 안됩니다. 좌석에서 단상까지의 거리가 상당하므로, 찬송 부른 후에야 맡은 분이 움직이면 그 많은 교우들은 그 귀중한 시간을 낭비하게 됩니다.

이렇게 해야 합니다. 대표 기도자는 앞 자리에 앉아 있어야 하고, 찬송 마지막 부분을 부를 때 이미 천천히 앞으로 나가야 합니다. 그래서 찬송이 끝날 때는 이미 단상 앞에 서 있어야 합니다. 찬송이 끝나자마자 바로 기도할 수 있어야 합니다.

그리고 제발 앞에 나가서 "다함께 기도하시겠습니다" 이런 말 안했으면 합니다. 다들 이미 고개 숙여서 기도할 준비가 완료돼 있는데, 기도만 하면 되는데, 왜 그 말이 필요한지 이해할 수 없습니다. 혹 유초등부 예배 때, 주의가 산만한 어린이들의 주의 집중을 위해서 필요한 그 말을, 성인들 기도시간에까지 할 필요는 없습니다. 마치 설교자가 설교 첫 머리에 "다 같이 설교 듣겠습니다" 이런 말 하는 것이나 마찬가집니다. 시간 낭비고 언어 낭비입니다.

이 두 가지, 정말 시급하게 시정해야 할 점입니다. 그 짧은 예배시간을 이런저런 행동이나 말로 낭비하거나 부자연스런 분위기가 연출되지 않도록 노력해야 하겠습니다

2.9. 대예배

이 표현은 그리 좋은 건 아닙니다. 대예배가 있다면 다른 예배는 중예배거나 소예배가 될 테니까요. 모든 예배는 다 중요합니다. 중예배, 소예배는 없습니다.

주일예배, 주일오전예배, 주일2부예배

이렇게 표현하는 게 좋습니다. 대예배실도 문제가 있으나 큰 예배실이라는 의미로도 볼 수 있으므로 허용할 만합니다. 이미 보편화하여 있기도 합니다.

2.10. 수요예배? 금요심야예배? 새벽예배

공식적인 예배는 주일예배만입니다. 그래서 헌금도 있고 찬양대 찬양도 있습니다. 다른 예배들은 엄밀히 말하면 성격이 다릅니다. 가장 무난한 표현은 기도회입니다.

삼일기도회, 수요기도회, 금요기도회, 금요심야기도회, 금요철야기도회, 새벽기도회

이렇게 표현하는 게 가장 좋습니다.

새벽예배와 관련해 일러둘 게 있습니다, 초창기에는 예배한 게 아니라 예배당 문만 열어놓으면 각자 와서 기도하고 갔다고 합니다. 그게 맞습니다.

이러던 게, 언제부터인지 오늘날처럼, 거의 경쟁적으로 예배라고 부르고 설교도 하고 이렇게 바뀌어 있습니다. 예배라고 부르면서 기도 시간은 약화되어 있다고 보입니다.

2.11. 성경봉독할 때 잘못 쓰는 말 −몇 장 몇 절로 몇 절 말씀−

성경봉독을 인도하면서, "몇 절에서 몇 절까지의 말씀을 읽겠습니다," 이렇게 말해야 하는데, "몇 절로 몇 절까지의 말씀"이라고 표현합니다. 명일동 명성교회 주일예배 녹화방송을 보는데 그렇게 큰 교회에서도 그러고 있습니다.

왜 그럴까요? 아마도 지금과 같은 한글맞춤법이 제정되기 전, 그러니까 1933년 이전부터 갓쓴 사대부 신자들이나 초기 우리 조상들이 구결식이나 한문읽기투로 그렇게 표현했던 것이 그대로 구전되어 내려오는 것

이 아닐까 생각해 봅니다.

　이상해서 개화기 국어를 연구하는 정길남 교수께 문의하니, 글에는 안 나오고 통상적으로 구어로만 존재하고 있다네요. "로부터"라고 해야 하는데 줄여서 "로"라고 하고 있다는 것이지요. 어법에는 분명히 안 맞는 말인데 그렇게 쓰고 있다는 것이지요. 바로잡아야 할 일입니다.

2.12. 성경을 받들어 봉독

　설교 직전에 사회자가 본문 성경 말씀을 읽을 때 하는 말입니다. 그런데 봉독奉讀이란 말 자체가 '받들어 읽음'(받들 봉, 읽을 독)이란 뜻을 지니고 있으니, 이 역시 '거룩한 성일'과 마찬가지로 의미가 중첩돼 부자연스러운 표현입니다. 따라서 그냥 '성경을 봉독하겠습니다'라고 하거나 '성경을 받들어 읽겠습니다'라고 해야 하겠습니다.

2.13. 축도: "성부 성자 성령의 은혜가 계시옵기를"

　예배 순서 중의 끝 순서는 목사님의 축도입니다. 성부, 성자, 성령 하나님의 은혜가 영원히 함께하게 해달라는 내용으로 거의 정형화되어 있습니다. 물론 청중에 따라 약간의 변형은 있을 수 있으나 삼위하나님의 은혜와 사랑과 감동케 하시는 역사가 늘 함께하기를 비는 중심내용만은 변하지 않는 요소입니다.

　그런데 그 축도 중에서 우리말 어법에 비추어 부자연스런 표현이 가끔 있어서 지적하지 않을 수 없습니다.

　　"−은혜가 영원히 함께 계시옵기를 축원하옵나이다."

"계시옵기를"이라는 표현은 부적절합니다. "계시다"의 주어가 하나님이라면 맞는 표현이지만, "은혜"가 주어이기 때문에, "계시다"라고 높일 수는 없습니다. 이렇게 고쳐야 자연스럽습니다.

　"-은혜가 영원히 함께하기를 축원하옵나이다."

이 문제는, 우리가 일상어에서 "아무개 님의 축하 말씀이 계시겠습니다"라고 하는 표현이 적절치 않은 것과 마찬가지 문제입니다. "아무개 님의 축하 말씀이 있겠습니다"라고 하든지 "아무개 님이 축하의 말씀을 해주시겠습니다"라고 해야 맞습니다.

　"이 민족 위에"

왕왕 이렇게 민족 전체로까지 축복의 대상을 확대해 축도하는 경우가 있는데, 축도는 예배 참석자만을 대상으로 해야 합니다.

　"복이 계실지어다"

이런 표현도 부적절합니다.

　"복이 있을지어다."

이렇게 표현해야 우리 어법에 맞습니다.

2.13. 시편 60장

시편만은 시 모음집이므로, "-장"이라 하지 않고 "-편"이라고 합니다. 그러므로 "시편 60편"이라고 표현해야 합니다.

2.14. 제가 읽어 드리겠습니다

성경 봉독 순서에서 이렇게 말하면 안 됩니다. 원칙적으로, '성경봉독'은 설교와 마찬가지로, 담당자가 혼자 읽는 순서이니, 그냥 읽으면 됩니다.

하지만 많은 사람이 이 점을 잘 몰라, 교독하기도 하고 합독하기도 하니, 그 현실을 인정해 다음처럼 할 수는 있겠습니다.

"제가 읽겠습니다(봉독하겠습니다)."

하지만 절대로 다음과 같이 해서는 안 됩니다.

"제가 읽어 드리겠습니다."

이 표현이 맞다면, 설교하는 목사님이 "제가 설교해 드리겠습니다"로, 특송하는 사람이 "제가 찬송 불러드리겠습니다"로 표현하는 것도 허용해야 합니다.

어쩌다 성경공부나 설교 시간에, 필요하면 교독하거나 합독할 수는 있겠습니다. 그런 때는 교독인지 합독인지 분명하게 밝혀야 혼선이 빚어지지 않습니다.

"교독하겠습니다(한 절씩 교독하겠습니다)."

"합독하겠습니다(다 같이 합독하겠습니다)."

2.15. 성경을 받들어 봉독

설교 직전에 사회자가 본문 성경 말씀을 읽을 때 하는 말입니다. 그런데 봉독奉讀이란 말 자체가 '받들어 읽음'(받들 봉, 읽을 독)이란 뜻을 지니고 있으니, 이 역시 '거룩한 성일'과 마찬가지로 의미가 중첩돼 부자연스러운 표현입니다. 따라서 그냥 '성경을 봉독하겠습니다'라고 하거나 '성경을 받들어 읽겠습니다'라고 해야 하겠습니다.

대전 만동서가 세상을 떠서, 발인예배에 참석했습니다. 서서문교회 담임목사님께서 집전하셨습니다. 운구차 앞에서, 관이 보이는 가운데, 가족과 교우들이 빙 둘러선 가운데, 담임목사님은 아주 은혜스러운 설교를 통해 우리 모두에게 소망과 위로를 느끼게 했습니다. 그런데 딱 한 가지 옥의 티가 있었습니다. 설교 직전에 성경말씀을 소개하고 나서, 이러셨습니다.

"요한복음 몇 장 몇 절에서 몇 절의 말씀을 제가 대독해 드리겠습니다."

그리고는 목사님께서 그 말씀을 혼자 읽으셨습니다. 대독'이라? 대독이란 말은 '남을 대신하여 읽음'을 의미합니다. 예컨대 대통령의 축사나 기념사를, 마땅히 대통령이 읽어야 하나, 사정상 대통령이 참석하지 못할 경우, 국무총리나 누가 대신해서 읽는 것을 말합니다. 그 때 잘 들어보면, 분명히 국무총리가 읽는데도, "몇 월 며칠 대통령 아무개 대독"이럽니다.

하지만 설교 직전에 성경본문 말씀을 읽는 것은 이것과는 성격이 다릅니다. 그 말씀읽는 사람이 특별히 정해져 있지 않습니다. 하나님의 말씀을 인간 누구나 읽게 되어 있습니다. 특정한 사람의 목소리가 담긴 무슨 축사나 기념사와는 다릅니다. 하나님의 메시지를 우리가 읽는 시간이 성경봉독 시간입니다.

보통은 사회자나 설교자 혹은 담당자 혼자 읽게 되어 있으나, 교독으로 읽을 수도 있고, 합독으로 읽을 수도 있습니다. 마치 민요를 부를 때, 독창으로 부를 수도 있고, 교환창이나 선후창으로 부를 수도 있으며, 합창(제창)으로 부를 수도 있는 것과 마찬가지입니다.

그러니, 성경을 읽을 때는 설교자나 사회자 혹은 담당자가 혼자 읽는 경우, 회중과 교대로 읽는 경우, 일제히 함께 읽는 경우, 이 세 가지가 있을 뿐인데, 어느 경우에도 '대독'이라고 할 수는 없습니다. 그냥 혼자 봉독하거나 함께 봉독(합독)하거나, 교대로 봉독(교독)하는 것만 있을 따름입니다.

'대독'이란 말이 맞다면, 과연 누가 읽어야 할 것을 대신 읽는단 말일까요? 회중이 읽어야 할 것을 사회자가 대신 읽는단 말인가요? 하나님이 읽어야 할 것을 사회자가 대신 읽는단 말인가요? 어느 모로 보나 이해할 수 없는 표현이여 부자연스럽고 부적절한 표현입니다. 이런 표현은 쓰지 않아야 합니다.

2.16. 성경 봉독해 주시겠습니다

성경 봉독은 하나님 말씀을 하나님을 대리하여 읽는 순서입니다. 그러니 그냥 읽는 것이지 읽어 주는 것이 아닙니다. 그러므로 "성경 봉독해

주시겠습니다"라고 해서는 안 됩니다. "설교해 주시겠습니다", "찬양해
주겠습니다."라고 하지 않는 것과 마찬가지입니다.

"성경 봉독하시겠습니다."

이렇게 표현해야 올바릅니다.

2.17. 다 찾으신 줄 믿고

성경 봉독하는 사람이 흔히 하는 말입니다. 회중이 성경 본문을 모두
찾은 것으로 간주하고 봉독하겠다는 말입니다. '믿는다'는 말을 이런 데
쓰는 것은 좀 어색합니다.

"다 찾으신 것으로 알고"

이렇게 표현하면 됩니다. 아니, 제일 좋은 것은 이런 말을 하지 말고,
그 대신 다 찾았는지 한번 휙 둘러보아 확인하고 나서, 봉독하는 것입니
다. 불필요한 말은 안 하는 게 좋습니다.

2.18. 모든 찬송마다 '아멘'으로 끝

'아멘' 표시 있는 것만 아멘을 발화해야 맞습니다. 악보를 존중함으로
써 작곡자의 창작 의도를 존중하자는 뜻도 있으려니와, 악보대로 해야
만, 회중들이 호흡을 맞출 수도 있기 때문입니다. 어떤 이는 아멘하고,
어떤 이는 하지 않고, 이러면 예배 분위기가 흐트러질 수 있습니다.

2.19. 아무개가 소천하셨습니다

소천召天은 국어사전에는 없는 말입니다. 하늘로 부름이라는 뜻을 지닌 말입니다.

"별세하셨습니다."
"하나님의 부름을 받으셨습니다."
"소천을 받으셨습니다."
"하나님께서 아무개를 소천하셨습니다."

이렇게 표현하는 게 좋습니다.

2.20. 저희 교회에서는

"우리 교회"라고 해야 좋습니다. 특히 우리끼리 말할 때는 항상 '우리'라고 해야 합니다. 형제간에 제 아버지를 지칭하면서 "저희 아버지"라고 말하지 않는 것처럼.

2.21. 룻기서, 욥기서, 잠언서, 아가서

룻기, 욥기, 잠언, 아가 등으로 일컬어야 맞습니다. 전도서 및 서간문편지문 형식의 일부 신약 성경만 '서'자가 붙어 있습니다. 특히 신약의 서신서는 편지문학이기에 그걸 표시하기 위해 '서書'자가 들어가 있는 것입니다.

그런데 편지문학도 아닌 룻기, 욥기, 잠언, 아가 등에 '서'자를 넣으면 안 됩니다.

2.22. 예배, 예식, 기도회, 경건회

이 셋은 구별해야 합니다. 예배만 예배라고 해야 합니다.

혼인 예식이 맞지 혼인예배라고 하는 건 곤란합니다. 새벽기도회, 금요기도회 이래야 맞습니다. 돌, 회갑, 추도, 입학, 졸업, 입당, 임직, 교회 설립 등 수많은 경우에 예배를 남발하는데, 어디까지나 이는 예식일 뿐입니다. 어떤 회의를 하기 전에 제1부행사로 찬송 부르고 기도하는 것은 예배가 아니라 경건회 정도로 표현하는 게 좋습니다.

예배와 여타 집회(예식, 기도회, 경건회 등)의 차이 가운데 중요한 것은 봉헌 즉 헌금 순서가 있느냐 없느냐 하는 것입니다.

2.23. 교회 창립

교회 창립인지 교회 설립인지, 궁금할 수 있습니다.

초기 교회 시기에 세워진 첫 교회의 시작은 창립이 맞지만 그 이후의 모든 교회는 창립이 아니라 설립일 뿐입니다.

2.24. 설교 말씀이 계시겠습니다

우리말에서, "계시겠습니다"라는 서술어의 주어는 인격체만입니다. 사람이든지 신이든지만 주어가 될 수 있습니다. "말씀"이 주어가 될 수는 없습니다.

"설교 말씀이 이어지겠습니다."
"설교 말씀이 있겠습니다."

이렇게 표현해야 합니다.

2.25. 찬송가 부르심으로 시작하겠습니다

어느 교회 여선교회에서 교회용어 문제로 특강해 달래서 갔더니, 진행하는 분이 "찬송가 부르심으로 시작하겠습니다." 이렇게 말합니다.

찬송가는 찬송을 모아놓은 책을 일컫는 말입니다.

"찬송가 제 몇 장을 부르시겠습니다."

이렇게 해야 맞습니다. 찬송 부르는 게 시작을 알리는 신호처럼 여겨서는 안 됩니다.

"지금부터 특강을 시작하겠습니다."

이렇게 말한 다음,

"찬송가 몇 장을 부르겠습니다."

이렇게 말해야 옳습니다.

2.26. 기도로 폐회합니다

예배를 마치면서 '폐회'라는 말을 쓰는 건 부자연스럽습니다. 예배는 회의가 아니기 때문입니다. 하나님께 드리는 행위입니다.

"기도로 예배를 마칩니다."
"기도로 기도회를 마칩니다."

이렇게 표현하는 게 좋습니다.

3. 기도 관련 용어

3.1. (마이크 혹 불면서) 아, 아, 아, 다같이 기도하시겠습니다

미리 와서 마이크 상태를 점검해야 합니다. 그렇지 않았다 해도 살짝 두드려도 마이크 상태를 점검할 수 있습니다. 혹 혹 부는 것은 점잖지 못합니다.

아울러, 이미 예배 인도자가 "아무개가 기도 인도하시겠습니다." 이렇게 소개했고, 주보에도 나와 있으므로 "다같이 기도하시겠습니다." 이 말은 전혀 불필요한 말입니다. 가뜩이나 시간을 아껴야 하는 공중예배에서 그렇게 한가하게 쓸데없는 말, 잡어를 섞어서는 안됩니다.

그냥 나와, 인도자가 소개할 때 걸어나와서, 소개가 끝나자마자 바로 기도를 시작해야 합니다.

어떤 이는 기도시간에 눈을 떠서 청중을 휘 둘러보면서 기도하기도 한다는데 부자연스럽습니다. 기도는 눈 뜨고 할 수도 있는 것이지만 우리 문화에서 이미 눈 감고 기도하는 것으로 굳어 있으므로 거기 따르는 게 좋습니다. 그렇지 않으면 새 신자가 볼 때 본도 안 되고 기이하게 비쳐질 일입니다.

3.2. 사랑하시는 하나님

'저희를 사랑하시는 하나님'이라고 해야 맞습니다.

만약에 '저희가 사랑하는 하나님'이라는 의미로 이 말을 했다면 '사랑하옵는 하나님'이라고 해야 옳습니다. 우리말 존대법상 내가 하는 행위를 높일 수는 없기 때문입니다.

3.3. 감사하신 하나님

이 말도 앞의 '사랑하시는 하나님'과 마찬가지로 존대법의 원칙에 어긋난 표현입니다. '감사하옵는 하나님'이라고 해야 자연스러운 경우입니다.

3.4. 하나님 아버지시여

우리말 존대법에서는 2인칭에는 호격조사를 붙이지 않는 게 원칙입니다. 다시 말해서 손윗 분이 앞에 있을 경우, 그분에게 '선생님이시여', '아버지시여'라고 하지 않습니다. 그냥 '선생님', '아버지'라고 부릅니다.

마찬가지로 우리가 기도할 때도 그냥 '주님', '하나님' 하면 될 일입니다. '하나님이시여'보다 얼마나 더 친근하고 부드럽습니까?

3.5. 당신의 크신 능력으로

하나님께 기도하면서 '당신'이라고 부르는 것은 잘못입니다. 우리말에서 '당신'이란 말을 다음 두 가지 경우로 사용됩니다.

하나는 2인칭 대명사로서, 자기와 동등하거나 그 이하의 위치에 있는 사람을 가리키는 말로 사용됩니다. 예컨대 운전자간에 "당신 잘못이 아니고 내 잘못이요."라고 말한다거나, 남편이 아내 보고 "당신은 언제 보아도 아름다워요."라고 하는 경우가 이에 해당합니다. 두번째 경우는 3인칭 극존칭대명사로서, 자기보다 높은 위치에 있는 분을 (그분이 안 계신

자리에서) 아주 높여서 지칭하는 말로 사용됩니다. 예컨대 남매가 모여서 돌아가신 아버지에 대해서 이야기하면서 "당신의 소원은 남북통일이 되어 고향에 돌아가는 것이지."라고 하는 경우입니다. 우리가 기도하면서 하나님을 '당신'이라고 부르는 것은 이 두번째 경우를 잘못 적용한 것이라고 하겠습니다.

기도 아닌 다른 상황에서 우리 신도간에 "당신의 영광을 이루어 드리기 위해 우린 살아야 해."라고 한다면 무방하지만, 지금 예배에 임하셔서 내 기도를 들어주고 계시는 하나님께 '당신'이라고 하는 것은 불경스럽기 짝이 없는 표현이 아닐 수 없습니다. 그것은 2인칭 대명사로서의 '당신'이 되기 때문입니다.

3.6. 거룩한 성일/ 안식일
성일聖日이란 말 자체가 '거룩한 날(거룩할 성, 날 일)'이란 뜻을 지니고 있습니다.

그러니 '거룩한 성일'이라고 하게 되면 '거룩한 거룩한 날'이 돼서 의미가 중첩됩니다. 그냥 '성일'이라고 하든지 '거룩한 날'이라고 해야 하겠습니다.

3.7. 하나님께 기도하면서 사람을 높이는 말을 쓴다
우리말 어법에서는 듣는 사람이 최상위자일 경우 다른 어떤 인물에게도 존대어를 쓰지 않습니다. 이른바 압존법이 그것입니다. 더 높은 분 앞에서는 낮추어 표현하니다. 예컨대 "아버지, 큰형님이 오셨어요"라고 하는 것은 옳지 않습니다. 왜냐하면 이 말을 듣는 '아버지'는 나의 '큰형'

보다 더 격이 높은 분이기에 그렇습니다. '아버님, 큰형이 왔습니다'라고 말하는 게 옳습니다.

이 원리를 적용하면, 우리가 기도할 때, 기도를 들으시는 분이신 하나님이 최상위자이시므로 다른 어떤 사람도 높일 수 없습니다. 그러므로 기도할 때, '우리 성도님들이' 또는 '우리 목사님께서'라고 말하는 것은 옳지 않습니다. '저희 교우들', '우리 목자(우리 사역자, 목회자)' 등으로 표현하는 게 좋습니다.

3.8. 지금은 예배를 시작하는 시간이오니

대표기도하는 사람이 흔히 기도 마무리 단계에서 이렇게 말하곤 합니다. 예배는 이미 묵도(묵상기도)를 비롯해 이미 시작된 지 한참 지났는데도 이렇게 말하는 것입니다.

그렇다면 그 앞에서 진행한 찬양이니 기원이니 교독문 낭독이니 신앙고백 등의 순서는 예배 순서가 아니고 무엇이란 말인가요? 준비운동이었단 말일까요? 그러니 '지금은 예배 시작시간이오니'란 말은 절대로 해서는 안되겠습니다.

3.9. 주님의 이름으로 기도드렸습니다

'예수님의 이름으로 기도합니다'가 옳습니다. 주님이란 표현은 원칙상 삼위일체 하나님을 의미하는 말이기도 하기 때문에 조심해서 써야 합니다. 특히 기도할 때 하나님 대신 주님이라고 부르면서 시작했다면 끝낼 때는 절대로 '주님의 이름으로 기도합니다'라고 해서는 안됩니다. 왜냐하면 주님께 주님의 이름으로 기도하는 셈이 되어 아주 이상스러워지기 때문입니다.

'기도드렸습니다.'란 표현도 문제가 있습니다. 논리적으로 볼 때 기도를 끝내는 시점에서 1초라도 이전에 발설된 말은 모두 과거형이 되기는 합니다. 하지만 기도는 예배 중에 하는 것이며, 예배는 시작하여 마치는 순간까지, 모두 현존하시는 하나님 앞에서 행하는 인간의 현재적 행위입니다. 그렇기 때문에 종결형 어미를 사용하는 것은 옳지 않으며 오히려 '기도합니다'와 같은 현재형 어미를 쓰는 게 적절합니다. "기도드립니다" 또는 "기도합니다"로 해야 자연스럽습니다. 영어 기도에서도 현재 시제로 표현합니다. "in Jejus name we pray."

3.10. 개회기도(기원)를 대표기도처럼 해서야

교단 연회에 참석했습니다. 연회는 목사와 장로만 참석하는 모임인데, 폐회예배는 어느 목사님의 은퇴찬하예배를 겸하여 드렸습니다.

사회를 진행하는 목사님이 묵도 말미에서 개회기도(기원)를 드렸습니다. 그런데, 그날 은퇴하는 분을 위해 상당히 길고도 간절하게 기도를 드리는 것이었습니다. 그간의 노고를 위로해 주시라고, 또 앞으로 강건하게 해달라는 등의 내용이었습니다.

묵상기도가 끝난 후 찬송 한 장 부른 후 〈대표기도〉 시간이 되었습니다. 그러자 대표기도를 맡은 분이 나와서 이렇게 말하는 것이었습니다.

"제가 드릴 기도는 이미 사회자께서 다 하셨으므로, 나는 특송이나 하겠습니다."

이러면서 찬송을 불렀습니다. 세상에! 목사님들마저 〈개회기도(기원)〉와 〈대표기도〉의 성격을 혼동하여 이런 일이 빚어지다니 안타까운 일입니다.

개회기도(기원)는 대표기도가 아닙니다. 하나님을 찬양하며 그 은혜에 감사함을 표현한다든지, 그 예배에 하나님이 임재하셔서 기쁘게 받아주시기를 혹은 회중에게 하나님의 은총이 내리기를 아주 포괄적으로 간략하게 아뢰면 됩니다. 그런 내용을 담은 시편의 한 대목을 읽는 것으로 대신하기도 합니다.

3.11. 모든 찬송의 끝을 '아멘'으로

찬송 부를 때, '아멘' 유무에 따라 정확하게!(6장은 없음) 아멘이 없는 것 없는 대로, 있는 것은 있는 대로 존중해야 합니다.

그런데, 무조건 모든 찬송 끝에 아멘 붙이는 것은 곤란합니다. 악보 무시하는 한국 교우들이라고나 할까요? 은혜가 넘쳐서 그런 걸까요? 과공이 비례라는 말도 있습니다.

3.12. 하나님 아버지시여/ 주여

우리말 존대법에서는 2인칭에는 호격조사를 붙이지 않는 게 원칙입니다. 다시 말해서 손윗 분이 앞에 있을 경우, 그분에게 '선생님이시여', '아버지시여'라고 하지 않습니다. 그냥 '선생님', '아버지'라고 부릅니다.

마찬가지로 우리가 기도할 때도 그냥 '주님', '하나님' 하면 될 일입니다. '하나님이시여'보다 얼마나 더 친근하고 부드럽습니까?

3.13. 거룩한 성일/ 안식일

성일聖日이란 말 자체가 '거룩한 날(거룩할 성, 날 일)'이란 뜻을 지니고 있습니다. 그러니 '거룩한 성일'이라고 하게 되면 '거룩한 거룩한 날'이 돼서 의미가 중첩됩니다. 그냥 '성일'이라고 하든지 '거룩한 날'이라고 해야 하겠습니다.

3.14. 전하는 자나 듣는 자가 피차에 은혜 받게

목사님이 설교 전에 이렇게 기도하는 것은 자연스럽습니다. 겸손한 마음이 느껴져서 좋습니다.

하지만 평신도가 이렇게 기도하는 것은 부적절하다고 생각합니다. 설교자에 대한 예의가 아니라고 여겨지기 때문입니다.

3.15. 예배를 돕는 성가대

대표기도에서 종종 "예배를 돕는 성가대"라는 표현을 쓰곤 합니다. 그러나 이는 잘못된 표현입니다.

예배를 돕는 행위는, 안내한다든지, 주보를 나눠준다든지, 주차 관리를 한다든지, 영상실에서 일하는 따위, 그야말로 예배 순서에는 들어가지 않으면서, 예배가 순조롭게 이뤄지도록 돕는 행위들을 일컫습니다. 하지만 성가대는 찬양의 직무를 독특하게(표나게) 담당하기 위해서 조직되어 그 일을 하기에, 예배를 돕는 기관이 아닙니다. 담임 교역자가 설교를 담당하듯, 엄연히 예배의 독립적인 순서 하나를 담당하는 기관입니다.

그런데도 성가대를 "예배를 돕는 성가대" 라고 표현한다면, 암암리에, 마치 성가대가 교인들의 예배 분위기가 좀더 폼나게 하기 위해 봉사하는 부수적이고 종속적인 기관으로 격하하는 셈입니다. 그러니 이 말은 고쳐서 표현해야 합니다.

아울러, 성가대보다는 찬양대가 좋습니다. 성가는 일본식 표현에서 온 말이기 때문입니다.

3.16. 예배 시종일관을 주관해 주시길 바랍니다

대표기도를 듣다 보면 부자연스런 표현들이 왕왕 들립니다. 기도 말미의 다음과 같은 표현이 그 한 예입니다.

> "예배 시종일관을 주관해 주시옵길 바라옵니다."
> "예배 시종을 주님께서 주관해 주실 것을 믿으며 예수님 이름으로 기도합니다."

하나님은 우리가 드리는 예배를 받으시는 분이시지, 예배를 주관하시는 분은 아닙니다. 예배를 주관하는 이는 하나님이 아니라 우리들입니다. 사회자와 설교자와 대표기도자와 성가대와 안내위원과 헌금위원과 기술팀과 찬양대 등등 우리 모두가 그 예배가 신령과 진리로 드려지도록 잘 주관해야 할 책임이 있다고 봅니다.

내 의견이 납득되지 않으면, 국어사전에서 '주관主管'이란 낱말풀이를 보시기 바랍니다. "책임지고 맡아봄. 주장하여 관리함"이라고 되어 있습니다. 지금 우리가 일상생활에서 주관이란 말을 어떻게 쓰는지 구체적으로 생각해 보아도 자명합니다.

가령, 대통령의 생일을 축하하기 위해 무슨 조찬기도회를 열었다고 할 때, 그때 그 행사의 주체를 표시할 때 다음과 같이 합니다.

주관(주최) : 모모단체
　　협찬　　: 모모단체

　대통령은 그 기쁨을 누리고 영예를 누리기만 하지, 그 대통령이 행사의 주관자가 되어, 경비를 조달하거나 진행하는 일은 하지 않습니다. 그 일들은 아랫것들이 하는 것입니다.

　마찬가집니다. 하나님더러 예배를 책임지고 관리하시라니, 좀 불경스럽고 미안하기 짝이 없는 표현입니다.

　그러니 이렇게 해야 합니다.

　"하나님 이 예배가 시종일관 신령과 진리 가운데 드려지도록 저희를 붙들어 도와주시옵소서. 그리하여 이 예배를 통해 하나님만 맘껏 영광 받으시옵소서."

　"예배의 시종일관을 맡깁니다"

　이런 표현도 종종 하는데, 귀에 거슬립니다. 이 말은 문제가 있습니다. 잘못된 말입니다. 왜냐하면 '시종일관'이란 말은 이렇게 쓰는 말이 아닙니다.

　"그 사람은 침묵으로 시종일관하였다."

　이렇게 쓰면 맞습니다. 시종일관 자체가 동사입니다. 처음부터 끝까지 하나같이 어떤 일을 한다는 말입니다.

　그러니 예배때 굳이 이 말을 쓰려면 다음과 같이 써야 합니다.

"이 예배에서 저희들 오직 신령과 진정으로 시종일관하게 도와주시옵
소서."

4. 설교 관련 용어

4.1. 목사가 자기를 '○○○ 목사', 아내를 '사모'라고

자기 스스로를 '이○○ 목사', '김○○ 장로(권사, 집사)'라고 말하는 분이
의외로 많습니다. 이분들은 다른 사람에게 자기를 소개할 때에도 '이○
○ 목사입니다' 또는 '김○○ 장로(권사, 집사)입니다'라고 한다. 이것은 적
절한 표현이 아닙니다.

남을 높일 때는 그것이 예의이지만, 자기 자신을 말할 때에 직명을
뒤에 쓰면 자기 스스로를 높이는 것이 되어 실례입니다. 따라서 남에게
자기를 말할 경우 직명을 밝힐 필요가 있을 때에는 '장로(권사, 집사) 김○
○', '목사(전도사) 이○○'라고 해야 자기를 낮추는 겸손한 표현이 됩니다.
상대방이 나의 직분을 알 경우에는 직명을 생략하고 이름만 말해도 됩니
다. 이를 지키지 않으면 겸손을 모르는 교만한 사람으로 인식되기 쉽습
니다.

'사모師母'는 스승의 부인을 가리키는 말입니다. 우러러 존경하는 스승
을 아버지에 비겨 '사부師父'라 하고, 스승의 부인을 어머니에 비겨 '사모'
라고 합니다. 그래서 기독교인들은 목사나 전도사의 부인을 '사모님'이
라고 부릅니다. 목사나 전도사는 신앙적으로 스승 격이니 나이의 많고
적음에 관계없이 존경의 대상이므로 그 분의 부인을 '사모님'이라고 부
르는 것은 적절합니다. 그런데 언제부터인가 '사모'란 말이 '목사의 아내
를 가리키는 말이라도 된 양 잘못 쓰이고 있습니다. 그래서 목사가 다른

사람에게 자기 아내를 소개하면서 '제 사모입니다.'란 말을 예사로 쓰고 있습니다. 이는 부적절한 표현이므로, '제 처(아내, 내자, 안식구)입니다'로 고쳐 쓰는 게 좋습니다.

4.2. '할렐루야'와 '아멘'은 필요한 때에만 써야

할렐루야Hallellujah의 'Hallellu'는 '찬미하다'의 명령형이고, 'jah'는 '야훼 yahweh'의 준말로 '여호와'를 의미합니다(Hebrew and English Lexion of the Old Testament; Oxford). 그러면 '할렐루야'는 '여호와를 찬양하라'의 뜻입니다. 시편에서 많이 쓴 '할렐루야'는 문맥으로 보아 '여호와를 찬양하라'는 명령형의 말입니다. 할렐루야는 하나님께 하는 찬양이며 인사이지, 사람 사이에 하는 인사가 아닙니다. 그러므로 오랜만에 만난 교우끼리의 인사말로 하는 '할렐루야'나, 새로 나온 교우를 소개하거나 강사 목사님을 소개할 때 쓰는 '할렐루야!'는 적절하지 않습니다. 굳이 이스라엘말로 인사하려면 '샬롬' 하는 것이 좋을 것입니다. 따라서 인사말로 하는 할렐루야는 '안녕하십니까', '반갑습니다', '환영합니다'로 바꿔 쓰는 것이 좋습니다.

설교하면서 방금 한 말을 강조하는 뜻에서 '할렐루야'라고 말하거나, 그 내용을 확인하는 뜻에서 교우들에게 '할렐루야'로 화답하게 하곤 합니다. '할렐루야'를 말한 내용을 강조하거나 확인하는 '구호口號'처럼 쓰는 것 역시 적절한 표현이라 할 수 없습니다.

교회에서 회의하면서 출석을 확인할 때, '아멘' 하고 대답하는 사람이 있습니다만 이것도 적절치 않습니다. 아멘amen은 '확실하다', '확실히', '진실한', '진실', '참으로', '참으로 그렇게 되기 바랍니다.'의 뜻을 가진 이스라엘 말입니다. 〈표준국어대사전〉에는 '기도나 찬송 또는 설교 끝에 그 내용에 동의하거나 그것이 이루어지기를 바란다는 뜻으로 하는 말'이라고 적혀 있습니다. 그러므로 출석을 부를 때 '예' 대신 '아멘' 하거나, 설교 내용의 확인 또는 주의 집중을 위해 '아멘' 하라고 하는 것은 적절하지 않습니다. 목사님이나 회중을 대표하는 분의 기도, 목사님께서 선포하시는 말씀이 감동적이면 교우들의 입에서는 저절로 '아멘' 소리가 흘러나올 것입니다.

4.3. '네 시작은 미약하였으나 네 나중은 심히 창대하리라(욥8:7)'가 하나님 말씀인가

이 말은 하나님이 하신 말씀이 아닙니다. 욥의 친구인 빌닷의 말입니다. 고난받는 욥을 윽박지르면서, 죄 때문에 그런 것이니 회개하라면서 한 말입니다.

그런데도 많은 사람이 이를 하나님 말씀으로 오해하고 있습니다. 그런 오해 아래에서 설교도 하고 글도 쓰고 기도도 합니다. 가정에도 회사에도 이 구절을 걸어놓고 좋아합니다.

4.4. 제사, 제단, 제물, 성전

이들 용어는 모두 구약적인 용어입니다. 지금은 신약시대입니다. 아래와 같이 바꾸어 표현하는 게 좋습니다.

제사 → 예배		제단 → 강단	
제물 → 헌금(예물)		성전 → 예배당(교회당)	

4.5. 저희 교회에서는

우리 교회라고 해야 합니다. 특히 그 교회 구성원끼리 말할 때는 항상 '우리'라고 해야 우리말답습니다. 주님의 몸된 교회를 낮춰야 할 아무런 이유가 없습니다.

4.6. 메시아, 엘리아, 예레미아

"메시야, 엘리야, 예레미야"

이게 맞습니다. '야'가 이스라엘말로 '하나님'이므로 바르게 발음하고 적어야 하기 때문입니다.

4.7. 마가의 다락방

오순절 성령강림의 현장을 마가의 다락방으로들 말하곤 하는데 잘못입니다. 마가라 하는 요한의 어머니 마리아의 다락방. 이게 정확한 표현입니다.

사도행전 12장 12절에 다음과 같이 기록되어 있기 때문입니다.

"마가라 하는 요한의 어머니 마리아의 집에 가니 여러 사람이 거기에 모여 기도하고 있더라."

4.8. 제 부인입니다

부인은 다른 사람의 아내를 높여서 부르는 말입니다. 자신의 아내를 부인이라고 하면 안 됩니다.

'집사람', '아내'라고 해야 합니다. 부모님이나 어른 앞에서는 '처'라고 하며, 부모나 조부모 앞에서는 '에미'라고 합니다. 이것이 우리 언어 예절입니다.

4.9. 입맞춤

성경에는 부모와 자식이 하는 것도 입맞춤, 연인끼리 하는 것도 입맞춤, 이렇게 미분화 상태입니다. 영어 사전에서 kiss를 찾아보니 마찬가지였습니다.

다만 우리의 인식과 다른 게 있었습니다. 우리는 입맞춤 하면 입과 입의 마주침을 연상하는데 영어의 kiss는 일방적인 것까지 포괄했습니다. 신하가 국왕의 손등에 입맞추는 것도 kiss라 했습니다. 우리말로 번역할 때는 구분해야 마땅합니다. 가벼운 키스는 뽀뽀 깊은 키스는 입맞춤 이렇게 구분해야 합니다.

그렇지 않으면 오해할 수 있습니다. 바울서신에 말미에 자주 등장하는 거룩한 입맞춤으로 서로 문안하라. 이 대목의 입맞춤도 뽀뽀라고 해야 맞습니다.

4.10. 절하다 bow, bow down

10계명 중 제2계명 너를 위하여 새긴 우상을 만들지 말고, 또 위로 하늘에 있는 것이나, 아래로 땅에 있는 것이나, 땅 아래 물 속에 있는 것의 아무 형상이든지 만들지 말며, 그것들에게 절하지 말며, 그것들을 섬기지 말라.

이 대목에서 '절'한다는 게 무엇일까요? 우리 한국사람들로서는 큰절을 연상합니다. 무릎꿇고 두 손 모아 하는 절이 그것입니다.

외국인은 어떨까요? 우선 영어 번역을 보니 bow down입니다. 이것은 우리의 큰절입니다. 무릎꿇고 하는 절. 그 나머지 가벼운 절은 bow라고 합니다. 중동의 무슬림들이 하루에 여러 차례 성지를 향한 자세로 엎드려 하는 절. 그게 바로 bow down. 성경이 금하는 게 바로 이것입니다.

하나님이 아닌 다른 것 즉 우상에게 큰절 하지 말라는 것이지요. 이 계명 때문에 초기 우리 신자들이 많이 죽었지요. 조상제사를 거부하다 죽었지요. 하기야, 천주교에 호의적이었던 남인계 채제공의 세력이 정조 사망후 벽파에 밀려나면서 정국의 주도권을 위해 천주교도들을 죽였다고 하니 조상제사 아닌 다른 것으로라도 꼬투리잡아 죽였을 것이지만 말이지요.

신사참배 거부도 바로 이런 맥락에서 이해해야 할 이지요. 다만, 우리 조상제사가 과연 우상숭배이냐에 대해서는 논의가 필요합니다.

4.11. 아멘 강요

아멘은 '동의합니다', '진실로 그렇습니다' 등의 뜻을 지닌 이스라엘 말입니다. 설교 시간에 회중들이 판소리 추임새처럼, 설교 말씀에 감동을 받으면 곧잘 아멘으로 화답하곤 합니다. 자연스러운 아멘일 경우 피차에 은혜스러운 일입니다.

그런데 왕왕 부자연스런 경우도 있어서 문제입니다. 설교자가 아멘을 강요하는 경우이다. 노골적으로 아멘을 유도하기도 하며, 아멘이 없거나 소리가 적으면 나무라기도 합니다. 아멘은 강요해서 될 일이 아닙니다. 감동받으면, 아멘 하지 말래도 합니다. 아멘이 나올 만한 설교를 준비하는 데 더 신경을 쓸 일이지 나무랄 문제가 아닙니다.

한국인은 오랜 세월 동안 감정 표현을 자제하는 유교문화권에 살아와서, 아멘하고 싶어도 자제하는 분위기가 강합니다. 특히 장로회 계통의 교회가 그렇습니다. 겉으로 아멘만 하고 실천하지 않은 사람보다는, 속으로만 아멘하고 삶으로 옮기는 신자를 주님은 더 사랑하시지 않을까요?

5. 맺음말

이상, 교회 용어 가운데 문제가 있는 것들을, 예배 관련 용어, 기도 관련 용어, 설교 관련 용어, 이렇게 세 가지 유형으로 대별하여 고찰해 보았습니다. 일반 신자든 목회자든 그것이 오용인지 모르고 쓰는 말들이 아주 많다는 것을 알 수 있었습니다.

말이나 글의 한계성을 강조하는 불교(특히 선종)와는 달리 기독교는 말씀말의 중요성을 강조하는 종교입니다. 그런데도 교회용어를 들여다보면 오용 표현이 아주 많은 실태이니 주목할 만합니다.

이상에서 문제점으로 적시한 사례들만이라도 바로잡아, 기독교 안에서 쓰는 말들이 우리말 어법에도 맞았으면 하는 바람이 간절합니다. 이 일을 위해 다른 국면에서의 오용 표현에 대해서도 기회가 닿는 대로 계속 지적하고자 합니다.

■ 참고문헌

MBC아나운서국우리말팀, 『우리말 나들이』, 시대의창출판사, 2005.
권오문, 『이것만 알면 바른 글이 보인다』, 백성, 1997.
김석한, 『교회용어 바로 쓰기』, 영문, 2003.
김세중 외, 「말이 올라야 나라가 오른다」, 한겨레, 2004.
나채운, 『우리말 101가지 바로잡기』, 경진, 2009.
노필승 외, 『우리말 글 바로쓰기 1, 2』, 꼭사요, 2004.
대한예수교장로회총회교육부, 『변경된 새로운 기독교 용어』, 한국장로교출판사, 2003.
리의도, 『올바른 우리말 사용법』, 예담, 2005.
_____, 『이야기 한글 맞춤법』, 석필, 2005.
박갑수, 『우리말 바로 써야 한다 1, 2, 3』, 집문당, 1995.
박숙희·유동숙, 『우리말 나이 사전』, 책이있는마을, 2005.
야마키타 노부히사 저·이재신 옮김, 『기독교 용어』, 한국기독교출판문화원, 2006.
오동환, 『우리말 죽이기 우리말 살리기』, 세시, 2002.
이복규, 「교회에서 쓰는 말들의 문제점」, 『산불』 22, 산성감리교회학생회, 1993.
이송관·김기창, 『교회에서 쓰는 말 바로 알고 바로 쓰자』, 예찬사, 1999.
이진원, 『우리말에 대한 예의』, 서해문집, 2005.
임창호, 『잘못쓰는 말 바로쓰기』, 집문당, 2003.
정장복, 『그것은 이것입니다』, WPA, 2009.
정장복, 『수정증보판 예배학개론』, 예배와 설교 아카데미, 2010.
중앙일보 어문연구소, 『한국어가 있다 1, 2, 3, 4』, 커뮤니케이션북스, 2006.
이복규교수의교회용어·설교예화 까페(http://cafe.naver.com/bokforyou)

조선시대 양반의 유년생활*
● ● ●
출생 · 성장 · 놀이 · 공부

1. 여는말

    조선시대 양반이 출생하고 성장하며 놀고 공부한 구체적인 모습은 어땠을까? 이 의문을 풀기 위해서는 조선시대를 살았던 인물이 자신의 유년시절을 적은 일기류의 문헌이 있어야만 한다. 하지만 유감스럽게도 아직까지 그런 자료는 없다.

    막연히 조선후기 혹은 근대 초기(일제시기)의 자료나 고로古老들의 증언을 바탕으로, 조선시대 사람의 생활, 그것도 한 부분들을 추정해 왔을 따름이다. 즐겨 거론되는 사주당師朱堂 이씨(1739~1821)의 〈태교신기〉도 조선후기 자료 즉 근대로의 이행기 자료이니, 조선을 대표하는 자료도 아닐뿐더러 조선시대 사람의 생활을 전반적으로 알게 해주는 전형적인 자료도 아니다. 설령 그런 기록이 존재한다 해도, 자의식이 형성되기 시작했을 때부터의 생활만 적은 자료일 테니, 이 의문을 해소하기는 어려울 것이다.

• 이 글은 서울대학교 규장각 한국학연구원 시민강좌(2009.3) 및 고려대학교박물관 제17회 문화강좌(2010.9.8) 강의 원고로 작성한 것을 다듬은 것임.

그런데, 비록 어른의 입장에서 적은 것이지만, 아이의 출생과 성장 및 양육 과정을 비교적 소상하게 기록한 자료가 새로 발굴되었다. 『묵재일기黙齋日記』와 『양아록養兒錄』이 그것이다. 이 두 문헌은 모두 정암 조광조의 문인이며 승정원 좌부승지를 역임한 묵재黙齋 이문건李文楗(1494-1567)이 쓴 것으로서 충북 괴산에 있는 성주 이씨 문중에 묵재의 친필 필사본으로 전하고 있다.

『묵재일기』는 모두 10책이 전하는데, 이 일기는 협의적인 의미의 일기diary로서는 현존 최고最古의 생활일기로서, 조선전기 사대부의 일상 생활을 이해하는 데 긴요한 기록이 다양하게 포함되어 있어 주목할 만하다. 『묵재일기』가 산문기록이라면 『양아록』은 주로 시 형식을 빌어 기록한 것이다. 『묵재일기』가 매일의 생활에서 일어난 일을 적는 중에 손자 양육 관련 기사도 담고 있는 데 비해 『양아록』은 표제 그대로 손자 양육과 관련있는 내용만 따로 묶은 것이다.

이문건은 큰형과 작은형이 당화黨禍로 죽은 데 이어, 역모죄로 몰려 죽은 조카煇 때문에 성주로 귀양을 떠나 23년 동안 유배의 굴레를 벗지 못하고 그곳에서 죽었다. 그런데 외아들熅마저 어릴 적에 열병을 앓은 후부터 반편이 되는 등 가계家系 단절의 위기상황이 닥치자 손자보기를 염원했고, 마침내 손자 숙길淑吉이가 태어나자 그 출산 당시와 그 이후의 성장 과정을 자세히 『묵재일기』에 기록해 놓았다.

정확히 말해 숙길이가 태어나기 3년 전가정(嘉靖) 27년; 1548; 명종3부터 15세가정 44년; 1565; 명종 20)까지의 일기에 그 사실이 나타난다. 숙길이만이 아니라, 다른 아이들에 대한 언급도 더러 나오고 있어 함께 고찰할 수 있다. 전체적으로 보아 『묵재일기』에서 『양아록』이 나왔기에, 『묵재일기』가 좀더 자세하다고 할 수 있으나, 일부 기록에서는 『양아록』이 더 상세한 대목도 있어 둘을 종합해서 살펴볼 필요가 있다. 이제 고소설과 새로 발굴된 이 두 문헌에 나타난 출산·양육 관련 기록을 중심으로 조선시대 양반의 유년생활을 엿보기로 한다.

2. 출생

아무리 기억력이 좋은 사람이라도, 유년시절 최초의 기억에서 출생당시까지 거슬러 올라갈 사람은 없다. 내 경우는 8세, 초등학교 입학날부터이다. 다른 사람의 기록에 의해서만 우리는 그 이전의 상황을 알 수 있는데, 이문건의 기록이 그렇다. 이수봉의 출생 이전, 당시, 이후의 상황을 다 알게 해준다.

2.1. 기자祈子

자식을 출산하는 일은 오늘날에도 중요한 관심사인데 조선시대에는 더욱 그랬다. 조선시대를 지배한 종교는 유교였는데 그 생명관이 특이하였기 때문이다. 유교에서는 조상의 생명이 후손의 몸을 통하여 대대로 이어진다고 믿었다. 자식을 두어야 조상 추모의식인 제사도 지속될 수 있다고 보았다. 자식을 못 낳는다는 것은 조상 대대로 물려온 생명을 단절하는 죄악이기에 가장 몹쓸 불효로 규정하였다.

우리가 잘 아는 대로 여인을 옥죄었던 '칠거지악七去之惡' 중에도 자식 못 낳는 죄가 들어가 있다. 따라서 자식을 출산하는 일은 조선시대 사람들에게는 선택적인 일이 아니었다. 사람이라면 누구나 우선적으로 수행해야 할 절대적인 의무였다. 명의 허준許浚도 『동의보감東醫寶鑑』에서 "사람의 사는 길이 자식을 낳는 데서 비롯"되는 것이라고 규정하고 있다.

그런데 누구나 자녀 출산을 원하지만, 이게 인력으로만 되지 않는다는 데 문제가 있다. 대부분은 영화 〈과속 스캔들〉처럼 잘도 낳지만, 불임으로 고통받는 경우도 많다. 더욱이 당화를 입어 두 형이 사형을 당하는 등 집안이 풍비박산이 된 데다 장남마저 반편이 되고, 아이를 낳다 죽은 첫 번째 며느리를 이어 가까스로 맞아들인 두 번째 며느리에게서 첫 번째로 태어난 게 딸淑禧이자, 절손의 위기에 직면한 이문건으로서는 더욱 더 후손 보는 게 절박하였다.

여기서 손자를 얻기 위해 이문건이 동원한 방법은 기자祈子였다. 신 또는 신적인 대상에게 치성을 드리는 종교적인 방법이 기자인데, 유학 즉 성리학으로만 무장되어 있어야 할 양반 사대부의 일원이 이문건이 기자라는 수단을 동원했다는 사실은, 그만큼 이 문제가 이문건에게는 절체절명의 위기로 느껴졌다는 것을 증거한다 하겠다.

이문건은 손자의 출산을 위하여, 출산 3년 전1548에, 쌀·옷·종이·초·솜·기름·향 등의 물건을 보내 승려로 하여금 초제醮祭를 지내 아이를 얻게 해달라고 빌었다. 초제는 옥황상제에게 바치는 제의이다. 그때 이문건이 직접 작성한 기도문의 내용을 보면 손자의 출산을 염원하는 절절한 심정이 잘 나타나 있다.

> 엎드려 생각하옵건대, 제가 산과도 같은 앙화를 겪어, 실낱과도 같은 목숨을 남겨가지고 있사옵니다. 시작과 종말은 그 운수가 정해져 있어, 비록 크게 한정된 운명은 도피할 수가 없는 법이지만, 환난이 때로 찾아오면 그 횡액에서 벗어나기를 바라는바, 이에 저의 정성을 다해 옥황상제

께 경건히 기도드리옵니다. 원하옵건대, 특별히 신묘한 기운으로 도와주시며, 바라옵건대 영험한 반응을 내려주시어, 근심을 전환하여 기쁨이 되게 하시사 재액에 얽매인 상태에서 면해지도록 해주시고, 죽음에서 삶으로 돌이키사 꺼져가는 생명을 이어가게 해 주시옵소서. 또한 저는 외롭고 위태로우며 돕는 이도 없어, 거꾸러지고 자빠져도 그 누가 부축해 주겠습니까? 우둔하고 병객인 제게 아들이 있어, 비록 등유鄧攸[1]가 아들을 잃은 것과 같지는 않으나, 아들의 실마리를 계승하여, 감히 마묵馬默처럼 저도 손주 아이를 얻게 되기를 감히 희원하옵니다.　　　　　　　(『양아록』)

비록 위탁의 형태였지만 이문건이 기자祈子 행위를 한 것은 분명하다. 일반 민속에서는 삼신이나 칠성신에게 정성을 바쳤던 것으로 알려져 있는데, 대상 신격은 다르지만, 초월적인 존재에게 빌었다는 점은 동일하다 하겠다. 유학을 배우고 익혀 그 실력으로 급제도 하고 생활하였던 양반도 유학의 힘으로는 해결할 수 없는 출산의 문제 앞에서는 일반 민중과 똑같이 초월적인 존재에게 빌었다는 사실을 확인할 수 있다.

통념적으로 알고 있는 것과는 달리, 양반 사대부도 목적을 이루기 위해서는 다른 신앙도 수용하여 이용했다는 것을 보여준다 하겠다. 〈대군공주어탄생의 제〉·〈호산청일기〉 등을 보면 왕실에서도 비빈이 출산시 순산을 기원하는 부적을 써붙이거나 주문을 외웠으며, 신생아를 위해 권초제捲草祭를 올렸던 것을 알 수 있다

---

1 진(晉)나라 양릉(襄陵)인. 자(字)는 백도(伯道). 석륵(石勒)이 반란을 일으키자, 처자와, 조카들을 이끌고 도망하다, 자꾸만 도적을 만나 위험에 처하였다. 자기 자식을 나무에 묶어 놓고, 아비를 일찍 여읜 조카들만 데리고 도망하여 무사하였다. 등유는 그후에 계속 첩을 얻었지만 아이를 갖지 못해 끝내 후사가 없었다. 사람들은, 천도(天道)가 알아보지 못해 등유에게 아이를 주지 않았다고 하였다.

2.2. 태아 감별과 출산시기 점치기

잉태된 아이의 성별이 아들인지 딸인지, 낳을 시기가 정확이 언제인지 미리 알고 싶은 마음은 예나 이제나 마찬가지였다. 이문건의 경우를 보면, 며느리가 아이를 출산하기 바로 전날, 태아 감별과 출산 시기를 알아보기 위하여 점쟁이를 불러 묻고 있다. 『묵재일기』의 해당 대목을 인용하면 다음과 같다.

> 1551년 1월 4일
>
> 점쟁이 김자수가 와서 만나다. 점을 치기 위해 나가서 만났는데, 풍설이 어지럽게 날려 눈을 뜰 수가 없었다. 김자수에게 언제쯤 출산하겠느냐고 물으니, 글자를 불러보라고 하였다. 이에 '수手'자와 '풍風'자 등을 부르자, 점을 쳐서 풍뢰익風雷益괘를 얻었는데, 더해서 7이 되지 않았고 초효初爻가 동動한 양상이었다. 이에 판단하여 이르기를, "여아를 얻을 듯합니다. 만약에 사내를 낳으면 어머니와 잘 맞지 않을 것이니 반드시 목木자 들어간 성씨를 쓰는 여자종에게 맡겨서 양육해야 합니다."라고 하였다. "낳는 시간은 자시(오후 11-1시)·묘시(오전 5-7시)·유시(오후 5-7시)일 것입니다." 라고 하였다. 눈발이 심해 삿갓모자를 요구하기에 새로 만든 것을 주니 바로 갔다.

이 자료를 보면, 점쟁이 김자수는 이문건의 요청으로 두 가지 사항에 대해 점괘를 통하여 예언하고 있다. 출산할 아이는 딸일 가능성이 높으며, 만약 아들이라면 어머니와 맞지 않으니 목木자 성姓을 가진 유모에게 맡겨 길러야 한다는 것, 출산 시기는 자시(오후 11-1시)·묘시(오전 5-7시)·유시(오후 5-7시) 중의 하나일 것이라는 대답이었다. 하지만 실제로는 진시—오전 7시-9시—말에 출산함으로써 점쟁이가 예언한 출산 시기는 적중

하지 않았다.

양반 사대부가 점을 쳤다는 사실도 우리의 통념과 달라 당혹스러울 수 있다. 하지만 양반들의 점복 행위는 상당히 흔했던 것으로 보인다. 같은 시대의 인물인 미암 유희춘(1513-1577)의 『미암일기』에서도 확인할 수 있기 때문이다. 요즘에도 부모들이 태아의 성별을 미리 알아보고 있는데, 옛사람이나 지금 사람이나 마찬가지 심리라 하겠다. 다만 점복이냐 첨단 의료기기의 힘을 빌리느냐의 차이만 있을 뿐.

2.3. 탯줄 자르기와 해독

해산 당시에 가장 먼저 이루어진 것은 '탯줄자르기'와 '해독解毒' 등의 조치였다. 이문건의 『양아록』과 『묵재일기』에서 확인할 수 있다. 해산하자 여자종이 아기의 탯줄을 잘랐다고 되어 있다.

현행 민속에서의 '금줄치기'가 당대의 기록에서는 아직 발견되지 않지만, 실제로는 이루어졌을 것으로 짐작된다. 금줄은 일정 기간 외부인의 출입을 제한함으로써 산모와 영아에게 전염병이나 세균의 침투를 막는 예방의학적인 효과를 발휘하였는바, 의학이 덜 발달하였던 당시로서는 최선의 지혜였다 하겠다.

신생아의 해독을 위하여, 이문건은 '감초물'과 '주사가루 탄 꿀'을 삼키게 하고 있다. 그런 다음 젖을 먹여야 무병하게 자랄 수 있다고 본 전통적인 방식에 따른 것이다. 주사가 독성을 지닌 물질이지만, 살균력이 뛰어나서, 조금만 사용할 경우 인체에 전혀 해롭지 않으면서 해독 효과를 내기 때문에 먹인 것이라 하겠다.

출생 당시의 기록을 보이면 다음과 같다.

1551년 1월 5일

　진시辰時 말경에 손자가 태어났다. 그 어미가 아침부터 복통이 점점 통
증이 더하더니 진시중에는 한층 더했다. 진시말에 이르러서야 사내아이
를 낳았는데 포동포동 건장하다고 하니 기쁘다. 아기에게 감초탕물, 주사
가루 탄 꿀을 삼키게 하였다.

2.4. 태의 처리

　요즘에는 임산부나 그 가족이 아이를 쌌던 태반에 대해 아무런 관심
을 기울이지 않는다. 다만 태반 엑기스에서 추출한 태반주사가, 갱년기
장애, 노화방지, 피부 미용 등에 거의 만병통치의 효능이 있다고 알려지
면서, 병원에서 이를 모아 수입을 올리고 있는 형편이다.

　이문건 당시에는 이와 달랐다. 해산 당시의 조치 가운데 태반胎盤 처리
도 아주 중요하였다. 전통사회에서는 태반 처리가 동생의 임신에 결정적
인 영향을 미치는 것으로 알았다. 그래서 태반은 부정타는 일이 없도록
하여 좋은 방위의 정결한 장소에 묻거나 태우되, 반드시 날짜와 시간을
택하였다. 이문건의 『묵재일기』에는 다음과 같은 단계를 밟아 처리한
것으로 나타나 있다.

1551년 1월 6일(생후 2일)

　여자종들로 하여금 태를 가지고 개울가로 나가게 했는데, 나도 뒤따라
가서 깨끗이 씻도록 해서는 항아리 속에 담아 기름종이로 싸게 했다. 그
리고는 또한 생기生氣의 방위인 동쪽에다 매달게 하고, 그 자리에 머물러
서, 그 태를 풀 위에 놓고 태우는 모습을 지켜보았다. 그리고는 저들과
함께 그 태 불태운 것을 핏물 속에다 채워서 묻고는 돌아왔다.

1551년 1월 8일(생후 4일)

남자종 만수와 귀손 등으로 하여금 태를 넣은 항아리를 가지고 북산北山에다 묻으라고 했더니, 그 말을 지나쳐 듣고 남산에 가서 먼 곳에 묻고 왔으니 마음에 걸린다.

1551년 1월 10일(생후 6일)

만수로 하여금 태 담은 그릇을 도로 가지고 와서 전에 있던 곳에다 두게 했다.

1551년 1월 18일(생후 14일)

남자종 귀손이로 하여금 태의 껍질을 담은 그릇을 가지고 일찍암치 북산北山에 가서, 남이 보지 않을 곳에 이르러 깊이 감추도록 시켰다. 남자종 거공이가 동행하였다.

1551년 1월 18일(생후 14일)

오시午時 사이에 남자종들이 돌아와 항아리를 묻고 왔노라 보고하였다.

이 기록들의 내용을 정리해 보면 다음과 같은 단계를 거쳐서 태반을 처리하였다는 것을 알 수 있다. ①냇가에서 깨끗이 씻는다. ②항아리에 담아 기름종이로 싼다. ③생기방生氣方인 동쪽에 매달아 놓고 풀위에 올려놓아 태운다. ④핏물에 채워 임시로 묻는다(이상 생후 이틀째 되는 날의 일임). ⑤생후 나흘째 되는 날, 북산北山에 묻도록 지시한다. ⑥종들이 분부대로 묻지 않은 것을 알고, 생후 14일째(두이레째) 되는 날, 제자리에 환원한 후 다시 북산에 완전하게 매장한다. 태를 소중히 여기는 의식은 왕실과 동일함을 알 수 있다. 이문건이 아이의 태반을 태워서 장소는 바로 왕실의 태실이 있는 태봉산이었다고 여겨지는데, 감히 그 영역내에는 들이지 못했을 것이고, 그 아래쪽에 묻었으리라 보인다.

2.5. 작명作名

『양아록』을 보면, 작명 및 개명改名할 때 고심한 흔적이 나온다.

오행의 원리에 따라 예비로 두 개의 이름을 지은 다음, 산가지를 다섯 번 집어 많이 나온 쪽을 선택하고 있다. 해산에서 작명에 이르기까지의 과정을 산문으로 요약 서술한 『양아록』의 관련 대목을 소개하면 다음과 같다.

> 아이의 용모는 단아하고 골격상이 비범하였다. 숙길淑吉이라 명명했는 데 성장하면 길하라고 그렇게 지은 것이다. 방경邦慶을 그 자로 삼는 것 이 좋을 것이며, 다른 한편 자봉子達도 좋다. 후에 길吉자를 상고해 보니, 종토종구從土從口라 오행상생의 뜻이 아니라서 개명해 준숙遵塾이라 하였 으며 자字는 희순希順이라 했다. 갑자년1554 9월 二十八日 밤에 개정하고 이튿날 기록했다. 갑자년1564 시월 11일 밤 다시 개명하여 수봉守封이라 하고 자字를 경무景茂라 했다. 산가지를 다섯 번 집었는데 수봉이 네 번이 나 나왔다. 그래서 많은 것을 따라 개정했다.

여러 번 바꾼 끝에 역학적으로 양호한 글자를 사용하여 최종적으로 작명했다. 이문건 집안의 이름은 철저하게 오행의 순서로 지었음을 확인 할 수 있다(木→火→土). 숙길의 이름이 여러 차례 바뀌지만 철저하게 土자 를 유지하고 있는 것을 보면 알 수 있다. 이문건의 작명 대목에서 우리는 묵재의 치밀한 성격과 성명학적 운명론을 간과하고 있지 않다는 것을 알 수 있다. 이문건이 이렇게 공들여서 손자의 이름을 지은 덕일까? 숙 길이에서 수봉이로 개명한 그 손자는 임진왜란 때 의병으로 참여하여 공을 세우는 등 바른 사람으로 장성하였다고 한다.

2.6. 아기의 운명 점치기와 제의

조선시대에는 의학이 발달하지 못하였기 때문에, 영아의 사망률이 아주 높았다. 그래서 아이의 사주를 미리 보아 그 운명을 예측함으로써 사전에 대처하려 하였다. 그것은 당시 부모에게는 육아를 위해 필수적인 의무였다. 실제로 이문건의 『묵재일기』에는 아이가 태어난 후 점쟁이를 통하여 그 사주팔자를 점치는 대목이 나온다. 이문건이 손자의 팔자를 뽑아 점쟁이에게 보내자, 점쟁이가 그 결과를 알려주고 있는 것이다. 이문건은 그 예언에 따라 아이가 액운에서 벗어나도록 주성主星에게 제사를 지낸다. 해당 기사는 다음과 같다.

> 1551년 1월 9일(생후 5일)
> 신해생辛亥生; 손자 숙길의 생년의 팔자를 뽑아, 자공을 시켜 김자수 사는 곳에 가서 묻도록 했는데 쌀을 주어 보냈다.

> 1551년 1월 10일(생후 6일)
> 자공이 돌아와 김자수의 답장을 전했는데, 이 아이의 운명은 귀한 듯하며, 3세와 7세 때 액이 있으니, 수명을 주관하는 별에 기도하는 것이 좋겠다고 하였다. 또한 친모가 길러서는 안 되며 반드시 유모에게 맡기는 것이 좋겠다고 하였다.

> 1551년 1월 15일(생후 11일)
> 김자수가 와서 말하기를, 아이를 위해 주성主星에 제사지내야 하는데, 따로 택일해서 시행하는 것이 좋으니 마땅히 택일해서 보이겠다며 바로 갔다.

1551년 3월 25일(생후 55일)

초제에 쓸 축문을 써서 봉하고, 제수 보따리를 점검하였다. 서동이를 김자수에게 보내, 초제 지낼 일에 대해 묻도록 하고, 문어 한 마리도 보냈다. 저녁에 답장을 가지고 돌아왔는데, 26일에 제수품을 보내면 27일 새벽에 시행하도록 하겠다고 하였다.

1551년 3월 26일(생후 71일)

귀손으로 하여금 축문 1통·쌀 다섯 말·무명 1필·초 일곱 자루·향 1봉·아기옷 한 벌·보통 종이 5권·기름 5홉 등의 물품을 가지고 일찌감치 가리현의 김자수 처소로 보내었다. 이는 청명일 새벽에 초제를 행하여 신생아가 액운을 면하게 하기 위한 것이다. 어린 종 효원이가 나누어서 가지고 갔다.

1551년 3월 27日(생후 72일)

새벽에 가리현산에서 신생아가 재액으로부터 구제되게 하기 위한 초제를 베풀어 행하였는데, 김자수가 산승을 시켜 주재하도록 했다고 한다. 효원 등이 오후 3-4시쯤에 돌아왔는데, 마침 비가 오지 않아서 초제 지내기 좋았다고 김자수 말했다고 한다. 가족이 아침부터 고기를 먹기 시작하였다.

한편 이때 올린 초제에서 이문건은 어떤 기도를 드렸을까? 『양아록』에 자세하게 실려 있는데, 아이를 내려준 데 대한 감사를 표현한 다음에 무병하게 해달라고 빌고 있다.

1551년 3월 기축 27일에, 조선국 경상도 성주 동리에 사는 귀양살이하는 신하이며 급제한 이문건의 아들 유학幼學 이온李榲과 그 아내 김종금 등은 황송하게 머리 숙이옵니다. 저희는 천지신명의 생성을 주재하시는 덕을 입어, 이미 금년 정월 초5일에 아들을 출산하여 대를 이어가게 되었으니, 삼가 오늘 밤 이 시각에 공손히 향불을 사르오며 아울러 쌀과 돈도 진설하여, 경건하고도 정성스레 기도를 올리옵니다. 삼가 생각하건대, 옥황상제께서는 제 자식으로 하여금 일체의 재액과 질병이 다 제거되어 보호받아 장성하게 해 주실 것을 지극히 소원드리옵나이다. 저희가 엎드려 생각하건대, 옥황상제께서 사물의 생성을 주재하시므로, 저희가 그 크게 도와주시는 덕을 깊이 입어 그 명령 맡은 신이 (아기를) 안아 보내주심으로, 특별히 돌봐주시는 은혜를 입었으니, 백 개의 몸을 가지고도 그 은혜를 갚기가 어려워, 한마음으로 기뻐서 추앙하옵나이다. 삼가 생각하옵건대, 옥황상제께서는 성관星官들에게 명하시어, 저희가 꺾이어 패망하는 것을 불쌍히 여기시사 보존해 완전하게 도와주시었으니, 그래서 아들을 주시사 천세의 경사를 열게 하심으로 후사를 이어가게 되었고, 만복의 근원을 파게 되었습니다. 이에 감히 예물을 드리는 뜻을 펼쳐서 신명의 감찰하심을 더럽히는 바입니다. 저희가 엎드려 바라기는, 이미 내려주시고 이미 주셨고, 또 주관하시고 사랑해 주셨으니, 함부로 침범하는 재앙을 쫓아서 제거해 주시어 능히 장성해 자라도록 하시고, 장수와 복이 구비되도록 분부하시어, 이 아이로 하여금 단단하게 해주시옵소서. 그런즉 영원히 신의 아름다움을 힘입고 신령의 보우하심을 덧입어 계계승승하여 무궁토록 가문을 보존하고, 자자손손 대를 이어 없어지지 않을 것이옵니다. 저희는 떨리고 두려운 마음을 가누지 못하오며, 삼가 백배하오며 이 축문을 읽어 기도 올리옵니다.

2.7. 유모 선정

『묵재일기』는 유모를 선정할 때 어떤 기준을 적용했는지 잘 보여준다. 첫째, 젖의 양이 풍부할 것, 둘째는 성품이 좋아야 할 것이다. 이문건은 여자종 춘비春非를 유모로 발탁하지 않은 이유를, "그 성격이 험해서"

라고 밝히고 있다. 이는 성격이 험한 춘비의 젖을 먹이면 아기의 성격도 험해질 수 있다는 생각과 함께 성격이 험하면 아기를 함부로 다룰 것이 염려되어 그랬던 것으로 생각한다. 해당 기사는 다음과 같다.

> 1551년(1세) 1월 6일(생후 2일)
> 여자종 눌질개가 양육하겠다고 자원하여 꺼리지 않으니 기쁘다. 여자종 춘비는 비록 아이가 있어 젖을 먹이고는 있으나 젖의 양이 많지도 않고 또 그 성격이 매우 험해서 젖을 먹이라고 하지 않았다.

나중에 눌질개가 마음이 바뀌어, 젖이 부족하다고 거짓으로 핑계를 대는 바람에(아마도 자기 아이에게 젖을 충분히 주기 위한 것일 수도 있음), 성격은 좋지 않으나 하는 수 없이 춘비를 유모로 삼아 그 젖을 먹이게 한다. 춘비의 아들 검동이가 갓난아이 상태로 죽고, 춘비도 입술에 난 종기가 자꾸만 전신으로 퍼진 끝에 사망하는 일이 생기는데, 이런 희생의 바탕 위에 이수봉이 자라났음을 알 수 있다.

2.8. 목욕과 아기옷 입히기

태반 처리와 함께 행한 것이 아기의 목욕이었다. 『묵재일기』에는 생후 나흘만에 복숭아와 자두와 매화의 뿌리를 끓인 물로 아이를 씻기고 있다. 복숭아나무를 아기 목욕에 사용하는 이유는 다른 데 있지 않다. 전통사회에서 복숭아 나무는 다산력과 잡귀 퇴치력의 상징이었다. 꽃이 잎보다 먼저 피고 열매가 많이 열리기 때문이었다. 허준의 『동의보감』에서도 "사흘 아침을 아이를 씻는데, 동쪽으로 뻗어간 복숭아 나뭇가지 달인 물에 씻어, 아기가 놀라는 것을 예방한다."고 하였다. 목욕과 아울러, 처음으로 아기에게 옷을 입혀 포대기에 쌌다.

> 1551년 1월 8일(생후 4일)
> 복숭아와 자두와 매화의 뿌리를 얻어서 그 껍질을 벗겨 끓여 가지고 午時에 아이를 씻기었고, 비로소 옷을 입히어 포대기에 쌌는데 젖을 잘 먹는다고 한다.

3. 성장

3.1. 발육과정

처음부터 어른 아니었다. 철저하게 단계를 밟아 성장해 갔음을 보여준다. 우리는 내남없이 올챙이 적 생활을 잊어버리기 쉬운데, 이문건의 기록은 그 점을 일깨워준다. 〈워낭소리〉에서 보듯, 송아지는 낳자마자 뛰어다니지만, 사람은 그렇지 않다. '포손抱孫', '호손護孫'이 필요한 존재이다. 처음에는 짐승과 같은 처지이다가 나중에 직립하기에 이른다. 그 영적인 의미에 대해 이어령 씨는 〈창조문예〉 2009년 2월호에서 언급한 바 있다. 말 배우는 데 대해서는 김기택 시인의 시 〈말랑말랑한 말들을〉이 참고가 된다.

> 1) 안을 수 있고 고개 가누며 앉기
> "4개월이 되니 들춰 안아도 되고,
> 고개를 제법 가누어 잡아주지 않아도 되네.
> 6개월이 되어 앉아 있기도 하는데,
> 아침 저녁으로 점점 달라져 가는구나."

2) 첫니가 남齒生

"7월 초 잇몸이 몽그렇게 돋아오르더니, 보름께 되어 뾰족하게 드러나고, 그믐께 되어 점점 자라났다.".

3) 기어다님

"7월 보름 때 비로소 몸을 엎드려 기려는 형세를 짓더니, 8월 보름후 기어다닌다."

한비야, "독수리도 기는 법부터 배운다" 지도 밖으로 행군하라, 2005, 20

4) 윗니가 남

9월 초에 윗니 2개가 처음 났다. 10월 초에 윗니 오른 쪽 1개가 더 났다. 11월 열흘게 왼쪽 1개가 다시 더 났다.

5) 일어서기始立(신해 11월 15일)(11개월째)

11월 15일 처음 일어섰다. 이날 동지 전 수일인데 또한 처음 스스로 일어섰다고 한다.

兩手提他物 두손으로 다른 물건을 붙잡고,

蹲踞任兩足 쪼그려 두 다리에 힘을 주네.

如斯一朔餘 이러길 한 달 남짓,

稍自伸股立 점점 제 스스로 오금(정강이)을 펴고 일어서네.

冬至陽復生 동지에 양의 기운이 되살아나니,

爾立會此日 네가 일어서는 것이 이 날에 맞추었구나.

祝汝步由玆 네가 걸음마하기 시작한 것을 축하하니,

勿爲非橫跌 잘못 디뎌 넘어지거나 미끄러지지 마라.

從容禮義途 차분히 예의를 갖추어

永言保終吉 오래도록 大吉하길 바라노라.

그는 '始立'의 과정을 순차적으로 그리고 있어 그 실황을 연상할 수 있다. 묵재는 신체적 성숙에 상응하는 정서적 성숙을 기대하고 있다.

즉 예의를 갖춘 사람이 되어 영원한 吉運을 누릴 정신적 자립을 소망하고 있는 것이다.

6) 걸음마연습習步

12월 보름 후 능히 발짝을 뗄 수 있었다. 손으로 창문살을 붙들고, 옆걸음질로 걸음마 연습하네. 점점 한 발짝씩 떼기는 하지만, 자주 넘어지고 일어서고 하는구나. 쉴 사이 없이 움직이며 뒹굴더니, 전날과 달리 여러 발짝을 떼네. 나를 향해 두손 들고, 웃으며 다가오는데 미끄러질까 겁내는 듯하구나. 등을 어루만지고 다시 빰을 비벼주며, "우리 숙길이" 하며 끌어 안고 환호했네.

7) 독서 흉내

12월 28일. 손자가 천택從孫子이 독서하는 것을 보고는, 책을 집어들고 몸을 흔들며 소리를 내어, 그 책 읽는 모습을 흉내내는 것 같으니, 참으로 하나의 풍류이다. 이에 단편으로 기술한다.

習見讀書狀 독서하는 모습을 자주 보더니
俯昻效其爲 머리 끄덕이며 그대로 흉내내는구나.
取卷發聲長 책을 들고 한참을 웅얼웅얼하는데
作戲非女兒 여자애들 노는 것과는 다르구나.
安知不業文 어찌 문장을 업으로 삼으려
早自勉于玆 어릴 적부터 스스로 여기에 힘쓰려 하는 것 아니리요?
窮人身縱已 궁벽하게 된 나는 비록 신세가 끝나가지만
所希天定時 이 손자에겐 하늘이 때를 정해주길 바란다.

독서하는 모습을 흉내내는 손자의 행위를 연상할 수 있게 그 핵심장면만 표현하였다. 묵재는 독서하는 모습을 흉내내는 손자의 행위를 미래에 문장을 업으로 삼을 한 징후로 바라보고 있다. 이는 다름아닌 문장을 계승하길 바라는 묵재 자신의 간절한 염원을 의탁하고 있는 것이다. 이런 점으로 보아 문업을 통한 가문 재건 의지의 강렬함을 알 수 있다.

8) 말 배우기(계축 1월 2일)(이미 시작. 더 나아짐. 25개월째)

喜見兒孫長 커가는 손자 지켜보는 일 즐거워,
仍忘己老衰 내 자신 늙는 줄도 모르네.
效人言語了 사람의 말 분명하게 흉내내는 것이
日日勝前時 나날이 전보다 나아지는구나.

그는 나날이 나아지는 손자의 말배우기 장면을 바라보면서 늙음을 잊게 해주는 쾌락이라 여길 정도로 환희를 느끼고 있다.

9) 젖니 갈기
1556년(6세) 12월 23일. 숙길이 끈을 가지고 씹어서 끊다가 먼저 아랫니 두 개 튀어나왔다. 끈을 당길 대 문득 밖으로 빠졌는데, 크게 울면서 두려워했다. 여종 돌금이 달래어 울음을 그치게 하고 살펴보자, 입안에 이미 새로난 이 두 개가 뾰족이 나와 있으니, 실로 이는 뜻하지 않은 일이다.

3.2. 질병

9월 21일 처음 아프기 시작. "9월 21일 아침 손자를 안자 무릎에 앉혔네. 방긋 웃으며 아장아장 걷다가, 그때 한 방울 누런 설사를 하네. 이를 대수롭지 않은 일로 여겼더니, 이것이 이질의 시초였다네. 설사는 밤낮으로 그치지 않고, 점점 붉은 색으로 변해 가네. (중략) 다른 아이라 해서 어찌 이질을 앓지 않으랴마는, 우리 가문이 박복해서 그런가 두렵기 때문이다. (중략) 무당을 불러 병을 낫게 하라 했더니, 날로 차도 있으리라 위로해 주는데, 할애비의 정은 끝없어, 허망된 말도 귀기울여 믿는다네." 10월 그믐까지도 이질 증세 계속. 차도 보임.

학질. 1553 윤3월 26일에 처음 아프기 시작했다. 27일 한열寒熱이 나고 놀라며, 두려워하고 고통스러워하는데, 처음엔 학질인지 알지 못했다. 29일 또 고통이 있었다. 4월 초 2일, 초 4일, 초 6일, 모두 몸이 먼저 싸늘해지더니 그후에 열이 났다. 초8일 나무에 빌고서 좀 멈추는 듯했는데, 다시 11일에서 16일까지 매일 연속해서 음식을 입에 넣지 않았다. 17일 저녁부터는 곤하게 잠을 잤기 때문에 한열이 있는지 알지 못했는데, 이때부터 멎는 듯하더니, 끝내는 누렇게 뜨고 수척해져, 매우 가련했다.

"먼저 오한이 나다가 그후 열이 나네. 오한이 나면 곧 '아이구 추워.' 외쳐대며, 어미 무릎에서만 맴도는구나. 열이 나면 피곤하여 눈을 감고 있으며, 조는 듯하고 숨이 가빠지네. 때로 다시 물과 먹을 것을 찾아 바싹 마른 목을 축이는구나. (중략) 쇠고기와 생과일이, 어린아이에게 병을 잘 걸리게 한다는데, 사람을 보면 이걸 달라, 울부짖으며 찾아대 절제할 줄 모르네."

안질. 1554년 9월 보름이 지난 후. "손자의 왼쪽 눈에 처음 붉은 기미가 보이네. 안질이 생겨 눈꼽이 끼고 눈물이 질질 흐르며, 흰동자에 핏발이 선 것 같고 까칠까칠하구나. (중략) 여종이 업고 다니는데, 두 손으로 제 눈 가리며, 신음하며 울부짖는 가련한 모습, 손에 잡힐 듯하네."

더위먹기. 1555년 7월. 더위를 먹어 열이 장까지 스며들 적에, (중략) 처음 한기가 있더니 이어 열이 나서, 온몸이 불덩이처럼 뜨끈뜨끈. 미음도 물리치고 먹지 않아 정신과 기운이 날로 쇠약해져 가네. (중략) 약을 끓여 유모에게 먹도록 하여, 밤에 손자에게 그 젖을 먹이게 하였네. 힘껏 빌어서라도 병을 물리쳐보고자 하니, 꺼림칙하고 편벽한 일을 하지 않을 수 없다오. (중략) 11일에 점점 덜한 듯하다가, 13일에는 다행히 차도가 있어라.

경기驚氣 일으키기. 1555년 12월. "손자는 체질이 허약한데, 놀기를 좋아하고 옷을 잘 벗어 제친다. 피로하고 땀흘린 후 바람을 쐬게 되면, 맥이 늘어지고 경락이 막히네. 왕왕 그런 증세가 발동되면, 어두운 곳을 가리키며 겁을 내네. 아이들과 어울려 놀다 헤어지면, 혼자 서 있다가 놀라네. (중략) 나의 운명이 험액하여, 자녀가 모두 병치레하고 반편이 되었네."

천연두. 병진년1556 봄에서 여름 사이에 묵재가 유배생활하는 마을인 경북 성주성 동남쪽 옥산리에 천연두가 집단으로 발생했다. 손자 이수봉은 집노루고기를 먹은 이튿날 발병했다. 〈행역탄〉을 통해 실감해 보자.

翌朝體氣溫　이튿날 아침 몸에 미지근한 열이 나는데
倦困異常昔.　전과 달리 노곤해 하는구나.
十日身轉熱　10일째 몸에 두루 열이 나는데
惕動更頻數.　갑자기 몸을 움츠리며 뒤틀곤 하네.
十一日乃視　11일째 살펴보니
腕面朱點着.　팔뚝과 얼굴에 붉은 점이 보이는구나.
由玆發不停　이때부터 멈추지 않고 돋아났으며
三日三次出.　3일 3차에 걸쳐 돋아나네.
出者色鮮明　돋아나온 것은 색깔이 선명하며
不稀又不密.　드물지도 촘촘하지도 않네.
扶護日夜勤　밤낮으로 간호하느라 붙어있자니
及抵十六七.　어느새 16, 7일이 지나
熱炊瘡盛膿　열이 불덩이 같도 물집은 곪았는데

周身摠如一. 몸 전체가 모두 한결같도다.

臥痛抱亦傷 눕혀놔도 고통스러워하고 안아줘도 아파하며

號訴救無術. 호소하나 구제할 의술이 없어라.

腦足任拒地 머리와 발이 바닥에 닿는 것을 싫어하고

騰身如木屈. 몸을 들추기면 구부러진 나무 같다오.

長呼痛苦深 고통이 심하여 길게 울부짖으며

濟拔聲不輟. 낫게 해달라고 애원하는 소리가 끊이지 않네.

見聞實難忍 차마 보고 듣기 실로 어려워

二夜兼兩日. 이틀 밤낮을

俟隙灌糜水 틈틈이 미음을 먹이고

撫循慰煩鬱. 어루만져주며 답답함을 위로해 주네.

夫婦遞照管 부부가 번갈아 돌보며

一毫懼有失. 털끝 하나라도 잃을까 걱정이라.

膿稠色向黃 곪은 언저리가 누르스름하게 변하고

熱勢差少歇. 열이 차도가 있어 좀 덜하구나.

先後次爲痂 돋아난 순서대로 딱지가 생겼다.

頭胸至肱膝. 머리 가슴에서부터 넓적다리 무릎까지.

凝黑試爪解 검은 딱지가 손톱으로 떼어지는데

去之痕若凸. 그것을 떼어내니 흉터가 볼록 돋아나 있구나.

稍稍眠食便 점점 잠도 잘 자고 잘 먹었으나

節以妨害物. 해로운 음식은 절제시키네.

平居樂酒果 평소 술과 과일을 좋아했는데

胃弱不嗜食. 위가 약해져 먹는 것을 좋아하지 않네.

由來好尤偏 이로부터 좋아하는 음식을 더욱 편식했으며

雖禁亦難抑. 비록 금지하고자 했으나 또한 억제하기 어려워라.

孟秋初旬際, 7월 초열흘께

右頷下成癭, 턱 오른쪽에 물집이 잡히더니
連顋忽腫高 갑자기 뺨에 연이어 종기가 뾰족이 돋아나는데
堅硬色不赤. 딱딱하고 굳으며 색깔이 붉지는 않네.
人言時令然 사람들이 계절 탓이라고 하지만
我懼結餘毒 나는 여독이 뭉친 것이 아닌가 두려워
和與安神丸 안신환을 지어 주고
間以菉豆粥. 간간이 녹두죽을 먹었다.
腫退不成膿 종기는 곪지 않고 그쳐
千金軀可畜. 천금처럼 귀한 손자 무사히 양육하게 되었네.

　묵재는 痘腫의 크기와 색깔, 두종의 분포상황, 두종의 존속기간, 치유기간과 시기, 상흔의 모양과 크기, 그 후유증, 그 후유증에 대한 처방, 그 처방의 효과 등을 사실적으로 표현하여, 그 실상을 여실히 감지할 수 있다. 묵재는 손자가 천연두를 앓는 동안 "부부가 번갈아 돌보며, 털 끝 하나라도 잃을까 걱정했다." 여기서 우리는 묵재가 손자의 병고에 대해 얼마나 노심초사했는가를 극명하게 알 수 있다.

　묵재는 손자의 투병상황을 읊은 양아록 소재의 다른 시들도 사실적으로 표현하였다. 양아록에 기록되어 있는 질병에 관한 시는 16세기 당시의 질병과 그 치료방법을 고찰할 수 있는 질병의 寫實적 임상보고서라 할 수 있다.

　　불고기 먹고 탈나기. 1559년 3월. "3월 20일 남쪽 정자에 올라, 성주목사 휘하의 관리들과 손님을 맞아 노네. 집노루 불고기가 스무 꼬치 남았는데, 손자가 내 옆에 앉아 맛있게 먹네. (중략) 진실로 손자의 열이 더 나는 것 같아 절제하여 많이 먹지 말라 타일렀네. 다음날 아침 혓바늘이

오톨도톨 돋더니, 그 이튿날 위 잇몸의 허물이 벗겨져 걱정되네. 손자야! 열병이 본디 너의 고질병이니, 모름지기 술과 불고기 전부터도 조심해야 하지 않았는가?"

귓병. 개고기를 먹고 아파서 열이 났다. 또 (1559년) 4월 13일에 대성을 따라서 앞내에 나가서 양쪽 넓적다리를 씻기는데, 한열로 손상되어 귀가 아프기 시작했다. 귀가 째져서 흐르는 진물이 그치지 않았다. "한밤중에 갑자기 '오른 쪽 귀가 아프다.' 울부짖어, 등잔불을 켜고 약을 썼으나 병이 낫지 않네. 아침에도 밥을 먹지 않고 눈 감고 누워 있으며, 한낮이 되자 귀는 속으로 이미 터졌다네. 누런 진물이 질질 흘러 그치지 않고, 귀가 잉잉 울리고 말소리가 들리지 않는다 하네."

귀 뒤의 종기. 1559년 5월 초 7일, 박인형에게 보이니, 농은 없다 한다. 초 9일에 침으로 째니, 농은 나오지 않고, 다만 피가 나왔는데, 아파서 만질 수가 없었다. 17일 독이 눈꼬리까지 뻗쳤다. 18일 약을 복용시키니 설사를 하여, 붉은 해바라기 뿌리를 침구멍 위에 붙이니 고름이 흘러내렸다. "귀가 퉁퉁하게 부어 꼿꼿해졌으며, 귀바퀴 뒤로 붉은 빛이 감도는구나. 그 독이 턱밑까지 미쳐, 심하게 통증을 느끼며 만지지도 못하게 하네. 온종일 여종 옥춘이가 업고 다니는데, 밤 내내 열이 화끈화끈. 잠깐 자다가 갑자기 기침을 하고, 물을 자주 달래는구나. 쓰라리고 고통스러워 울부짖고, 할애비를 부르며, 오래 붙들고 있네."

홍역. 1560년 2월 초8일, 처음 열이 나더니, 11일 붉은 좁쌀 같은 반점이 조금씩 나타났다. 12일에 현저히 나타나더니, 13일에 많이 돋아났으며 비로소 가렵다고 했다. 14일 전신에 두루 많이 돋아났으며 매우 가렵다고 하더니, 15일 붉은 점이 사그라들고 가려움도 줄어들었다. 16일에 비로소 차도가 있어, 17일 일어나 돌아다녔다. 18일 머리를 빗기도 하였는데, 이로부터 평상으로 회복되었다. "손자도 또한 앓는데, 열이 많이 나고 숨이 거칠어지네. 처음 얼굴에 좁쌀같은 망울이가 돋아나더니, 다음엔 팔

다리 그 다음엔 등으로 번지네. 열로 가려운 증세가 날로 심해져, 긁은 자국에 손을 댈 수도 없구나."

묵재는 손자가 잦은 질병과 사고로 건강이 염려되어 〈액병양초문〉을 작성하여 무병장수를 축원했다.

가정 을축년1565 4월 2일, 김씨정사생, 액병양초문. 점쟁이 김자수의 말을 따라 그렇게 했다. 널리 포용하고 두루 덮고 계신 하늘의 뜻은 진실로 사사로이 하는 것이 없으며, 죽음을 피하고 살 수 있는 길을 좇아가는 것은 사람 누구나 가지고 있는 정情이니, 이것은 모두가 바라는 바입니다. 삼가 변변치 못한 것들을 차려놓아 신명을 더럽혔습니다. 엎드려 바라옵건대, 수명과 운수가 기박하고, 타고난 기질이 아주 약하여, 일찍이 자녀를 양육하는데, 모두 중도에 요절했습니다. 우연히 손자를 얻었으니, 끝까지 온전히 보존되어, 혼인 때까지 갔으면 하고 바라는데, 질병과 액운을 지탱하기가 어려울까 두렵습니다. 엎드려 원하옵나니, 특별히 재생할 수 있도록 인자하심을 내리시고, 만전의 행운을 모두 이루게 하시사, 쇠퇴해 가는 실마리를 다시 떨치게 하시고, 연속하여 은혜를 베풀어 주시어, 늙은 나무에 거듭 꽃이 피게 하고, 잎마다 윤기가 흐르게 해 주시옵소서.

이수봉이 질병을 많이 앓게 되자 하나밖에 없는 손자가 잘못될까 불안한 나머지 진인사대천명의 심정으로 〈액병양초문〉을 쓰고 손자의 무병장수와 자손의 번성을 기원했던 것이다. 주술로써 무병, 장수, 다산을 기원하는 습속도 통상적으로 행해졌던 것이나, 이의 구체적인 기록을 통해 그 실상을 짐작할 수 있다.

3.3. 사고

손톱 다치기. 1555년 9월 초 손상을 입었는데, 시월 보름께 상처가
아물어, 동짓달 초에 손톱이 살아났다.

자귀를 가지고 놀다가 손톱을 찍어 손톱을 다친 사실과 관련하여 읊
은 〈傷爪嘆〉을 보자.

> 兒戲弄錯耳 손자가 자귀를 가지고 놀다가
> 打刲拇甲央 엄지손톱 중앙을 찍어
> 縱裂血迸流 세로로 찢어져 피가 흐르니
> 驚啼淚淋浪 놀라서 울며 눈물을 줄줄 흘리네.
> 人爲纏布紙 사람들이 종이로 싸매주었는데
> 忍痛縮袖藏 아픔을 참으며 소매를 당겨내려 감추네.
> 聞來心緒散 다쳤다는 말을 들으니 마음이 어수선해지기 시작하고
> 欲見堅匿瘡 상처를 보려고 하니 단단히 숨기네.
> 累日乃肯出 여러 날 지나 겨우 손가락을 내보이는데
> 身竦看難詳 몸이 떨려 자세히 살펴보기 어렵구나.
> 固知甲可改 손톱이 변형되어 나온다는 걸 진실로 잘 알고 있으니
> 或恐不復藏 혹 다시 나오는 손톱이 제대로 나오지 않을까 두렵다.
> 創合舊爪逆 상처가 아물자 다쳤던 손톱이 거슬려
> 出入挨痛妨 나가 놀 적에나 집에 있을 때 아프게하고 걸리적거리네.
> 輕輕隨勢剪 살짝살짝 손톱의 세를 따라 가위로 자르니
> 赤股生其旁 붉은 살점이 그 옆에서 돋아나 있네.
> 刮眼視本根 눈을 비비고 그 뿌리를 보니
> 軟甲露端芒 연한 새 손톱의 끝이 자라나 있구나.
> 深憐傷際驚 다쳤을 때 놀란 것을 매우 가련하게 여겼는데
> 漸喜爪復常 손톱이 원상태로 되니 기쁘도다.

一指不如人 손가락 하나가 남과 같지 않으니
雖非甚不祥 비록심한 것은 아니지만 상서롭지 못하지.
天生百體具 하늘이 온전하게 육신을 내려주셨는데
愛護不謹將 잘 보호하며 조심해 지녀야 되지 않겠는가?
指禿甲不存 손가락에 손톱이 없다면
平生餘恨長 평생 한이 남아 오래 가리라.
昔賢啓手足 옛날에 증자는 수족을 온전히 보존하여
千載仰遺芳 오랜 세월 아름다운 자취로 추앙받았으니
兒須體此意 아가는 모름지기 이런 뜻을 몸삼아서
一毫毋敢傷 털끝 하나라도 감히 훼상치 마라.
豈但一指惜 어찌 다만 손가락 하나 다친 것을 애석해 하리?
莫大心性良 심성이 어진 것보다 중대한 것이 없을지니
治心以成性 마음을 수양하여 품성을 완성해서
惕若貴矯強 근신하는 마음을 가지고 심성을 더욱 건강하게 하여라.
存存道義旺 덕을 잘 보존하고 도의를 왕성하게 해서
福慶收無疆 복과 경사를 무궁하게 하라.

이렇게 묵재는 손자가 손톱을 다치게 된 과정에서부터 두 달 후 재생되기까지의 중요장면을 그려냈다. 묵재는 "여러 날 후 겨우 손가락을 내보이는데, 몸이 떨려 자세히 살펴보기 어렵다."고 불안한 자신의 심경을 토로한다. 묵재는 육신의 온전한 보존은 필수적이라 본다. 아울러 그에 수반하여 정신적 도야의 완결을 이상적 발달이라 생각한다. 이런 내용을 담은 시도 여러 편이 있다.

이마 다치기. (1555년) 11월 24일. 달려가다가 넘어져 상처가 났다. 상주로부터 돌아와 살펴보니 매우 애처로웠다. "이마의 상처를 살펴보니, 상처 부위가 부어오르고 핏망울이 불그레하네. 눈두덩이 부어올라 코옆까지 뻗쳐내려, 양쪽 광대뼈가 검붉게 멍이 들었네. "어찌하다 그렇게 됐느냐?" 물으니, "장난하고 뛰어놀다 걸려 넘어졌습니다." 하네. 말뚝에 이마를 부딪쳐서, 살갗이 찢어지고 속으로 다쳤네. 아! 액운이 두렵도다, 거의 두골이 뚫어질 뻔했네. 혹 눈을 다쳤을까 또한 걱정이 되는데, 재앙이 와서 발길을 돌리지 않는구나. (중략) 손자의 성품은 놀기를 좋아하는데, 보통아이보다 몇 배 더 앞선다네. 위험이 없는 날이 없으니, 무슨 방법으로 만전을 도모할까?

벌레에 물리기. 이문건은 이와 벼룩이 아기를 물어뜯지 않고 자신에게 왔으면 좋겠다고 적었다.

3.4. 돌잡이

조선시대에는 아이의 돌잔치를 어떻게 치렀을까? 이문건의 『묵재일기』에는 돌잡이의 양상이 잘 나타나 있다. 아기 돌날, 옥책玉冊·붓과 먹과 벼루·활·도장·토환土環·쌀·실·떡 등을 차려놓고 아기가 그 물건들을 차례로 집는 모습을 자세히 기술하였다. 이때 이문건의 손자는 필묵, 투환, 활, 쌀, 도장, 옥책의 순서로 잡았다고 하였다. 손자가 물건을 집을 때마다 이문건은 다음과 같이 반응하였고 이를 『양아록』에 시의 형태를 빌어 기록해 놓았다.

1552년 정월 초5일, 숙길의 돌날이다. 잡물들을 늘어놓고 아기가 잡는 것을 보았으니, 옛사람들이 모두 이런 일을 해왔기 때문이다. 이에 절구 5수를 지어서 아기가 잡은 것들에 대해 읊고, 아울러 기도하는 뜻도 나타내었다.

〈첫번째로 필묵을 잡다〉

　높다랗게 놀잇감들을 늘어놓아 돌날에 시험해 보니, 엉금엉금 기어와서는 필묵을 집네그려. 손을 들어 소리내며 한참동안 가지고 노니, 참으로 훗날에 문장을 업으로 삼을 아이로구나.

〈두번째로 투환을 잡다〉

　집안에 전해오던 장식품인데, 가운데는 옥이고 가장자리는 금으로 두른 것이다.

　금과 옥이 단장되어 보배로운 고리 하나를 만들었는데, 아기가 끌어당겨서는 찬찬히 쉬지 않고 가지고 노네. 가만히 원하노니 네가 필경에는 덕을 이루어, 온화하고 순강純剛한 가운데 성인과 짝할 만큼 되기를.

〈세번째로 활을 잡다〉

　남자가 태어나 천하사방에 뜻을 두어야 하는데, 문무의 지략에 모두 다 능하여야 하지. 활을 잡아 무예를 닦는 것이 진정 그 일이 되어야 할 것이니, 느슨하게 할 때와 당겨야 할 때 등 활쏘는 법을 배워야 할 일, 고귀함은 강한 데 있느니라.

〈네번째로 쌀을 잡다〉

　활을 잡고 쉬다가는 다시 쌀을 잡더니, 집어서 입에 넣고 서너번 맛을 보는구나. 백성의 목숨을 살리는 것이 진실로 곡식에 의존해 있는 법, 도리에 맡긴 채 몸일랑 모름지기 양육되고 평강하게 되거라.

〈다섯번째로 도장을 잡다〉

　나무를 깎아 네모난 도장을 새겼으니, 이것으로 시험삼아 관직에 오를 조짐을 점쳐보았네. 빙 둘러 보다가 필경에는 이것을 끌어당겼으니, 모름지기 좋은 신하가 되어 임금님을 보좌하거라.

이문건은 아이가 필묵을 집은 것은 문장을 업으로 삼게 되고, 옥으로 만든 투환套環을 잡은 것은 덕성을 갖춘 인물이 될 조짐으로 여겼다. 활을 잡은 것은 무예도 겸비한 인물이 되며, 쌀을 집은 것은 잘 양육되어 평강을 누리며 살고, 도장을 집은 것은 관직에 나가 임금을 보필하게 될 징조로 보았다. 부디 그렇게 되었으면 하는 기대와 희망을 이문건은 돌을 맞이한 손자에게 피력하고 있다.

4. 놀이

4.1. 자귀 가지고 놀기

자귀를 가지고 놀다가 손톱을 찍어 손톱을 다친 사실과 관련하여 읊은 〈傷爪嘆〉(1555년 동지 초6일; 5세)을 보자.

　　兒戲弄錯耳 손자가 자귀를 가지고 놀다가
　　打刲拇甲央 엄지손톱 중앙을 찍어
　　縱裂血迸流 세로로 찢어져 피가 흐르니
　　驚啼淚淋浪 놀라서 울며 눈물을 줄줄 흘리네.

4.2. 그네타기

　　1560년 단오후 1일
　　端午鞦韆戲 단오 때는 그네뛰기를 하는데
　　處處兒曹戲. 곳곳에서 아이들이 그네를 타네.
　　吾兒亦效爲 우리 아이도 그네를 타겠다 조르기에
　　扣我我許爲. 허락하였네.
　　長泛風入身 오래도록 바람에 몸을 날리더니

翌日猶懸身 이튿날도 오로지 그네에 몸을 매달고 있네.

全然不顧書 전혀 책을 돌아보지 않기에

傳言兼讀書. 아울러 책도 읽으라 말을 전했다.

4.3. 술마시기

1563년(13세). 마을잔치에서 술 받아 마시고 횡설수설. "저녁이 돼서 그 집으로 가서, 석 잔을 마시네. 돌아오는데 이미 매우 취해서, 말이 거칠고 횡설수설하네. 안 취한 척했으나 끝내 억제하지 못하고, 마침내 그 사실을 실토하네. 지금쯤 한창 지식이 성숙할 때이며, 시비를 익혀 분별할 나이가 됐는데, 이렇게 어리석고 못나서, 좋아하는 게 있으면 절제하지 못하네."14세 권하는 대로 술 마시고 자주 탐닉. "금년 숙길의 나이 14세, 시골 사람들이 술 권하니 부끄럼없이 마시네. 손자 하나 이 지경으로 무심하게 행동해, 할애비 오히려 근심걱정하네. 늙은이 자식 잃고 손자에게 의지하는데, 손자는 지나치게 술을 탐해 자주 취하네. 빈번히 취하고 토하는 걸 한탄할 수도 없으니, 기박한 운명이 얼마나 한스러운가?"

4.4. 장난하고 놀기, 물가에 가서 고기 잡기

"독서를 싫어하고 장난하고 놀기를 좋아하며, 물가에 가서 고기 잡기를 즐긴다." (警醉嘆)

5. 공부

5.1. 글공부

평민 가정의 아이와 가장 크게 구별되는 점이 글공부 즉 한문공부일

것이다. 양반은 그럴 여유도 있으려니와, 양반 신분을 유지하려면 글공부를 하여 과거 급제해야만 하였기 때문이다. 그래서 이수봉도 조부 이문건으로부터 글공부를 하게 된다. 글자 공부에 이어 문장 공부로 나아갔던 것으로 보인다.

1) 글자 공부
글자 배우기 6세(1556) 천자문 가르치기
이제 문장학습의 기초인 문자학습을 시키는 장면을 보기로 하자.

〈誨字吟〉　　(1556년) 九月 五日 曉 題.

兒性日有覺　손자의 지각이 날로 발달돼
試敎書字讀　시험삼아 글자를 쓰고 읽게 하니
舌短韻未諧　혀가 짧아 발음이 제대로 되지 않고
心擾忘難憶.　심란하여 잘 잊어버리고 제대로 외지 못하네.
兒稟足中人　손자의 천품 중간 수준은 되니
責望猶太急.　책망하는 것은 너무도 성급하다.
因之勸誨際　그렇지만 권하고 가르칠 때는
不能無怒勒.　성내며 지도하지 않을 수는 없지.
應須諭詳緩　응당 상세하고 천천히 깨우쳐줘야 할 것이니
躁迫有何益.　조급하게 윽박지른다고 무슨 이득이 있으리?

이때 이수봉의 나이 6세이다. 묵재가 글자 읽는 법을 가르치는데 이수봉은 혀가 짧아 발음이 부정확하고 정서불안으로 인한 건망현상이 있었다. 묵재는 이런 손자의 단점을 인식하고 있었다. 아울러 아이의 자품이 중간 정도는 되기 때문에 책망하여 교육하는 것은 너무 성급하다는 것을 인지하고 있다. 그러나 때로 지도하다 보면 화를 내지 않을 수는 없었다. 묵재는 이에 대해 반성하며 조급하거나 윽박지르지 않고, 천천히 상세하게 깨우쳐 주려고 노력한다.

묵재의 잠재의식 속에는 항상 문장을 통한 가통유지의 의지가 용출하고 있었던 것이다. 이를 구현하기 위해 묵재는 손자에게 학습을 강화한다. 그러나 손자가 학습을 게을리하면 강도 높은 책망을 가하는 것이다.

2) 문장 해석 공부
글자 공부에 이어, 문장 공부로 들어간 것으로 보인다.
7세 천자문 1회 읽음, 詩火文數句와 一行詩 등의 大旨를 시험삼아 가르침.
11세 소학(1년만에 소학 2번 반복)
12세 대학(7월부터 맹자(상서, 사략도))
16세 통감(남한테서 배움): 중국 역사.

묵재는 문장업을 통해 가문을 재건하기 위한 구체적인 노력의 일환으로서 손자에게 한문독해학습을 시킨다. 여기서 조손간에 문장독해 논쟁이 벌어진다. 이례적인 장면이다. 〈노옹조노탄〉을 짓게 된 경위를 서술한 일부분이다.

병인년1556 4월 20일 쓰다. 병인년 초 4일. 손자 숙길에게 讀習하라 독려하나 태만하여 별 결과가 없어서, 황혼에 등잔을 밝히고 깨우쳐 주었다. 溫公이 漢家의 정치가 古에 미치지 못한 곳에서 끝났다고 논한 대목에 이르러, 그것을 설명해 주었다. "한나라의 정치는 고대의 수준에 도달하지 못하고 끝났다는 것이다."라고 하니, 숙길이 "한나라의 정치는 끝내 고대의 수준에 도달하지 못했다."고 했다. 내가 다시 내 견해가 옳다고 한즉 손자가 이에 성질을 부리기에, 밤에 그것을 가르쳤다. (손자가) 고집부리고 분격하여 말하기를 "제가 풀이한 것과 같이 그것을 풀어야 (한나라의 정치가 고대의 수준보다) 뒤떨어진 것이 심하다는 뜻에 가까운 듯합니다."라고 했다. 내가 화를 내며 책을 밀어놓고 멈추었다. 이튿날 아침 늦은 아내에게 이에 대해 경각심을 주어야겠다고 말했다. 손자를 불러서 엎드리게 하고 말부리는 회초리로 엉덩이를 30대 때렸더니, 놀라 소리를 지르기에 그만두었다

〈老翁躁怒嘆〉, 丙寅 四月 卄日 書. 丙寅 四月 初四日, 督令孫吉讀習, 怠慢不果, 昏乃明燈, 誨之. 至溫公論漢家之治終於不古處, 解曰漢之治不及古而終已也云, 吉以爲漢治終乃不及古云. 吾再是己見, 卽孫乃慍, 夜訓之, 固兼忿言曰, 如是, 解之, 似近後孔云, 吾怒推卷而止. 翌朝與老妻, 談此可警也. 召孫, 伏前, 用馬策柄, 敲打臀股, 三十下, 氣急而止..

사마온공이 논평한 대목에 대해 묵재는 독해순서에 주안점을 두었으며, 이수봉은 핵심내용의 이해에 주안점을 두었다. 묵재의 해설과 이수봉의 견해는 근본적인 내용은 차이가 없다. 요지는 한나라의 정치가 하은주 삼대시대보다 낙후됐다는 것이다. 이 문제에 대해 묵재는 올바른 독해순서에 의한 순리에 맞는 올바른 한문독해력 함양을 중시하여 설명한 것이다. 그런데 이수봉은 자기가 풀이한 대로 해야 한나라의 정치가 낙후됐다는 점이 부각된다고 주장한 것이다. 이렇듯 이수봉이 번역순서를 무시하고 자기의 주장을 완강히 고집하자 묵재는 역정을 낸 것이다. '문장구조 존중 직역주의 대 문장 뜻 중시 의역 주의'의 대립이라 할 만하다.

묵재는 즉각 시정조치하기 위해 이튿날 아침에 말회초리로 때린다. 묵재는 전에도 손자의 방만함과 무절제함을 시정시키기 위해 몇 번 매를 들었었다. 지금 다시 손자의 과오의 반복 재발을 방지하기 위해 전보다 과도하고 심하게 매를 들었다. 묵재는 반복자극의 효과와 즉각시정의 원리를 적용한 셈이다. 이 매에는 묵재의 가문재건의지의 중량이 매우 무겁게 실려 있었다. 묵재는 손자에 대한 기대가 붕괴될 것 같은 위기감이 점차 현실화되는 듯하자, 초조하고 불안하여 더욱 자신의 기대를 매에 가중시켜 손자를 질타한 것이리라. 묵재는 이 과정을 진솔하고 적나라하게 기술해 놓아 寫眞적 寫實미를 느낄 수 있다. 여기서 우리는 조선시대 사대부가 자손에게 독서를 통해 입신양명시키려는 노력이 처연하리만큼 간절하고 집요했던 일례를 확인할 수 있다.

5.2. 인생 공부

1) 급하게 화내는 버릇 야단맞기

묵재는 손자를 사대부 가문을 계승할 수 있는 손색없는 후계자로 양성하기 위해 사대부가 구비해야 할 덕목을 설정해 놓고 엄격하고 철저하게 단계적으로 교육했다. 그럼 묵재가 시행했던 사대부형 교육목표의 구체적인 내용과 그 교육방법을 살펴보기로 하자.

묵재가 지향하는 교아의 목표를 〈조노탄〉을 통해 살펴보기로 하자. 이 시에서 묵재는 손자가 너무 조급하게 화를 내는 것을 훈계하면서, 자신이 지향하는 인간상을 피력해 놓고 손자가 그것을 실현해 주기를 기대하고 있다. 〈조노탄〉의 후미 부분이다.

溫恭卑自牧　온순·공손하게 하며, 낮추어 스스로 수양하여

訥愼追愚魯.　삼가 행동하며 高子와 曾子를 따르라.

愚魯兩先師　고자와 증자 두 선생은

百世爲準矩.　백세의 준척이라.

去汝躁妄心　너의 조급하고 경망한 마음을 없애고,

克從先賢武.　성현의 발자취를 따르도록 하라.

操存不喪失　인의와 천성을 지키고 상실하지 않는 것

是善學尼父.　이것이 공자를 잘 배우는 것이라.

善留凝爾躬　그런 마음을 네 자신이 잘 유지하면

焉知受陰祜.　조상의 복을 받게 될지 어찌 알겠는가?

亨達政在命　형달은 진실로 운명에 달려있고

貴富有難賭.　부귀는 얻기가 어려우리.

操心以浴德　마음을 수양하여 덕을 갖추면

百行無所蠹.　모든 행동에 잘못이 없게 되리라.

卓立拔等夷　동년배중에서 우뚝 서고 빼어나게 되어서

迂疎無若祖.　할애비처럼 우활하고 거칠게 하지 마라.

男兒身甚大　남자로 태어난 것은 매우 중대한 것이며

此生難更遇　이승은 다시 만나기 어려우니

行行日深省　일상생활에 건강하게 하고 날로 깊이 성찰하여

一頃毋妄騖.　한 순간도 망령되게 하지 말아라.

庶幾悏吾望　바라노니, 내 소망을 잘 알고

眷眷宜永慕　잊지 않고 오래도록 생각하는 것이 좋으리라.

　묵재는 인성교육을 소홀히 하지 않았다. 묵재가 목표로 하는 이상적인 인성교육의 전범은 유가의 성현들이었다. 성행적 측면에 있어서 공자로부터 '愚'하다고 평가받았던 高子와 '魯'하다고 평가받았던 증자의 성

격과 행동을 본받을 것을 요망하고 있다. 또한 예의를 숭상하여 공자의 행적을 전범으로 삼으라 강조한다. 이렇게 정신적 수양과 학문을 하여 자신의 행실에 과오가 없게 하여 동료들중에 탁월하게 되기를 기대한다. 특히 묵재는 남자로 태어난 점과 이승은 다시 만나기 어렵다고 강조하면서, 행동을 조심하고 일순간도 망령되게 말라고 훈계한다. 이와 같이 묵재는 손자에게 대장부의 역할과 인생의 유한성을 부각시키며 손자에게 인격도야와 진중한 삶의 자세 확립을 강조했다.

2) 놀기만 좋아하다 야단맞기

〈暑瘧嘆〉(患日 詳在日記中). 乙卯 孟秋 作. 念一日 癸丑.
兒心嗜戱遊　손자는 놀기를 좋아하여
未肯閑一時.　한때도 쉴새가 없도다.
畏景劇流金　땀이 나고 열이 날 만큼 내달리는데
浪走效常兒　보통아이들과 덩달아 함부로 달음질치네.
(중략)
何時神識長　언제 정신과 식견이 성장하여
將護得自知.　제 몸 제가 보호할 줄 알까?
庶保千金軀　천금같은 몸을 보존해야 하니
夷險能謹持.　삼가 안전하게하고 위험으로부터 보호해야 하리.
今當幼穉際　지금 아직 어린 나이라서
見物意先隨.　뭘 보기만 해도 마음이 먼저 따라가니
喩之不能解　깨우쳐줘도 이해하지 못하고
訶之又難威.　꾸짖어도 위엄보이기 어렵네.
保養誠不易　보살피고 기르는 일 진실로 쉽지 않으나,

豈敢以難噎. 어찌 감히 어렵다 해서 소홀히 하리요?
所以老翁心 늙은 할애비 마음인 까닭에
念玆日在玆 날마다 여기에 마음 두고 있노라.

이수봉은 놀기를 좋아하여 번열이 날 정도로 내달리며 놀다가 더위를 먹었다. 묵재는 손자가 아직 정신과 식견이 성숙되지 않아 제 몸을 보호할 줄 몰라서 그런 것으로 보는 것이다. 또한 나이가 어려서 절제하지 못하고 부화뇌동하는 것으로 파악하고 있다. 그러나 나이가 어려서 깨우쳐 주어도 손자가 알아듣지 못하며 꾸짖어도 위엄있게 하기도 힘들다고, 식견을 확립시켜 주는 것이 용이치 않음을 토로한다. 그러나 묵재는 보살피고 양육하는 일이 쉽지 않지만 어렵다고 해서 소홀히 하지 않고 늘 염두하겠다고, 식견을 확립시켜주기 위한 지속적인 노력을 할 것을 다짐한다. 이렇게 묵재는 손자에게 자제력과 신체보호의 필요성을 인식할 수 있는 식견을 확립시켜 주기 위해 노력했다. 여기서 우리는 손자양육의 고충과, 그 고충을 감수하며 손자를 적극적으로 양육하겠다는 묵재의 확고한 의지를 실감할 수 있다.

〈厭食嘆〉에서도 묵재는 처음에 손자를 말로써 훈계하다가 손자가 말을 듣지 않자 화를 내며 질책한다. 묵재는 손자가 밥을 잘 먹지 않자, 조석으로 달랬다. 그러나 손자는 졸거나 달아났다. 억지로 먹게 해도 입에 물고 씹지를 않는다. 붙들고 깨우쳐줘도 손자가 듣는 것 같지 않아서, 묵재는 끝내 화를 내며 질책한다.

3) 탈선과 매맞기

그러나 아이는 자랄수록 공부 시간에 딴청을 부렸다. 아버지가 죽은 뒤(1557.6.25 사망)에는 술에 만취하는 등 엇나가기 일쑤였다. 매질이 시작됐다. 피울음같은 매질이었다. 지은이는 이문건을 "화를 자주 내지만 쉽게 후회하는 여린 마음의 소유자"라고 짐작했다. 손자를 때린 날 밤, 그 여린 마음은 이런 일기를 쓰게 만든다. "성급하게 가르친다고 무슨 이득이 있겠는가." 세상을 떠나기 1년 전에야 이문건은 자신의 난폭함을 경계하고 절대 매를 들지 않는다.

종아리를 때림(1).

1557년 9월 초. 종아리를 한 대 때리니, 눈물을 흘리며 목메어 울어, 차마 다시 때리지 못했다. "노닥이는 말이 잡스럽고 쌍스러워, 할머니가 꾸짖으며 금지하네. 되바라진 손자는 반성하지 못하고, 도량이 부족하여 분하게 여기며 반항하네. (중략) 똑바로 서게 하여 바지를 걷어 올리게 하고, 종아리를 때리며 꾸짖고 가르치네. 목이 메이고 두 줄기 눈물 흘리며, 얼굴을 가리고 발짝을 잘 떼지 못하네."

종아리를 때림(2)

〈責兒吟〉 1559년 3월 13일. 아이가 학업을 하지 않아 앞에 앉게 하고 나무랐는데, 또 주의깊게 듣지 않았다. 잠시후 일어나 나가서 다른 아이들과 어울려 동문 밖에 나갔다. 곧 바로 종을 보내 불러오게 했는데, 돌아온 후 사립문 밖에서 머뭇거리고 들어오지 않았다. 성난 목소리로 불렀으나, 오랫동안 그렇게 하고 있다. 꾸중을 들을까봐 그런 것이다. 묵재가 막 아랫집에 있다가 내려가서 그 불손함을 꾸짖으며 친히 데리고 들어왔다. 들어오면서 그 뒤통수를 손바닥으로 다섯 번 때렸다. 들어오게 하여 창쪽으로 서있게 하고 그 엉덩이를 그 엉덩이를 손바닥으로 때렸다. 이에

손자가 엎드려 울었다. 이 모습을 보고 묵재는 가련하게 생각한다

　嘉靖 己未 暮春 十三日, 兒不習業, 使坐于前, 責之, 亦不省聽. 頃然, 起出, 與
兒伴, 投東門外, 卽遣奴, 招之, 來後扉外, 曳不入來, 厲聲號之. 良久, 吾方在下家,
怒其不遞, 親出領入來. 入來時, 指打其頂後五下. 入置閤, 肉掌打其臀四下, 伏而
泣之, 旋有悔心.

종아리를 때림(3)

〈撻兒嘆〉. 嘉靖 庚申(1560년) 端午後一日, 因其怒, 撻而誨之. 卽草一篇,
錄此, 不欲考韻, 只用疊押之.

撻兒我非惡　아이의 종아리를 때리는 것은 내가 악독해서가 아니요

冀禁兒習惡.　아이의 나쁜 습관을 금지시키기 위해서라.

惡習如不禁　만약 악습을 금지시키지 않으면

癖痼終難禁.　고질이 되어 금지시키기 어려우리.

習氣初起時　악습의 기미는 초창기에

正是訶禁時.　바로 꾸짖고 금해야 하는 법.

所以起吾怒,　내가 화 내는 까닭은

楚懲制兒怒.　화 잘 내는 아이를 회초리로 징계하여 절제시키려는 것.

姑息怜兒心　아이를 가여워하는 고식적인 마음이

事事循厥心.　사사건건 그렇게 그 아이의 마음을 반복되게 했도다.

端午鞦韆戱　단오 때는 그네뛰기를 하는데

處處兒曹戱.　곳곳에서 아이들이 그네를 타네.

吾兒亦效爲　우리 아이도 그네를 타겠다 조르기에

扣我我許爲.　허락하였네.

長泛風入身　오래도록 바람에 몸을 날리더니

翌日猶懸身　이튿날도 오로지 그네에 몸을 매달고 있네.

全然不顧書　전혀 책을 돌아보지 않기에

傳言兼讀書.　아울러 책도 읽으라 말을 전했다.

聯句可作之　연구로 글을 지으라고 했으며

不然當斷之. 그렇게 하지 않으면 그네를 끊겠다 했네.

兒嫌所欲咈　손자는 남이 제 뜻을 거스르는 건 싫어하면서도

不曾知忤咈. 거슬리게 해서는 안된다는 건 일찍이 깨닫지 못하네.

揮刃亟打絶　단칼에 그네를 끊어버렸으나

餘憤未爲絶. 남은 분이 풀리지 않는구나.

招兒詰責峻　손자를 불러 준엄하게 꾸짖고

懸手示嚴峻. "손들고 있으라." 준엄하게 벌 주었네.

取條撾腿疾　회초리로 종아리를 세차게 때리니

痛號聲發疾. 외마디 비명소리가 터져 나오네.

十餘不忍加　10여 대를 때리고 차마 더 때리지 못하고,

勅言視後加. 나중에 봐가면서 더 때린다고 타일렀네.

解之久伏泣　때리는 걸 멈추자 한참을 엎드려서 우는데

翁心亦思泣. 늙은이의 마음 또한 울고 싶을 뿐이라.

天慈自然悲　혈육간의 천성적 자애심이 슬프게 하는 것이라오.

豈容爲人悲. 어찌 남의 일이라면 슬퍼하리요?

安得兒智明　언제 손자의 지혜가 밝아져

時能自咎明. 때가 되면 스스로 허물을 알게 될꼬?

可揆老翁情　할애비 마음을 헤아려야 할 것이니

冀善眞至情. 개선하길 바라는 것이 참으로 지극한 정이라.

應知來後日　응당 후일에 알게 될 것이니

庶有起感日. 거의 느끼게 되는 날이 있으리라.

見此不惕動. 이를 보고도 마음을 긴장하여 행동하지 않으면

耽耽利欲動. 탐탐 이욕을 따라 움직이게 되리라.

嗟吾亦將何　아! 내 또한 장차 어찌한단 말인가?

自棄無奈何. 자포자기해야지 어찌할 바 없도다.

묵재가 매를 댄 것은 손자가 놀이를 자제하고 학습에 치중하기를 바랐기 때문이다. 손자는 이튿날도 그네타기에 몰두해 독서도 않았으며, 연구聯句를 지으라 하라 해도 그렇게 하지 않았다. 묵재는 손자의 그릇된 행위를 억제시키기 위해 그네 줄을 끊는 극단적인 방법을 택하게 된다. 그래도 분이 풀리지 않아 손을 들게 하고 종아리를 때린다. '손들고 있게 하기懸手'와 '회초리로 종아리 때리기'는 이 당시에도 행해졌으며 어린아이에게 가해지는 보편적인 체벌이었다는 사실을 알 수 있다. 그는 매맞고 울부짖는 손자를 보고는 자신도 울고 싶다고 토로하고 있다. 때리고 나서 애처로운 마음을 위로하기 위해, 손자가 자아각성의 시기가 되면 개선되리라 기대해 본다. 아울러 묵재는 일정시기에 도달하면 손자가 할아버지가 매를 대던 취지를 이해하리라고 믿고 있는 것이다.

묵재가 손자를 회초리로 때려가며 철저히 교육하는 것은, 자신이 악독해서가 아니라 악습의 고착화를 조기에 방지하기 위해서이다. 묵재가 성을 내며 교육하는 것은 아이가 성질부리는 버릇을 제재하기 위해서였다. 묵재는 악습의 폐해와 조기교육의 효과를 인지하고 그것을 실천했던 것이다.

〈노옹조노탄〉이 양아록에 남긴 마지막 시이다. 이 시에도 묵재의 가문의지가 강렬하게 표출되어 있다. 즉 묵재가 '진심으로 하나 있는 손자에게 바라는 것은, 학문을 이루어 시종여일하게 가문을 일으켜 세우는 것'이다. 이렇듯 묵재는 마지막까지 손자가 개과천선하여, 인륜을 어기지 않고 대성하여 묵재 자신의 은혜에 보답하기를 기대하고 있다(老翁眞心 冀一孫, 學成終始立家門, 臨書自念差違訓, 解旨先須反覆言. 奈復或時辭至慢, 誰將逐日習能 溫. 兒如悔得前非改, 無慊人倫報我恩).

4. 맺는말

　고문헌을 통해서 볼 때, 양반도 사람이다. 평민과 똑같은 과정을 거쳐서 태어나 병도 앓고 사고도 겪으며 놀이도 하면서 성장하였다. 때로는 말썽도 부렸고 매를 맞기도 하였다. 다만 천민이나 평민과는 달리, 일정 시기에 이르면 한문 교육을 받았다. 과거 급제를 해야만 양반이라는 지체를 유지할 수 있었기 때문이다.

　조선시대 양반의 유년생활에서 오늘날 우리가 주목할 것은 무엇일까? 양반은 태어나는 것이 아니라 만들어진다는 사실이 아닐까? 이숙길 즉 이수봉의 경우, 할아버지로 대표되는 어른들의 지극한 보살핌과 정성, 그리고 때로는 매질하기까지 하는 교육이 아니었다면 과연 살아남을 수 있었으며, 국가의 위기 앞에서 의연히 충성을 바치고도 그 공을 자랑하지 않음으로써 추앙을 받는 인물이 될 수 있었을까? 오늘날도 우리의 자녀가 모두 이 시대의 양반이 되기를 원한다. 특별한 존재로 살아가기를 원한다. 그렇다면 조선조 양반의 경우에서 온고이지신하는 지혜를 발견하여 적용할 필요가 있다.

■ 자료해석

『묵재일기』 상·하, 국사편찬위원회, 1998.
유안진, 『한국의 전통육아방식』, 서울대학교출판부, 1987.
이문건 저·이상주 역, 『양아록』, 태학사, 1997.
이복규, 『묵재일기에 나타난 조선전기의 민속』, 민속원, 1999.
한국고문서학회, 『조선시대생활사2』, 역사비평사, 2000.
김혜선·박혜인·홍형옥, 『한국가정생활사』, 한국방송대학교출판부, 2002.
김찬웅, 『선비의 육아일기를 읽다 : 단맛 쓴맛 매운맛 더운맛 다 녹인 18년 사랑』, 글항아리, 2008.